LE

VIEUX PARIS

PARIS. — IMP SIMON RAÇON ET COMP., RUE D'ERFURTH, 1.

5
/32

PIERRE ZACCONE

LE

VIEUX PARIS

PARIS

ADOLPHE DELAHAYS, ÉDITEUR

4-6, RUE VOLTAIRE, 4-6

—

1855

LE VIEUX PARIS

PROLOGUE

I

Où le lecteur fait connaissance avec messires Coquastre et d'Aubigny, du collége de Montaigu.

Le 25 mars de l'année 1547, une dizaine d'écoliers, appartenant au collége de Montaigu, situé dans la rue des Sept-
Voies, quittèrent les environs du palais de Justice, traversèrent la Seine sur le *Petit-Pont*, et s'engagèrent finalement dans
la rue Saint-Jacques.

Le couvre-feu de huit heures venait de sonner.

La lune ne s'était point encore levée ; il faisait une nuit
sombre, la brise sifflait âpre et froide au détour de chaque
rue, les girouettes grinçaient sur les toits avec des cris aigus

et plaintifs, et toutes les maisons étaient déjà fermées au dehors, et barricadées en dedans, par mesure de précaution contre les voleurs qui infestaient alors la capitale.

Quelques flocons de neige commençaient à tourbillonner dans l'air, et venaient se mêler à la boue qui tenait lieu de pavé.

Mais les écoliers étaient tous chaussés d'épaisses galoches, et redoutaient peu le contact de l'humidité; en outre, ils étaient affublés d'une cape de gros drap brun, et le camail qui couvrait leurs épaules, fermé devant et derrière, les défendait suffisamment contre les indiscrétions de la bise d'hiver.

De tous les colléges de Paris, celui de Montaigu était, sans contredit, le plus mal administré. De tous les écoliers de cette ville, dit Dulaure, ceux de Montaigu passaient pour les plus maltraités et les plus malheureux. Erasme, qui séjourna pendant quelque temps dans ce collége, y tomba malade par l'effet de l'insalubrité du logement et de la nourriture. Du temps de Rabelais, ce collége se trouvait encore dans un état déplorable, à ce point que, pendant le jour, les écoliers allaient, dit-on, mendier pour vivre, et recevaient, avec les pauvres, le pain que distribuaient les chartreux.

Hâtons-nous d'ajouter que ceux que nous mettons ici en scène, formaient, du moins pour la plus grande partie, une honorable exception à la règle commune.

Ils étaient assez convenablement vêtus, et l'air d'audace et de bonne humeur qui se manifestait dans leur maintien et dans leurs propos, témoignait que s'ils manquaient parfois de ce qui rend la vie facile, du moins avaient-ils toujours dans le cœur et dans la tête, ce qui la fait gaie, insouciante et folle!...

Ils avaient vingt ans !

Leurs lèvres trempaient à peine dans cette belle coupe d'or, où l'amour allait leur verser l'ivresse... Ils naissaient à la vie, mille désirs troublaient leur cœur, et le tapage du monde étourdissait leur raison.

On est si facilement heureux à cet âge...

L'amour garde encore tous ses mystères, et l'avenir cache profondément ses douloureux secrets.

C'est comme une fête bénie de Dieu! chaque jour devient l'occasion d'une nouvelle surprise, ou d'un nouvel enchantement ; tout chante alentour, et générosité, dévouement, amour, enthousiasme, le cœur garde pieusement le dépôt de toutes les vertus !...

Ne vous souvient-il plus de ce temps heureux et naïf, où l'âme, naguère enveloppée dans les douces illusions de l'enfance, s'éveille tout à coup sous les premiers baisers de la vie.

C'est la jeunesse.

Comme une fée invisible, elle frappe de sa baguette magique, les objets qui vous environnent, et tout change, et tout se transforme et tout grandit !...

Mai est en fleur, l'air s'emplit de senteurs embaumées, le soleil monte éblouissant à l'horizon , les arbres se chargent de fruits vermeils, et la nature entière tressaille sous les chaudes haleines du printemps.

Quel splendide spectacle!...

Et comme le ciel est pur, comme les nuits ont de doux rêves, comme la réalité a de suaves caresses !

D'où vient que cette heure est si courte, cette joie si rapide? pourquoi faut-il que la coupe d'or s'emplisse un jour de nos larmes les plus amères ?...

C'est la vie cependant, — et Dieu l'a faite ainsi...

Nos jeunes *capètes* avaient déjà gravi une partie de la grande rue Saint-Jacques, et ils allaient franchir le mur d'enceinte pour se diriger, de là, sur la route d'Orléans, quand l'un d'entre eux s'arrêta tout à coup, et fit signe à ses compagnons d'en faire autant.

Ils marchaient bon pas ; la route était mauvaise, et comme ils étaient venus d'une seule traite du palais de Justice, tous s'arrêtèrent pour souffler quelques minutes :

— Or çà, dit alors celui qui avait donné le signal de la halte, en s'adressant à un écolier placé en vedette, à quelques pas en avant, m'est avis, maître Coquastre, que vous nous prenez pour des tire-laine poursuivis par le guet ; par la hart !... voilà une heure bientôt que nous barbotons, comme des canards, dans cette boue infecte, il serait bien temps de chercher quelque taverne où nous pourrions attendre à notre aise, près d'un bon feu, et en présence d'un pot d'hypocras..... qu'en dites-vous, compagnons ?

La motion fut accueillie avec assez de faveur, et les regards cherchèrent dans l'ombre un bouge quelconque que l'on pût assiéger et mettre à sac.

Celui que l'on avait appelé Coquastre, fit quelques pas vers le groupe.

— Tu as donc soif, d'Aubigny ? dit-il en frappant sur l'épaule de l'écolier qui avait parlé.

— Comme un moine ! répondit d'Aubigny.

— Eh bien, poursuivit Coquastre, hâte-toi de me suivre, car si tu t'attardes encore un peu dans ces parages, je crains bien que tu ne puisses plus, de ta vie, ni boire, ni jouer aux dés, ni embrasser les damoiselles de la rue de Glatigny.

— Qu'est-ce à dire ?... fit d'Aubigny.

— Regarde...

Et tout en parlant, Coquastre l'obligea à lever les yeux sur les masures qui les entouraient.

Depuis quelques secondes, en effet, des volets s'étaient mystérieusement ouverts au-dessus de leurs têtes ; de singuliers grognements venaient de se faire entendre, et bien que les écoliers fussent nombreux, il était à craindre qu'on ne leur fît un mauvais parti.

D'Aubigny poussa un soupir :

— Sang et tête !... dit-il en remuant le chef, j'ai bien envie d'en pourfendre quelques-uns... qu'en dis-tu ?

— La bonne idée !... s'écria Coquastre en riant, ne trouves-tu pas ton pourpoint assez troué, que tu veuilles l'exposer aux arquebuses de ces mécréants...

— Corne-bœuf !... je les mangerais, oui !

— Tu es ivre.

— Moi ! j'ai le gosier sec comme un cœur de rhéteur.

— Viens donc, répliqua Coquastre en se remettant en route, et nous l'arroserons tout à l'heure avec un baril de Brétigny.

Cette considération parut produire un effet salutaire sur esprit de d'Aubigny, et la petite troupe ayant repris sa marche, elle se trouva, peu après, sur la route d'Orléans, Coquastre toujours en tête.

Coquastre était un grand gaillard, haut de cinq pieds six pouces, aux épaules robustes, bien pris dans sa taille et qui portait son épée avec toute l'aisance élégante et provocatrice d'un gentilhomme.

Coquastre était venu au monde, comme un enfant de l'amour et du hasard. On l'avait trouvé un beau matin sur les marches du parvis Notre-Dame, criant de sa petite voix aiguë et perçante, et levant ses bras blancs vers le ciel.

Il était fort laid, et de plus, les linges dans lesquels on l'avait enveloppé, n'accusaient pas une haute origine.

Les curieux s'arrêtaient donc à peine, jetaient un regard distrait sur l'enfant abandonné, et passaient, peu soucieux de s'embarrasser d'une charge, en dédommagement de laquelle, il ne leur était pas permis d'espérer quelque récompense postérieure.

Le petit bonhomme continuait donc de crier et d'agiter ses bras dans le vide.

Or, il arriva, que ce même jour, maître Blondel, honnête armurier, demeurant dans la rue du Heaume, passa à quelques pas du parvis Notre-Dame pour se rendre dans la rue Saint-Jacques où l'appelaient ses affaires.

Maître Blondel était, à cette époque, un homme gros, court, replet, actif cependant, habile dans son commerce, arrondissant peu à peu le trésor de ses pénibles épargnes, et partageant son temps entre le travail et son amour pour sa femme.

Maître Blondel était borné; parti de fort bas, son éducation avait été très-négligée, ce n'est qu'à force de persévérance, d'opiniâtreté et de travail, qu'il était parvenu à assurer son existence, et à cette époque déjà, il jouissait d'une haute influence sur son quartier.

Influence légitime, du reste, car si maître Blondel manquait complétement d'intelligence, du moins possédait-il une conscience honnête, un instinct sûr, et c'est à ces qualités, si rares dans tous les temps, qu'il avait dû de traverser des époques bien difficiles, sans imprimer la plus petite tache à sa réputation d'honnête commerçant et de citoyen dévoué.

C'était un bon et candide bourgeois.

Il payait ses ouvriers avec une exactitude scrupuleuse, criait bien fort contre les taxes qui l'écrasaient, rêvait la réforme des abus dont il souffrait, et ne connaissait, en fait de sentiment, que cette espèce d'affection sans nom, qu'il éprouvait pour madame Blondel, sa femme.

Et comment aurait-il pu en être autrement?

Depuis le jour où Blondel était entré dans la vie, il n'avait pas quitté sa boutique; parqué entre son comptoir et la salle où resplendissaient ses panoplies, son regard n'avait jamais eu d'autre horizon que les quatre murailles de sa demeure :

cet air vicié qu'il respirait suffisait à sa poitrine, ce jour obscur et sombre, à son regard : le soir, quand, assis auprès de sa femme, il comptait les gros deniers, les grands blancs, les écus d'or, qu'il avait gagnés dans la journée, son habitation lui semblait plus belle que l'hôtel des Tournelles ou que le Louvre.

Epargner!... tel était le secret de la persévérance active, de l'opiniâtreté laborieuse qui consumaient ces deux existences qu'un même sentiment, étranger à l'amour, avait par hasard réunies.

Cependant un jour, qui le croirait, le doute s'était glissé dans l'esprit de Blondel, — un doute amer et cruel !

Il y avait bien longtemps de cela!... Blondel venait de rentrer au logis, la bourse garnie d'une abondante moisson d'argent. Madame Blondel était allée à l'église Saint-Jacques-a-Boucherie, il se trouvait seul, sans témoins, — un désir effréné le prit.

Le trésor si péniblement amassé depuis près de dix années, l était là, dans un grand bahut bardé de fer, compliqué de serrures ; il n'avait point encore osé le compter, il en igno-ait la valeur, il n'avait jamais joui du spectacle de toutes ses pargnes réunies...

Il voulut voir !

C'était une fantaisie bien naturelle et bien pardonnable, si 'on songe que maître Blondel n'avait point d'autre mobile u monde ; que c'était là toute sa joie, tout son bonheur, toute a vie.

Il ouvrit une à une les serrures qui défendaient son or, et ʒva le couvercle.

Le bahut était plein jusqu'aux bords, d'une fortune de rince...

Blondel pâlit !...

Il ne se croyait pas si riche... La joie, le saisissement

faillirent troubler sa raison, et il se retint au coffre pour ne pas tomber.

Puis, une fois remis de ce premier mouvement, il s'accouda, et se prit à rêver.

Blondel n'était pas avare ; il avait trente ans, il était dans la force de l'âge, il n'avait point de vices...

Toutefois, il resta près d'un quart d'heure dans la contemplation muette et extatique de tant de richesses amassées.

Et, chose singulière, plus il se plongeait dans cette contemplation, plus son visage devenait soucieux et pâle.

Enfin, ses lèvres remuèrent, et deux larmes coulèrent le long de ses joues.

Pour la première fois de sa vie, le digne homme venait de sentir qu'il avait un cœur, en s'apercevant qu'il lui manquait un héritier.

Un enfant !...

Cette pensée entra dans son esprit comme une révélation, et y porta la lumière, et avec la lumière, l'amour !

Il n'y avait pas songé jusqu'alors, et voilà que maintenant il ne pouvait plus songer à autre chose.

Un enfant !.. c'est-à-dire, la gaieté, le mouvement, le bonheur, tout un monde de sensations nouvelles, l'horizon agrandi, un but à son activité, l'air et le soleil dans sa boutique !...

A partir de ce jour, Blondel perdit cette placidité douce et calme qui faisait naguère le fond de son caractère. Il devint triste, presque sombre, son commerce l'occupa moins. Il n'avait pas cependant osé faire part de son chagrin à sa femme ; madame Blondel ne l'aurait peut-être pas compris. — Il y avait, désormais, un abîme de sensibilité et d'amour entre elle et lui.

Il partait souvent le matin de la rue du Heaume, et n'y rentrait que le soir.

Ce qu'il faisait durant ces longues journées, Dieu seul le savait. — Il l'ignorait presque lui-même.

Le pauvre Blondel suivait son chemin à travers la capitale, sans but déterminé ; il s'arrêtait à contempler les jolis enfants blonds et roses qui passaient près de lui ; il leur souriait avec une joie paterne, et s'éloignait bien souvent la paupière humide.

Or, ce jour-là, le bon armurier, passant par hasard, près du parvis Notre-Dame, — entendit les cris de l'enfant exposé, et vit ses petits bras s'agiter dans l'air.

Il s'approcha, autant peut-être par curiosité que par compassion.

Et, comme il s'aperçut que chacun s'éloignait, sans daigner même jeter un regard bienveillant à l'enfant, une suprême pitié s'éleva de son cœur ému, il prit le petit bonhomme dans ses bras, et l'emporta.

Madame Blondel ne s'attendait pas à un pareil cadeau ; mais l'homme était maître au logis, et le petit Coquastre fut installé le jour même dans un berceau en fer, artistement travaillé, et placé auprès du lit des deux époux.

C'est ainsi que Coquastre était entré dans la famille Blondel !...

Il avait grandi, entouré de soins et de tendresses, et comme si Dieu eût voulu récompenser le brave armurier de sa bonne action, cinq années s'étaient à peine écoulées, qu'il lui envoyait une jolie petite fille, et lui enlevait sa femme.

Blondel pleura bien sincèrement cette dernière. — Mais la petite Denise était si jolie, elle grandit si vite en gentillesse et en beauté, qu'il ne songea bientôt plus à autre chose, et bénit le ciel de ce qu'il avait fait.

Au surplus, Coquastre n'avait donné jusqu'alors à son père adoptif, que des sujets de contentement. Il était bien un peu rapageur, arrogant, querelleur, il effrayait bien souvent le

1.

pauvre Blondel du récit de ses duels sur le *Pré aux Clercs* ; mais à part ces quelques défauts, insignifiants à cette époque, Coquastre s'était toujours montré bon, aimant, dévoué envers celui qu'il estimait à l'égal d'un père.

Le lecteur nous pardonne cette légère digression ; nous allons reprendre notre récit, pour ne plus l'abandonner.

La petite bande des écoliers du collége de Montaigu s'était donc remise en marche, elle venait de sortir de Paris par la rue Saint-Jacques, et s'avançait, Coquastre en tête, sur la route d'Orléans.

Pendant quelque temps, le silence ne fut interrompu que par les jurons de d'Aubigny, dominant le piétinement des écoliers sur la route boueuse ; la neige continuait de tomber avec intensité, et le vent, qui s'était levé, agitait avec plus de violence le petit manteau qui tombait de leurs épaules.

Une demi-heure se passa ainsi.

La lune était toujours voilée. Ils marchaient dans une obscurité complète.

— Croix-Dieu ! dit tout à coup d'Aubigny en s'arrêtant de nouveau, comptes-tu donc nous faire cheminer de la sorte jusqu'à Orléans.

— Nenni-da ! repartit Coquastre, voire jusqu'à quelques pas encore.

— Cette neige me met l'eau à la lèvre.

— Eh bien, j'aperçois d'ici la taverne du père Quinepue : nous allons y trouver bon feu et bon vin, en attendant la venue de Blondel et de la jolie Denise sa fille.

— Ils doivent donc arriver cette nuit ?

— Oui, bien.

— Sans crainte des *tireurs d'or ?*

— Oh ! fit Coquastre en riant, le père Blondel, Dieu le garde, a peur des voleurs, comme il convient à un bourgeois de son âge et de son sexe ; mais il y a une chose qu'il craint encore davantage.

— Quoi donc ?

— C'est de manquer l'entrée du bon roi Henri II dans sa capitale.

— Il doit y figurer ?...

— En qualité de maître de sa corporation.

— N'importe ! poursuivit d'Aubigny, m'est avis que par un pareil temps, et à pareille heure, il n'est point prudent de rentrer à Paris par la rue Saint-Jacques.

— Ne sommes-nous pas venus pour lui faire escorte, et lui prêter notre aide au besoin ?

— C'est vrai.

— Que peut-il craindre alors ?

— Tu as raison... mais les routes sont si peu sûres, et si mal fréquentées... enfin, hâtons-nous de rejoindre la taverne le Quinepue..... car, j'ai la langue sèche, comme un vieux parchemin.

Les craintes exprimées par d'Aubigny peuvent étonner un lecteur du XIXᵉ siècle, mais à l'époque où nous reporte ce récit, elles n'étaient malheureusement que trop fondées :

« En 1548, dit un auteur, la route d'Orléans, la plus fréquentée de toutes celles qui partaient de Paris, était infestée par des voleurs, qui se retiraient dans les profondes carrières du faubourg Notre-Dame-des-Champs et Saint-Jacques : le parlement, au mois de mai de cette année, ordonna aux habitants de ce faubourg d'établir un guet. — Remède inutile. — Ce ne fut qu'en 1563, que de nouvelles plaintes, à ce sujet, déterminèrent cette cour à faire clore l'entrée de ces carrières, pendant la nuit et les jours de fête. »

Quelques minutes après le colloque de Coquastre et de

d'Aubigny, la bande des écoliers arrivait à la hauteur de la taverne du père Quinepue.

Mais là, un embarras d'un autre genre vint encore les arrêter.

La taverne était hermétiquement fermée, et rien ne prouvait que le maître du logis fût disposé à ouvrir son bouge, à une dizaine d'écoliers, dont la renommée disait beaucoup de mal.

Coquastre fit signe à ses compagnons de former le cercle, en leur recommandant le plus profond silence.

— Or çà, leur dit-il à voix basse et mystérieuse, il paraît que le père Quinepue a du monde, ce soir... les voleurs du dedans se sont barricadés contre les indiscrets du dehors.

— Il faut briser la porte, interrompit d'Aubigny.

— Ouais ! repartit Coquastre, une porte bardée de fer, et derrière laquelle se tiennent des misérables qui ont prévu toute surprise...

— Alors, mettons-y le feu...

— Mauvais moyen !

— Cependant...

— Il vaut mieux agir de ruse.

— Et comment ?

— Ecoutez-moi ! que huit d'entre nous se cachent dans le fossé qui borde la route..... D'Aubigny et moi, nous allons nous présenter à maître Quinepue ; comme il nous verra seuls, l'espoir de nous dévaliser facilement lui fera peut-être ouvrir son huis ; s'il refuse, nous aviserons... s'il ouvre au contraire, nous nous précipiterons ensemble, et nous nous rendrons maîtres de la taverne... Tel est mon avis : n'est-il pas le vôtre ?...

— Je n'y vois pas d'obstacle, dit d'Aubigny.

— Alors c'est convenu...

— C'est convenu !

— Que chacun prenne donc son poste et se prépare à l'action, ajouta Coquastre en tirant son épée du fourreau.

Et pendant qu'il se dirigeait vers la taverne, les autres écoliers disparaissaient silencieusement dans le fossé.

Cependant d'Aubigny avait imité le geste de Coquastre ; il venait de tirer son épée du fourreau, et le cœur plein d'ardeur, il marchait d'un pas ferme vers l'antre du tavernier Quinepue.

La taverne ne présentait rien d'élégant, ni d'agréable à l'œil. C'était une misérable masure faite de boue et de solives vermoulues, déchirée de crevasses énormes, et dont le toit s'était depuis longtemps affaissé sous les efforts combinés de la pluie et du vent.

Elle avait un rez-de-chaussée et un premier étage. — Le premier étage était plongé dans l'obscurité la plus profonde ; le rez-de-chaussée se trouvait seul éclairé.

Coquastre s'approcha de la masure et jeta son regard à travers une des crevasses.

D'Aubigny attendait derrière :

— Eh bien ? dit ce dernier à voix rapide, après quelques secondes d'attente.

— Je ne vois personne, répondit Coquastre sur le même ton.

— Voilà qui est singulier.

— Ils dorment peut-être.

— Ce n'est guère dans les habitudes du père Quinepue.

— Faut-il frapper ?

— Frappons.

Quand il s'agissait d'agir, d'Aubigny était toujours prêt. Coquastre allait donc se mettre à l'œuvre, mais il retint tout à coup son bras.

La fenêtre du premier étage venait de s'ouvrir avec précaution, et une tête d'homme s'était penchée au dehors.

Coquastre se colla contre la muraille.

Il y eut alors quelques minutes de silence, pendant lesquelles les deux écoliers retinrent leur haleine et se roidirent dans leur immobilité.

Enfin, l'homme monta sur la fenêtre, et après s'être assuré que personne ne pouvait le voir de la route, il se laissa glisser doucement, à l'aide d'une corde, le long de la muraille, et vint tomber d'aplomb sur les épaules de Coquastre.

— Par les cornes de mon père !... jura ce dernier en se redressant de toute sa hauteur, est-ce donc une manière honnête de sortir d'une maison, et ne savez-vous pas, l'ami, qu'il est défendu de rien jeter d'inconvenant par les fenêtres?

— Çà quel êtes-vous, et que veniez-vous faire céans ?...

Pendant qu'il parlait ainsi, Coquastre appuyait sa main sur l'inconnu, et aidé de d'Aubigny, il tentait de le maintenir en son pouvoir.

Mais l'inconnu se moquait bien de Coquastre et de d'Aubigny réunis; il n'eut qu'à secouer les épaules pour leur faire lâcher prise à tous deux.

C'était une espèce de géant, taillé dans des proportions inouïes. Il avait plus de sept pieds.

Sa longue chevelure noire tombait jusque sur ses épaules que recouvrait une peau de bête fauve ; une ceinture de cuir lui ceignait les reins, et des guêtres de feutre montant au-dessus du genou, dessinaient nettement ses jambes droites et nerveuses.

— Jacques le Majeur ! dirent en même temps Coquastre et d'Aubigny.

— Moi-même, Messieurs, répondit le tireur d'or.

— Tu viens de faire quelque mauvais coup?

— Peut-être bien.

— Alors tu vas avoir affaire à nous.

— Bah ! fit Jacques d'un ton de persiflage ; si vous le vou-

lez bien, mes jeunes clercs, ce sera pour un autre jour ; chacun ses affaires, et cette nuit, les miennes m'empêchent de
deviser plus longtemps avec vous.

— Tu ne t'en iras pas ainsi.

— Vous croyez?

— Nous ne te laisserons pas partir.

— C'est ce que nous verrons.

— Défends-toi...

— Allons donc !...

Les deux jeunes écoliers avaient dressé leurs épées, et
menaçaient déjà sa poitrine. Jacques le Majeur prit celle de
d'Aubigny dans sa main calleuse, et la fit voler à dix pas :
puis, saluant d'un air impertinent et railleur, il s'éloigna rapidement sans même daigner s'occuper des menaces de Coquastre et des jurements de son compagnon.

Quand ce dernier eut retrouvé son épée, il voulut courir
après l'audacieux tireur d'or ; mais il avait déjà disparu.

— Par la hart ! s'écria-t-il alors, voilà un truand que je
tuerai à la première occasion.

— Si le bourreau t'en laisse le temps, objecta Coquastre.

— Oh ! je le devancerai.

— Je le souhaite ! Mais en attendant, m'est avis qu'il serait
bon de pénétrer chez le père Quinepue, ne fût-ce que pour
nous mettre à l'abri de la neige.

— Et pour goûter son vin, ajouta d'Aubigny, à qui l'espoir
de vider quelques pots fit oublier sa colère.

— Pour goûter son vin aussi, repartit Coquastre ; çà donc,
voici une corde qui nous servira à entrer par la fenêtre, si la
porte nous est refusée ; appelons nos compagnons, et dépê-
chons...

D'Aubigny fit aussitôt entendre le signal convenu, et la
bande des écoliers accourut en masse autour de la taverne.

Coquastre leur expliqua en peu de mots ce dont il s'agissait, et se mit incontinent à ébranler la porte, comme s'il eut voulu jeter la taverne à bas.

C'étaient les sommations d'usage.

Pendant ce temps, le plus jeune des écoliers s'était emparé de la corde, et se disposait à escalader le premier étage, dans le cas où maître Quinepue s'aviserait de trop tarder.

Mais l'honnête hôtelier comprit vraisemblablement qu'il avait affaire à forte partie, que la résistance pouvait être dangereuse, et qu'il valait mieux encore ouvrir sa porte, que d'exposer la maison à être livrée aux flammes, car à peine Coquastre eut-il commencé les sommations, que maître Quinepue parut sur le seuil, le bonnet à la main.

Les écoliers n'en attendaient pas davantage ; ils se précipitèrent dans la taverne en poussant des cris de joie.

II

De la rencontre qu'ils firent d'un quidam qui déclara se nommer Rustique.

Dès que les écoliers eurent pris possession de la taverne, chacun se distribua son rôle, et le sac commença.

Et d'abord d'Aubigny et quelques-uns des plus altérés firent irruption dans la cave, d'où ils ne tardèrent pas à remonter, chargés de brocs remplis d'hypocras ; les autres avaient ranimé le feu ; tous les gobelets d'étain de l'établissement furent mis à contribution, et la grande table traînée jusqu'au milieu de la salle.

Dans le premier moment, Coquastre s'était dirigé vers l'esalier qui conduisait au premier étage. Il désirait s'enquérir du motif qui avait pu y conduire Jacques le Majeur ; mais comme la porte en était solidement fermée en dedans, et qu'il eut fallu la briser pour passer, il crut devoir s'abstenir de pousser plus loin ses investigations.

Il revint donc vers ses compagnons, et s'accouda à la table, sur laquelle les dés roulaient déjà.

Ils avaient oublié le froid, la neige, la boue, le but même de leur excursion nocturne ; il y avait un bon feu, du vin, des dés, et ils se chauffaient, buvaient ou jouaient sans plus de souci de la veille que du lendemain.

Heureux privilége de la jeunesse !

D'Aubigny était là dans son élément ; assis non loin de la cheminée, dans un fauteuil de cuir passablement détérioré, les jambes allongées devant le feu, un broc d'une main, un verre de l'autre, il regardait avec complaisance les dés courir sur la table.

C'était une singulière et plaisante nature.

Il y avait bientôt dix années qu'il était à Paris, fréquentant le collége de Montaigu. Ce qu'il y avait fait jusqu'alors, il eut été fort embarrassé de le dire. Ami de la bouteille bien plus que de ses livres, il vivait au moins autant la nuit que le jour. Pendant dix ans, il n'avait jamais eu de domicile bien connu. Couchant tantôt ici, tantôt là, gai jusqu'à la folie, insouciant jusqu'à l'imprudence, on le rencontrait partout où il savait trouver des amours faciles ou des vins généreux.

Dans la langue qu'il parlait, langue de cabaret et de carrefour, il n'y avait guère qu'un mot de vrai, — l'amitié.

L'amour venait après : encore n'avait-il pas de signification bien définie.

C'était comme un reflet de Rabelais, une sorte de philosophe sensuel, un épicurien du XVIe siècle !

Les plus grossiers et les moins honnêtes de tous les épi-curiens !

D'Aubigny n'avait qu'une seule qualité, le fanatisme de l'amitié ! — Mais celle-là, il la possédait dans son plus complet développement, par compensation sans doute pour celles qui lui manquaient.

D'Aubigny se serait fait tuer volontiers pour Coquastre. Il le quittait rarement, l'aidait dans toutes ses entreprises, et partageait presque tous ses duels : ils couchaient souvent dans la même chambre : sa bourse était la sienne, et il n'avait pas un secret que Coquastre ne connût aussi bien que lui.

Ce dévouement était d'autant plus louable de la part du jeune clerc, que Coquastre paraissait loin d'éprouver le même sentiment.

L'amitié que ce dernier avait vouée à d'Aubigny n'allait pas jusqu'à l'abnégation, — tant s'en faut. — Elle s'arrêtait à cette espèce d'intimité facile qui s'établit naturellement entre deux jeunes gens du même âge, qu'une communauté d'études ou de goûts rapproche momentanément ; Coquastre aimait d'Aubigny comme un plaisant compagnon, mais il n'avait jamais fait grand cas de son amitié, et n'acceptait son dévouement que comme celui de ses autres amis.

Coquastre était à cet âge où le cœur s'ouvre et s'abandonne volontiers aux sentiments qui viennent le solliciter de toutes parts. Il y avait en lui un ardent désir d'aimer et d'être aimé, il cherchait instinctivement cette âme sœur qui devait faire écho à la sienne, et au milieu des plaisirs turbulents auxquels il se livrait, il avait été bien souvent pris de vagues et indéfinissables tristesses ; jusqu'alors, nul encore n'avait répondu à ce besoin d'expansion qui emplissait ou préoccupait sa pensée.

D'Aubigny n'était donc point l'ami qu'il lui fallait !

Si ce dernier était capable de dévouement, c'est à son esprit seul qu'en revenait tout le mérite. D'Aubigny n'avait que des instincts plus ou moins développés ; enfoncé jus-qu'au cœur dans cette philosophie de moines et de soudards dont le xvie siècle faisait son code sentimental, le jeune écolier avait de bonne heure désappris toutes les belles et généreuses aspirations de la jeunesse. Il avait trente ans déjà, et dans l'horizon borné qui l'entourait, il n'avait encore entrevu aucune des radieuses fantaisies à l'aide desquelles l'amour éblouit et fascine le regard de l'homme.

De gais amis, de folles chansons, la vie sans passé et sans lendemain, telle était, en ce monde, sa préoccupation la plus sérieuse.

Cependant la joie des écoliers s'exhalait en propos bruyants, les cartes et les dés allaient de main en main, et les verres se vidaient et s'emplissaient pour se vider encore, avec une rapidité qui tenait de la prestidigitation.

Coquastre se tenait muet à l'écart, assis à deux pas de d'Aubigny, lequel hésitait entre le jeu et la conversation un peu monotone de son ami.

Enfin ce dernier l'emporta, et il approcha son fauteuil de celui de Coquastre.

— Par les cornes de mon père, s'écria-t-il d'une voix qui commençait à chevroter, te voilà mélancolique comme un *béjaune* des Quatre-Nations ! te serait-il donc arrivé quelque male fortune, ou la gente Denise aurait elle délaissé le *capète* de son cœur pour quelque séduisant pourpoint de cornette ?

Coquastre se contenta de hausser les épaules, en mordant sa moustache.

— Eh ! eh ! poursuivit d'Aubigny d'un ton railleur, la femme est l'ennemie de l'homme, et nous perdons bien souvent à l'aimer, notre repos et notre bonheur :

> Souvent femme varie,
> Bien fol est qui s'y fie !

Et comme pour donner plus de poids à cet aphorisme royal, d'Aubigny se versa un grand verre d'hypocras qu'il vida d'un seul trait.

Coquastre ne put s'empêcher de sourire.

— Tu crois donc Denise capable de m'oublier ? dit-il avec une gaieté forcée.

— On ne sait pas, repartit d'Aubigny.

— A dix-huit ans !

— C'est le bon âge.

— Et pourquoi ?

— Je l'ignore.

— Elle n'a jamais quitté le père Blondel.

— Raison de plus.

— Elle est bonne, douce, aimante.

— C'est-à-dire qu'elle se trouve dans les meilleures dispositions pour aimer.

— Tu railles ?...

— Allons donc.

— Eh bien, quand cela serait ? fit Coquastre d'un air de défi.

— Voilà l'objection la plus sensée... répondit d'Aubigny.

— Elle est libre, poursuivit le jeune écolier.

— Sans doute.

— Je ne puis la forcer de m'aimer.

— Ce ne serait pas juste.

— Qu'elle m'oublie donc pour un cornette, pour un écolier, ou pour un grand seigneur, qu'importe !... La vie est courte comme Dieu l'a faite, et je ne veux pas l'attrister plus qu'il ne convient en cherchant à sonder le destin que nous cache l'avenir.

— Voilà qui est parler, s'écria d'Aubigny avec un élan sympathique, tiens, mon ami, prends donc cette cruche de grès de Flandre emplie jusqu'aux bords du vin que nous devons à la libéralité du père Quinepue, et fais-moi raison,

comme il convient à un capète de ton âge... A l'amitié, Coquastre, ce sentiment-là est le seul vrai... le seul du moins
qui ne nous trompe jamais.

Coquastre allait faire raison à d'Aubigny, ainsi que ce
dernier l'y avait invité, mais au moment où il portait déjà le
vase à ses lèvres, il s'arrêta tout à coup et parut écouter.

Un cheval venait de s'arrêter au seuil de la taverne, et
quelques coups avaient été frappés contre la porte.

Il y eut un moment d'hésitation.

Maître Quinepue regarda d'Aubigny qui regarda Coquastre.

— Faut-il ouvrir ? demanda l'hôtelier.

— Vois qui est là, répondit Coquastre.

Maître Quinepue s'approcha de la porte, fit jouer le vasis-
tas, et jeta un regard prompt à l'extérieur.

— Un homme et un cheval, dit-il aussitôt, en se tournant
vers Coquastre.

— Eh bien ! fais entrer l'homme, ordonna ce dernier.

La porte s'ouvrit immédiatement sur cette injonction, et
un homme parut sur le seuil.

Cet homme portait un costume étrange.

Sans être riches, ses vêtements avaient pourtant une certaine élégance qu'ils devaient peut-être à la manière toute
particulière dont ils étaient portés. Le pourpoint, fait d'un
drap de laine foncée, avait été passablement souillé par la
poussière d'un long voyage ; son manteau affectait une coupe
spéciale, inconnue dans la capitale, des bottes que la boue
avait constellées, lui montaient jusqu'aux genoux, et son
chapeau insolemment penché sur l'oreille, était orné d'une
plume de paon à laquelle l'usage avait enlevé depuis longtemps ses plus belles barbes.

Rien ne saurait rendre le charme inexprimable qui émanait
d'ailleurs de toute sa personne.

Il était grand, robuste, admirablement pris dans sa taille.

Ses yeux noirs et vifs semblaient lancer par instants d'ardentes étincelles, son nez avait une courbe altière qui révélait une nature impatiente et fière, et dans le pli railleur de ses lèvres, on devinait la vivacité spirituelle et hardie des races méridionales.

A voir sa taille droite et forte, et l'air d'assurance répandu sur tous ses traits, on lui aurait donné trente ans.

Il en avait à peine vingt.

Les principales lignes de son visage étaient d'une pureté exquise, ses joues avaient encore le duvet des jeunes années, ses lèvres étaient roses et fraîches, et l'on voyait bien que la moustache n'y poussait que depuis fort peu de temps.

Tout en lui éclatait de force, de jeunesse et de santé.

Par un geste plein de grâce, il avait posé une de ses mains sur la garde de son épée, et porté l'autre à son feutre.

Le passage subit de l'obscurité à la lumière parut d'abord l'éblouir, et pendant quelques secondes, il promena son regard incertain autour de la salle.

Mais cette hésitation disparut presque aussitôt, et il se tourna vers maître Quinepue.

— L'hôtelier ? demanda-t-il d'une voix claire et sonore.

— C'est moi, Monseigneur, répondit Quinepue en s'inclinant jusqu'à terre.

L'inconnu fit un mouvement imperceptible des lèvres, regarda de tous côtés, comme pour s'assurer que cette qualification de *Monseigneur* s'adressait bien à lui, et se retourna finalement vers son interlocuteur :

— Au fait ! dit-il en souriant à demi, tu as peut-être raison, qui sait ?... Mais ce n'est pas de cela qu'il s'agit... voilà près de douze heures que je chevauche sur cette route du diable, sans en pouvoir trouver la fin, — pourrais-tu me dire si Paris est encore loin d'ici ?

Ces paroles étaient à peine achevées qu'un rire homérique circula dans les rangs moqueurs des écoliers.

Tous les regards s'étaient portés sur l'inconnu, et l'hôtelier lui-même ne put s'empêcher de partager l'hilarité générale.

— Ah ! ah ! cela vous fait rire, mes maîtres, poursuivit l'inconnu en avançant de quelques pas, eh bien, tant mieux, car j'aime les gais visages et les joyeux propos. Toutefois, comme ma demande a été formulée d'une manière courtoise, et qu'elle n'a rien qui puisse blesser ici personne, j'entends qu'il y soit fait d'abord une réponse convenable et précise.

Et s'adressant plus directement à Quinepue :

— Réponds donc, maître hôtelier, ajouta-t-il d'un ton bref, et n'oublie pas que je tire ma bourse de ma manche avec la même facilité que mon épée du fourreau.

Un murmure douteux avait accueilli ces paroles, les parties de cartes ou de dés s'interrompirent subitement, Couastre sortit de sa rêverie, et d'Aubigny abandonnant son erre et son broc, se leva en chancelant.

Cependant maître Quinepue, que l'espoir d'un gain honnête alléchait, recommençait ses salutations empressées.

— Que Monseigneur me pardonne, répondit-il d'un air humble et soumis, mais la question m'avait paru si singulière !

— Et pourquoi cela ?

— Monseigneur ne connaît donc pas Paris ?

— C'est la première fois que j'y viens.

— Tout s'explique alors.

— Comment ?

— Vous y êtes.

— A Paris ?

— Non pas précisément, mais à deux pas de la porte Saint-Jacques, ce qui revient au même.

Cette assurance parut satisfaire le jeune homme, qui jeta

quelques pièces de monnaie à maître Quinepue, et se dirigea aussitôt vers la porte.

Mais avant qu'il en eût atteint le seuil, il fut rejoint par
d'Aubigny que les vives remontrances de Coquastre n'a-
vaient pu arrêter.

L'inconnu se retourna vivement au moment où ¡d'Aubigny
allait lui toucher l'épaule de la main.

— Deux mots, Messire, lui dit le jeune écolier d'un ton impertinent.

— Que me voulez-vous ? répondit l'inconnu.

— Presque rien.

— Mais encore ?

— Vous partez ?

— A l'instant.

— Eh bien, poursuivit d'Aubigny, puisque le hasard nous
a réunis à cette heure et dans ces lieux, ne pensez-vous pas
qu'il serait bienséant à vous de ne pas vous éloigner, sans
avoir goûté le vin du père Quinepue.

— Vous avez peut-être raison! dit gaiement le jeune
homme.

— Un verre d'hypocras réchauffe le cœur.

— Je l'ai souvent éprouvé.

— A votre santé donc, mon gentilhomme.

— A votre santé, Messire.

Les deux jeunes gens choquèrent leurs verres et burent.

Cependant les écoliers regardaient cette scène avec une
certaine impatience mêlée d'inquiétude. Cette courtoisie était
tellement en dehors des habitudes de d'Aubigny qu'ils s'attendaient vaguement à quelque surprise. Cela ne manqua pas
d'arriver.

L'inconnu avait déjà déposé son gobelet d'étain sur la table, et il s'apprêtait à s'éloigner pour la seconde fois, quand
son partner le retint.

— Qu'y a-t-il encore? demanda-t-il à d'Aubigny.

— Presque rien... répondit ce dernier.

— Voulez-vous railler ?

— Peut-être.

— J'ai peu de temps à perdre, je vous en préviens.

— Moi, c'est tout le contraire.

— C'est donc l'occasion d'une querelle que vous cherchez ?

— Je ne la cherche pas, mais quand elle se présente, je n'empresse de la saisir aux cheveux.

Une vive rougeur colora les joues de l'inconnu, dont le regard s'alluma.

Il se rapprocha de d'Aubigny.

— Voyons, lui dit-il à voix basse et rapide, c'est un duel que vous voulez, n'est-ce pas ?

— Croyez-vous ?

— Vous m'avez entendu, tout à l'heure, parler imprudemment de mon épée, et vous désirez apprendre si je sais m'en servir ?

— Foi de d'Aubigny, cela me ferait plaisir.

— Eh bien, vous serez satisfait, Messire, car sur mon hon-neur, vous commencez singulièrement à éveiller la colère dans ma poitrine; — çà donc, dégainons et ne perdons pas de temps s'il vous plaît.

Et joignant le geste à la parole, l'inconnu tira son épée du ourreau et se mit en garde.

Ce fut comme un coup de théâtre.

Dès que l'inconnu eut manifesté par sa pantomime expres-sive, son intention bien arrêtée de se mesurer avec d'Aubigny, les tables furent aussitôt renversées et jetées en un coin, les écoliers se rangèrent en cercle, laissant un espace vide autour des deux adversaires, et Coquastre, qui s'était levé, vint présider le combat comme juge et maître du camp.

D'Aubigny avait comme l'inconnu, tiré son épée du four-

2

reau. Mais au moment d'engager l'action, il parut se raviser tout à coup, et se tourna vers son adversaire.

— Pardon, Messire, lui dit-il avec une courtoisie affectée, avant de nous couper la gorge, il serait peut-être convenable que nous fissions connaissance.

— A quoi bon ? repartit l'inconnu.

— Encore, est-on bien aise de savoir qui l'on va tuer.

— Cela m'est indifférent.

— Je m'appelle d'Aubigny.

— Eh bien, puisque vous y tenez, moi je me nomme Rustique !...

Et sans prendre garde à l'étonnement que ce nom jetait dans les rangs de ceux qui l'entouraient, le jeune inconnu se mit en garde et menaça de son épée la poitrine de d'Aubigny.

III

Et de la singulière histoire que ce quidam raconta l'épée à la main.

Les premières passes s'effectuèrent au milieu de l'attention générale.

D'Aubigny était une des meilleures lames de l'Université, et, dès le début, il le fit bien voir.

Il avait le coup d'œil sûr, le geste prompt, et possédait un sang-froid qui ne se démentait dans aucune circonstance. Il était rompu d'ailleurs, depuis longtemps, à ces sortes d'affaires, et c'était pour lui un jeu d'enfant, que de croiser son épée contre celle d'un adversaire.

Disons cependant que rarement encore, il avait rencontré
un partner de la force de maître Rustique.

Ce dernier possédait non-seulement le calme et l'agilité de
l'Aubigny, mais il avait, de plus que lui, la grâce et la force.

Il lui manquait, peut-être, ce laisser aller insouciant que
l'habitude avait donné à son adversaire, mais il apportait
dans la lutte, toutes les ressources de son opulente nature,
et bien qu'un peu ému, peut-être, il ne laissait pas que de
profiter de tous ses avantages.

Au point de vue de l'art, c'était un spectacle qui ne manquait certainement pas d'attrait.

Pour le moment, Rustique attaquait.

Il avait rejeté, loin de lui, le chapeau de feutre qui cachait
son visage ; son front de marbre éclatait de blancheur sous
son abondante chevelure, son œil noir étincelait, et ses lèvres
conservaient encore cette courbe railleuse et fine qui leur
était particulière.

Il était beau, d'une sauvage et altière beauté.

On sentait, sous cette enveloppe, une mâle énergie que le
contact de la civilisation n'avait point encore déflorée, et
qui cherchait impérieusement à se faire jour par le regard,
par la voix, ou par le geste ; on subissait, malgré soi, l'influence magnétique de cette nature marquée visiblement d'un
signe providentiel ; on s'oubliait naïvement à contempler ce
beau front prophétique qui resplendissait sous son triple diadème de force, de fierté et de jeunesse !...

La pointe de son épée tournoyait autour de celle de d'Au-
gny avec une rapidité éblouissante ; elle l'appelait, l'évitait,
la trompait, passait impétueusement à travers les mille incertitudes de ses parades, et s'évertuait ainsi, à force de ruse
et d'adresse, à se frayer un chemin jusqu'à la poitrine de
son adversaire.

D'Aubigny avait mille peines à se couvrir.

Le jeune écolier était préoccupé...

Non, qu'il eût peur de l'issue de ce duel ou qu'il regrettât de l'avoir provoqué, non qu'il eût la conscience du danger qu'il pouvait courir et qu'il pût même s'en effrayer...

D'Aubigny aurait donné sa vie pour un verre d'hypocras, et eût-il eu peur, que la présence de ses compagnons eut suffi à relever son courage.

C'était donc une préoccupation d'un autre genre, qui, pour le moment, pesait sur son esprit, et paralysait, en partie, son habileté ordinaire.

Tuer un homme, dans un duel régulier, sous le regard de ses amis, cela lui arrivait quelquefois, et, au demeurant, c'était, à cette époque, la moindre des choses. .

Gentilhomme, bourgeois, écolier, manant, d'Aubigny n'y regardait pas de si près ; il se battait indifféremment avec le premier venu, pourvu cependant qu'il eût un nom honnête, et qu'il ressemblât à tout le monde.

Mais croiser l'épée avec un homme qui se faisait appeler *Rustique*, tuer cet homme ou se faire tuer par lui, cela était en dehors de ses habitudes, et ne paraissait à d'Aubigny ni digne, ni convenable.

Rustique !

Un pareil nom ne sonnait à rien... il était malséant... il cachait une énigme.

Cette préoccupation prit bientôt tellement d'empire sur son esprit, que son habileté ordinaire s'en ressentit, et qu'un murmure d'étonnement parcourut les rangs des spectateurs ; d'Aubigny, faillit même à plusieurs reprises en être victime.

Enfin il s'arrêta, et ficha résolûment son épée en terre, pendant que son adversaire le regardait avec surprise.

— Qu'est-ce que cela signifie ? dit-il, en promenant son regard étonné autour de la salle.

— Cela signifie que je suspends notre divertissement pour quelques minutes, répondit d'Aubigny.

— En avez-vous donc assez ?

— Pas du tout.

— Vous regrettez peut-être d'avoir commencé ?

— Allons donc !

— Vous avez peur alors ?

— Peur ? moi !...

— Cependant...

D'Aubigny réprima un mouvement de colère, et ne bougea non plus qu'un terme.

De leur côté, les écoliers étaient vivement intrigués, et attendaient, avec impatience, l'issue de l'explication qui allait suivre. Ils connaissaient d'Aubigny de longue date, et ils savaient bien, eux, que la peur était étrangère à sa détermination. Toutefois, ils cherchaient vainement quel motif avait pu le forcer à suspendre ainsi un duel si bien commencé.

— Ce n'est ni le regret, ni la peur, reprit d'Aubigny, après quelques instants de silence, c'est autre chose.

— Quoi donc ? demanda Rustique.

— Une idée...

— Mais encore...

— Moins que rien... Vous vous nommez Rustique, n'est-ce pas ?

— Ne vous l'ai-je pas dit ?

— Si bien... et c'est précisément ce qui m'arrête.

— Comment ?

— Sans doute... Je me suis battu vingt fois avec des écoliers des Quatre-Nations ou autres, et je ne m'en porte pas plus mal, comme vous voyez... Mais c'est que mes adversaires avaient tous des noms honnêtes et avoués par le calendrier... tandis que Rustique...

— Achevez.

2.

— Rustique est un singulier nom enfin.

— Eh! qu'importe! si l'épée est loyale...

— Je ne dis pas... mais encore est-on bien aise de savoir à qui l'on a affaire...

Rustique regarda, à ces mots, son adversaire d'un air ironique.

— Tenez, Messire, lui dit-il, avec hauteur, et en s'appuyant nonchalamment sur la pointe de son épée, j'ignore qui vous êtes, et puisque vous dites que vous avez l'habitude de ces sortes d'affaires, je veux bien vous croire. Moi, au contraire, c'est la première fois qu'il m'arrive de croiser le fer contre un adversaire, mais je jure Dieu que jamais pareil scrupule ne me serait venu. J'estime qu'un homme en vaut un autre, pourvu qu'il porte un épée et un cœur honnête... Or, donc, dépêchez de prendre un parti, Messire, car si vous reculez par couardise ou par toute autre raison, je m'adresserai à quelques-uns de vos compagnons qui n'auront peut-être pas les mêmes scrupules à mon endroit...

— Par la mort-diable, interrompit d'Aubigny, qui bondit à cette proposition, aucun autre que moi n'aura l'heur de trouer votre pourpoint.

— Vous consentez donc?

— Par le sang du Christ!...

— En garde alors! messire d'Aubigny.

— En garde, en garde! messire Rustique.

Et les deux jeunes gens se remirent à ferrailler avec une nouvelle ardeur.

Cette fois, toute préoccupation étrangère avait disparu de l'esprit de d'Aubigny, et il se mit à déployer les ressources de son adresse, pour arriver plus vite à ses fins.

Mais à peine eurent-ils échangé quelques coups, que Rustique s'arrêta à son tour, et parut demander une trêve.

— Qu'est-ce, Messire? s'écria d'Aubigny; êtes-vous déjà

las, et nous faudrait-il remettre à un autre jour, notre diver-
tissant exercice?

Rustique haussa les épaules.

— Fi ! répondit-il avec assurance, pour la première fois
que pareille aventure m'arrive, je tiens à honneur de la mener
à bonne fin….. seulement il m'est venu un scrupule…

— Comme à moi, tout à l'heure, fit d'Aubigny.

— En effet.

— Et ce scrupule ?

— J'ai pensé, poursuivit Rustique, sans cesser son sourire
moqueur, que vous pourriez mourir dans cette rencontre.

— En vérité?

— Si j'allais vous tuer, j'en serais désespéré.

— Et moi donc?

— Mais il faut tout prévoir.

— Sans doute.

— Vous avez une maîtresse ?

— Pardieu !

— Si elle apprenait que vous avez passé de vie à trépas
elle en serait fort marrie, je suppose.

— Moi, j'en doute.

— Toutefois, encore serait-il convenable de désigner quelqu'un que vous chargeriez de la consoler.

— Vous voulez peut-être que ce soit vous ? fit d'Aubigny.

— Pourquoi pas? repartit Rustique avec gaieté.

D'Aubigny lança un grand éclat de rire qui trouva de l'écho
ans les rangs des spectateurs.

— Au fait, reprit-il aussitôt après, votre proposition ne me
éplait pas, Messire, mais sang-Dieu, ce sera à charge de
evanche.

— Comment ?

— Par Saint-Babolein, l'ami, vous n'êtes point arrivé, que
? pense, à l'âge où vous êtes, bâti comme vous voilà, sans

avoir un tantinet goûté des faveurs du petit dieu Cupidon !
Vous avez une maîtresse aussi ?

— Y songez-vous ?

— Le diable soit en mes chausses!... Vous faites le discret ?

— Point.

— Cependant...

Une ombre de tristesse glissa sur le front de Rustique,
qui se mit à secouer lentement la tête.

— Tenez, répondit-il, avec une légère pointe de mélancolie,
vous me connaissez à peine, Messire, et vous avez quelque
droit de vous étonner de l'étrangeté de mes réponses ; mais
si Dieu veut que nous sortions, l'un et l'autre, sains et saufs
de cette rencontre, j'aurai lieu de vous étonner bien davantage encore. Donc, je n'ai point de maîtresse à vous offrir
en échange de la vôtre, dans le cas où ce duel me serait
fatal, mais si cet enjeu me manque, Dieu merci, j'ai dans la
manche de quoi en tenir lieu.

En parlant ainsi, le jeune homme avait tiré de sa manche,
et jeté sur la table une bourse de cuir pleine d'or.

— C'est là, ajouta-t-il avec insouciance, toute ma fortune ;
je ne sais pas moi-même bien précisément ce que contient
cette bourse, mais l'homme qui me l'a remise au départ,
m'a assuré que j'en avais pour longtemps. Si je meurs, elle
vous appartiendra, messire d'Aubigny, à cette condition,
toutefois, que vous ferez dire une messe, pour le repos et le
salut de mon âme.

D'Aubigny avait lorgné la bourse du regard, et d'un coup
d'œil il avait supputé le nombre respectable de pot d'hypocras auxquels elle pouvait servir de prétexte.

Mais le jeune écolier n'était pas tout à fait dénué de sensibilité, et la dernière partie du discours de Rustique parut le
toucher vivement.

— Eh quoi! s'éria-t-il, avec un attendrissement que ses

ibations antérieures auraient expliqué au besoin, songe-
iez-vous déjà à mourir, Messire? pour mon compte, j'espère
)ien que nous nous porterons à merveille demain matin, sauf
,uelques égratignures maladroites.

— Je ferai de mon mieux, objecta Rustique.

— Et moi de même.

— Nous pouvons nous tuer cependant.

— Sans doute...

— Et, dans ce cas, vous acceptez mon legs.

— Ne connaissez-vous donc personne à qui l'octroyer?

— Personne.

— Quoi! pas une maîtresse?

— Non.

— Un ami au moins?

— Pas davantage.

— Mais votre père?

— Je n'en ai point...

— Ah! la plaisante histoire... remarqua d'Aubigny, en
:tant un regard circulaire sur ses compagnons? Et d'où
ortez-vous pour le présent, messire Rustique?

— Je sors de prison, répondit ce dernier.

A cette réponse, tous se regardèrent.

— De prison? répéta d'Aubigny.

— En doutez-vous? reprit son interlocuteur.

— Mais quel âge est donc le vôtre?

— Je l'ignore.

— Et que venez-vous faire à Paris?

— Je n'en sais rien.

Ces réponses étaient faites sur un ton de simplicité char-
nante qui ne tarda pas à captiver l'attention de tous les
uditeurs. Coquastre lui-même, jusque-là occupé à écouter
:s bruits du dehors, se rapprocha de Rustique, et le con-
idéra avec une sympathie marquée.

— Pardieu, messire Rustique, reprit presque aussitôt d'Aubigny, c'est une étrange histoire que la vôtre, et j'avoue qu'elle pique au dernier point ma curiosité... Ne pourriez-vous nous la raconter incontinent ?

— Fi ! messire d'Aubigny, repartit le jeune homme, cette histoire ne vaut pas un coup d'épée.

— Croyez-vous ?

— J'en suis sûr.

— Nous allons donc recommencer ?

— Si vous le voulez bien.

D'Aubigny releva à regret la pointe de son arme.

— Soit ! dit-il nonchalemment, recommençons ; cependant vous m'allez enlever une partie de mon adresse.

— Pourquoi cela ?

— J'aime beaucoup les histoires mystérieuses, Messire.

— Eh bien ?

— Eh bien, si je vous tue, qui me racontera la vôtre ?

Rustique ne put s'empêcher de sourire à cette repartie, mais ils avaient déjà perdu trop de temps en conversations inutiles ; il releva à son tour la pointe de son épée, et se mit en garde.

— Vous le voulez, dit d'Aubigny, j'obéis, mais je jure Dieu, que si je ne vous tue pas, vous aurez en moi un bon et fidèle ami.

— En moi aussi, ajouta Coquastre.

Rustique salua avec grâce, en signe de reconnaissance.

— Merci à vous, Messires, répondit-il, merci ; si la chance m'est contraire, j'aurai au moins celle de mourir entre les bras de braves et joyeux compagnons... A vous, messire d'Aubigny, et que Dieu vous garde !

A ces mots, Rustique fondit sur son adversaire, et le combat recommença.

Les deux adversaires étaient devenus sérieux ; ils avaient

lit trêve aux propos inutiles, et les soins de l'attaque et ceux
e la défense absorbaient maintenant leur pensée.

Rustique l'avait déclaré, — c'était la première affaire qu'il
ût eue encore, et il y apportait tout le feu de la jeunesse
lêlé à l'expérience de l'homme mùr. Il avait d'ailleurs déjà
ssez vécu, quoique encore bien jeune, pour savoir qu'une
remière affaire est chose sérieuse, et que de son issue dé-
nd souvent le bonheur d'une existence tout entière.

Pendant quelques minùtes, on n'entendit que le bruit du
r contre le fer, et la respiration haletante des deux combat-
nts.

Toutefois, ce silence paraissait à d'Aubigny fort pénible à
pporter, et tout en ferraillant, il ne put s'empêcher d'a-
esser de temps à autre la parole à son adversaire.

— Pardieu! s'écria-t-il, messire Rustique, savez-vous bien
e pour un homme qui sort de prison, vous avez la main
este et exercée?

— On l'aurait à moins, répondit Rustique en se fendant.

— Comment cela?

— Il y a bientôt quinze années que je m'exerce à ce mé-
er.

D'Aubigny se prit à rire, tout en parant les bottes que lui
rtait Rustique.

— Est-ce donc contre les murs de votre cachot que vous
us escrimiez? demanda-t-il avec malice.

— Non, mais contre mon geôlier.

— Vraiment... l'idée est heureuse, ma foi... Mais, voyons,
ndant que nous ferraillons ici en pure perte, et sans avan-
r la besogne de beaucoup, ne pourriez-vous me dire com-
ent vous êtes sorti de prison?

— Si bien.

— Je vous écoute alors.

— Eh bien, reprit Rustique, sans cesser de chercher la poitrine de son adversaire avec son épée, figurez-vous que cet imbécile de geôlier avait la passion des armes...

— Ah ! ah !... un vieux routier sans doute ? objecta d'Aubigny toujours parant.

— En effet...

— Je comprends.

— Dès qu'il me vit en état de soutenir le poids d'une épée, je devins son adversaire de prédilection. Tous les matins, il me venait voir dans ma prison, tantôt avec deux dagues, tantôt avec deux épées de plus grande dimension, à lame carrée, à la manière espagnole. — Mon homme était de Burgos. — Plus tard, et à mesure que je grandis, il changea la forme de nos armes, et nous ne nous servîmes bientôt plus que de grandes épées de Tolède, dont la garde et la poignée étaient ciselées en relief avec un art infini... Mais, pardon, maître d'Aubigny, vous vous découvrez...

— Ce récit m'intéresse, repartit le jeune écolier en envoyant sa pointe à son interlocuteur, votre geôlier me plaît, obligez-moi donc de me dire son nom, je vous prie.

— Carlos...

— Ils s'appellent tous Carlos, dans ce pays... mais c'est un détail, continuez, Messire, je vous écoute...

— Pendant près de huit années, reprit Rustique en ferraillant de plus belle, pendant près de huit années, je me prêtai à ses caprices, et j'acquis ainsi une certaine force à l'épée.

— Cela se voit.

— Toutefois, jusqu'alors, je n'avais jamais pensé que je pusse me servir de cette adresse pour m'aider à sortir de la prison dans laquelle j'étais renfermé.

— Une habitation monotone... — Ah ! vous avez manqué de me percer de part en part.

— Bah ! ce n'est rien cela... objecta Rustique, il y a déjà

quelque temps que je ne me suis exercé, et j'ai fait vingt lieues aujourd'hui. Mais attendez la fin...

— Je veux bien...

— Mon Espagnol était ravi de mes progrès... j'étais presque devenu aussi fort que lui, et je le touchais assez fréquemment : cela me fit venir une idée.

— Laquelle ?

— J'avais remarqué depuis longtemps que j'étais le seu prisonnier que l'on gardât dans cette sorte de bastille ; je n'y entendais jamais aucun bruit autour de moi, ni le jour ni la nuit ; j'étais confié à la surveillance de mon geôlier, lequel s'acquittait de son office en conscience...

— Nous arrivons au dénoûment.

— En effet ; un jour je vins à penser que si je pouvais me débarrasser de mon homme, qui portait toujours sur lui toutes ses clefs, rien ne me serait facile comme de m'ouvrir à moi-même les portes de ma prison, et de fuir à jamais ce lieu d'horreur où s'étaient écoulées les premières et les plus belles années de ma vie. Cette idée fermenta huit jours dans mon cerveau... Il fallait, pour atteindre le but, blesser grièvement mon maître ou le tuer au besoin, et j'avais beau m'armer de courage, je reculais toujours devant cette extrémité.

— Vous êtes bien bon.

— Au bout du huitième jour cependant, je pris résolûment mon parti.

— A la bonne heure !

— Carlos descendit ce jour-là, ainsi que d'habitude, dans mon cachot, et comme les jours précédents, nous nous mîmes aussitôt à jouer de l'épée... De belles et longues épées... Messire, je me les rappelle encore... la mienne était emmanchée d'une poignée en fer ciselé... la garde en était ornée de figures couchées et terminée par deux de têtes Maures... — Pauvre Carlos, il se mit en garde tel que vous

3

voilà; il croyait jouer encore comme la veille, le malheureux, et moi je sentais mon cœur battre, mes oreilles bourdonner, tout mon sang brûler mes veines.

Pendant qu'il parlait ainsi, un nuage passa sur le front de Rustique. Il essuya la sueur qui perlait le long de ses tempes, et continua avec une sorte de fièvre, tandis que sa main, plus rapide, pressait davantage son adversaire.

— Mon arme, dit-il, frémissait dans ma main, et peu s'en fallut que cette hésitation ne me trahît. Mais je compris à temps le danger d'une telle situation, je me redressai de toute ma hauteur, je m'affermis sur mes jambes, et, ayant serré énergiquement la poignée de mon épée, j'en envoyai la pointe à travers le corps de Carlos.

Et en disant ces mots, comme s'il eût obéi à l'impulsion d'un souvenir pénible, Rustique fondit sur son adversaire, et lui enfonça son arme dans la poitrine.

Heureusement d'Aubigny avait rompu à temps, de sorte que l'épée pénétra à peine d'un pouce dans les chairs.

— Bien joué !... cria l'écolier en fléchissant sur ses genoux, c'est votre damné Carlos qui en est cause... Çà... qu'est-il devenu cependant... car vous l'aviez blessé, au moins ?...

— Je l'avais tué !... répondit Rustique.

— A merveille ! fit d'Aubigny : par la Tête-Dieu, vous avez failli m'en faire autant... Merci... allons, compagnons, bandez-moi cette égratignure, et vidons ensemble un verre de vin d'Angoulême..... le diable soit en mes chausses, si je ne deviens pas votre ami, messire Rustique... Votre Carlos me plaît, sur mon âme, et vous l'avez dépêché de la bonne façon... A votre santé donc, et Dieu vous donne promptement ce qui vous manque!...

— Quoi donc ? demanda Rustique étonné.

— Un nom qui sonne mieux que le vôtre !

Un verre avait été apporté à d'Aubigny. — Mais il l'avait a peine vidé, qu'un grand cri se fit entendre au dehors.

— On égorge quelqu'un à vingt pas d'ici, dit vivement Rustique, en se précipitant vers la porte qu'il ouvrit.

— Denise peut-être?... s'écria Coquastre.

— Courons!... dirent les écoliers.

Et mettant aussitôt l'épée à la main, toute la bande abandonna la taverne et fit irruption sur la route.

IV

Trois gouttes de sang dans un verre.

Coquastre ne s'était pas trompé.

Les cris qu'il venait d'entendre avaient été poussés par le père Blondel et par sa fille Denise, que des ribleurs de nuit attaquaient.

Deux valets qui les escortaient avaient été tués, et déjà les bandits assaillaient la charrette dans laquelle le père et la fille se tenaient blottis, plus morts que vifs, quand l'intervention des écoliers changea tout à coup la face des choses.

Les assaillants étaient au nombre de six au plus, tandis que les écoliers étaient une dizaine. En outre, Coquastre, d'Aubigny et Rustique frappaient avec un tel entrain, ils paraissaient, de plus, si décidés à faire place nette, dussent-ils tuer impitoyablement les six bandits, que ces derniers jugèrent prudent de ne pas s'exposer davantage.

En conséquence, ils se hâtèrent d'opérer leur retraite en bon ordre, et se retirèrent, sans avoir perdu un seul homme.

Rustique frappait du pied et fouettait l'air de son épée impatiente :

— Eh quoi! disait-il à Coquastre et à d'Aubigny, les laisserons-nous s'éloigner ainsi?

— Que voulez-vous donc faire? objecta Coquastre.

— Eh! les poursuivre, pardieu!

— Pour qu'ils nous attirent dans quelque piége.

— Avez-vous peur?

— Non, messire, mais je crois qu'il vaut mieux ne pas exposer ainsi sa vie, pour la satisfaction de tuer quatre ou cinq bandits. — C'est une occasion que vous retrouverez plus d'une fois dans la capitale. — D'ailleurs, les voyageurs que nous venons de sauver, réclament encore notre aide, et c'est à eux qu'il faut songer ; hâtons-nous donc, et aidez-moi, si vous voulez rassurer le père Blondel et sa fille.

Cependant, depuis l'instant où la voiture avait été assaillie par les bandits, les cris avaient cessé de ce côté : à ce moment suprême, et comme si tout espoir eût été perdu, Denise, les mains jointes et les yeux au ciel, priait Dieu d'éloigner l'affreux malheur qui les menaçait. La terreur de son père l'avait gagnée ; elle était pâle, son cœur battait à se rompre, des larmes amères coulaient le long de ses joues. C'était la première fois qu'une pareille aventure l'effrayait, et bien qu'elle fût d'un caractère décidé, elle tremblait de tous ses membres, et ne songeait pas sans désespoir qu'elle allait peut-être mourir!...

Quant à l'honnête armurier, il avait préféré s'évanouir!

C'est dans ces attitudes respectives, que Coquastre trouva Blondel et Denise.

A peine cette dernière eut-elle reconnu son frère d'adoption et les écoliers qui le suivaient, qu'elle sentit la confiance renaître dans son cœur.

Coquastre avait fait avancer la voiture jusqu'à la taverne

du père Quinepue ; il présenta la main à la jeune fille, qui sauta à terre avec la légèreté d'un oiseau, et courut dans la taverne, escortée et suivie par ses libérateurs.

Son regard avait souri à chacun des écoliers, et s'était arrêté avec un certain étonnement sur Rustique.

Elle connaissait tous les autres, et point celui-là.

Quel pouvait être cet étranger qui semblait si lié avec les *capètes*? Il ne portait point le costume du collége de Montaigu. — Ce n'était pas un seigneur non plus. Pourquoi se trouvait-il, à cette heure, avec Coquastre, d'Aubigny et les autres? était-il venu avec ceux-ci et comme eux, dans le but de la protéger et de la défendre ?.. — Il y avait là un petit mystère, et Denise, la jolie Denise était curieuse.

Une fois le cœur d'une jeune fille ouvert à la curiosité, à quel sentiment ne peut-il pas donner accès?

Denise était une enfant de Paris, dans toute l'acception du mot.

Petite, accorte, pétulante, avec un front pur couronné d'une opulente chevelure noire, deux yeux vifs qui pétillaient d'esprit et de malice, pied mutin, dents éclatantes, mains blanches et effilées, la délicieuse créature offrait toutes les séductions de la femme heureuse et insouciante.

Elle avait bien seize ans !

Sa taille rappelait la souplesse élégante et forte des jeunes arbustes, sa voix empruntait la douceur et la vivacité d'un cri d'oiseau, et son regard éclatait à toute heure de franchise et de moquerie bienveillante.

Denise était la joie, l'orgueil, la consolation de son père. Tous les écoliers, tous les clercs au Châtelet, tous les jeunes seigneurs de la cour la connaissaient, et plus d'un passait souvent dans la rue du Heaume, rien que pour la voir derrière son comptoir mobile, ou lui glisser à voix basse et à l'insu de son père, quelques mots d'amour ou de désir.

Mais la jolie enfant *n'en avait cure*, comme dit Jaligny, parlant d'Anne de Bretagne.

L'amour ne s'était point encore éveillé dans son cœur, le soupçon des mystères qu'il cache ne l'avait pas même touchée. Elle vivait ignorante des choses de ce monde, sous les regards de son père, heureuse de sa beauté, ne demandant au ciel que de continuer cette vie exempte de trouble qu'elle avait menée jusqu'alors. Clercs ou gentilshommes, manants ou seigneurs, elle accueillait tout le monde avec la même moquerie spirituelle, sans se douter que cette conduite, qui aurait pu passer pour de la coquetterie chez une autre femme, avait le double effet d'entretenir l'émulation de ses adorateurs, et d'emplir les coffres de l'armurier.

Le père Blondel se fiait à la vertu de sa fille, et la laissait faire. — D'ailleurs, eût-il ordonné qu'il en fût autrement, que c'eût été absolument la même chose.

Denise avait le caractère entier, et ce qui entrait une fois dans sa petite tête, n'en sortait pas facilement : le bon père s'était donc habitué, de bonne heure, à penser comme elle, pour éviter qu'elle ne pensât pas comme lui.

Dès que Denise se trouva devant la cheminée où brillait un bon feu, elle présenta vivement ses petits pieds à la flamme qui grimpait au fond de l'âtre, et ayant légèrement relevé sa robe de drap, elle laissa voir la naissance d'une jambe fine et ronde. Puis, elle dégrafa le mantelet qui tombait de ses épaules et le rejeta en arrière, montrant ainsi, du même geste, sa taille élégante et souple, et la courbe gracieuse de ses belles épaules.

Les écoliers la regardaient sans proférer une parole, tandis que Coquastre se multipliait pour prévenir le moindre de ses désirs.

Tout à coup, et au moment où Denise paraissait s'abandonner avec le plus de satisfaction au bien-être qu'elle éprouvait après le danger qu'elle avait couru, elle se retourna vivement, et poussa un cri de douloureuse surprise.

Elle s'apercevait seulement alors qu'elle se trouvait seule au milieu des écoliers. — On avait oublié le père Blondel!

— Qu'avez-vous, Denise? demanda aussitôt Coquastre.

— Mon père? répondit Denise.

— L'armurier! s'écria d'Aubigny, il sera resté dans la voiture. — Ne bougez pas, ma jolie enfant, mon ami Rustique et moi, nous allons vous l'amener — le temps seulement d'aller et de revenir.

Et sur un geste d'assentiment de Denise, d'Aubigny s'éloigna entraînant Rustique.

Il faisait sombre au dehors, mais la charrette n'était qu'à quelques pas : d'Aubigny l'eût rejointe en deux enjambées.

Rustique le suivait :

— Je gage que l'armurier dort, fit d'Aubigny en jetant un coup d'œil dans la voiture.

— A moins qu'il ne soit mort! repartit Rustique.

— Au fait, c'est encore possible.

— Voyons toujours.

— Vous avez raison.

D'Aubigny monta d'un bond dans la voiture.

Dans le premier moment, il lui fut impossible de rien distinguer au dedans. Il se baissa pour mieux voir, et promena sa main de tous côtés.

Au bout de quelques instants, il rencontrait quelque chose de froid et de métallique qui lui parut avoir la forme d'une cuirasse.

— Qu'est-ce que cela signifie? dit-il avec étonnement.

— Que se passe-t-il donc? fit Rustique qui attendait sur la route.

— Du bonhomme Blondel, pas un mot, continua l'écolier, poursuivant ses investigations, mais je tiens une cuirasse.....

— Dame ! un armurier...

— Puis des cuissards, des solerets, des brassards, le tout terminé par un bonnet de coton.

— Comment cela ?

— La peste m'étouffe, si ce n'est l'armurier lui-même.

— Blondel ?

— Blondel.

— Et que diable fait-il dans cette carapace de fer...

— Je pense qu'il est évanoui.

— Il faut le porter dans la taverne.

— A mon aide donc, maître Rustique, et hâtons-nous.

D'Aubigny avait dit vrai — c'était bien le père de Denise qu'il venait de trouver étendu dans la charrette, enveloppé dans une armure complète.

Blondel n'était pas brave; son tempérament s'y opposait : il était poltron au contraire, et ne s'en cachait pas, il savait bien fabriquer une épée, mais non s'en servir. Aussi au moment de se mettre en route, le pauvre homme s'était trouvé dans une terrible perplexité. Il n'ignorait pas quels dangers l'attendaient dans ce voyage; les chemins étaient infestés de bandits qui ne devaient se laisser attendrir ni par sa placidité, ni par la jeunesse ou la beauté de sa fille. Il avait eu peur pour Denise et pour lui — pour Denise surtout.

Alors, une idée lui était venue.

Il se dit que, dans ce monde, on se tire souvent d'affaire en faisant montre de qualités ou de vertus que l'on n'a pas. Tous ceux qui vont aux offices, pensait maître Blondel, ne sont pas dévots, bien des lâches portent l'épée, et plus d'un bonnet de docteur coiffe un ignorant. Pourquoi ne s'affublerait-il pas d'un costume qui, s'il ne réussissait à effrayer les bandits par lesquels il s'attendait à être attaqué, aurait du moins cet avantage d'amortir les horions qui ne manqueraient pas de lui être adressés. — Et puis, — qui sait?... —

une fois enfermé dans l'armure d'un homme de guerre, le courage ne pouvait-il pas lui venir?

Maître Blondel avait donc revêtu son armure; mais le courage n'était pas venu, et il s'était affaissé sur lui-même, dès la première attaque.

Cependant Rustique avait rejoint d'Aubigny. — Il prit les jambes de l'armurier, tandis que son compagnon le soulevait par les épaules.

Il n'en fallut pas davantage. — Ce mouvement ranima Blondel, et eut pour effet de le rappeler à lui-même. Il se dressa sur son séant comme un homme ivre qui revient à la raison, et regarda les deux jeunes gens, dont il ne pouvait distinguer encore les traits.

— Où suis-je? s'écria-t-il d'une voix qu'il cherchait vainement à raffermir... Que me voulez-vous?...

— Vous transporter à la taverne du père Quinepue, répondit d'Aubigny.

— Et ma fille! ma Denise!... balbutia le malheureux père.

— Elle nous y a précédés avec les autres.

— Quels autres...

— Nos compagnons.

— Tout est donc fini?

— Pardieu.

— Elle est perdue...

— Elle est sauvée, au contraire.

— Ah! tenez, dit Blondel en essayant de se mettre à genoux, prenez ma vie... mais rendez-lui la liberté...

— Eh que diable voulez-vous que nous fassions de votre vie, père Blondel, repartit brusquement d'Aubigny, allons, allons, debout, Messire, et ne tardez pas plus longtemps à nous suivre dans la taverne, où nous viderons quelques bons verres avec votre fils Coquastre et les autres.

3.

Blondel demeura abasourdi à ces paroles.

— Coquastre, dit-il d'un ton incrédule.

— Sans doute.

— Il est là ?...

— Avec votre charmante enfant.

— Mais qui êtes-vous donc, vous-même ?

— Vous ne me reconnaissez pas ?

— Il fait nuit si profonde.

— A-t-on besoin de voir ses amis pour les reconnaître ?

— Messire d'Aubigny peut-être !

— Ecolier du collége de Montaigu, père Blondel.

L'armurier fut sur le point de s'évanouir une seconde fois.

Mais la joie ne tue pas, quoi qu'on dise ; Blondel se remit bientôt de cette émotion, et se laissa glisser doucement de la charrette sur la route.

Quand il toucha la terre, il rendit un son de vieille ferraille, et, soutenu par Rustique et d'Aubigny, il se précipita vers la taverne.

Son entrée fit sensation.

On ne s'attendait guère à le voir apparaître ainsi harnaché ; lui-même n'avait pas songé aux quolibets auxquels il s'exposait en se présentant de la sorte ; les écoliers eurent bien de la peine à ne pas éclater.

Mais la présence de Denise sauva son père : — la jolie enfant était le bon ange de l'armurier ; elle lui avait évité bien des fois déjà les ironies sanglantes de la jeunesse turbulente et mutine.

Cependant d'Aubigny avait avancé un escabeau près du feu ; il invita Blondel à s'y asseoir, pour réchauffer ses membres engourdis par le froid.

Malheureusement l'armure dans laquelle ce dernier était enveloppé ne lui permettant aucun mouvement de fantaisie, force lui fut de rester debout.

D'Aubigny recourut à un autre moyen.

Il alla prendre sur la table un grand gobelet d'étain, et le remit à l'armurier ; puis, s'étant emparé d'un énorme pot d'hypocras, il s'apprêta à le servir.

Mais au moment où le père Blondel allait tendre son gobelet à d'Aubigny, il s'arrêta tout à coup et pâlit.

Il y avait, sur le gobelet, trois gouttes de sang, fraîches encore !...

D'Aubigny s'en empara, et le passa en frémissant à Rustique qui se trouvait à ses côtés.

— Ceci est d'un mauvais présage ! dit-il en branlant lentement la tête, je gage, messire Rustique, que l'un de nous mourra dans l'année !

Un sourire d'incrédulité froissa les lèvres du jeune homme.

— Dieu veuille alors que ce soit moi ! répondit-il gaîment, car si je meurs, je laisserai au moins peu de regrets derrière : mais rassurez-vous cependant, messire d'Aubigny : je ne crois pas plus aux présages qu'aux sortiléges, et ce sang, que je sache, n'est ni le vôtre ni le mien.

— Vrai bot ! fit d'Aubigny, je serai bien aise de le savoir au juste.

— Eh bien, regardez alors, ajouta Rustique.

Et il indiqua du geste le plafond de la salle imprégné d'une grande tache rouge d'où tombait de temps en temps une goutte de sang...

— Qu'est-ce que cela signifie ! s'écria le père Blondel, toujours pâlissant.

— Cela signifie, répondit Coquastre, comme frappé d'une idée subite, que Jacques le Majeur a joué de la dague à l'étage supérieur, et que nous sommes arrivés trop tard.

Puis, se tournant vers maître Quinepue, qui, terrifié et sans voix, attendait anxieusement la fin de cet incident :

— Ça, maître tavernier du diable, lui dit-il, en le secouant rudement du collet, réponds. Qu'est venu faire ici Jacques, que nous avons vu s'enfuir à notre arrivée ?

— Je l'ignore, balbutia Quinepue.

— Réponds.

— Je vous jure.

— Réponds, te dis-je, si tu ne veux pas que la pointe de mon épée aille chercher tes paroles au fond de ton gosier.

— Mon bon seigneur !... murmura l'hôtelier, en tombant à genoux.

Coquastre allait faire un mauvais parti à maître Quinepue ; déjà son épée était levée sur sa tête, encore quelques secondes, et il frappait. Rustique retint son bras à temps, et changea le cours de ses idées.

— Et pourquoi donc frapper ce pauvre Quinepue, s'écria-t-il avec vivacité, la victime de Jacques le Majeur doit être à l'étage supérieur, il me semble plus simple de l'aller secourir sans tarder.

— Il a raison ! fit observer d'Aubigny.

— Mais la porte est bardée de fer et fermée en dedans ! objecta Coquastre.

— Bah ! repartit Rustique, avec un geste dédaigneux, une porte fermée n'a jamais arrêté un homme déterminé, et pour ma part, j'en ai détruit qui paraissaient plus solides encore : laissez-moi donc faire, compagnon, et tenez-vous seulement prêt à me suivre.

Et ce disant, il s'avança résolûment vers la porte sur laquelle il asséna un coup vigoureux du pommeau de son épée.

Le coup rendit un bruit formidable, mais la porte ne bougea pas.

D'Aubigny se prit à rire.

— Eh ! eh ! ricana-t-il, ceci me semble moins facile que tout à l'heure.

Rustique fit la moue railleuse et fine qui lui était familière.

— Nous le verrons bien, répondit-il.

— Bah ! c'est tout vu.

— Attendez encore.

Et sans se préoccuper davantage des objections ironiques dont il était l'objet, il fondit sur la porte, qu'il ébranla énergiquement d'un coup d'épaule.

Une des planches vola en éclats.

— Diable, ceci est mieux, murmura d'Aubigny.

— Vous croyez... riposta Rustique.

— Mais c'est un exercice à vous démettre les membres.

— On fait comme on peut.

Cependant Rustique continuait son travail de destruction ; la porte s'en allait peu à peu, par morceaux ; et quand, en moins de cinq minutes, les dernières planches s'éparpillèrent brisées dans la salle commune, il se retourna satisfait vers les écoliers :

— Maintenant, leur dit-il, de l'air le plus naturel du monde, les chemins sont ouverts ; prenez une lampe, messire d'Aubigny, et ne perdons pas de temps !...

Les écoliers se rendirent aussitôt à cette invitation ; et un instant après, ils escaladaient lestement l'escalier roide et difficile qui conduisait au premier étage.

Rustique avait déjà conquis une immense influence sur la joyeuse bande qui lui obéissait maintenant, de la meilleure grâce du monde. C'est que le jeune homme, sans faire parade de son énergie et de son courage, possédait une volonté ferme, une résolution arrêtée, qu'il imposait sans s'en douter et presque malgré lui, à tout ce qui l'entourait. C'était une riche et belle organisation, une nature primitive et forte, qui n'avait encore rencontré aucun obstacle à sa manifestation. Du jour où cet homme avait mis le pied dans le monde, il l'avait conquis !

Rustique puisait surtout sa force dans ce dédain superbe du danger que lui inspirait sa position exceptionnelle. Il était seul au monde ; il n'avait ni père, ni mère, ni frère, ni sœur ni maîtresse, personne qu'il aimât ou dont il fût aimé. Sa vie n'appartenait qu'à lui, et il n'en devait compte qu'à Dieu. — Quel danger aurait pu le faire pâlir ?

Mais s'il possédait la force de l'homme, Rustique avait aussi cette grâce attrayante et douce que donne à la physionomie la virginité de la conscience et de l'honneur. Toute sa personne respirait la franchise et l'honnêteté, et l'on eût vainement cherché sur son front ou sur ses joues, la trace d'un souci ou le pli profond d'un remords.

Cependant Denise et Blondel étaient restés seuls dans la salle basse, pendant que les écoliers grimpaient l'escalier.

Depuis quelques secondes, Denise était soucieuse et préoccupée. Elle avait nonchalamment penché sa tête sur sa poitrine, et son regard suivait gravement les flammes d'or qui clapotaient au fond de la cheminée.

Elle rêvait !...

Son cœur battait plus fort ; elle était sourdement agitée ; sans savoir pourquoi, elle se sentait émue...

Et pourtant ce n'était ni à la victime de Jacques le Majeur, ni à Coquastre, encore moins à son père, que la jolie enfant rêvait ainsi !...

A qui ce rêve s'adressait-il donc ?

Que le lecteur devine.

Le cœur d'une jeune fille est semblable à un beau lis qui s'ouvre pur et chaste aux premiers rayons du soleil levant, — au fond de sa corolle, il y a toujours, chaque matin, une larme que les rêves de la nuit y ont déposée...

V

Trois gouttes de sang dans un verre.

(Suite.)

Id ... bruit que firent les écoliers en rentrant dans la salle, ... seul arracher Denise à sa rêverie.

Elle se réveilla en sursaut, secoua doucement la tête, comme pour chasser une pensée importune, et vit venir Coquastre, d'Aubigny et Rustique qui descendaient l'escalier, tenant dans leurs bras un jeune homme dont le visage pâle et les traits contractés annonçaient suffisamment l'état déses-péré.

Dès que Denise l'eut aperçu, elle poussa un cri douloureux, et accourut à sa rencontre.

— Hugues! s'écria-t-elle avec un accent déchirant! Hugues, Hugues! mort...

— Vous connaissez donc ce gentilhomme? fit Rustique en regardant Coquastre.

— C'est le fils du prévôt de Paris, répondit ce dernier, à voix basse.

— Et croyez-vous qu'il soit mort?

— Approchons-le du feu, il n'est peut-être qu'engourdi par le froid, et affaibli par la perte de son sang... s'il était mort, cela nous ferait une mauvaise affaire.

— Est-ce donc vous qui l'avez occis?

— Non, certes.

— Que craignez-vous alors?

— Tout!... Messire... tout... repartit Coquastre, le prévôt

est un homme cruel et sanguinaire ; il a trois fils, celui-ci est le plus jeune. Les deux autres sont insolents, querelleurs, sans mesure... Je ne souhaite pas que vous vous rencontriez jamais sur leur chemin...

— Et pourquoi donc ?

— Ils vous feraient bâtonner par leurs valets.

— Par le sang !... s'écria Rustique en devenant pourpre.

— Ils le feraient, insista Coquastre.

— C'est ce que nous verrions.

— Quant à celui-ci, il est fort doux, et vraiment, je cherche à pénétrer quel motif a pu pousser Jacques le Majeur...

— Et sa bourse, pardieu..... interrompit d'Aubigny.

Mais comme il achevait ces mots, un écolier venait de retirer de la manche de la victime, une bourse confortablement garnie d'écus d'or au porc-épic.

— Vous le voyez, poursuivit Coquastre, ceci est une vengeance particulière ; Jacques le Majeur a frappé pour un autre... Je vous le répète, messire Rustique, si Hugues est mort, nous aurons là une bien méchante affaire.

Pendant que Rustique et Coquastre échangeaient ces quelques mots, Hugues avait été déposé près du feu, et Denise s'était agenouillée près de lui.

Le fils du prévôt de Paris n'avait pas fait un mouvement ; les écoliers, rangés autour de lui, ne proféraient plus une parole ; Blondel se contentait de pâlir à la pensée du danger dont Coquastre venait de parler ; Denise seule semblait étrangère à toute crainte ; elle avait pris une des mains du jeune homme dans les siennes, et dans cette attitude inquiète, elle attendait.

Enfin, la chaleur parut produire quelque effet sur Hugues qui n'était que blessé ; ses membres se détendirent sous l'influence bienfaisante du feu, il roidit les bras, allongea les jambes et finit par ouvrir les yeux.

— Il vit!... s'écria Denise avec une joie folle, voyez!

— Où suis-je? murmura le jeune homme d'une voix faible.

— Près de nous... près de Denise... près de Coquastre...

— Je souffre.

— Nous vous sauverons.

— Que s'est-il passé?

Le jeune Hugues promena un moment son regard sur les objets qui l'entouraient, et le ramena sur lui-même.

La vue de son sang le rappela tout à coup à la réalité.

— Oui, je me souviens, dit-il, un homme est venu qui m'a frappé. — Je suis blessé... dangereusement peut-être...

Puis il ajouta d'une voix mourante :

— O Marcelle!... ô mon père!...

Et comme si les quelques paroles qu'il venait de prononcer eussent épuisé le peu de forces qui lui restaient, il ferma les yeux de nouveau, et se laissa glisser dans le fauteuil.

— Mort!... balbutia Denise avec désespoir.

— Rassurez-vous!... se hâta de dire d'Aubigny, qui était un peu chirurgien, cet évanouissement n'a rien que de très-naturel... Mais nous sommes fort mal ici pour lui donner les soins que son état réclame... transportons-le dans votre voiture, et nous le ramènerons ainsi chez le prévôt...

Cette proposition de d'Aubigny fut accueillie par tous avec faveur, et l'on se mit aussitôt en devoir d'y donner la suite convenable.

On transporta donc le blessé dans la voiture, où il fut installé le plus commodément possible ; Denise se plaça à ses côtés, et le père Blondel ayant pris place sur le devant, toute la bande se remit en marche.

Aucun autre incident ne signala le trajet, qui fut cependant fort long ; et vers minuit environ, le blessé fut déposé chez le père Blondel, où il avait semblé plus convenable de le laisser passer la nuit.

L'honnête armurier ne se possédait pas de joie d'avoir échappé aux dangers dont il avait été menacé ; il remercia ses libérateurs avec une effusion dont la sincérité ne pouvait être mise en doute, et invita particulièrement Rustique à le revenir voir en compagnie de Coquastre.

Les poltrons sont naturellement portés à aimer les hommes qui leur paraissent braves et résolus.

Rustique répondit de son mieux à l'invitation du père Blondel, et tous les écoliers ayant pris congé de lui, se retirèrent en bon ordre vers le quartier de l'Université.

Rustique marchait au milieu d'eux, tenant son cheval par la bride, et tout en marchant, ils devisaient.

— Ça, dit tout à coup Coquastre, quel gîte allez-vous choisir pour cette nuit, mon cher Rustique ?

— Je n'en sais rien, répondit ce dernier.

— Vous ne connaissez pas la capitale ?

— C'est la première fois que j'y viens.

— Cela étant, vous n'avez pas de préférence ?

— Aucune.

— Eh bien ! il me vient une idée.

— Dites, messire Coquastre.

— Les aventures de cette nuit vous ont fait nôtre, et j'espère bien que notre amitié ne s'arrêtera pas là...

— Je l'espère aussi, fit Rustique.

— Pourquoi donc alors ne viendriez vous pas partager notre chambre d'écolier jusqu'à demain? d'Aubigny nous y accompagnerait, et vous pourriez, si le désir vous en prend, lui raconter votre histoire qu'il tient tant à connaître.

— Coquastre a raison... dit d'Aubigny.

Les écoliers opinèrent du bonnet, — Rustique sourit :

— Il n'y a qu'un obstacle à cette proposition, dont je vous suis reconnaissant, dit-il à voix lente.

— Lequel?

— Votre chambre est située?

— Rue des Sept-Voies.

— A quel étage?

— Au troisième.

— C'est un peu haut pour mon cheval; il n'a encore l'habitude que du rez-de-chaussée, et à moins qu'on ne l'aide à y monter...

— Pardieu, on pourrait essayer, s'écria d'Aubigny que cette idée séduisit.

Mais Coquastre l'arrêta.

— N'est-ce que cela? dit-il à Rustique, je connais une hôtellerie où votre cheval sera parfaitement traité. Nous l'y déposerons en passant, et vous pourrez dormir tranquille.

— S'il en est ainsi... fit Rustique.

— Vous consentez?

— Je consens.

— Pressons le pas alors, et hâtons-nous de rejoindre la taverne des *Trois-Piliers*.

Ils traversèrent ainsi la Cité, et se dirigèrent vers le Petit-Châtelet, qui devait leur faciliter l'accès de la rive gauche.

Comme ils mettaient le pied sur le Petit-Pont, ils virent venir à eux un homme étrangement vêtu, et qui semblait se glisser le long des maisons pour ne pas être vu.

D'Aubigny l'aperçut le premier.

— Oh! oh! dit-il avec gaîté, voici quelque mécréant qui m'a l'air de chercher fortune bien tard.

— En effet! dit un autre.

— Il faut l'accointer... ajouta un troisième.

— Holà! l'ami, cria d'Aubigny, en s'avançant vers le mystérieux personnage, qui cherche-t-on ainsi à pareille heure de nuit?

L'homme s'était arrêté devant cette interpellation : il tira de dessous sa houppelande une lanterne sourde, dont il promena la lumière sur le visage de son interlocuteur.

— Je cherche un homme, répondit-il d'un ton sec.

Puis il ajouta avec un petit ricanement moqueur, en le considérant avec attention :

— Et je ne l'ai pas encore trouvé.

Les écoliers se prirent à rire sur ces mots, et d'Aubigny fut près de se fâcher, mais Rustique le retint.

— Eh! ne voyez-vous pas que c'est un vieillard qui ne peut vous répondre, messire d'Aubigny? dit-il en haussant les épaules, laissez-le donc continuer son chemin, et poursuivons le nôtre

Cependant, l'homme à la lanterne avait tressailli à la voix de Rustique; il se tourna vivement de son côté, et se prit à le regarder en silence.

Les écoliers, de leur côté, avaient considéré de plus près celui qu'ils venaient d'arrêter, et bientôt un même cri leur échappa...

— Le Lombard! c'est le Lombard, dirent-ils tous en même temps.

— J'aurais dû le reconnaître de suite, fit d'Aubigny.

Le vieillard venait de se rapprocher de Coquastre, et l'avait pris à part :

— Quel est donc ce gentilhomme qui vous accompagne? demanda-t-il à voix basse et rapide.

— Serait-ce l'homme que vous cherchez? objecta Coquastre en riant.

— Peut-être...

— Alors, je vous en félicite, maitre Lombard, car celui-là me paraît réunir toutes les conditions désirables.

Le vieillard réprima un mouvement d'impatience.

— Quel est-il? insista-t-il avec plus de vivacité.

— Je l'ignore.

— Où l'avez-vous donc rencontré?

— A la taverne du père Quinepue.

Le vieillard fit un soubresaut.

— Le père Quinepue? s'écria-t-il, en saisissant le bras de Coquastre, vous en venez?

— A l'instant, et bien nous en a pris, car sans nous on faisait un mauvais parti au fils du prévôt...

Si la nuit n'avait pas été aussi profonde, Coquastre aurait pu voir, en ce moment, la figure du vieillard subir successivement toutes les altérations du désappointement, de la colère et de la rage.

Mais ce ne fut qu'un éclair, car il reprit presque aussitôt tout son empire sur lui-même.

— Ainsi, fit-il, d'une voix ferme, le fils du prévôt a failli être victime d'un guet-apens?

— Comme vous dites.

— Il est blessé?

— Mortellement.

— Le prévôt va être furieux.

— Je le pense.

— Et l'assassin n'a qu'à bien se tenir.

— Bah! dit Coquastre, l'assassin ne le craint pas.

— Vous le connaissez donc?

— Sans doute.

— Serait-il pris?

— Est-ce que l'on prend Jacques le Majeur?

— Jacques!...

Le vieillard fit un mouvement d'épaules et ricana.

— Hein! murmura-t-il, celui-là est habile.

— Si habile que le prévôt n'a pu encore s'en emparer.

— Il dépistera toutes les recherches.

— J'en suis sûr.

— Après tout, ajouta le vieillard, puisque le jeune Hugues a échappé à la mort, il n'y a que demi-malheur.. Je suis bien aise de l'avoir appris, et cela me rassure... Je vous remercie, et ne veux pas vous attarder davantage ; vous allez par ici, moi, par là .. Au revoir, messire Coquastre, et que Dieu vous ait en sa sainte et digne garde !

Le vieillard serra les mains de Coquastre, et ayant salué les écoliers avec une profonde humilité, il s'éloigna dans la direction de la Cité, d'un pas vif et rapide.

D'Aubigny et les autres s'étaient remis en marche vers le Petit-Châtelet, tandis que Rustique venait de se rapprocher de Coquastre :

— Un mot, dit-il tout à coup au jeune écolier, en lui frappant sur l'épaule.

— Qu'y a-t-il ? fit Coquastre.

— Vous connaissez cet homme qui vient de s'éloigner ?

— On l'appelle le Lombard.

— Je le sais, mais ce n'est pas cela que je vous demande... vous le connaissez ?...

— Oui et non.

— Comment ?

— Le Lombard est un singulier homme, poursuivit Coquastre ; il est à peu près connu de tout le monde, et personne ne pourrait dire cependant, au juste, ni ce qu'il fait, ni d'où il vient, ni où il va. C'est un mystère ambulant. — Il y a deux existences en cet homme : l'une, ouverte à tous, qui ne craint les regards ni les investigations de personne, et que chacun pénètre sans peine et du premier coup d'œil !... l'autre, au contraire, sombre et mystérieuse, voilée à tous, et que nul au monde ne connaît et ne pénétrera jamais... J'ai oujours pensé que, dans son présent si placide et si calme, le ieux Lombard cachait un passé redoutable.

Rustique remua la tête en signe d'assentiment.

— Mais pourquoi m'adressez-vous ces questions, Messire? oursuivit Coquastre, auriez vous déjà rencontré cet homme?

— Je ne crois pas.

— Vous le connaissez peut-être ?

— Non.

— Il vous rappelle un souvenir de votre passé ?

— Je ne sais.

— Cependant sa physionomie vous a frappé?

Rustique sourit.

— Je serais fort empêché de dire précisément ce qui se asse en moi, répondit-il avec une sorte d'embarras; je ne onnais pas cet homme ; je suis sûr de ne l'avoir jamais rentré, je ne l'ai jamais vu, il ne me rappelle aucun souvenir e mon passé, et cependant...

— Cependant?

— Dès que j'ai entendu sa voix, tout à l'heure, dès les remiers mots qu'il a prononcés, il m'a semblé que l'accent e sa parole éveillait un écho dans mon cœur, et malgré moi, 'ai tressailli profondément... Explique qui le pourra ce phénomène étrange.

— Pardieu, dit Coquastre, ce ne sera pas moi.

— Vous me le ferez connaître, mon ami.

— Volontiers.

— Demain?

— Quand vous voudrez.

— Qui sait, ajouta Rustique, ce vieillard a déjà vécu de ongs jours... il a l'expérience du passé..... il m'enseignera a vie, si tant est qu'il soit utile que je l'apprenne.

Comme Rustique achevait de parler, un mouvement singulier s'opéra parmi les écoliers qui les précédaient.

Une sorte de cortége marchait à leur rencontre, entouré de valets portant des torches, et escorté de cavaliers. — Au milieu du cortége s'avançait une litière dans laquelle, à la clarté des flambeaux, on pouvait distinguer le visage d'une jeune fille de la plus grande beauté.

Deux des cavaliers se tenaient près de la litière et causaient à voix haute.

Les écoliers se rangèrent pour les laisser passer, et Rustique et Coquastre en firent autant.

Les deux cavaliers jetèrent en passant, à ces derniers, un regard où brillaient un profond dédain et une insolente provocation.

— Quels sont donc ces gentilshommes? demanda Rustique, qui sentit le rouge lui monter au visage.

— Ce sont les fils du prévôt! répondit Coquastre.

— Et cette litière qui les accompagne?

— Cette litière porte la plus jolie de toutes les femmes de la cour.

— En effet elle est fort belle.

— Et au moins aussi sage.

— En êtes-vous certain?

— On le dit.

— Et comment la nomme-t-on?

— Marcelle.

— Serait-ce la jeune fille dont le fils du prévôt prononçait tout à l'heure le nom?

— Elle-même.

Rustique devint pensif, — puis il fit ce mouvement des lèvres sous lequel il dissimulait les secrètes émotions de son cœur.

— C'est sa maîtresse, dit-il bientôt avec une certaine vivacité.

— Impossible.

— Pourquoi cela ?

— Puisque Marcelle est sa sœur !...

Le cortége était passé, — Rustique n'avait pas encore bougé, — Coquastre lui frappa sur l'épaule :

— Eh bien ! lui dit-il avec familiarité, à quoi rêvons-nous donc là ?

Rustique secoua le front, et sourit.

— Ma foi, je n'en sais rien, répondit-il avec franchise.

— Serait-ce à Marcelle ?

— Peut-être bien...

— C'est une charmante fille !...

— Si charmante, repartit Rustique, que je ne crois pas en avoir jamais rencontrée de pareille.

— N'allez pas en tomber amoureux, au moins.

— Et pourquoi pas? poursuivit Rustique avec insouciance; elle est jeune et moi aussi, — elle est belle, et je ne suis vraiment pas trop mal. Je n'ai rien à perdre, partant rien à craindre, — ce que Dieu a fait est bien fait, et, si je l'aimais, je saurais bien me passer de la permission de messieurs les fils du prévôt, et de monseigneur le prévôt lui-même !...

Cependant ils étaient arrivés à la demeure de Coquastre.

Il était près d'une heure du matin : il fallait se séparer.

Les écoliers se dispersèrent donc, en prenant des directions différentes, et Coquastre, d'Aubigny et Rustique grimpèrent lestement à la mansarde qui devait leur servir d'habitation.

Pendant qu'ils vont se livrer tous les trois aux douceurs du plus profond sommeil, si le lecteur le veut bien, nous suivrons, pour quelques instants, le vieux Lombard dont la vue avait produit une si singulière impression sur Rustique.

4

VI

Le vieux Paris.

Le vieux Lombard avait soixante ans à cette époque.

C'était un homme de petite taille, sec, maigre, et qui disparaissait tout entier dans la longue houppelande fourrée dont il était affublé.

Un singulier homme !

Coquastre avait dit vrai. — Il y avait deux faces bien distinctes dans son existence, l'une, factice, ouverte, souriante même et qui semblait s'offrir complaisamment aux regards de tous; l'autre, mystérieusement voilée, et dans l'ombre de laquelle nul n'avait encore pu pénétrer.

Le vieux Lombard était bien connu.

On le voyait partout, il allait ici et là, furetant de tous côtés, promenant ses investigations sur tous les points de la capitale.

Le matin vous l'aviez rencontré près des fourches de la *Grande-Justice* (Montfaucon), le soir, vous le trouviez près du *Pré aux Clercs*, ou sur les bords mal famés de l'*Ile aux Vaches*.

Un singulier homme, je vous dis.

Il avait deux petits yeux verts, vifs, ricaneurs qui semblaient enfoncer leurs regards acérés jusqu'au fond de votre âme! Il parlait peu, son bonnet cachait son front, son menton disparaissait dans le collet de martre de sa houppelande.

On ne l'avait jamais vu rire, jamais pleurer... Il allait toujours du même pas mesuré, regardant à ses pieds, indifférent au bruit qui se faisait à ses côtés, aussi sourd que muet.

A tout prendre cependant, c'était un être parfaitement inoffensif que le vieux Lombard. Il ne faisait de mal à personne, et on l'avait quelquefois trouvé plus disposé à obliger qu'à nuire.

Il habitait ostensiblement une sorte de trou pratiqué dans la tour de l'église Saint-Jacques la Boucherie.

Ce retrait était ouvert à tous les vents; la pluie y pénétrait par les mêmes ouvertures que le jour; on y souffrait de la chaleur en été, du froid en hiver... Mais le vieux Lombard ne s'en était jamais plaint.

Il y rentrait le soir, et en sortait tous les matins... — Y restait-il la nuit? c'est ce qu'on n'aurait pu dire.

Sa rencontre avec Coquastre, sur le Petit-Pont, prouverait, à la rigueur, qu'il découchait quelquefois.

Le vieux Lombard ne connaissait à Paris que le fils adoptif du père Blondel, encore cette connaissance était-elle due à une circonstance tout exceptionnelle.

Un soir, qu'il traversait les rues désertes de la Cité, il avait été attaqué par quelques bandits. C'en était fait de lui, si Coquastre n'était accouru à son aide; ce dernier avait mis l'épée à la main, et les bandits s'étaient enfuis.

Le Lombard se souvenait de ce service. — Depuis il causait volontiers avec son libérateur.

Le secret que portait cet homme devait être terrible! il ne l'avait dit à personne, il l'avait enfermé dans son cœur, comme dans une tombe. — Malheur à qui l'aurait découvert!

Mais ce côté de son existence était muré avec tant de soin, que le peuple au milieu duquel il vivait, n'y avait rien vu. Coquastre seul en avait le soupçon, sans avoir cherché à éclairer ses doutes.

Celui qui eût suivi le vieux Lombard, une nuit seulement, eût cependant assisté à un étrange spectacle !...

C'était à l'heure de minuit qu'il quittait habituellement son retrait.

Quand les douze coups étaient tombés de l'horloge de la Tour, le vieillard se levait du mauvais grabat sur lequel il couchait, il s'habillait à la hâte, allumait sa lanterne sourde, et descendait lestement les degrés de l'escalier.

Une fois dehors, il prenait la rue des *Ecrivains*, gagnait celle de la *Tixeranderie* et arrivait bientôt dans la rue Saint-Antoine.

Non loin de l'hôtel Saint-Paul, s'élevait alors une maison de belle apparence, mais dont les portes et les fenêtres étaient hermétiquement fermées de jour comme de nuit.

Il y avait près de vingt années que les habitants de ce quartier n'avaient vu un être vivant entrer dans cette maison ni en sortir.

On eût dit une tombe, oubliée au milieu de la rue.

C'est là que le vieux Lombard s'arrêtait, après avoir pris mille précautions pour s'assurer qu'il n'avait pas été suivi.

Il gagnait alors à petits pas, une porte dérobée, pratiquée sur les derrières de la maison, ouvrait cette porte sans bruit, et s'aventurait à travers les corridors sonores et sombres de cette maison abandonnée.

Tous les détours lui en paraissaient familiers.

Il traversait d'abord une sorte de vestibule pavé de mosaïque, pénétrait ensuite dans une vaste salle d'armes, où étaient appendues quelques panoplies que l'humidité avait rouillées, passait de là dans un oratoire, dont les fenêtres donnaient sur le verger, et gagnait enfin la chambre à coucher ; une fois là, il faisait jouer un ressort caché dans la boiserie sculptée qui encadrait la glace placée comme ornement sur la cheminée, et s'engageait résolûment dans l'escalier qui s'ouvrait alors sous ses pas.

L'escalier avait vingt marches. — Il les descendait.

À la dernière marche, commençait un long corridor étroit et humide, lequel conduisait à une salle dont la voûte reposait sur quatre piliers énormes.

Le vieux Lombard n'allait pas plus loin. — Il posait à terre sa lanterne sourde, allait prendre derrière l'un des piliers, quelques outils de picoteurs de pierre, et se mettait aussitôt à la besogne.

La salle dans laquelle il se trouvait, était bornée de tous côtés par un mur circulaire, façonné en pierre de taille d'une épaisseur babyloniene. Tous les jours, un pan de ce mur s'écroulait sous ses efforts opiniâtres.

Il y avait déjà près d'un mois qu'il y travaillait, d'un travail constant et obstiné ; la veille, le mur avait enfin cédé, et une large brèche s'ouvrait maintenant dans son flanc.

Dire la joie de Lombard, quand il eut obtenu ce résultat, serait difficile.

Il jeta ses instruments de travail sur le sol, prit sa lanterne sourde, et passa à travers la brèche.

Son cœur battait à se rompre ; le sang circulait plus actif dans ses veines, pour la première fois, depuis bien longtemps, un sourire venait d'effleurer ses lèvres.

Un hideux et froid sourire !

Puis, il avait promené son regard autour de lui.

Au delà de la brèche, commençait un nouveau couloir, long de vingt pas environ et aboutissant à une porte bardée de fer.

Il examina cette porte, laissa quelques instants reposer son front dans sa main, comme un homme qui réfléchit, et poussa enfin un ressort invisible, caché sous la troisième traverse de fer.

4.

La porte s'ouvrit.

Il n'en demandait pas davantage. — Il la referma aussitôt avec soin, revint rapidement sur ses pas, et remonta dans la maison abandonnée.

Son front rayonnait ; une satisfaction immense se lisait sur son visage.

— Enfin !... murmura-t-il en se retrouvant dans la rue, avant un mois je serai vengé !...

Et il rentra dans la tour de Saint-Jacques la Boucherie, comme l'aube blanchissait à l'horizon.

Cette nuit, le vieux Lombard n'était point allé à la maison de la rue Saint-Antoine, — d'autres soins l'avaient occupé ; nous saurons plus tard de quelle nature ils étaient.

Dès qu'il eut quitté Coquastre et les écoliers, il pressa le pas, et prit la direction de l'église Saint-Jacques. — Il avait hâte d'arriver.

La tour détachait sur le ciel nébuleux sa silhouette sombre, surmontée de quatre monstres perchés aux encoignures de son toit. — Tout dormait alentour.

Le vieillard s'arrêta un moment devant le petit portail de la rue des *Ecrivains*, construit naguère aux frais de Nicolas Flamel, regarda si personne ne le voyait et entra dans l'église.

On vit bientôt après la faible lumière qui s'échappait de la lanterne, monter d'étage en étage, passer de droite à gauche, briller et disparaître alternativement, et se poser enfin à la plate-forme qui domine la tour.

Une fois rendu là, le vieux Lombard contempla un moment la colossale statue, qui s'élevait sur la calotte de l'escalier, à une hauteur d'au moins trente pieds, et alla s'accouder rêveur sur la dentelle de pierre qui sert de balustrade à la plate-forme.

A cette heure, Paris trouait déjà de ses clochers aigus et des toits coniques de ses tourelles, la brume qui s'élevait de la Seine, et montait lentement vers le ciel. La lune plongeait ses rayons tremblants dans cette espèce de mer vaporeuse, et à travers le voile transparent qui enveloppait la capitale, le regard commençait à en distinguer les principaux et bizarres monuments.

Victor Hugo a donné dans *Notre-Dame,* une vue générale du vieux Paris, prise à vol d'oiseau. — C'est une des meilleures études qui aient été faites. — A l'ampleur magistrale du style, à la netteté du dessin, à la profusion des détails, à l'harmonie et à la profondeur de l'ensemble, on reconnaît la main du maître qui l'a tracée. — C'est la vérité prise sur le fait. — Le mouvement, la couleur, l'air, le soleil, la vie enfin, rien n'y manque, tout y est étudié, creusé, approfondi... C'est le vieux Paris du xve siècle qui se réveille, se meut, s'agite, au milieu des ruines réédifiées du passé !

Puissance incomparable du génie !

Il chante, et à sa voix inspirée, les pierres vont d'elles-mêmes se replacer sur leurs vieilles assises ; elles montent d'étage en étage, dessinant ici une ogive, là, de petites tourelles, plus loin de sombres et formidables bastilles, plus loin encore, des couvents, des prisons, des églises...

Une résurrection !

Aux appels de cette fantastique évocation, la capitale sort de sa tombe et présente au regard les trois manifestations symboliques de son existence civile et religieuse : Notre-Dame, l'Hôtel de Ville, la Sorbonne ; c'est-à-dire, la Cité, la ville, l'Université... — L'île, à l'évêque ; la rive droite, au prévôt des marchands ; la rive gauche, au recteur.

Les enceintes successives par lesquelles on a voulu emprisonner ou circonscrire son développement, ont toutes été rongées, usées, renversées par le flot envahissant des maisons.

Philippe-Auguste avait commencé...

« Pendant plus d'un an, dit le poëte, les maisons se pres-
» sent, s'accumulent et haussent leur niveau dans ce bassin,
» comme l'eau dans un réservoir. Elles commencent à devenir
» profondes ; elles mettent étages sur étages ; elles montent
» les unes sur les autres ; elles jaillissent en hauteur comme
» toute séve comprimée, et c'est à qui passera la tête par-des-
» sus ses voisines pour avoir un peu d'air. La rue de plus en
» plus se creuse et se rétrécit ; toute place se comble et dis-
» paraît. Les maisons, enfin, sautent par-dessus le mur de
» Philippe-Auguste , et s'éparpillent joyeusement dans la
» plaine, sans ordre et tout de travers, comme des échap-
» pées. Dès 1367, la ville se répand tellement dans le fau-
» bourg qu'il faut une nouvelle clôture, *surtout sur la rive*
» *droite* : Charles V la bâtit. Mais une ville comme Paris est
» dans une crue perpétuelle. Il n'y a que ces villes-là qui
» deviennent des capitales. L'enceinte de Charles V a donc
» le sort de l'enceinte de Philippe-Auguste. Dès la fin du
» xve siècle, elle est enjambée, dépassée et le faubourg court
» plus loin. Ainsi, dès cette époque, Paris avait déjà usé les
» trois cercles concentriques de murailles, qui, du temps de
» Julien l'Apostat, étaient, pour ainsi dire, en germe dans le
» Grand-Châtelet et le Petit-Châtelet. La puissante ville avait
» fait craquer successivement ses quatre ceintures de murs,
» comme un enfant qui grandit et qui crève ses vêtements
» de l'an passé. »

Remarquons ici que ces tendances de développement et
d'agrandissement se manifestent surtout du côté de la *rive
droite*. Cette remarque est bonne à enregistrer ; elle constate
déjà, à cette époque, le mouvement des esprits vers un ordre
de choses nouveau, vers la régénération, vers la Renaissance.

Ce n'est qu'un germe, le xvie siècle le fécondera.

Jusqu'alors Paris était dans la Cité, soumis à l'évêque autant et plus qu'au roi. Des trois villes dont se composait la capitale, l'île et la rive gauche étaient les plus importantes. La rive droite n'avait encore que le Louvre et l'hôtel Saint-Pol, tout à l'heure elle aura l'Hôtel de Ville.

L'art est, dans ses expressions multiples, la manifestation plus complète des mœurs d'un pays, du génie d'un peuple, les aspirations successives des siècles. C'est l'échelle infinie de Jacob, dont chaque degré représente un progrès, et qui touche à la terre par sa base, à Dieu, par son sommet. Le caractère réel d'une époque est tout entier dans ses monuments, et les débris de Ninive nous en ont plus appris sur la civilisation babylonienne, que les récits des historiens les plus véridiques.

Or, de Louis XI à Henri II, c'est-à-dire de la fin du xve siècle, jusqu'à la moitié du xvie, un art nouveau était né au monde !

Ce qui avait fait jusqu'alors le charme des constructions religieuses ou civiles, la naïveté du dessin, la simplicité prodigue des détails, la majesté éclatante de l'ensemble, tout ce qui avait contribué à donner à l'art une tendance élevée, un aspect grandiose, une autorité divine, la légende des temps primitifs, la tradition transmise et acceptée d'âge en âge, la foi enfin, audacieuse ou timide, entreprenante ou soumise, tout cela allait s'abîmer et disparaître dans la nouvelle révolution de l'art au xvie siècle.

Depuis quelque temps déjà, le doute s'infiltre au cœur des vieilles croyances, il pénètre dans les explications du dogme, du faîte à la base, son ricanement ébranle palais et basiliques, et par les lézardes qui sillonnent l'édifice catholique, les briseurs d'images se précipitent et font irruption.

La Renaissance est le point de départ des sociétés modernes, vers l'art de l'avenir.

Aussi, comme dès le principe, nous le voyons se transformer tout à coup dans ses manifestations infinies. Il ne se contente pas de s'en prendre aux saints asiles du culte, les édifices civils même commencent à porter son empreinte. La foi disparaît peu à peu, pour laisser la place à je ne sais quelle philosophie sensuelle et raisonneuse, qui se résume et se personnifie dans les deux individualités remarquables de cette époque, — Erasme et Rabelais.

Une sorte de respect s'attache encore pourtant aux principaux monuments du passé; la Cité est bien toujours à l'évêque, l'Université au Recteur, mais traversons la Seine, par le pont aux Changeurs, et pénétrons une heure seulement dans la ville !...

Quels changements se sont opérés pendant le demi-siècle qui vient de s'écouler ! — Ce n'est déjà plus le Paris de Louis XI; il s'est agrandi, il s'est transformé.

Les prêtres de l'art nouveau s'en sont emparés, et ils se sont mis à l'œuvre avec enthousiasme. — La vieille ville gothique est profondément entamée !...

Tout ce qui est nouveau attire !... Il y a dans la jeunesse de l'art, une séduction charmante contre laquelle on ne peut se défendre ; la nouveauté a tout l'attrait de l'inconnu.

D'ailleurs, la Renaissance se présentait ici avec un luxe si éblouissant de fantaisies, elle souriait si gaiement sous sa parure d'arabesques et de feuilles d'acanthe, il y avait tant de promesses caressantes dans sa sculpture tendre et idéale, qu'un siècle aussi éminemment chevaleresque ne pouvait manquer de l'accueillir et lui donner droit de cité.

On lui prépara donc de l'ouvrage.

Et d'abord, on commença par de simples réparations ou reconstructions.

Vers 1520, on entreprend la reconstruction de l'église Saint-Méry ; toutefois, l'art nouveau hésitait. La façade conserva le style religieux et les obélisques, les rinceaux, les dentelures le pierre s'incrustèrent encore une fois à son charmant portail, qui fut surmonté d'un grand galbe supportant deux statues de saints. — On reconnaît là le suprême effort du genre gothique, et ce portail peut être considéré, à juste titre, comme le dernier reflet d'un art qui allait s'éteindre pour toujours.

L'abbaye Saint-Victor avait été presque entièrement relevée, sous François Ier; la tour de l'église Saint-Jacques la Boucherie, commencée en 1508, s'achevait à peine en 1522 : la base porte l'empreinte du style ogival, tandis que son sommet appartient déjà à la Renaissance; vers la même époque, 1529, on instituait le collége royal de France, enfin le vieux Louvre lui-même croulait sous le marteau des démolisseurs, pendant que, non loin de là, l'Hôtel de Ville s'élevait de terre, comme la preuve la plus manifeste de la force, de la grâce du génie de l'art récemment introduit.

Le Louvre avait été fondé vers l'an 1204 par Philippe-Auguste. Ce n'était d'abord qu'une grosse tour, flanquée de quelques constructions secondaires. Charles V la fit réparer plus tard, et augmenta les constructions qui l'entouraient; peu à peu, cette résidence royale s'agrandit, et bientôt l'ensemble offrit un parallélogramme considérable, entouré de fossés alimentés par les eaux de la Seine; des bâtiments, des cours, quelques jardins et la cour principale du palais en remplissaient la superficie. Les bâtiments qui entouraient la cour principale, dit Sauval, étaient, ainsi que les clôtures des jardins, surmontés d'une infinité de tours, de tourelles, les unes rondes, les autres quadrangulaires, dont la toiture en terrasse, ou de forme conique, se terminait par des girouettes et des fleurons : quatre portes fortifiées y donnaient accès.

En somme, le vieux Louvre avait bien plutôt l'aspect d'une

bastille que d'un *palais royal*, comme on l'appelait sous Charles V. Cette multitude de tours plongeant leurs pieds dans les eaux de la Seine, ces créneaux, ces mâchecoulis, ces fenêtres étroites et mal rangées, ces cours resserrées entre des murs sombres, ces jardins sans air, ces salles sans soleil, tout cela n'avait rien de plaisant au regard.

François Ier tenta à plusieurs reprises de transfigurer cette résidence ; des réparations considérables y furent entreprises à cet effet, mais quand on eut enfoui des sommes considérables dans ces travaux stériles, on s'aperçut que le bâtiment perdait beaucoup en originalité, sans rien gagner en grâce ni en régularité... Alors, on finit par où l'on aurait dû commencer, on le jeta à bas !... C'était encore ce qu'il y avait de plus sage et de moins coûteux.

Le vieux Louvre une fois démoli, c'est sur les plans de Pierre Lescot qu'il fut reconstruit : il ne fut guère achevé que vers 1548. On était alors en pleine Renaissance ; l'abbé de Clagni ne se contente pas de conduire les travaux du principal corps de logis, il préside encore à l'édification d'une portion du bâtiment en retour, du côté de la Seine, lequel est un des meilleurs morceaux d'architecture de l'époque. Cette aile a été restaurée récemment.

L'Hôtel de Ville avait à peu près subi les mêmes vicissitudes.

Au commencement du xvie siècle, ce monument avait paru mesquin et insuffisant. La municipalité prenait de l'importance. Le roi faisait restaurer son palais, il était juste que le prévôt des marchands fît agrandir le sien. — Le 15 juillet 1533, Pierre de Viole posa la première pierre d'un bâtiment plus somptueux et plus vaste. — Malheureusement le prévôt des marchands n'entendait pas grand'chose aux questions d'art, — et il ne s'aperçut qu'après coup, que le nouvel édifice de la place de Grève manquait essentiellement de grâce et d'harmonie. C'était un peu tard, pour constater une pareille faute ; mais après tout, un prévôt des marchands n'est pas tenu d'être un artiste consommé, et d'ailleurs il y avait encore moyen de tout réparer.

On fit pour l'Hôtel de Ville ce que l'on avait fait pour le Louvre ; et dès que les nouveaux plans proposés par Dominique Boccardo, dit Cortone, eurent été étudiés et acceptés, on se mit à l'œuvre.

Cette fois cependant, c'était d'un véritable monument que la capitale allait s'enrichir.

L'Hôtel de Ville est, en effet, l'édifice de Paris qui présente le caractère le plus éclatant de la Renaissance.

Ici, comme dans le Louvre de Pierre Lescot, l'ogive a disparu. Ce feu d'artifice de tourelles, de clochetons, de flèches, de lanternes déchiquetées, d'escaliers à vis, de toits coniques, de spirales évidées, de girouettes, de fleurons qui s'élevait de toute construction au moyen âge, semble avoir tout à coup cessé et s'être éteint. Le plein cintre romain a reparu, ce sont maintenant des jets audacieux de colonnes grecques d'une ténuité idéale, de hautes cheminées, de toits à pans coupés, une profusion, une fantaisie dans les détails qui charme le regard sans l'éblouir. — Quelque chose enfin d'une grâce infinie qui n'a rien d'efféminé, une architecture faite de sensualisme et de poésie païenne !...

En outre de ces constructions de premier ordre, il y en avait d'autres dont nous ne parlerons pas et qui témoignaient, comme le reste, de la vulgarisation de l'art. Soit que l'on élevât, soit que l'on démolit, c'étaient toujours les mêmes tendances.

François Ier avait vendu une partie de l'hôtel Saint-Pol à Jacques de Genouillac, dit Gallot, grand maître de l'artillerie. — Le *Palais des Tournelles*, qui lui faisait face, devait également disparaître sous peu.

5

Du reste, si la ville perdait ainsi insensiblement de son harmonie, elle gagnait en étendue ce qui allait lui manquer d'un autre côté.

De toutes parts, mais surtout vers le nord, les maisons s'étaient éparpillées, et formaient de gracieux villages que l'on pouvait apercevoir au delà du mur d'enceinte.

Sur les bords de la Seine, les châteaux royaux de Bercy et de Conflans miraient leurs tourelles dans les flots.

Non loin de là, à partir de la Bastille, commençait une plaine verdoyante, coupée de profonds ravins qui servaient de refuge aux brigands.

Dans la même direction, s'élevait le château de Reuilly, espèce de *maison fortifiée*, tout ornée de tourelles et de girouettes.

En remontant vers le nord, on distinguait le petit château de *Pincourt* ou de Popincourt, entouré de maisons et de jardins.

Tout près encore, s'éparpillait un village que l'on appelait la *Croix Faubin*.

C'était le trop plein de Paris qui débordait ainsi sur tous les points ; il y avait de tout un peu : des maisons, des châteaux, des granges, des fermes, des tanières ; des plaines, des marais, des bois et des jardins.

Vers les hauteurs de Belleville, autrefois Poitronville, coulait le canal à double revêtement de maçonnerie, connu sous l'appellation de *Grand-Egout*, et qui allait se verser dans la Seine du côté de Chaillot.

Puis venaient successivement :

Les deux paroisses.Saint-Lazare et Saint-Laurent ;

La vallée aux Larrons, qui occupait l'emplacement des rue et faubourg Poissonnière ;

Le château de Coquenard ;

Le château du Coq ;

Le château de la Grange-Bataillère ;

Montmartre, dominé par son abbaye ;

La Ville-l'Évêque, appartenant à l'évêque de Paris ;

Enfin, la butte des Moulins et les Ecorcheries, plongeant dans un marais infect et sanguinolent.

L'enceinte, flanquée de tours, de bastillets et de bastilles, avait encore une fois été enjambée et dépassée ; les maisons couraient joyeuses dans les faubourgs, mais on ne tarda pas à les rattraper une à une, et elles furent remises, peu à peu, sous le joug. Vers 1566, l'enceinte de Paris fut étendue du côté de l'ouest, et l'on y comprit le jardin des Tuileries.

Tel était donc le Paris du moyen âge, le Paris gothique qui allait bientôt se transformer encore, pour produire cette grande ville sans originalité, sans harmonie et sans couleur que nous avons aujourd'hui sous les yeux.

Hâtons-nous d'ajouter que nos regrets s'adressent seulement au Paris monumental ; le Paris civil et administratif, le Paris social, c'est bien autre chose !...

Et puisque nous sommes en train d'évoquer le passé, qu'il paraisse tout entier devant nous ! — Nous avons donné l'esquisse d'une capitale de pierre immobile et muette ; achevons le tableau, en essayant de lui imprimer la vie et le mouvement. C'est assez parler des monuments, parlons des hommes maintenant.

La cour d'abord. — A tout seigneur, tout honneur. — La cour, c'est-à-dire le roi, et non la royauté !...

Car du jour où le roi est tout dans une monarchie, il cesse d'être un principe, et il n'est plus qu'une simple et ordinaire personnalité !...

De sorte que si le roi s'appelle Louis XI, la France devient une immense bastille ; François Ier, une fête et quelquefois une orgie ; Henri II, quelque chose d'insignifiant et d'effacé qui laissera à peine une trace dans l'histoire.

Donc, le roi !

Et alentour, tout ce qui vit du roi, par le roi, pour le roi, sous le roi !... — la cour.

Courtisans et valets, — deux mots synonymes!... — Vous êtes tous bâtards! leur disait Victor Hugo, et il avait raison, ne leur en déplaise...

La cour donc...

Gentilshommes de la maison, — grand maître de France, — grand écuyer, — chancelier de France, — maîtres des requêtes, — maîtres d'hôtel, — pages d'honneur, — pages de l'écurie, — pannetiers, — échansons, — valets tranchants, — Suisses, — archers de la garde à cheval, — grand fauconnier, — fauconniers ordinaires, — aides fauconniers, — veneurs, — en un mot, toute cette valetaille titrée, avide, insolente, que l'on rencontrait à toute heure, du Louvre à l'hôtel des Tournelles !

Ensuite, venait le clergé ! ..

Un monde de moines, d'abbés, de diacres, de prêtres, de religieux de tous les ordres, qui vivaient de dîmes et d'aumônes prélevées sur les fidèles. — On ne comptait pas moins de 102 églises ou abbayes!...

Puis, l'Université !

Le royaume de l'ambition, de la vanité et de la susceptibilité niaise!... l'ignorance fourrée d'hermine, et coiffée d'un bonnet de docteur.

L'Université comprenait vingt-cinq mille âmes, qui se divisaient en recteur, maîtres, régents, greffiers, libraires, bedeaux et écoliers; ces derniers se subdivisaient en *artiens*, *décrétistes*, *légistes*, *médecins*, *théologiens*.

C'était un peuple à part, actif, vantard, turbulent, taquin, et dont les mœurs ne ressemblaient en rien à celles des autres habitants de la capitale.

A côté de l'Université marchait le Parlement.

Un'autre peuple, issu du premier, et bien digne de lui faire pendant.

L'Université avait au moins l'excuse de la jeunesse ; mais le Parlement!...

Ce corps occupait une place importante dans l'Etat... Il avait ses conseillers, ses huissiers, ses chambellans, ses baillis, les gens de la chambre des comptes, les généraux de la justice, les trésoriers du roi, les officiers du grand et du petit Châtelet, enfin tout ce qui tenait de près ou de loin à l'état civil et administratif de la capitale. — Tous les abus patentés, autorisés, légitimés.

Il y avait encore :

Le prévôt de Paris, qui exécutait, avec ses archers, les ordres du roi et les arrêts du parlement.

Le prévôt des marchands, réglementant le commerce et la police sur la rivière et les ports.

Le Bureau de la ville, composé de quatre échevins, du procureur du roi, du greffier du receveur, auquel étaient adjoints vingt-six conseillers et dix sergents, chargés d'exécuter leurs arrêtés.

Seize quarteniers, quatre cinquanteniers et deux cent cinquante-six dizeniers, commandant la garde bourgeoise.

Un capitaine général avait en outre le commandement des trois compagnies d'archers, arbalétriers, arquebusiers placés sous les ordres des prévôts de Paris et des marchands.

Enfin, les deux *guets* qui veillaient à la garde de la ville.

L'un, le *guet royal*, formé d'un certain nombre d'hommes à pied et à cheval, effectuait des rondes dans les rues.

L'autre, le *guet assis*, était formé de bourgeois ou artisans, que l'on distribuait en divers quartiers, de manière à ce qu'ils pussent se prêter un mutuel secours ; — soit dit en passant, et sans offenser personne, ce dernier guet m'a bien l'air de ressembler à notre *garde nationale*.

Malgré toute la bonne volonté dont elles pouvaient être animées, ces deux institutions n'empêchaient pas que la capitale ne fût presque continuellement en proie au brigandage, aux séditions, aux abus les plus intolérables.

Cette situation provenait de plusieurs causes qu'il est facile de déterminer.

Elle tenait d'abord et avant tout, aux vingt mille bandits, voleurs ou assassins que Paris renfermait dans son enceinte ; gens de sac et de corde, que la peur du gibet n'arrêtait pas, et qui pillaient, volaient, incendiaient et tuaient avec une audace sans égale.

Mais de tels abus eussent sans doute pu être réprimés, si les diverses institutions destinées à maintenir l'ordre, ne s'étaient occupées constamment et pendant plusieurs siècles, à s'entraver réciproquement dans leur action. Chacune avait son tribunal, ses prisons, ses sergents, ses gardes, ses archers : le Temple, le monastère Saint-Martin, l'abbaye Saint-Germain des Prés, Sainte-Geneviève, les chanoines de Notre-Dame, la justice épiscopale, l'officialité, le bailliage du palais, la connétablie, l'amirauté, la chambre des comptes, la cour des aides, la cour des monnaies, le grand et le petit Châtelet, toutes sans exception. Les officiers de ces juridictions, indépendantes et jalouses les unes des autres, passaient leur temps à s'injurier, se battre, s'arrêter et se tuer même quelquefois, au lieu de courir sus aux brigands qui désolaient la ville.

Fiez-vous donc aux poëtes après cela !

Un acrostiche du temps de Louis XII s'exprime ainsi :

P aisible domaine,
A moureux vergier,
R epos sans dangier,
I ustice certaine,
S cience hautaine :
C'est Paris entier !...

Les pauvres bourgeois étaient décidément fort mal gardés.

Car il faut bien que nous parlions aussi de cette brave et laborieuse population de Paris, dont le travail faisait vivre tout ce monde officiel.

Ce sont nos ancêtres ceux-là, et c'est bien à eux et point à d'autres, que nous devons la liberté dont la révolution française a formulé les principes inaliénables.

La population industrielle était divisée en *six corps de marchands* ou *métiers*. Ce nombre varia : sous Louis XII, il était de cinq ; sous François Ier, il fut porté à sept : les *changeurs*, les *drapiers*, les *épiciers*, les *merciers*, les *pelletiers*, les *bonnetiers*, les *orfévres*.

Chacun de ces corps était gouverné par des maîtres et syndics, formait une confrérie, reconnaissait un patron et jouissait de règlements et de priviléges particuliers. Ils avaient notamment la prérogative honorable de porter le dais dans la cérémonie de l'entrée des rois et des reines.

Sans doute, ces corporations avaient bien des ridicules ; ces marchands étaient pour la plupart bornés, peureux, bavards ; ils n'eurent pas toujours la grandeur et la générosité en partage ; ils prirent souvent des sots pour des hommes de génie, et des hommes de génie pour des sots ; mais du moins, quand on les mit en demeure d'avoir de l'énergie, ils en eurent et de reste !...

Cette énergie n'était peut-être que de l'entêtement, — mais qu'importe !...

Et maintenant que nous avons tenté de ressusciter un moment les choses et les hommes du passé, imaginez-vous que vous vous trouvez transporté, un matin de l'année 1549, sur la tour de l'église Saint-Jacques la Boucherie, et que vous assistez tout à coup au réveil de cette ville et de ses habitants.

De toutes ces maisons de bois ou de pierre, de tous ces hôtels, de toutes ces églises, de toutes ces abbayes, de tous ces colléges, dans toutes ces rues bizarres, contournées, allant à l'aventure, et selon les accidents ou les caprices du sol, s'éparpille, marche, court, parle, chante, prie, bourdonne, à pied, à cheval, ou en litière, une population unique, composée des éléments les plus hétérogènes, vêtue des costumes les plus divers.

Nobles, gentilshommes, varlets, pages, laquais, prêtres, dignitaires, desservants, moines ; officiers de justice, présidents, conseillers, avocats, procureurs, solliciteurs, greffiers, huissiers ; professeurs, écoliers, médecins, chirurgiens, libraires, imprimeurs ; changeurs, drapiers, épiciers, merciers, pelletiers, bonnetiers, orfévres, marchands de vin..... Toutes ces industries, toutes ces professions, toutes ces dignités, si bien classées et localisées durant la nuit, profitent du jour pour se mêler et se confondre.

Mais quelle variété de couleurs, quelle profusion de détails, que de distinctions dans les costumes !...

C'est à peine si le regard peut les démêler et les reconnaître.

Les gentilshommes ont quitté l'habit ample et long ; ils portent un pourpoint à petites basques, et un caleçon tout d'une pièce avec les bas. — Les gens graves s'affublent d'un large haut-de-chausses à la suisse ; les jeunes gens de *trousses*, espèce de haut-de-chausses court et relevé, descendant à la moitié des cuisses, et recouvert d'une demi-jupe ; le tout couronné d'une petite toque de velours, sur le retroussis de laquelle sont brodées des armoiries.

Les gentilshommes étaient habituellement suivis de laquais avec livrée à leur couleur. — C'était la mode alors. Chacun avait la sienne : les comtes de Flandre, le vert foncé ; — les comtes d'Anjou, le vert *naissant ;* les ducs de Bourgogne, le rouge ; les comtes de Blois et de Champagne, l'aurore et le bleu; les ducs de Lorraine, le jaune ; les ducs de Bretagne, le noir et le blanc, etc. .

Rien n'était éblouissant comme les costumes de cette époque.

Les Suisses, vêtus de hoquetons, mi-partie rouges et jaunes, les gentilshommes de l'hôtel portant fièrement leurs cottes d'armes à paillettes d'or, et les grands panaches de leurs heaumes, les archers de la garde avec leurs hallebardes.

Les présidents de la cour du parlement, en manteau d'écarlate fourré de menu-vair, dont l'usage n'appartenait qu'aux rois, les conseillers en robe rouge et en chaperons fourrés.

Le prévôt des marchands et les échevins en robe de satin vermeil, ou rouge vif, doublée de velours ; les sergents du guet en hoquetons brodés d'une étoile d'or sur le dos et sur la poitrine ; les arbalétriers de la ville vêtus de pourpoints argentés avec cette devise en lettres d'or : *Paris sans pair*.

Le recteur et ses massiers vêtus d'écarlate ; les professeurs vêtus de noir ; les écoliers vêtus de rien.

Les prêtres, en soutane de velours, à moins qu'ils ne soient princes....

Et les bourgeois s'efforçant par vanité, sinon d'imiter les mœurs, du moins d'égaler le luxe des gens de cour !

A ce trait on reconnaît la femme !...

Les femmes nobles faisaient des dépenses excessives pour leurs habits, en drap ou étoffes d'or et d'argent, profilures, passements, bordures, orfévreries, cordons, canetilles, velours, satins ou taffetas barrés d'or ou d'argent.

Une ordonnance du roi Henri II, rendue à Paris, le 12 juillet 1549, prohiba vainement ces superfluités comme ruineuses, et *tendantes à confondre* tous les états de la société.

5.

Cette ordonnance, qui règle le plus ou moins de richesse des habits sur la différence des conditions, contient des dispositions curieuses qu'il n'est pas hors de propos de rapporter ici.

Elle prescrit de ne porter d'étoffes de soie qu'aux manches, au devant du corps, sur les sayes qui seront découpées, et sur les bordures seulement de la largeur de quatre doigts.

Elle permet aux princes et princesses de se vêtir d'étoffes de soie rouge cramoisie ; aux gentilshommes d'en placer à leurs pourpoints et hauts-de-chausses, aux dames et damoiselles, sur leurs cottes et manchons.

Les filles qui servent les reines ne pourront avoir des robes de velours d'une couleur autre que le rouge cramoisi ; celles qui sont au service des princes et dames ne pourront se vêtir que de velours noir ou tanné.

Les femmes et filles des présidents et conseillers des diverses cours de justice ne doivent porter aucune robe de velours, ni drap de soie, si ce n'est à leurs cottes et manchons.

Tous ceux qui ne sont ni gentilshommes ni gens de guerre ne doivent point mettre soie sur soie, c'est-à-dire une saye de soie sur une robe de même matière, ne doivent avoir ni bonnets, ni souliers de velours, ni fourreau d'épée de la même étoffe.

Il est de plus défendu à tous artisans mécaniques, paysans et gens de labeur, de porter pourpoint de soie, ni chausses baudées, ni bouffantes de soie.

« Et parce qu'un grand nombre de bourgeoises, ajoute » l'ordonnance, se font d'un jour à l'autre damoiselles, il leur » est défendu de changer leur état, à moins que leur mari » ne soit gentilhomme... »

Cette ordonnance ne prouve qu'une chose, c'est l'impossibilité de se faire obéir, quand on s'attaque à la vanité humaine !

Toutes ces distinctions, qui avaient pour but de séparer les divers états de la société, ont disparu : les distinctions par le costume ne sont plus possibles aujourd'hui ; tous les rangs de la société sont bien et dûment confondus ; l'honnêteté du cœur et la loyauté de l'esprit sont les seules distinctions qui aient droit au respect et à la considération.

Nous avons essayé d'esquisser la physionomie de Paris à l'époque où nous plaçons ce récit ; nous avons tenté de rendre notre tableau le plus complet possible, nous l'avons considéré non-seulement sous les rapports plastique et moral, mais encore sous le côté artistique et pittoresque. Nous n'ajouterons pas un mot de plus.

Il est temps d'ailleurs que nous retournions aux personnages de notre drame.

Le vieux Lombard s'était donc appuyé sur la balustrade de pierre qui orne la plate-forme de la tour, et dans cette attitude recueillie, il plongeait son regard sur le vaste panorama que Paris offrait à cette heure.

Tout dormait d'un sommeil de plomb : aucun bruit ne montait jusqu'à lui.

Quand son regard, après s'être promené au hasard sur tous les points de la capitale, venait à s'arrêter sur l'*Ile aux Vaches*, située derrière Notre-Dame, il s'y attachait avec une fixité étrange.

Alors ses sourcils se rapprochaient ; sa main crispée tourmentait les dentelures de la balustrade, et son pied frappait avec impatience les dalles de granit.

Une heure se passa ainsi.

L'air était vif et froid ; des nuages d'un gris sombre couraient dans le ciel, et les quatre monstres de pierre, placés aux angles de la tour, semblaient murmurer et gémir sous les caresses plaintives du vent.

Tout à coup, un cri de joie fauve s'échappa de la poitrine du vieillard, et son front s'éclaira.

Un feu de broussailles venait de s'allumer à la pointe de l'*Ile aux Vaches !*...

C'était là sans doute ce qu'il attendait, car il ne l'eut pas plutôt aperçu, qu'il se hâta de s'armer et de descendre dans la rue.

Un quart d'heure après, il abordait à l'*Ile aux Vaches*, et marchait en toute hâte vers le feu qui brillait toujours.

Seulement, une fois arrivé en cet endroit, il s'arrêta épouvanté.

L'homme qui l'y attendait n'était pas celui qu'il comptait y trouver !...

VII

Le secret du vieux Lombard.

L'endroit dans lequel il venait de s'arrêter, appartenait à la partie la plus sauvage de l'ile ; c'était une sorte de ravin, creusé à deux pas du fossé stratégique qui coupait l'ile en deux ; la neige l'avait presque comblé.

A droite et à gauche se tordaient quelques arbustes que l'hiver avait dépouillés de leurs feuilles, et qui tendaient leurs branches desséchées, comme de longs bras amaigris par la faim et le froid.

L'*ile aux Vaches* était assez mal famée ; les gentilshommes, les écoliers, les bourgeois ne s'y hasardaient jamais qu'en plein jour, et nul ne pouvait assurer que le *guet royal* y eût jamais pénétré de nuit.

D'ailleurs qu'y seraient-ils venus faire ?

Il n'y avait dans cette île aucune habitation apparente ; quelques bouquets de bouleaux, des genêts, quelques mauvais arbres chétifs, et la Seine autour.

Une île déserte.

On disait bien, ici et là, qu'il s'y passait de temps à autre des choses étranges ; on prétendait que les sorcières, ou ceux qui avaient quelques rapports suivis avec le diable, s'y rendaient après minuit, et s'amusaient à y danser jusqu'au jour : on y avait trouvé quelquefois des traces de pas, des débris de feu ; mais ces bruits sans consistance étaient restés à l'état de rumeurs vagues, faute de preuves, et on avait fini par ne plus s'occuper des hôtes mystérieux qui venaient, croyait-on, se distraire, durant la nuit, dans l'*île aux Vaches.*

Cependant le vieux Lombard était resté stupéfait, en apercevant auprès du feu un homme qu'il ne connaissait pas ; il jeta de tous côtés un regard soupçonneux, et fit quelques pas en avant.

L'homme était assis sur un tronc d'arbre et se chauffait. Quand il entendit le vieux Lombard, il releva la tête et sourit.

— Ah ! ah ' dit-il d'une voix brève, ce n'est pas moi que vous comptiez rencontrer, Messire ?...

— En effet.

— Vous eussiez mieux aimé trouver quelque autre ?

— Qu'importe !

— Jacques le Majeur, par exemple.

— Qu'en savez vous ?...

— Je le suppose.

— Vous vous trompez.

— Bah ! pourquoi ne pas être franc ?... Vous vous défiez de moi, et vous avez tort après tout..... Vous ne me connaissez pas, moi je ne vous connais pas non plus ;

mais si vous le voulez bien, avant un quart d'heure, nous se-
rons les meilleurs amis du monde.

— J'en doute... fit le vieux Lombard.

— Alors, c'est que vous y mettrez de la mauvaise volonté,
repartit son interlocuteur.

Et il croisa nonchalamment ses jambes l'une sur l'autre, et
les présenta à la flamme vivement activée à l'aide d'un bâton
ferré qu'il tenait à la main.

— Voyez-vous, reprit-il après, en fixant deux regards profonds sur le vieux Lombard, voilà déjà plusieurs jours que
je cherche le moyen de vous joindre...

— Vraiment ?

— C'est comme je le dis. — Depuis plus d'une semaine,
ces feux que je vois s'allumer dans l'île, m'intriguaient fort,
et je désirais savoir s'ils ne servaient pas de signaux à quelques mystérieux malfaiteurs. Pour arriver à la découverte de
la vérité, voici ce que j'ai imaginé : je me suis rendu cette
nuit dans l'île, j'ai recueilli quelques branches d'arbre desséchées que j'ai trouvées sur ma route, et j'y ai mis le feu...

— C'est ingénieux ! fit le vieux Lombard d'un ton ironique.

— Pardieu ! puisque j'ai réussi...

— Et que comptez-vous faire maintenant ?

— C'est ce que nous allons voir !

L'interlocuteur du vieux Lombard avait une cinquantaine
d'années environ ; il était grand, sec, d'une maigreur extraordinaire ; il portait un costume des plus simples ; son visage
était caché par les bords de son large chapeau.

Le Lombard avait d'abord essayé de distinguer ses traits ;
la voix de cet homme ne lui était pas inconnue, elle résonnait à son oreille comme un écho pénible du passé ; il avait
tressailli et pâli en l'écoutant : mais jusqu'alors il n'avait pu
parvenir à donner un nom à ce mystérieux personnage.

Il fit quelques pas encore.

— Voyons, dit-il alors d'un ton presque impérieux, et en cherchant à soulever du regard le chapeau de son interlocuteur, voyons, en vous servant d'une ruse pour m'attirer dans cet endroit, vous aviez un but ?

— Sans doute.

— Quel est-il ?

— Connaître la nature des relations qui vous ont rapproché de Jacques le Majeur.

— Et vous avez cru qu'il vous suffirait de m'interroger pour que je vous répondisse ?

— Je le crois encore.

Le Lombard haussa les épaules, et l'homme au bâton ferré sourit.

— Vous avez moins de sagesse dans l'esprit que de barbe au menton, l'ami, dit le premier.

— Pourquoi cela ? fit le second.

— Vous me prenez pour un enfant.

— Et vous, pour un imbécile, avouez-le...

Le Lombard allait continuer sur le même ton ; mais une idée soudaine traversa tout à coup son esprit.

— Au fait, dit-il avec une bonhomie parfaitement jouée, je n'ai aucun intérêt à cacher les relations qui existent entre Jacques et moi, et je ne sais vraiment pas pourquoi je vous en ferais un mystère.

— A la bonne heure.

— Je vous dirai donc tout.

— J'écoute.

— Mais à une condition.

— Laquelle ?

— C'est que vous me ferez auparavant connaître qui vous êtes...

— N'est-ce que cela ?

— J'y tiens.

— Vous ne m'avez donc pas reconnu ?

— C'est la première fois que je vous rencontre.

— Depuis votre retour à Paris.

— Que voulez-vous dire ?...

L'homme au bâton ferré s'était levé ; il porta la main à son chapeau et salua ironiquement.

— Le sculpteur Réault oublie-t-il ainsi ses ennemis ? dit-il en souriant.

— Mouchy ! s'écria le Lombard.

— Moi-même, Messire !

Le sculpteur Réault ou le Lombard fit un pas en arrière, et tira son poignard de sa ceinture, pendant que Mouchy se rasseyait tranquillement à la place qu'il venait de quitter. Ce grand diable d'homme avait un flegme qui glaçait même la colère.

— Çà, dit-il d'une voix calme, maintenant que nous nous sommes reconnus, nous pouvons, ce me semble, deviser à cœur ouvert. Qu'en dites-vous, messire Réault ?

— Comme vous voudrez, reprit brièvement ce dernier.

— Voilà qui est parler : eh bien, dites-moi... avec franchise, sans détour, et comme un ami parle à un ami, ce que vous êtes venu faire à Paris.

— C'est mon secret.

— J'entends bien... mais si je vous le demande, c'est que je désire le connaitre.

— Trêve de plaisanterie, messire Mouchy.

— Croyez-vous donc que je plaisante ?... Ah ! vous m'avez vraiment donné bien du mal, depuis tantôt trois mois que je vous suis...

— Toujours le même métier, objecta le sculpteur avec mépris.

— Toujours, repartit effrontément Mouchy ; aussi je le fais

bien, comme vous voyez... vous n'étiez pas à Paris depuis deux jours, que je vous avais reconnu.

— Pourquoi donc ne m'avez-vous pas assassiné ou arrêté?

— Si je n'avais consulté que mon cœur, ce serait déjà fait.

— Je vous crois...

— Ah!... je vous connais, moi, Messire; et je sais bien que si vous êtes revenu à Paris, c'est que l'ardeur d'une vengeance implacable vous y a poussé.

— Eh bien...

— J'ai fait valoir toutes ces considérations auprès du prévôt, mais pour la première fois de sa vie, il n'a pas suivi mon conseil.

— Cela m'étonne.

— Seulement, il m'a ordonné de vous surveiller, et je m'acquitte de mes fonctions...

— Et vous m'épiez...

— Je vous épie... et certes, ce n'est pas chose aisée..... car vous êtes un homme actif.....

— Je quitte rarement la Tour Saint-Jacques, dit le sculpteur en observant profondément son interlocuteur.

Ce dernier leva sur lui ses deux yeux vifs.

— Rarement, dites-vous, Messire... et qu'allez-vous donc faire toutes les nuits, rue Saint-Antoine, près l'hôtel Saint-Paul?

Réault tressaillit.

Ce secret était toute sa vie : si Mouchy venait à le découvrir un jour, il était perdu : un frisson glissa sur tous ses membres.

— La rue Saint-Antoine!... répéta-t-il d'un air effaré.

— Et quelle autre.

— Vous m'avez vu?

— Je vous ai vu entrer dans une maison qui touche de bien près à la demeure du prévôt!

Le sculpteur eut une sueur froide ; ses cheveux se dressèrent sur son front ; ses mains se crispèrent.

— Savez-vous, dit-il enfin d'une voix que l'impatience et l'irritation saccadaient, savez-vous, messire Mouchy, que vous avez appris bien des choses sur mon compte !

— N'est-ce pas ?

— Mais vous avez oublié la plus importante.

— Allons donc.

— C'est que l'*île aux Vaches* est dangereuse à fréquenter à cette heure.

— Bah !...

— Que le guet ne s'y hasarde pas souvent ; et que, si d'aventure, il me prenait fantaisie de venger d'un seul coup tous vos crimes et toutes vos infamies, rien me serait facile comme d'appeler à mon aide Jacques le Majeur, et de vous faire payer cher vos indiscrétions.

Pendant que le sculpteur parlait ainsi, Mouchy tourmentait, de son bâton, le feu qui menaçait de s'éteindre.

— Quant à cela, répondit-il avec indifférence, je sais bien, Messire, que vous n'en ferez rien...

— Et qui m'en empêcherait ?...

— Votre générosité d'abord...

— Tu railles...

— Vous ne voudriez pas frapper un homme sans défense.

— Et n'as-tu pas frappé mon fils et sa mère ?...

— Peut-être...

— Misérable !...

Pour la seconde fois, le sculpteur tira son poignard de sa gaîne.

— Et puis, poursuivit Mouchy, tout en l'observant du coin de l'œil, si la pitié ne vous arrêtait pas, dans un pareil moment, vous prendriez du moins conseil de votre prudence...

— Explique-toi !

— Vous vous diriez que Mouchy est un homme trop adroit, trop circonspect, trop rusé aussi, pour être venu niaisement se livrer à son plus cruel ennemi... Qu'avant d'aborder dans l'*île aux Vaches*, il s'y est sans doute fait précéder par quelques arquebusiers... qu'il les a postés près de lui, et qu'au moindre signal de sa part, ces hommes ne manqueraient pas d'accourir à son secours... Voilà ce que vous vous diriez, Messire, et ce raisonnement vous engagerait à remettre, à une meilleure occasion, le châtiment si mérité de Mouchy.

Le sculpteur ne répondit pas ; sa main était restée comme attachée au manche de son poignard. Sa poitrine battait avec force ; ses oreilles bourdonnaient, un nuage de sang passa devant ses yeux.

La colère lui avait rendu sa jeunesse et sa vigueur. — Il fit un pas vers Mouchy qui se leva.

— Eh bien, lui dit-il d'une voix vibrante, vous vous êtes trompé, Messire, car si j'ai pu oublier un moment vos traits, j'ai gardé du moins l'ineffaçable souvenir de vos forfaits.

— Et que prétendez-vous faire ? demanda Mouchy, sur un ton ironique.

— Je prétends vous tuer.

— C'est imprudent.

— Nous sommes seuls ici, et Dieu nous voit ; j'aurai le temps de me venger, avant que vos arquebusiers ne viennent à votre secours.

Tout en parlant ainsi, le vieux sculpteur s'était approché de Mouchy, le poignard levé : mais ce dernier avait déjà porté à ses lèvres un petit sifflet d'argent qui pendait à sa ceinture.

Toutefois, ce ne furent pas les arquebusiers qui parurent à ce signal, mais bien une espèce de géant, affublé d'une peau de bête fauve, et armé d'un long bâton.

— Jacques ! s'écria le sculpteur.

A cette apparition inattendue Mouchy avait pâli.

— Moi-même ! répondit Jacques le Majeur, hâtons-nous de partir.

— Sommes-nous donc menacés ?

— Ils sont là vingt... la partie est inégale... Nous nous vengerons un autre jour... partons.

Jacques le Majeur joignit l'action à la parole, et entraîna vivement le sculpteur vers la berge, où ils se jetèrent dans la première barque qu'ils trouvèrent.

Il était temps d'ailleurs qu'ils disparussent, car à peine Jacques avait-il poussé la barque au large, que les arquebusiers faisaient irruption dans l'endroit qu'ils venaient de quitter.

Heureusement pour le sculpteur et son compagnon, Mouchy perdit plus d'un quart d'heure à faire embarquer ses hommes, et quand ils s'éloignèrent du bord, ceux qu'ils poursuivaient étaient déjà hors de leur portée.

Au moment où le guet fuyait ainsi, à force de rames, vers l'autre rive de la Seine, une voix s'éleva de l'*île aux Vaches*, et chanta.

La voix était jeune, fraîche, vibrante, bien timbrée, la chanson était singulière, et écrite dans cette langue pittoresque que l'on ne parlait qu'au royaume *argotique* de la Cour des Miracles.

A cette heure, nul bruit ne troublait l'air, et la voix montait, tantôt douce et triste comme un chant d'église, tantôt étrange et saccadée comme une mélopée sauvage.

La chanson était un curieux échantillon de l'époque. — Pourquoi ne la donnerions-nous pas ? Elle ne peut que compléter le tableau.

Voici ce que chantait la voix :

> Les drilles et les narquois
> En revenant de la grive,

En *trimardant* [1] quelquefois
Basourdissent nos ornies [2].

Vivent les enfants de la truche !
Vivent les enfants de l'argot !

Les moines, les coquillards,
Et sabouleux *iriment* [3] ensemble,
Mais ces coquins de millards
Ne veulent suivre la bande,
Aymaut mieux *basourdir* [4] les gens.

Vivent les enfants de la truche !
Vivent les enfants de l'argot !

Reste encore les capons
Et les francs-mitous qui tremblent,
Les prêtres et les polissons,
Et les courtauds de boutanche,
Les convertis et les callots.

Vivent les enfants de la truche !
Vivent les enfants de l'argot !

Leurs plus cruels ennemis
Qui les mettent en grand'peine,
Leur font *hupper le taillis* [5],
Ambier [6] à perte d'haleine,
Ce sont les *sacres* et les *ravauls* [7].

Vivent les enfants de la truche !
Vivent les enfants de l'argot !

Le Grand-Haure il faut prier [8]
Qu'il conserve tous ces pauvres ;
Qui les voudra offenser

---

[1] Voyageant. [2] Tuent nos poules. [3] Marchent. [4] Tuer. [5] Les mettent a déroute. [6] Fuir. [7] Les sergents et les archers. [8] Dieu.

Que le *gluier les entrolle* [1]
Ceux qui troubleront leur repos.

Vivent les enfants de la truche!
Vivent les enfants de l'argot !

Quand le chant cessa, l'aube blanchissait à l'horizon.

Alors, on vit une jeune fille monter lentement la berge et se diriger vers l'endroit où quelques instants auparavant, causaient Mouchy et le vieux Lombard.

Elle descendit le petit monticule, et s'approcha du feu qui brûlait encore.

Elle était bizarrement vêtue.

Une couronne de lierre mêlait ses feuilles vertes à ses cheveux noirs. Une sorte de tunique brune tombant de ses épaules, descendait jusque sur ses pieds chaussés de sandales grossières ; une ceinture de cuir ceignait ses reins flexibles et souples.

Son regard n'avait pas précisément d'expression fixe ; tantôt vif et prompt comme l'éclair, il s'imprégnait parfois aussi d'une douceur et d'une grâce infinies.

On la rencontrait souvent pensive et triste, errant dans l'île, d'un pas lent et mesuré..... Souvent encore, on la voyait courir sur le bord de l'eau, abandonnant ses cheveux au vent, ou plongeant ses pieds nus dans l'onde.

Elle s'appelait Viviane...

On la disait fille de Jacques le Majeur, et on lui donnait généralement vingt ans !

Viviane s'arrêta un moment à considérer les tisons qui fumaient encore ; elle prit sa tête dans ses mains, et parut se recueillir.

Cinq minutes se passèrent.

[1] Que le diable les emporte.

Alors, elle releva le front, regarda les premières lueurs
u jour qui teignaient l'horizon, et détacha lentement sa cou-
onne de lierre.

Puis, elle la jeta au feu.

La couronne se tordit comme un long serpent, sur la
raise ardente, mais elle se consuma, sans produire aucune
amme.

Viviane soupira.

— Toujours ! murmura-t-elle, toujours le même signe.

Et elle s'assit, plus triste encore et plus recueillie.

— Mon Dieu ! ajouta-t-elle, bientôt après, mon cœur se
erait-il éveillé trop tôt ?...

Et deux larmes coulèrent silencieusement le long de ses
ues hâlées par la pluie, le vent et le soleil.

FIN DU PROLOGUE.

PREMIÈRE PARTIE

I

Comment et par qui Rustique fut invité au bal de la cour.

Un mois s'était écoulé depuis l'arrivée de Rustique à Paris. — Un mois qui avait passé comme un rêve enchanté !

C'était une chose si nouvelle pour lui, que cette vie à laquelle il avait été admis à prendre part ; ce mouvement, cette variété, ce luxe, ce bruit, contrastaient tellement avec la solitude au milieu de laquelle il avait vécu jusqu'alors ; ce monde qu'il voyait et coudoyait, se présentait si différent de celui qu'il avait imaginé, que son esprit s'en était d'abord trouvé épouvanté.

Alors un sentiment d'indéfinissable terreur s'était emparé de lui !...

En plongeant le regard dans cette vaste capitale qui livrait ses splendeurs à son admiration, le vertige l'avait pris ; la première fois qu'il s'était hasardé à poser le pied sur le pavé mouvant des rues, tout avait frémi et tremblé autour de lui, et il s'était senti ébloui par ces aspects divers et multiples qui passaient à ses côtés, et se transformaient comme par enchantement, à chaque pas qu'il faisait !

Rustique avait dans le caractère mille bizarreries que justifiait suffisamment la vie exceptionnelle qu'il avait menée jusqu'à vingt ans. — Une vie sans air, sans horizon, sans soleil... une vie à vingt pieds sous terre.

Nous expliquerons plus tard, à la suite de quelle terrible péripétie, de quel drame sanglant il s'était trouvé retranché du nombre des vivants, enfermé entre les murailles d'un cachot, privé des caresses d'une mère, et jeté en proie à la solitude et aux ténèbres.

Douloureuse et lamentable histoire !

Pendant vingt années, son regard n'avait pas franchi les sombres limites qu'on lui avait imposées; il avait grandi, et s'était fortifié dans cette cage étroite, comme une bête fauve qui n'a jamais connu la liberté, mais qui en nourrit le sauvage instinct; il avait vécu de la sorte, replié sur lui-même, sans joie et sans désespoir, écoutant avec indifférence les bruits sinistres qui variaient seuls le silence qui l'étreignait !

La vie n'avait commencé pour lui, que du jour où il était arrivé à Paris.

Aussi, en se réveillant de son long sommeil, dans ce milieu où la vie revêtait tout à coup une activité inouïe, il ne put se défendre d'une certaine épouvante superstitieuse.

Et cela se comprend !

Sous le rapport moral, Paris était déjà au xvie siècle, ce que nous le voyons aujourd'hui. — Il n'y a que ces villes-là, dit Victor Hugo, qui deviennent des capitales. — Ce sont des entonnoirs où viennent aboutir tous les versants géographiques, politiques, moraux, intellectuels d'un pays, toutes les

6

pentes naturelles d'un peuple ; des puits de civilisation, pour ainsi dire, et aussi des égouts, où commerce, industrie, intelligence, population, tout ce qui est séve, tout ce qui est vie, tout ce qui est âme dans une nation, s'infiltre et s'amasse sans cesse, goutte à goutte, siècle à siècle.

Une grande ville égoïste, absorbée incessamment par les préoccupations de son seul intérêt, rejetant, broyant, dévorant tout ce qui lui est inutile ou nécessaire, et poursuivant son œuvre, sans s'inquiéter de ce qui la suit, ou de ce qui la précède !

Dans cette vaste enceinte inondée à toute heure, d'air et de soleil, Rustique se sentit d'abord plus à l'étroit qu'entre les murs de sá prison ; au milieu de cette foule qui passait indifférente et froide à ses côtés, il se trouva plus isolé encore ; à la vue de cette activité et de ce bruit, dont il ne comprenait ni le but, ni la cause, ses premiers étonnements s'emprégnèrent de tristesse et de lassitude amère !... — Il lui semblait qu'il était moins libre que dans sa Bastille !

Singulière inconséquence d'un homme qui, pour la première fois, descend des hauteurs de ses rêves, et prend possession de lui-même en posant le pied dans le domaine de la réalité.

Toutefois, cette hésitation dura peu.

Rustique était doué d'une nature trop vivace, il y avait en lui trop d'énergie native, les mille ardeurs qui fermentaient dans sa tête et dans son cœur, cherchaient depuis trop longtemps une issue, pour qu'il ne se relevât pas bientôt de cet inexplicable abattement.

Une chose contribua surtout à opérer ce changement.

Rustique n'avait point oublié Marcelle, la fille du prévôt, et son image était restée dans son souvenir. — Il n'avait fait cependant que l'entrevoir, mais cela suffit !...

L'amour devait avoir pour lui bien des dangers.

Jeté, inopinément et sans préparation, au milieu de la vie parisienne, ignorant les distances sociales si bien déterminées à cette époque, n'ayant que des notions très-vagues sur les rapports qui pouvaient exister entre les différentes classes de la société, ne connaissant enfin d'autres lois que ses seuls instincts, d'autre frein que sa propre honnêteté, il était prédestiné à bien des désenchantements et bien des désillusions.

Il y a peu de place dans le monde, pour des hommes comme Rustique : — quand ils ne meurent pas, on les étouffe !

C'est ce qu'il ne comprit que plus tard.

La vue de Marcelle produisit donc une profonde impression sur son esprit. Ce ne fut qu'une sensation, vive, rapide, irréfléchie ; mais sans qu'il pût s'expliquer la cause d'un pareil changement, cette sensation suffit à bouleverser tout son être !

Avant que le cœur ne s'éveille, sait-on jamais que l'on doit aimer ? C'est le plus souvent une surprise. — Confusion touchante de l'âme que l'amour surprend dans sa nudité primitive. — C'est encore l'éclosion spontanée, naïve, inattendue de ces purs sentiments qui sommeillent au cœur de l'enfant !

Rustique l'ignorait lui-même ; il s'était développé dans toute la force et dans toute la plénitude d'une liberté morale sans contrôle possible, et il nourrissait de singulières idées à l'égard de la femme !

Il n'avait pas précisément de dédain pour elle, mais il méprisait sa faiblesse. Il souriait de pitié et de compassion à la voir si frêle et si délicate, et plus d'une fois, il s'était naïvement indigné contre l'autorité dont elle jouissait dans la société humaine.

Rustique ne professait guère d'admiration que pour la

force loyale et droite : il croyait que l'homme est né maître du monde, et que rien ne peut le contraindre à abdiquer cette souveraineté qu'il tient de la nature même ! — Aussi, bien qu'il n'eût jamais profondément réfléchi, il résultait de ces dispositions une certaine défiance instinctive que l'approche de toute femme éveillait en lui.

Il pressentait vaguement un danger, et mettait toute son énergie à défendre son cœur et sa raison qu'il croyait menacés.

La vue de Marcelle avait pu seule ébranler ses convictions : il s'était senti subitement ému ; son passé tout entier avait disparu, et l'on eût dit qu'un nouvel horizon venait de s'ouvrir devant son regard charmé.

Il avait pu croire, un instant, que ce sentiment qui naissait dans son cœur, et y poussait déjà des racines si profondes, n'était que le résultat d'une hallucination nocturne, et qu'il disparaîtrait devant les premiers feux du jour. — Il n'en fut rien. — Dès le lendemain, quand le soleil dora de ses rayons joyeux, la fenêtre de sa chambre, son premier souvenir fut pour Marcelle, comme sa première pensée fut de chercher à la revoir !

Quand une fois une idée avait germé dans son cerveau, il ne tardait pas à la mettre à exécution. — Dès le jour même, il se mit donc en campagne.

Aidé de d'Aubigny et de Coquastre, il se dirigea vers la demeure du prévôt, et au bout de quelques jours, il avait revu Marcelle.

Cette seconde épreuve ne fit que confirmer ses premières impressions.

Marcelle était bien la plus ravissante créature qu'il eût jamais vue, et il se prit à l'aimer avec toute l'ardeur, tout l'oubli, tout l'enivrement d'un premier amour.

D'Aubigny et Coquastre avaient bien tenté de le détourner

cet amour ; ils lui avaient représenté les dangers aux-
els il s'exposait, les difficultés qui allaient s'élever entre
i et la jeune fille, l'orgueil du prévôt, l'insolence de ses
s ; mais à toutes ces objections, Rustique se contentait de
usser les épaules, et de faire ce fin sourire qui était une de
s plus charmantes séductions.

— Vous avez raison sans doute, répondait-il avec un in-
uciant abandon où se mêlait une certaine teinte de tris-
sse et de mélancolie ; c'est moi qui ai tort ; mais que vou-
z-vous, mes amis ; ce qui est un obstacle pour vous, n'en
ut être un pour moi... Qu'ai-je à redouter, je vous le de-
ande... Ma vie peut-elle être jamais plus misérable qu'elle
e l'a été?... La mort même ne serait-elle pas préférable à
t isolement dans lequel j'ai vécu jusqu'à ce jour?... Qui
nc me pleurera... je suis venu au monde dans une pri-
m, et j'ai tué le seul être qui me portât quelque intérêt ; je
'appartiens donc bien, et le premier sentiment qui s'em-
arera de ma pensée, de mon cœur, m'aura tout entier.....
aissez-moi donc libre, mes amis... Ma conduite est déjà
acée.. si Marcelle ne m'aime pas, à Dieu ne plaise que je
euille lui imposer un amour qu'elle repousserait... Mais si
le m'aime... je jure sur mon âme qu'elle sera à moi !...

Coquastre n'avait rien ajouté, mais au fond du cœur, il
aignait Rustique de son aveuglement.

Quant à d'Aubigny, il n'était pas éloigné d'approuver la
ésolution de son nouvel ami.

D'Aubigny avait le caractère essentiellement aventureux,
t l'on ne pourrait croire à quel point Rustique l'avait sé-
uit.

Il aimait cette franchise chevaleresque qui éclatait dans
outes les actions de ce dernier ; son ardeur avide, sa viva-
ité, son impatience, toutes ces manifestations spontanées
ui témoignaient d'une nature originale et droite, avaient

6.

le don d'éveiller les plus chaleureuses sympathies, au cœur du jeune écolier.

Coquastre avait cédé la place au nouveau venu...

Rustique était adroit à tous les exercices du corps; il avait, de plus, l'audace et le courage ; sa taille était bien prise ; sa jambe nettement dessinée ; sa figure éclatait de toutes les grâces de la jeunesse ; d'Aubigny ne se lassait de l'admirer et de le lui dire, mais Rustique n'y prenait pas garde.

Depuis que Marcelle lui était apparue, il n'avait plus qu'une pensée.

L'image de la jeune fille s'était emparée de son cœur, et l'emplissait tout entier ; il n'y avait plus de place désormais pour aucun autre sentiment.

Quand parfois, ce qui arrivait rarement, Rustique se prenait à réfléchir sur sa position, ou sur les difficultés qu'il devait surmonter avant de se rapprocher de la fille du prévôt, il se livrait alors entre son amour et sa raison, une de ces luttes énergiques où toutes ses hésitations succombaient successivement. Ces sortes de luttes étaient nouvelles pour lui, il y dépensait tout ce qu'il avait de force et d'ardeur, et en retirait le plus souvent une amertume qui empoisonnait ses jours et troublait ses nuits.

Mais heureusement ces combats duraient peu.

Rustique avait trop de ressources dans sa riche nature pour se laisser vaincre jamais, et si de temps à autre, il retombait de la hauteur de ses rêves, c'était comme Antée, pour renouveler sa force et son énergie, en touchant le sol.

Il y avait un mois environ qu'il était à Paris ; il avait pris un logement non loin de celui de Coquastre, et vivait habituellement dans la compagnie de ce dernier.

Ses principales excursions l'entraînaient tantôt dans la direction de l'hôtel Saint-Pol, où demeurait Marcelle, mais plus souvent encore vers une maison de gracieuse et modeste ap-

rence, située rue de Béthisy, et dans laquelle il l'avait vue
trer fréquemment.

Quelque ignorant qu'il fût des usages et des mœurs de la
pitale, Rustique avait cependant jugé à propos de modifier
nsiblement son costume ; son pourpoint de laine fanée
ait été remplacé par un pourpoint de velours à petites bas-
es, comme on le portait alors ; son manteau sortait des
ains du plus habile tailleur, ses *trousses* ou hauts de chaus-
es, dessinaient avantageusement ses formes robustes et
égantes, et pour compléter cette transformation, une toque
e velours penchait coquettement sur son oreille droite,
couvrant ainsi la gauche, à laquelle pendait une perle en
rme de poire.

Rustique semblait avoir été fait exprès pour porter ce cos-
me, et plus d'une dame de la cour s'était retournée sur
n passage, émerveillée de tant de grâce alliée à tant de
rce...

Mais nul ne connaissait Rustique, et ce dernier ne voulait
nnaître que Marcelle.

Une aventure qui lui arriva vers l'époque de sa transfor-
ation physique, ne laissa pas cependant de l'intriguer au
rnier point.

Son nouvel accoutrement lui avait coûté fort cher ; sa
urse s'en était trouvée presque épuisée, et Rustique son-
ait déjà, avec une certaine appréhension fort légitime, à
position qui lui serait faite, le jour où les écus d'or vien-
aient à lui manquer.

Il n'avait point encore pensé à cette éventualité, et elle
lait bien la peine qu'il y réfléchît.

Paris est de tous les pays du monde, celui où l'on peut le
oins vivre sans argent ; Rustique n'avait pas été longtemps
le comprendre, et il se demandait avec effroi comment il

ferait face aux nécessités de la vie, quand il n'aurait plus à mettre dans sa manche qu'une bourse vide.

L'obstacle était sérieux en effet, sa confiance en fut fortement ébranlée : il sentait qu'il allait se trouver acculé dans une impasse sans issue; et cette position n'était point de celles que son courage et son audace pussent dénouer. — C'était la première fois qu'il constatait si péremptoirement son impuissance.

Que faire cependant ?

C'était le soir : Rustique se trouvait seul dans sa chambre, assis près de la cheminée, où brillait un bon feu : la flamme grimpait joyeuse au fond de l'âtre ; les bruits du dehors se taisaient peu à peu ; la lune se levait lentement à l'horizon. . C'était l'heure aimée des poëtes et des amoureux, où l'âme se laisse mollement bercer par les rêves de la nuit ; où les inquiétudes s'apaisent et s'endorment ; où tout, dans la nature, se fait calme et prière.

Rustique se prit à rêver.

Il revit Marcelle dans tout l'éclat et la pureté de sa beauté vierge ; il la revit à travers les voiles transparents dont l'enveloppaient ses chastes désirs ; elle passa à plusieurs reprises, devant son regard enivré, et chaque fois, elle le salua en passant, d'un doux et bienveillant sourire.

Qu'elle était belle ainsi !... Jamais regard d'homme ne s'était arrêté sur une plus délicieuse créature...

Ses yeux avaient ce reflet chaud et velouté, qui fait rêver et frissonner tout à la fois ; son nez, d'une coupe charmante, se dessinait en une ligne pure et correcte ; ses lèvres roses et humides détachaient leurs courbes railleuses sur le ton plus pâle des joues, et son front élevé et fier fuyait harmonieusement sous l'abondante richesse de sa chevelure.

Marcelle était blonde comme Eve... il y avait dans sa démarche lente, dans ses mouvements paresseux, sous ses

upières demi-voilées, une ardeur, une vivacité, une flamme
ystérieuse et sourdement couvée, à laquelle sa beauté em-
untait cet éclat impérieux qui attirait fatalement à elle les
ux et le cœur.

On n'eût pu la comparer aux vierges de Raphaël, mais elle
t rivalisé sans peine avec les femmes de Tintoret ou de
onard de Vinci.

Elle avait dix-sept ans à peine...

Depuis un an seulement, ses formes s'étaient développées
ec grâce, ses épaules s'étaient arrondies comme sous l'a-
oureux ciseau d'un sculpteur invisible; une flamme dis-
ète brûlait maintenant sous ses paupières brunies.

La chaste enfant ne comprenait pas bien encore ce qui se
ssait dans son cœur; elle s'étonnait naïvement de ces
angements merveilleux, et elle ne pouvait s'empêcher de
effrayer même quelquefois, en admirant le triple diadème
jeunesse, de grâce et de candeur dont la nature couron-
it son beau front!

Rustique la revoyait plus belle qu'il ne l'avait admirée, et
us ses sens frémissaient d'impatience et de désir.

La solitude dans laquelle il se trouvait, le silence harmo-
eux qui régnait autour de lui, l'espèce d'inquiétude même
ii l'avait troublé quelques instants auparavant, ajoutaient
icore un charme de plus à l'image de Marcelle, ainsi entre-
ie à travers les vapeurs flottantes de ses rêves.

A la vue de cett blanchee apparition, son amour s'effrayait
- qu'était-il, lui, dans cette capitale où il venait de poser
pied, pour espérer jamais unir à sa destinée la destinée
e Marcelle? Il n'avait plus déjà que quelques écus d'or dans
i bourse de cuir; le moindre accroc à son pourpoint de ve-
urs, pouvait le ruiner tout à fait. Que deviendrait-il dans
e cas!

Une ombre de tristesse glissa sur son front à cette pensée, et son cœur se serra.

Renoncer à Marcelle lui était désormais impossible ; il lui fallait donc songer à se créer au plus tôt des ressources, à moins de se résoudre, comme la plupart des écoliers du collége de Montaigu, à vivre d'aumônes, vêtu de guenilles.

Une triste perspective !

Comme il en était là de ses réflexions, quelques coups furent frappés discrètement à sa porte. Il alla ouvrir, et y trouva un petit page à l'œil noir et mutin, qui le salua d'un air ironique :

— Messire Rustique, demanda le page.

— C'est moi ! répondit Rustique.

Le page fit signe à deux valets qui le suivaient, et ceux-ci déposèrent au milieu de la chambre, un coffre en bois sculpté, dont rien extérieurement ne pouvait faire soupçonner le contenu.

Rustique regardait sans comprendre.

Quand les valets se furent retirés, et qu'il vit le jeune page disposé à en faire autant, il l'arrêta sur le seuil de la porte, et lui prit vivement le bras.

— Or ça, mon jeune ami, lui dit-il, m'expliquerez-vous enfin ce que cela signifie.

— Cela ne signifie, répondit le page, rien autre chose que ce que vous voyez.

— Mais que contient ce coffre ?

— Je l'ignore.

— Et quelle est la personne qui me l'envoie ?

— Il m'est défendu de le dire.

Rustique regarda le page avec étonnement.

— Voyons, reprit-il aussitôt, je n'aime ni les énigmes, ni les masques, est-ce ta maîtresse qui t'a dépêché vers moi ?

— Peut-être.

— Et comment se nomme-t-elle?

— Vous le saurez plus tard.

— Diable! tu es discret...

— Aussi discret que ma maîtresse est jolie.

Et le page saluant sur ces mots, prononcés d'un ton mo-
eur, s'éloigna, sans ajouter une parole de plus, laissant
stique partagé entre la surprise et la curiosité.

Dès que le page eut disparu, il alla donc au coffre, qu'il
vrit, et dont il retira un à un tous les objets qu'il renfer-
iit.

Et d'abord, ce fut un magnifique pourpoint de velours
rt, brodé d'argent, et resplendissant de pierreries du plus
ut prix; — puis, un haut de chausse de même étoffe, orné
fines dentelles; une petite toque décorée d'armoiries, qu'il
essaya même pas de déchiffrer, enfin, une épée à lame
ite, de fabrique italienne, dont la poignée et la cuvette, re-
rcées à jour, étaient un véritable chef-d'œuvre de l'art. —
côté de cette arme offensive, était placée une petite épée
main gauche avec garde en acier découpée et également
percée à jour.

Malgré l'étrangeté d'un pareil don, Rustique n'était cepen-
nt pas au bout de ses étonnements, car au moment où il
mparait de cette dernière épée pour l'examiner de plus
ès, il aperçut au fond du coffre une bourse pleine d'or,
compagnée d'un billet.

Le billet dont il s'empara avec avidité, ne contenait que
s mots :

« *Objets appartenant à messire Rustique.* »

L'énigme était complète, rien n'y manquait. Rustique se
it à réfléchir.

Il y avait à peine un mois qu'il habitait Paris; il n'y con-
issait personne; il n'était encore sorti que pour suivre
arcelle; il lui était donc difficile de s'expliquer d'où pouvait

provenir le don qu'il recevait, et sous l'empire de quel sentiment il avait été fait.

Le page qui le lui avait remis, portait une livrée bleu et
blanc ; mais c'était là un faible indice, pour lui surtout, à qui
les usages de la cour n'avaient point été révélés encore.

Il se promit d'avoir recours aux lumières de d'Aubigny
et de Coquastre, et dès le lendemain même, il leur fit part de
ce qui lui arrivait.

Les avis furent unanimes.

Coquastre et d'Aubigny pensèrent que le présent ne pouvait provenir que d'une grande dame amoureuse, laquelle
avait voulu mettre Rustique à même de faire bonne figure
parmi les seigneurs de la cour. Il était assez bien de sa personne, pour justifier une passion ; l'usage d'ailleurs autori-
sait de pareils présents, Rustique n'était pas le premier
homme auquel de semblables faveurs avaient été accordées,
et la seule conduite qu'il dût tenir, dans cette circonstance,
c'était d'accepter le don offert, et de se vêtir, sans plus tarder, du pourpoint, du haut de chausse, de la toque et de
l'épée :

— Quant à la bourse, ajouta d'Aubigny, comme elle est
respectablement garnie d'une monnaie qui devient plus rare
de jour en jour ; pour peu que vous éprouviez de répugnance
à la prendre, je me ferai un véritable plaisir de m'en charger.

Rustique remercia ses amis de leurs bons avis, rejeta les
vêtements, les armes et la bourse dans le coffre, le referma
avec soin, et déclara qu'il réfléchirait encore avant de se
servir d'aucun de ces objets.

Puis ils sortirent.

Il faisait une belle matinée d'hiver... le soleil étincelait
dans le ciel pur ; un vent frais et vif courait dans les rues, un
certain parfum de printemps passait de temps à autre, à travers les arbres des clos et des vergers des abbayes voisines.

Il y avait foule dans les rues.

Par toutes les grandes et petites artères qui sillonnaient la ve gauche de la Seine, on voyait sourdre et remuer une pulation vivement agitée, railleuse et bruyante.

Jamais encore Rustique n'avait vu un pareil spectacle.

Ces flots de peuple descendaient lentement, suivant les nuosités bizarres des rues, se rétrécissant ou s'élargissant lon les caprices et les accidents du sol, tantôt serrés et ofonds comme les ondes d'un fleuve, tantôt larges et ma- stueux comme les vagues d'une mer. Il s'élevait de cette mense agglomération d'hommes, de femmes, d'enfants, de eillards, un vaste murmure, où se confondaient les cris s uns, les rires des autres, les interpellations de ceux-ci, s imprécations de ceux-là. C'était un concert étrange, où utes les différentes tonalités de la voix humaine s'unissaient ns une discordante clameur.

Un même sentiment poussait ces masses tumultueuses, — ntiment implacable s'il en fût, et qui ne recule devant ıcun obstacle pour se satisfaire, — la curiosité !...

Quand une population est prise de cette ardente passion de ir ou d'entendre, aucun frein ne serait assez fort pour l'ar- ıter ; elle va, court, se précipite et renverse impitoyable- ent tout ce qui s'oppose à son passage ; elle n'a plus rien humain; le cœur a disparu de toutes ces poitrines ; dans ette immense foule, il n'y a plus que des yeux et des reilles.

Rustique regardait avec ébahissement.

Dès les premiers pas qu'il avait faits dans la rue, il s'était ouvé séparé de ses deux amis, et maintenant il éprouvait utes les peines du monde à résister au courant puissant qui entraînait.

On marchait lentement, — la prudence le commandait, — e temps à autre on entrevoyait le chapeau d'un sergent

7

d'armes chargé de maintenir l'ordre ; mais dans ce flux et reflux, l'autorité était peu respectée. Il fallait s'en remettre à la foule elle-même, du soin de n'écraser que le moins d'enfants possible, et tous les états de la société se trouvaient forcément confondus, malgré les instructions royales si sagement formulées dans l'ordonnance du 12 juillet.

La foule n'avait pour se déverser de la cité dans la ville, que deux ponts étroits et peu solides ; l'un était le *Pont aux Changeurs*, l'autre, le *Pont Notre-Dame*. Le premier aboutissait sur la place du Grand-Châtelet, le second en face de la rue Saint-Martin.

Quand le peuple déboucha sur les quais, et que chacun se précipita à l'envi vers les deux issues dont nous venons de parler, il se produisit naturellement un mouvement de remous, qui en entraîna plus d'un dans son tourbillon ; ils furent rejetés violemment à quelques pas du pont, sans espoir de pouvoir bientôt reprendre leur rang dans le fleuve humain qui continuait de s'écouler plein de cris et de murmures.

Rustique fut de ce nombre.

Cela s'était fait en un clin d'œil, et sans qu'il eût été possible à quiconque de l'éviter. Rustique ne fit donc qu'en rire. D'ailleurs il n'était pas le seul à qui pareil accident était arrivé, et comme rien ne rapproche plus les hommes qu'une conformité passagère d'aventure, il ne se passa pas cinq minutes, qu'il n'eût lié conversation avec un grand diable de gentilhomme d'une cinquantaine d'années, vêtu avec une grande simplicité, et que, au surplus, il avait eu l'avantage de coudoyer souvent depuis une heure.

Rustique et le gentilhomme avaient commencé par se saluer courtoisement ; puis ce dernier s'était rapproché de son compagnon d'infortune :

— Pardon, Messire, dit-il alors d'un accent de belle humeur, je vois que la foule ne vous a pas mieux traité que moi ?

— En effet !... répondit Rustique.

— Et au train dont vont les choses, poursuivit son interlocuteur, j'estime qu'il aura passé beaucoup d'eau avant que nous puissions traverser le pont ?

— C'est aussi mon avis...

Les deux hommes se regardèrent et sourirent.

-- Aimez-vous à voir couler l'eau, Messire ? dit le plus âgé.

— Pas le moins du monde, répondit Rustique.

— Alors, il me vient une idée.

— Vous êtes bien heureux.

— Voulez-vous que je vous la dise ?

— Dites toujours.

— Je pense qu'au lieu de rester là sur la berge, il serait plus convenable d'aller joindre l'*île aux Juifs* où le passeur aux vaches nous conduirait de l'autre côté de l'eau, juste en face du Louvre. Que dites-vous de cet avis ?

— Je le trouve bon.

— Et vous êtes disposé à le suivre ?

— Quand vous voudrez.

Le gentilhomme ne se le fit pas répéter, et prit aussitôt les devants : Rustique le suivait à quelques pas, réglant sa marche sur la sienne. Cependant, tout en marchant, il ne pouvait s'empêcher de jeter de temps à autre, un regard sur son compagnon.

Cet homme était grand, sec, d'une maigreur remarquable ; sa jambe nerveuse se dessinait nettement dans son pantalon serré et collant ; malgré son âge, il paraissait doué d'une agilité extraordinaire.

En moins d'un quart d'heure, ils atteignirent l'extrémité

de l'île, d'où ils s'embarquèrent aussitôt pour la rive opposée.

— Vous devez vous estimer heureux de m'avoir rencontré, mon jeune gentilhomme, s'écria le compagnon de Rustique, en mettant pied à terre devant le Louvre, car sans moi, vous seriez encore sur le *Pont aux Changeurs*.

— En effet.

— Tandis que maintenant nous allons être des mieux placés pour voir passer le cortége du roi Henri II.

— Croyez-vous ?

— Pardieu.

— Moi, j'en doute.

— Et pourquoi cela ?

— Regardez...

Rustique désignait une compagnie de hallebardiers qui stationnait non loin de là, et dont les sentinelles leur faisaient signe de s'éloigner.

— N'est-ce que cela, mon ami, repartit son interlocuteur, c'est mon affaire ; suivez-moi seulement...

Et il franchit en quelques enjambées la distance qui le séparait des hallebardiers. Rustique le suivait, curieux de voir comment il dénouerait la difficulté. Mais, à son grand étonnement, un mot lui suffit pour lever tous les obstacles, et ils passèrent, en recueillant sur leur route, les témoignages d'une attention particulière.

Rustique commença à sentir naître dans son esprit, un certain respect pour son cicerone, et il se mit, dès ce moment, à le traiter avec une déférence marquée.

Son compagnon s'aperçut bien vite de ce changement, et il ne put s'empêcher de sourire.

— Ah ! ah ! dit-il, en appuyant ses deux regards sur le front de Rustique, vous vous étonnez de mon pouvoir, n'est-il pas vrai ?

— Je ne le cache pas.

— Vous êtes surpris que l'on témoigne tant de déférence à un homme si modestement vêtu ?

— Je n'ai pas dit cela...

— Mais vous le pensiez.

— Peut-être...

— A la bonne heure, j'aime cette franchise. — Eh bien! vous avez raison, mon ami; dans un temps où l'on n'adore le plus souvent que les signes extérieurs d'une supériorité qui n'existe réellement pas, c'est une chose rare et digne de remarque, que de voir le respect s'adresser à des vêtements humbles, et la force s'incliner devant le génie. Malheureusement, dans le cas présent, il s'agit d'autre chose.

Tout en devisant de la sorte, ils avaient choisi un endroit favorable, et d'où ils pouvaient voir à leur aise le cortége du roi Henri II, qui faisait ce jour-là même son entrée dans Paris.

Quand ils se furent assis commodément, l'un à côté de l'autre, le mystérieux personnage reprit :

— Vous êtes depuis un mois à Paris, messire Rustique, dit-il du ton le plus naturel du monde.

Rustique bondit et recula comme un homme qui se serait assis à deux lignes d'un nid de vipères.

— Vous savez mon nom? s'écria-t-il, stupéfait.

— Sans doute.

— Vous me connaissez !

— Pardieu.

— Qui donc êtes-vous?...

L'inconnu sourit :

— On m'appelle Mouchy, répondit-il, d'un singulier accent.

— C'est la première fois que j'entends prononcer ce nom... objecta Rustique.

— Ah! l'on vous dira bien du mal de moi, poursuivit Mouchy, avec une sorte de complaisance, j'ai beaucoup d'ennemis dans la capitale, et plus d'un voudrait bien ne m'avoir jamais connu.

— Pourquoi cela...

— Je vous l'expliquerai plus tard..... pour le moment, j'aime mieux que nous causions d'autres choses.

— Parlons de ce que vous voudrez.

— De vous... si cela ne vous déplaît pas.

— De moi... si cela vous convient...

— Vous êtes jeune, dit Mouchy, vous avez de l'audace autant qu'il en faut, de la beauté plus qu'il n'en est besoin... vous pouvez aller loin avec ces qualités-là... êtes-vous ambitieux, messire Rustique ?

— Fort peu...

— Au moins aviez-vous quelque but en venant à Paris ?...

— Aucun.

— Ce nom que vous portez, cache cependant un titre quelconque ?...

— Quel titre ?... fit Rustique, avec étonnement.

— N'êtes-vous donc ni comte, ni baron, ni chevalier ?

— Rien de tout cela...

Mouchy ne quittait pas Rustique du regard, et cherchait à deviner ce qu'il aurait pu vouloir cacher; mais la physionomie du jeune homme éclatait de franchise et de sincérité, le soupçon y glissait comme sur une glace polie.

— Alors, reprit-il tôt après, et comme satisfait de son examen, vous êtes messire Rustique, et rien de plus.

— Rien de plus, répondit Rustique.

— Un singulier nom !...

— C'est moi qui me le suis donné.

— Mais ne désirez-vous pas au moins devenir quelque chose ?

— Peut-être.

— A votre âge, c'est naturel... la vie commence à peine ; on veut parer la réalité de toutes les spendeurs de ses rêves...

— C'est vrai ?

— Vous en êtes là ?

— Je le crois.

— Vous désirez la fortune ?

— Elle rapproche les distances.

— Un titre aussi ?...

— Il légitime certaines ambitions.

Mouchy frappa sur l'épaule de Rustique : celui-ci se retourna de son côté : son regard brillait d'une vive ardeur ; ses joues s'étaient colorées ; un air de souveraine audace se trahissait sur son front.

— Allons, c'est bien, reprit son interlocuteur, vous êtes un homme... nous ferons quelque chose de vous... vous sentez-vous disposé à avoir confiance en moi ?

Rustique fit son sourire habituel, et remua la tête.

— Oui et non... répondit-il lentement.

— Ah ! diable !... dit Mouchy, voilà une réponse qui sent son Normand d'une lieue... seriez-vous de cette province.

— Je l'ignore.

— Mais enfin... il serait bon cependant...

— Eh bien ! fit Rustique... c'est ce que nous verrons tout à l'heure... d'ailleurs, j'entends, si je ne me trompe, les fanfares qui annoncent le cortége du roi, et si vous le voulez bien, nous allons suspendre un moment notre conversation.

Mouchy ayant opiné du bonnet, ils se remirent l'un à côté de l'autre, et s'apprêtèrent à voir de leur mieux.

Ainsi que l'avait dit Rustique, les fanfares venaient d'éclater à peu de distance ; un mouvement extraordinaire s'était manifesté parmi les diverses compagnies qui entouraient le Louvre et déjà, du côté des quais, on voyait poindre la tête brillante du cortége.

Le roi était allé, la veille, prendre sa couronne à Saint-Denis, et le peuple se précipitait à l'envi à sa rencontre, poussant au ciel de bruyants *Noel!*

D'abord défilèrent les processions des paroisses avec leurs bannières et leurs croix ; les quatre ordres mendiants, avec leurs reliquaires ; les présidents et maîtres des comptes, accompagnés des trésoriers et des généraux des finances, *très-richement* habillés ; le prévôt des marchands et les éche-vins, en robes de satin vermeil ou rouge vif, doublées de velours, précédés des archers et arbalétriers de la ville, vêtus de hoquetons argentés, avec cette devise en lettres d'or, *Paris sans Pair*, et suivis d'un grand nombre de bour-geois habillés d'écarlate ; les lieutenants du prévôt de Paris, chevalier du guet, commissaires, notaires, avocats et pro-cureurs du Châtelet, ayant devant eux les sergents du guet, aux hoquetons brodés d'une étoile d'or sur le dos et sur la poitrine.

Ensuite, les présidents de la cour du parlement, en man-teaux d'écarlate fourrés de *menu-vair* (1) ; les conseillers en robes rouges et en chaperons fourrés ; greffiers et huissiers marchant en tête.

Puis, cent hommes d'armes, tous chevaliers et gentils-hommes de l'hôtel du roi, qui portaient sur leurs harnais de fer poli des *huques* ou cottes d'armes *faites à paillettes d'or*, et de grands panaches sur leurs heaumes ; ils montaient des coursiers *tout bardés d'orfévrerie*.

Après eux, le prévôt de Paris, armé somptueusement, al-lait de compagnie avec plusieurs barons, chevaliers et

(1) Blanc et bleu.

écuyers de l'Ile de France, couverts d'armes magnifiques ; leurs chevaux resplendissaient d'or et d'argent à la selle, au mors, au chanfrein et aux étriers.

C'est là que commençait le cortége royal.

Les Suisses avec leurs hoquetons mi-partie rouges et aunes ;

Les archers de la garde conduits par leurs capitaines ;

Le cheval de parement houssé de velours *pers* ou bleu céeste, semé de fleurs de lis d'or, portant le grand *scel* du roi, que suivait le chancelier de France, vêtu de même que les présidents du parlement. — Douze pages d'honneur chevauchaient devant le coursier du roi qu'on menait par la bride.

Le grand écuyer, qui marchait immédiatement avant le roi, portait le heaume royal, surmonté d'une couronne d'or, garnie de pierres précieuses.

Henri II parut monté sur une haquenée toute caparaçonnée de drap d'or, dont quatre laquais tenaient les rênes ; il était armé à *blanc,* et par-dessus son armure, reluisant *comme escarboucle,* il avait une tunique en tissu d'or fin, orné de pierreries ; il saluait chacun de la main et de la tête.

Enfin, derrière le roi, marchait la foule des grandes dames et des seigneurs de la cour, tous vêtus de velours brodé, chevauchant au milieu des flots pressés du peuple qui criait *Noël* sur tous les tons.

Rustique avait pris un certain plaisir à voir défiler ce cortége ; Mouchy lui en expliquait tous les détails avec une complaisance attentive, et il ne laissait passer aucun seigneur, sans lui dire son nom et le rang qu'il occupait à la cour.

Rustique avait écouté jusque-là, sans perdre une syllabe... Mais lorsque le roi eut disparu, et que commença le défilé des seigneurs et des grandes dames, son regard sembla s'allumer davantage, et il ne prêta plus dès lors qu'une faible attention aux paroles de Mouchy.

7.

C'est que parmi cette foule élégante et titrée, il venait d'apercevoir la fille du prévôt de Paris, accompagnée de son plus jeune frère, Hugues...

Ce dernier portait encore sur ses joues un reste de pâleur maladive, son regard était terne, son sourire triste.

Rustique ne bougea plus et regarda.

Marcelle était belle de toutes les splendeurs de la jeunesse et de la beauté... Un cercle de jeunes seigneurs l'entourait ; c'était à qui l'approcherait, et amènerait un sourire sur ses lèvres, ou attirerait un regard de ses yeux.

Mais Marcelle avait la conscience de sa puissance, et elle passait fière et calme au milieu de ces hommages qui n'a- vaient pas même le don de l'étonner.

Si Henri II était le roi de cette fête, elle semblait en être la reine.

Rustique ne l'avait jamais vue ainsi... Il trembla, un mo- ment, d'aimer tant de beauté alliée à tant d'orgueil, et il éprouva une sorte de vertige, comme s'il se fût trouvé jeté tout à coup au bord extrême d'un précipice insondable.

Mais ce sentiment s'éteignit presque aussitôt, et il se re- tourna vers Mouchy, qui venait de lui frapper sur l'épaule :

— Eh bien, Messire, lui dit ce dernier avec ironie, vous voilà tout pensif ?...

— Ce n'est rien... repartit vivement Rustique.

— Vous êtes pâle cependant ?

— Ce spectacle est bien fait pour émouvoir.

— Sans doute.

— Ce mouvement, ces fanfares... ces chevaux caparaçon- nés, ces seigneurs étincelants de pierreries.

— Sans compter nos grandes dames, n'est-ce pas ?...

— Il y en a de bien belles, en effet.

Mouchy sourit d'un étrange sourire.

— Avez-vous remarqué la fille de notre prévôt... reprit-il en enveloppant Rustique de son regard.

— Je l'ai reconnue à son jeune frère, répondit ce dernier en rougissant.

— Et comment la trouvez-vous?

Rustique frémit jusqu'au fond du cœur.

— J'avoue, répondit-il, sans pouvoir dissimuler son embarras, que j'ai rarement vu une jeune fille aussi belle.

En ce moment, peuple, bourgeois, gentilshommes, tout avait disparu. Ils se trouvaient seuls sur la berge.

— Eh bien, dit Mouchy en se levant, tout est pour le mieux, Messire; et si vous voulez m'accompagner cette nuit au bal de la cour, je jure Dieu qu'avant huit jours, je mets dans votre main la main de Marcelle.

— Que dites-vous! s'écria Rustique qui devint pourpre.

— Cette offre vous plaît-elle?

— J'irais au bal de la cour?

— Rien n'est plus facile.

— Et je pourrais parler à Marcelle?

— Tout à votre aise.

— Mais c'est un rêve.

— Acceptez-vous?

— Pardieu.

— Alors à ce soir, mon jeune ami.

— A ce soir... Où vous trouverai-je?

— Ici même.

— A quelle heure?

— A huit heures.

Rustique serra avec effusion les mains de Mouchy, qui lui fit un signe de tête, et s'éloigna aussitôt, en prenant la direction du Louvre.

Un instant après, Rustique, qui l'avait suivi du regard, le vit disparaître par le guichet situé du côté de la Seine.

II

Le bal.

En quittant Mouchy, Rustique se mit à parcourir Paris. La population emplissait les rues de la capitale, jonchées de fleurs et d'herbes odorantes ; l'agitation qu'avait éveillée le passage du cortége royal n'était pas encore calmée ; il régnait de toutes parts un mouvement extraordinaire ; c'était un flux et reflux incessant, plein d'émotion et de murmures ; on eût dit un fleuve, dont les ondes tourmentées viennent d'être sillonnées par la quille profonde d'un vaisseau de haut bord.

Rustique avançait lentement et sans trop savoir où il allait. Il marchait au hasard, sourd aux bruits qui se faisaient à ses côtés, prêtant l'oreille seulement à ces voix douces et tendres, qui, montant de son cœur, lui disaient toutes les charmantes incertitudes de son amour.

Ce n'est pas, en effet, sans une profonde hésitation qu'il songeait au rendez-vous que lui avait donné Mouchy.

Aller à la cour, se mêler à la foule des seigneurs qui devaient encombrer les grandes salles du Louvre, oser pénétrer lui, inconnu, lui sans nom, lui, manant peut-être, dans cette vieille et redoutable demeure des rois, c'était, sans contredit, un acte audacieux, et qui ne manquait pas de danger... mais Rustique possédait toute l'audace nécessaire pour l'accomplir, et jusqu'alors il n'avait reculé devant aucun péril.

Là n'était donc pas la source de son hésitation. — Si d'ail-

urs il n'avait été poussé à ce rendez-vous que par un
mple sentiment de curiosité, son parti eût été vite pris, et
mais il n'eût songé à tenter l'aventure.

L'espoir de voir Marcelle et de lui parler, ne fût-ce qu'une
conde, avait pu seul le décider.

Certes, et nous l'avons dit déjà, Rustique n'était pas homme
se laisser arrêter par des considérations ordinaires; il l'a-
ait déclaré lui-même à Coquastre et à d'Aubigny, il était
ul au monde, rien ne pouvait l'effrayer ; et le premier sen-
ment qui s'emparerait de sa pensée, devait l'absorber tout
ntier; il aimait Marcelle, comme on aime à cet âge, avec un
ubli complet de toute chose ; il était libre de tout engage-
ent antérieur, l'avenir était bien à lui, puisqu'aucun lien ne
attachait au passé. Il pouvait donc ne prendre conseil que de
on cœur, et s'abandonner sans arrière-pensée à cet amour
ui le sollicitait avec tant d'autorité.

Toutefois, au moment de s'engager plus avant dans cette
oie dont l'issue lui était fermée, au moment de tourner la
remière page de ce livre mystérieux où sa destinée était
crite, et de pénétrer dans ce monde inconnu qui s'ouvrait
our la première fois devant lui, comme il sentait l'impor-
nce d'un tel acte, et ne voulait pas l'accomplir légèrement,
ue sa vie tout entière, c'est-à-dire, son bonheur allait peut-
tre en dépendre, un frémissement singulier remua tout son
tre, et sa pensée inquiète chercha à soulever le sombre voile
ui lui dérobait l'avenir.

S'il avait été aimé de Marcelle, la question eût été simpli-
ée, et aucune hésitation ne se fût manifestée dans sa pen-
ée.

Mais la fille du prévôt ne l'avait jamais vu, elle ne le con-
aissait même pas; entourée de jeunes seigneurs qui ne ca-
haient ni leurs désirs, ni leurs prétentions, peut-être même
'était-elle déjà laissée toucher, et avait-elle fixé son choix.

Tout était possible ; pour parvenir jusqu'à elle, pour lui parler seulement, il fallait traverser ce cercle obstiné d'adorateurs jaloux, que la jeune fille entraînait partout sur ses pas. — Quel espoir restait à Rustique dans une pareille situation ? — Il avait une épée sans doute, et il savait s'en servir. Mais une épée, bonne tout au plus à tuer un rival, est impuissante à en écarter cent.

Tout en songeant ainsi, Rustique avançait pas à pas, et sans but arrêté. La journée était magnifique, l'air, plein de chaudes et voluptueuses senteurs.

A son insu, le jeune homme subissait les influences enivrantes de la température. — Balzac l'a observé : il y a dans l'air des dernières journées de l'hiver, d'âpres et pénétrants parfums qui communiquent aux sens, ce qu'il appelle *l'ardeur de la fécondation*. Le cœur semble alors se dilater ; l'âme s'ouvre plus avide, aux vivifiantes émanations du printemps, la séve circule plus active dans les veines, les membres acquièrent une souplesse et une force nouvelles ; c'est comme une régénération physique et morale. — Jamais la vie n'a paru si douce, jamais l'amour n'a prodigué de plus enivrantes caresses...

Rustique frissonna jusqu'au plus profond de son cœur.

A mesure qu'il avançait, l'image de Marcelle se présentait à lui, plus vivante et plus belle ; une molle langueur se lisait dans son regard à demi voilé ; elle croisait chastement sur son sein ses deux bras blancs, comme pour en comprimer les battements, et un vif et doux sourire égayait ses lèvres roses. — La charmante créature allait à Rustique, comme la vierge biblique, vers l'époux que son cœur a choisi, émue, rougissante, cachant à peine sous son dernier voile, et ses dernières pudeurs et ses premiers désirs.

Qu'elle était belle ainsi !..

Qui ne se serait senti troublé en la voyant, qui ne l'aurait aimée d'un fol et ardent amour !

Rustique redressa le front. C'était trop d'hésitation déjà. Il rejeta loin de lui toute idée importune, chassa résolûment de sa pensée, tous ses doutes et toutes ses incertitudes, et souriant de pitié aux obstacles qui l'avaient un instant arrêté, il quitta les rues dans lesquelles il errait à l'aventure, et prit la direction de sa demeure.

Il espérait rencontrer d'Aubigny et Coquastre, mais ni l'un ni l'autre n'avaient reparu : il rentra donc à son logis, et disposa tout pour paraître, comme il convenait, à la fête du Louvre.

Il songea d'abord à son costume.

Celui qu'il portait, était beaucoup trop modeste pour figurer avec avantage, au milieu des jeunes seigneurs, resplendissants d'or et de velours, qu'il devait y rencontrer. Il comprit combien il était important qu'il s'en procurât un autre.

Malheureusement, sa bourse était vide, et il ignorait, à ce moment, cet art merveilleux, si souvent mis en pratique à toutes les époques, et qui consiste à vivre aux dépens de son prochain.

Alors il se rappela le riche costume qui lui avait été apporté la veille, d'une façon si mystérieuse.

Il se mit à l'examiner.

Le costume était splendide et rien n'y manquait; l'occasion le tenta... et puis, Rustique se trouvait dans l'impossibilité absolue d'en avoir un autre, dût-il le choisir moins somptueux.

Il l'essaya.

Le pourpoint allait à ravir, et faisait valoir toute l'élégance et toute la souplesse de sa taille : le haut de chausse, orné de fines dentelles, semblait avoir été fait sur mesure; la toque elle-même le coiffait à merveille ; quand il se fut affublé de ces divers effets, il ne put plus se résoudre à les quitter.

Une chose l'inquiétait encore cependant.

Sur le retroussis de la toque, étaient gravées des armoiries qu'il ne connaissait pas. Pourquoi ces armoiries, et à quelle maison appartenaient-elles; n'était-il pas à craindre qu'elles ne le compromissent? Après avoir mûrement réfléchi, et pesé toutes les chances qui lui étaient réservées, il préféra tenter l'aventure, sans rien faire pour se prémunir contre les dangers auxquels il allait peut-être se trouver exposé. D'ailleurs, il comptait bien demander, à ce sujet, quelques explications préalables à Mouchy.

La pente naturelle de ses pensées le ramenait peu à peu au point de départ.

C'était, après tout, un singulier introducteur que Mouchy. Ce grand diable d'homme avait des allures étranges; sa voix sonnait désagréablement à l'oreille; tout le monde le connaissait et il semblait connaître tout le monde. Son extérieur, d'une maigreur remarquable, annonçait, par des signes éclatants, la force, l'assurance et l'audace. Son œil couvait d'ardentes étincelles, sa parole était brève et comme habituée au commandement. — C'était un mystère ambulant que cet homme.

Rustique s'étonnait...

D'où lui venait cette autorité, dans quel sentiment puisait-il son audace; à quelle cause fallait-il attribuer cette influence qu'il exerçait autour de lui, sans que l'on parût même disposé à la contester?

Il y avait là une énigme. — Rustique réfléchit longtemps.

Heureusement pour lui, sa détermination était déjà prise à ce moment, et tous les doutes qui s'élevèrent de son cœur ne purent l'arrêter davantage.

D'ailleurs, c'est Marcelle qu'il aimait, et non Mouchy; et, pourvu qu'il entrât au Louvre, et qu'il pût s'approcher de

arcelle, ou la voir seulement, il n'en demandait pas davan-
ge.

Pendant que ces incertitudes se disputaient ses résolutions,
nuit était venue, et le moment du rendez-vous approchait :
ustique se disposa à partir.

Il était près de huit heures quand il arriva à l'endroit du
ouvre qui lui avait été désigné le matin; il trouva Mouchy
ui l'attendait.

— Ah! ah! mon jeune ami, lui dit son introducteur, dès
u'il l'aperçut, vous êtes un homme exact, à ce que je vois...

— Je vous ferai le même compliment, repartit Rustique.

—Oh! moi, répondit Mouchy, c'est la moindre de mes ver-
is; si j'avais manqué d'exactitude, il y a vingt ans déjà que
: serais pendu.

— Vraiment.

— C'est comme je le dis.

— Alors je vous félicite de posséder une aussi précieuse
ualité.

— Voyez-vous, jeune homme, poursuivit complaisamment
fouchy, dans la vie, tout dépend, non pas des choses que
on entreprend, mais de l'heure à laquelle on les exécute. Ce
ui est bien aujourd'hui, sera peut-être mal demain. La vé-
itable science, la seule, consiste à ne rien faire qu'à son
eure, et en son temps... Si vous aviez manqué, cette nuit,
'exactitude, peut-être perdiez-vous la plus belle occasion
ui vous sera jamais offerte, de faire votre chemin et sans
loute votre fortune.

— Vous croyez?...

— J'en suis sûr.

— Nous allons donc au Louvre?

— Ne vous l'ai-je pas promis?

— Je n'osais y compter.

— C'est-à-dire que vous doutiez que j'eusse le pouvoir de vous y introduire.

— Peut-être.

Mouchy sourit, et couvrit Rustique de son regard investigateur.

— Fort bien, reprit-il bientôt... il paraît cependant que vos doutes ne vous ont pas empêché de vous préparer pour la fête.

— Il le fallait bien.

— Savez-vous que votre costume est charmant ?

— En vérité?

— Et vous avez tout à fait bon air avec ce pourpoint de velours.

— Vous trouvez ?

— Sur mon âme, toutes nos grandes dames vont devenir amoureuses de vous.

Mouchy examinait avec attention les détails du costume dont Rustique était vêtu; — quand il en vint à la toque, il poussa un léger cri de surprise.

— Qu'avez-vous? dit Rustique étonné.

— Oh ! moins que rien.

— Mais encore.

— J'admire, mon jeune ami, comme la science des détails, vient promptement à un garçon intelligent et aventureux.

— Je ne vous comprends pas.

— Si c'est un hasard, poursuivit Mouchy, il est grand; si c'est préméditation, elle est profonde ; est-ce vous qui avez donné le dessin de ces broderies qui brillent au retroussis de votre toque ?

— Mais...

— Répondez.

— Cette question...

— Vous voulez être discret, soit; mais je devine.

— Quoi donc ?

— Eh vive Dieu !... ces armoiries ne sont-elles pas celles de la famille du prévôt !...

Rustique eut comme un éblouissement, et frémit de tous es membres; — si Mouchy disait vrai, qui donc lui avait envoyé le costume qu'il portait à cette heure ?

Toutefois, malgré le profond saisissement qu'avaient jeté en lui les paroles de son interlocuteur, il conserva assez de force pour dissimuler, et se contenta de sourire.

D'ailleurs, Mouchy ne s'appesantit pas davantage sur ce détail ; les minutes s'écoulaient rapides, les salles du Louvre commençaient à s'emplir, il était temps de partir.

Ils s'éloignèrent.

A mesure qu'ils approchaient, Rustique sentait son cœur battre avec violence dans sa poitrine : c'était vers l'inconnu qu'il s'avançait ainsi. — Qui sait ce qui l'attendait au bout du chemin...

La fête lui parut splendide, et digne d'un roi qui monte sur le trône de France !

Le vieux Louvre s'était comme transformé pour recevoir son hôte illustre. Les vastes cours solitaires étaient peuplées de valets et de chevaux, le marbre des escaliers résonnait sous les hallebardes des Suisses, les galeries s'animaient des gais propos des pages et des seigneurs ; les grandes salles, naguère silencieuses et sombres, resplendissaient maintenant de cristaux et de dorures, et jetaient à profusion la lumière étincelante de leurs mille bougies, sur le monde charmant des femmes de la cour.

Le commencement d'un règne est toujours si plein de promesses : on remet tout à neuf pour ces occasions solennelles, les visages comme les pourpoints.

Rustique fut ébloui, autant peut-être par la richesse et la profusion des ornements, que par la gaîté sereine qui éclatait sur tous les fronts. Pour lui, qui n'avait jamais vu la cour, c'était un spectacle auquel rien ne pouvait être comparé dans ses souvenirs !... A ses yeux tout était franchise et sincérité, et il se sentait heureux à voir la confiance et l'amour dont le roi était entouré. Il ne put cacher sa satisfaction à Mouchy, qui haussa les épaules, et fit une moue équivoque.

— Sans doute, sans doute, lui dit-il à voix basse et en l'entraînant dans l'embrasure d'une fenêtre, cette fête est magnifique, et l'on a fait ici des dépenses excessives ; les femmes sont belles et gracieuses, les seigneurs spirituels et gais ; les salles même ont revêtu un air de fête qui sied bien à une pareille solennité... Mais, ne vous hâtez pas trop de juger sur les apparences, mon jeune ami, et n'oubliez jamais qu'à la cour de France, tout visage est voilé d'un masque.

Et comme Rustique allait se récrier :

— Aujourd'hui, ajouta-t-il d'une voix singulière, c'est le masque de la joie, — demain peut-être, ce sera celui de la douleur.

Rustique regardait son interlocuteur avec étonnement : il ne pouvait se résoudre à ajouter foi à ses paroles ; il y avait même dans l'accent dont elles étaient prononcées, une certaine amertume qui révoltait son cœur loyal et franc.

Mouchy poursuivit :

— Tenez, dit-il, en lui désignant l'éblouissant cordon de jeunes femmes qui animaient la salle en ce moment. Avez-vous jamais, dans vos rêves les plus ambitieux, entrevu, par hasard, des fronts plus purs que ceux-ci, des yeux plus vifs, des épaules plus éclatantes, des tailles plus souples et plus élégantes ; vous souriait-on avec plus de grâce qu'aujourd'hui ; et vos nuits, agitées par toutes les ardeurs de l'amour, vous ont-elles jamais promis plus de bonheur et plus d'ivresse que cette nuit même?... Eh bien, tout cela, mon jeune ami, n'est qu'un impudent mensonge.

- Que dites-vous ? — fit Rustique.

- Ah! cela vous étonne, continua Mouchy; quoi donc...
oi n'est-il pas jeune encore ; la favorite n'est-elle pas
lle déjà? Je vous réponds, Messire, que le souvenir de la
hesse d'Étampes a causé plus d'une insomnie aux vierges
a cour.

n parlant ainsi, il s'était encore rapproché de Rustique,
'enveloppait d'un regard profond.

- Mais elles ont beau faire, ajouta-t-il alors à voix plus
se, si Diane de Poitiers doit être détrônée, ce ne sera, ni
madame de Flamyn, ni par madame de Savigny. — N'êtes-
s pas de mon avis?...

ustique regarda Mouchy sans comprendre le sens mys-
eux de ces paroles ; son interlocuteur lui frappa familiè-
ent sur l'épaule.

- Allons, dit-il avec gaîté, décidément vous poussez trop
la dissimulation...

- Et pourquoi dissimulerais-je?...

- Je ne sais...

- Ne pouvez-vous parler autrement que par énigmes?

— Je ne le puis.

— Moi, je ne suis venu au Louvre que pour voir la fille du
vôt.

— Et vous la verrez, Messire, vous la verrez, belle, heu-
se, enviée; elle passera au milieu de la jalousie des fem-
s, et de l'adulation des seigneurs ; elle vous apparaîtra plus
riante encore que dans vos rêves... Suivez-la bien alors...
la perdez pas de vue... observez ce qui se fera à ses
és, écoutez ce qui se dira sur son passage; et quand vous
ez vu et entendu, venez me trouver, mon jeune ami, et
ous dirai ce que je prétends faire de vous et pour vous.

Iouchy salua sur ces mots, et alla se mêler à la foule, lais-
t Rustique en proie à mille inquiétudes...

En entrant, ce dernier avait été frappé de l'atmosphère chaude et parfumée qui régnait de toutes parts ; son regard s'était allumé, son cœur avait battu, il s'était senti troublé, presque enivré par les senteurs énervantes qui flottaient dans l'air.

Ces femmes aux épaules nues, aux gracieux et provocants sourires, ces jeunes seigneurs, audacieux et libertins, ces riches tentures d'or et de velours, ces bougies, ces fleurs, tout, jusqu'aux musiciens, dont les violes et les hautbois faisaient entendre de douces et suaves mélodies, avait contribué à le transporter vers le monde de l'imagination.

Il revoyait là, réel et vivant, sous ses yeux, tout ce qu'il avait entrevu dans ses nuits ambitieuses ; cette animation, cette gaîté, ce mouvement, il connaissait tout cela ; les flots de femmes et de seigneurs passaient à ses côtés, pleins de murmures et de parfums, et il se rappelait confusément les avoir aperçus, naguère, à travers la vapeur transparente de ses rêves.

Mouchy lui avait bien dit qu'à la cour chaque visage est toujours voilé d'un masque. — Mais, qu'importe le visage, quand le masque est joli ?

Rustique était admis, pour la première fois, au splendide banquet des joies de ce monde ; comme un viveur novice, il sentait déjà l'ivresse lui monter au cerveau, et troubler sa raison : une certaine ardeur circulait dans ses veines, son regard se voilait sous sa paupière, son cœur se fondait sous les promesses que lui jetait chaque œillade ou chaque sourire.

La vie lui apparaissait belle, heureuse et douce ; sa lèvre frémissait, comme à l'attouchement passionné d'un baiser invisible, son être ployait tout entier, sous l'empire de sensations nouvelles !

Et il ne se défendait pas !...

l comprenait l'inutilité de ses efforts dans un pareil mo-
nt... Vaincu, avant même d'avoir engagé la lutte, il ne
tait même pas de dissimuler sa défaite. L'image de Marcelle
it d'ailleurs disparu de ce nouvel horizon que lui ou-
ient ses sens; son regard l'y eût cherchée en vain. C'est
ns le ciel de ses rêves que Rustique avait placé Marcelle;
a perdait de vue, dès qu'il retombait sur la terre.

Cependant un mouvement extraordinaire, qui se manifesta
ns les salles voisines, vint tout à coup l'arracher à ses
roccupations : un murmure confus s'éleva alors de tous
és; les regards se portèrent avides vers la porte d'en-
e, et le roi lui-même abandonna l'estrade qui lui avait été
vée, pour aller recevoir la personne dont ce mouvement
nonçait l'arrivée.

Marcelle entra.....

Marcelle, svelte, élégante, radieuse, portant sur le front
rgueil légitime de sa beauté, souriant à ces hommages
i l'accueillaient, parut au milieu de ce concert équivoque
dulations intéressées ou malignes, sans y rien compren-
e, sinon qu'elle était belle et qu'on l'admirait.

La joie naïve de son cœur éclatait dans tous ses traits, et
nd elle s'approcha du roi, qui l'attendait l'œil en feu et la
itrine émue, elle lui sourit comme elle aurait fait à son
re.

Rustique sentit alors un cruel déchirement s'opérer en lui
· et il songea à Mouchy...

Et en se rappelant les paroles que ce dernier avait pronon-
es avant de s'éloigner, il lui sembla qu'un voile épais tom-
it tout à coup de devant ses yeux.

Le vague soupçon de la réalité venait de traverser son
sprit.

C'était horrible!

Marcelle était sereine; sa candeur et sa pureté ceignaient

son front comme d'un divin diadème; de pareilles suppositions ne pouvaient évidemment l'atteindre...

Et cependant...

— Voyez ! disait-on à côté de Rustique, comme les fils du
prévôt sont accueillis par le roi.

— Ceux-là, ajoutait un autre, n'auront pas gagné leur fortune à la pointe de leur épée.

— Diane, poursuivit un troisième, était moins jeune
encore et moins belle, quand elle obtint la grâce de son
père !

Rustique écoutait, et le rouge de la honte montait à son
front, et la colère emplissait sa poitrine; vingt fois, un nuage
de sang passa sur ses yeux, et il fut sur le point de souffleter
du plat de son épée ceux qui tenaient de pareils propos. Mais
de quel droit aurait-il agi de la sorte; qu'était-il dans cette
fête ? quelle raison aurait-il donnée d'un pareil oubli de lui-
même ?

Il se contint.

Seulement sa main crispée tourmenta à plusieurs reprises
la poignée de son épée, et il jugea prudent de quitter la salle
dans laquelle il se trouvait; il avait besoin de solitude.

Il parcourut ainsi plusieurs galeries, où la foule moins
compacte laissait la circulation plus libre; l'arrivée de Marcelle avait attiré tous les courtisans; certaines salles, tout à
l'heure encombrées, se trouvaient maintenant désertes. Il
régnait de ce côté un silence profond qui contrastait singulièrement avec le bruit des autres parties du Louvre; le murmure de la foule, le son des instruments n'y arrivaient plus
qu'affaiblis par la distance, et comme un écho harmonieux
d'un autre monde. — Cet isolement convenait à l'état de
Rustique; le souvenir de la fête lui pesait, il eût voulu la fuir,
il regrettait d'y être venu; de puis quelques instants son
cœur battait à se rompre, sa tête était en feu, il regardait

ec une étrange et morne fixité, l'eau de la Seine, qui cou-
t lente et sombre le long de la berge. Il maudissait et
uchy, et Marcelle et le roi!...

C'était la première fois qu'il aimait, et déjà son cœur sai-
ait, et il éprouvait toutes les tortures de la jalousie.

Et tout en maudissant les causes de ces tortures, il se de-
mdait encore s'il lui appartenait bien de se montrer irrité.

Marcelle l'aimait-elle, savait-elle seulement qu'il existât;
catastrophe qu'il redoutait n'était-elle pas considérée par
is, comme une chose naturelle, et parfaitement conforme
x mœurs de la cour ?

Il se laissa tomber accablé sur un fauteuil.

L'endroit dans lequel il s'était arrêté, offrait le retrait le
is charmant qu'il eut encore vu. Des tapis moelleux y as-
urdissaient le bruit des pas ; de riches et élégantes ten-
res masquaient les portes ; les murs y disparaissaient sous
pulentes tapisseries de haute lice; çà et là, quelques gla-
s à biseaux, et plusieurs tableaux d'un grand prix, complé-
ent l'ameublement dont le bon goût était mis en relief par
douce et pâle clarté d'une lampe d'albâtre.

Rustique promena son regard charmé sur les objets qui
ntouraient ; mais à ce moment, et avant qu'il fût seul, le
uit d'une conversation, tenue près de lui et à voix basse,
nt détourner son attention.

C'étaient deux voix de femmes. — Il n'en était séparé que
r une simple tenture, et pouvait tout entendre sans être
...

Il écouta.

— Savez-vous, Eléonore, disait l'une, que ce jeune homme
tout à fait bon air, et qu'il porte son épée, comme un
rfait gentilhomme ?

— Vous l'avez donc vu ! répondait la seconde voix.

— Je n'ai vu que lui.

8

— Il est si jeune encore !...

— Charmant défaut.

— Et il s'ignore...

— Cela lui passera bien vite...

— Tenez, Diane, je ne sais pourquoi... mais j'ai eu peur en le voyant tout à l'heure entrer, le front souriant, et le regard séduit...

— Vous êtes femme, et vous tremblez :

— La cour est si pleine de dangers.

— Il les vaincra.

— Il a déjà tant d'ennemis.

— Personne ne le connaît...

— Ah ! je crains bien que Mouchy ne l'ait découvert.

— Mouchy ! fit la première voix, avec un éclat de rire qui résonna à l'oreille de Rustique, comme une ravissante musique.

Puis, il y eut un silence.

— Mouchy, reprit la même voix, du même ton enjoué, il s'occupe de trop graves affaires en ce moment, pour songer à vous et aux vôtres.

— De quoi s'occupe-t-il donc?

— De Marcelle !...

— Et que veut-il faire de la pauvre enfant?

Ici, les deux voix se turent ou parlèrent plus bas, et il ne fut plus possible à Rustique de rien démêler.

Toutefois, comme sa curiosité était éveillée au dernier point, il se leva.

A tort ou à raison, il lui semblait qu'il n'était pas étranger à la conversation de ces deux femmes; leurs paroles avaient un sens transparent, sous lequel il pouvait croire qu'on avait voulu le désigner; d'ailleurs, elles avaient prononcé le nom de Marcelle, et il lui importait de savoir la vérité à ce sujet.

Le retrait dans lequel il se trouvait n'avait qu'une issue

isible, il y marcha; une résolution soudaine se lisait sur
on front, et dût son cœur être déchiré, il voulait apprendre
i Marcelle était encore digne de son amour ou si elle ne
néritait plus que son mépris.

En quelques pas il eut gagné la porte... mais au moment
ù il allait en soulever la tapisserie, il recula avec effroi,
etint un cri de surprise, et recula de quelques pas dans la
énombre de la salle.

Il venait d'apercevoir Marcelle, qui se dirigeait vers lui.

Marcelle marchait d'un pas rapide, et comme poussée par
ine pensée inquiète. Son regard avait une mobilité vague,
es joues étaient vivement colorées, toute sa physionomie
.ccusait une sorte de désordre mental qui frappa Rustique,
t l'épouvanta presque. Elle était seule cependant, et nul ne
a suivait.

Elle portait à la main un petit *loup* de velours dont la mode
:tait fort répandue à cette époque; ses épaules nues sem-
)laient frissonner au contact de l'air moins chaud qui régnait
lans les galeries, et ses cheveux, à moitié dénoués, pen-
laient de chaque côté de son beau col.

Elle jeta un vif coup d'œil dans la salle, et entra en lais-
,ant retomber la tapisserie derrière elle. — Elle se croyait
;eule.

Elle se dirigea alors vers un prie-Dieu placé à l'extrémité, et
;'étant agenouillée, elle prit sa tête dans ses mains et pria.

Rustique la regardait sans oser ni faire un pas ni respirer.
· Il avait déjà oublié ce qui s'était passé, et Mouchy, et le
·oi, et les deux femmes, dont il n'était séparé que par une
;imple tenture; tout entier au bonheur de voir Marcelle, de
a sentir près de lui, de vivre dans le même air qu'elle, il
·etenait son souffle, et comprimait les battements de son
cœur.

Quelques minutes s'écoulèrent. — Marcelle était toujours

agenouillée, et d'instant en instant, des mouvements fébriles et convulsifs agitaient ses bras qui se tordaient : ses épaules remuaient comme si un frisson glacé les eût effleurées; ses mains pressaient son front, comme si elle eût voulu retenir une pensée près de lui échapper.

Que se passait-il en elle, d'où lui venait cette émotion, à quel sentiment attribuer cette sorte de fièvre qui animait son regard, et glaçait ses membres?

Rustique se sentit ému et troublé.

Marcelle souffrait, et bien qu'il ignorât la cause de sa souffrance, elle trouvait un écho sympathique dans son cœur. Il était homme, lui, et il ne pouvait voir cette douleur muette et navrante, sans en être profondément touché.

Il fit un pas vers la jeune fille.

Mais, avec quelque précaution qu'il eût effectué ce mouvement, Marcelle l'entendit, et mue par une singulière épouvante, elle se retourna vivement de son côté, et se prit à le considérer avec ce regard vague et fixe qui avait déjà effrayé Rustique.

Ce dernier étendit les bras vers Marcelle, comme pour la rassurer, mais la jeune fille avait senti son épouvante se calmer à sa vue, et un sourire plus étrange encore que sa frayeur, vint à ce moment plisser ses lèvres.

Alors elle examina lentement la salle dans laquelle elle se trouvait, elle parut chercher comment et pourquoi elle y était venue, et s'étant levée, elle marcha vers un fauteuil sur lequel elle s'assit, en faisant signe à Rustique de s'approcher.

Rustique obéit.

Il comprenait cependant que sa présence en cet endroit, pouvait être taxée d'indiscrétion, et tout en s'approchant, il voulut protester de ses loyales intentions :

— Pardonnez-moi, madame, dit-il, d'une voix tremblante,

ardonnez-moi ; tout à l'heure, en vous **voyant** venir, je n'ai
as eu la force de m'éloigner.

— Pourquoi vous éloigner ? demanda Marcelle avec éton-
ement.

— Vous cherchiez la solitude ?

— En effet...

— Ma présence pouvait être indiscrète.

— Le croyez-vous ?

— Je le craignais.

Marcelle sourit et lui tendit la main.

— Restez, lui dit-elle, avec une grâce infinie, je cherchais
solitude, c'est vrai ; maintenant elle m'épouvanterait.

— Vous souffrez ! fit Rustique, fasciné par tant de bonté et
ınt de douceur.

— Je ne sais.

— Vous êtes pâle maintenant.

— J'ignore ce que j'éprouve, ce bruit, ce mouvement, ces
ımières, ces parfums, tout cela m'a enivrée un moment et
ai eu peur.

— Pourquoi ?

— Je ne me le rappelle plus.

Rustique ne savait que penser : quelque chose d'extraor-
inaire se passait évidemment dans l'esprit de Marcelle, mais
n'osait l'interroger de peur de l'effrayer davantage.

— Je vous ai vue tout à l'heure, reprit-il bientôt après ;
ous arriviez, et votre présence a donné à la fête, une ani-
ation et une vie nouvelles.

— Vous y étiez ?

— Tous les yeux se tournaient vers vous.

— On disait que j'étais belle ?

— Le roi surtout.

— Le roi ! fit la jeune fille.

8.

— Il vous a parlé?

— Le roi...

— Ah! lui aussi, vous trouvait belle entre toutes... et quand il s'est penché pour vous le dire, sans doute, vous m'êtes apparue comme la véritable reine de cette nuit féerique.

Marcelle frissonna, et jeta à Rustique un regard où éclatait tout l'orgueil dont son cœur était rempli.

— Vous n'êtes pas le premier qui me tenez un pareil langage, messire, répondit-elle avec hauteur, et je voudrais bien savoir ce qui peut autoriser de votre part, des suppositions aussi peu généreuses.

— Madame... balbutia Rustique confondu.

— Ils le disent aussi... poursuivit la jeune fille, du même accent saccadé, j'ai lu l'ironie sur leurs lèvres..... et le rouge de la honte est monté à mon front.

Elle se tut un moment, comme pour fixer sa pensée qui la fuyait, puis elle poursuivit presque aussitôt, mais cette fois, d'un ton plus mordant et plus fier.

—Oh! dit-elle, en pinçant ses lèvres pâles... c'est un honneur que d'être aimée du roi...

— Mais vous ne l'aimez pas?

— Moi!

— Il y a dans votre regard trop de pureté, trop de candeur sur votre front, trop de fierté aussi dans votre âme, pour que vous consentiez jamais à une pareille infamie...

Marcelle sourit:

— Et pourquoi cela, demanda-t-elle, en regardant Rustique dans les yeux.

Celui-ci pâlit.

Etait-ce effronterie— naïveté— ou ironie!... Il n'aurait pu le dire; malgré lui, il se sentait envahir par une secrète et

idicible épouvante, et c'est à peine s'il eût pu répondre aux
ropos incohérents de la jeune fille.

Un moment même, il crut qu'elle avait été frappée de folie !

Cependant Marcelle était devenue tout à coup sérieuse et
rave ; elle fit quelques pas à travers la chambre, sans
roférer une parole, et revint bientôt après se rasseoir à sa
lace comme accablée de lassitude.

Rustique la suivait du regard, sans rien comprendre à son
ttitude.

— Vous n'êtes pas depuis longtemps à Paris, messire ?
emanda enfin Marcelle, d'une voix qui n'avait plus rien de
eurté ni de fébrile, et avec un sourire où reparut toute sa
râce sereine et charmante.

— Un mois au plus, répondit Rustique.

— Vous connaissez peu la cour ?

— En effet.

— Quand je vous ai vu tout à l'heure, il m'a semblé pour-
ant que vous ne m'étiez pas inconnu ?

— Il serait possible.

— Je me trompais sans doute ?

— Non, oh ! non, madame, dit Rustique, enhardi tout à
oup par cette révélation, il n'y a qu'un mois, en effet, que je
uis à Paris, mais pendant ce mois qui vient de s'écouler, je
ous ai vue souvent.

— Serait-ce à l'hôtel de Nevers ?

— Je n'y suis jamais allé.

— A l'hôtel des Tournelles ?

— Pas davantage.

— Où donc alors ?...

— Dans la rue, madame.

Marcelle le regarda d'un air nonchalant.

— Ah ! vous me suiviez, reprit-elle aussitôt.

— Je vous suivais.

— Vous m'aimez donc ?

— Comme le roi..... plus que le roi, dit Rustique, avec un
élan qu'il ne put maîtriser.

Puis, comme il vit que la jeune fille ne témoignait aucune
colère de cet aveu, que son regard conservait au contraire
cette même expression vague et langoureuse qui avait éveillé
toutes les ardeurs de son cœur, il continua en se rapprochant d'elle, et en baissant la voix :

— Tenez, madame, dit-il avec une profonde émotion, ma
vie a été, jusqu'à ce jour, livrée aux hasards les plus étranges ; je suis entré dans le monde par une porte inconnue,
sans savoir ni d'où je venais, ni où j'allais. J'ignore comment on se comporte à la cour, et de quelles paroles il faut
faire usage, quand on s'adresse à une femme jeune, belle et
bonne comme vous l'êtes. Moi, je suis né d'hier, et je n'ai
point encore la science de la vie... Eh bien, je vous dirai
sans détour et avec franchise tout ce qui se passe dans mon
cœur, et les rêves insensés que j'ai nourris dans mon esprit,
et vers quel but j'avais résolu de diriger tous mes efforts.

Rustique se tut un moment, et craignant d'avoir offensé
Marcelle, il tourna vers elle un regard suppliant. La jeune
fille n'avait pas changé d'attitude, et les yeux fixés sur le front
pâle et mat de son interlocuteur, elle écoutait.

Rustique poursuivit :

— Du jour où je vous ai vue, dit-il, je vous ai aimée avec
toute l'ivresse, tout l'enthousiasme d'une âme qui s'éveille
à la vie..... Vous avez été pour moi comme une révélation
de l'amour, c'était une pure et blanche vision, et je vous ai
suivie avec une obstination folle, dans l'espoir que mon regard rencontrerait le vôtre, que vous apprendriez ainsi que
j'existais, et que si vous n'aviez pas amour de moi, vous en
auriez du moins pitié...

Rustique s'arrêta encore une fois, et leva les yeux vers
arcelle.

Mais l'expression de la jeune fille avait déjà changée ; de
ave et sérieuse, elle était devenue tout d'un coup légère et
ijouée.

— Il est fort heureux, messire, objecta-t-elle en souriant,
ie mes frères ne vous aient point surpris dans cette occu-
ation.

— Vos frères ?

— Sans doute.

— Que m'importait !

— Ils vous eussent pu faire un mauvais parti.

— A moi...

— Ce sont les plus braves seigneurs de la cour, et nul
e manie comme eux une épée.

Rustique fit un geste ironique, et, à son tour, il devint
ave et sérieux.

— Des considérations de cette nature peuvent arrêter
rtains hommes, répondit-il d'une voix ferme et résolue,
ais elles ne sauraient exercer aucune influence sur mes dé-
rminations : du jour où je vous ai aimée, ce sentiment s'est
nparé de moi tout entier, si bien qu'il n'y a plus place
ins mon cœur pour rien autre chose. D'ailleurs, ma vie
ppartient à Dieu d'abord, à vous ensuite ; pour Dieu et pour
us, je la sacrifierai demain, aujourd'hui, à cette heure
ême, s'il le faut. Quant aux circonstances ordinaires où un
omme peut avoir à défendre sa poitrine contre le poignard
un assassin ou l'épée d'un gentilhomme, Dieu m'a donné
ssez de force, d'adresse et de courage pour m'en tirer, sans
voir rien à redouter.

Pendant que Rustique parlait, Marcelle le considérait avec
tention ; on eût dit que cette parole fière et résolue éveil-
it une sympathie vive dans son cœur, et qu'elle allait re-

venir au sentiment de la réalité. — Pour la seconde fois, elle lui tendit une main que Rustique s'empressa de saisir.

— Vous n'êtes point un homme comme les autres, messire, dit-elle d'un accent lent et mesuré.

— Peut-être, répondit le jeune homme.

— Quel est votre nom ?

— Rustique.

— Et vous m'aimez !...

— Autant que Dieu...

— C'est beaucoup.

— C'est moins encore que la réalité.

Il y eut un silence.

— Soit ! reprit Marcelle, soit..... je vous crois.

— Et mon amour ne vous offense pas.

— Etre aimée de la sorte, messire, cela vaut mieux que d'être aimée du roi.

— Oh ! mille fois...

— Ecoutez-moi.

— Parlez ! parlez !

— Vous m'aimez, n'est-ce pas, et pour moi, vous sacrifie-riez votre vie, fût-ce demain, fût-ce à cette heure même... Ne l'avez-vous pas dit ?

— Et je le répète...

— Bien... Aujourd'hui, je ne demande rien, messire, parce que je ne sais moi-même ce que j'éprouve ; j'obéis, en vous parlant, à une volonté qui n'est pas en moi ; j'ignore quelle fée m'a touchée cette nuit ; je n'ai jamais rien ressenti de pa-reil... C'est à peine si j'ai la conscience de ce que je dis et de ce que j'entends, mes paroles m'effraient, les vôtres m'étonnent... Cependant, malgré l'étrangeté de cet état, en raison même de cette émotion dont la cause m'échappe et que je cherche en vain à saisir, j'ai peur ; il me semble que je suis

nacée. — Que ce danger soit près ou loin, il existe, je le
s, et pour le conjurer, je n'aurai pas trop de l'aide de tous
ux qui me sont dévoués. — Nous allons nous quitter, mes-
, peut-être ne devons-nous plus nous revoir, puisque
is ne suivons pas les mêmes chemins dans la vie, mais
est vrai que vous soyez un loyal gentilhomme, si votre
our est sincère, si vous ne m'avez pas trompée, en m'of-
it le sacrifice de votre existence entière, je n'oublierai
cette heure que nous venons de passer ensemble, et je
rai vous rappeler un jour votre promesse.

In parlant ainsi, Marcelle se leva avec effort, et fit com-
ndre à Rustique qu'elle désirait se retirer.

e dernier était enivré ; son cœur s'emplissait d'une joie
ensée ; Marcelle avait accepté son dévouement, presque
amour. Elle lui permettait de se faire tuer pour elle... il
vait jamais été si heureux !...

ussi, bien qu'il comprît le mouvement de la jeune fille,
nme cette heure avait passé pour lui avec la rapidité
ne seconde, que d'ailleurs mille événements pouvaient les
arer pour toujours, qu'il n'était pas certain de la revoir
ais, il s'enhardit à vouloir la retenir encore.

— Vous partez ! dit-il d'une voix suppliante.

— Il le faut, répondit Marcelle.

— Déjà...

— On m'attend... on me cherche peut-être.

— Que craignez-vous ?

— Tout.

— Vos frères ne sont-ils point là pour vous défendre ?

— Qui sait !...

— Ils sont braves, avez-vous dit...

— Braves sans doute, poursuivit la jeune fille d'un accent
isif et profond, mais il y a un homme ici qui ne redoute
les lâches ni les braves, ni le poignard, ni l'épée.

— Et cet homme ?

— Il s'appelle Mouchy.

Rustique poussa un cri. — Marcelle le regarda avec stupeur.

—Vous le connaissez? demanda-t-elle inquiète et interdite.

— Je l'ai rencontré aujourd'hui pour la première fois, répondit Rustique ; il s'est attaché à moi avec persistance ; il m'a suivi partout, et c'est grâce à lui que j'ai pu pénétrer dans ce palais, où l'espoir de vous voir m'amenait seul. — Quel est donc cet homme ?...

Marcelle parut réfléchir quelques instants :

— Tout cela est étrange, dit-elle alors ; cet homme fait ce qu'il veut ici ; il commande et on lui obéit... Les plus grands comme les plus nobles se courbent devant lui ; ah ! prenez-y garde, messire, et croyez-moi surtout, quand je vous dis que Mouchy nous perdra tous.

Rustique ne répondit pas de suite, mais il fit cet ironique et fin sourire qui seyait si bien à sa physionomie, et posa en dernier lieu la main sur la garde de son épée.

— Ne craignez rien, madame, dit-il enfin, ni pour moi, ni pour vous-même ; de quelque danger que vous soyez menacée, je saurai vous protéger et vous défendre ; malgré le mystère dont on s'entoure ici, avant une heure j'aurai tout découvert, et je jure Dieu, ou que cette épée se brisera entre mes mains, ou que nul n'osera attenter à vos jours ou à votre honneur.

Rustique avait prononcé ces mots d'un ton fier et résolu; Marcelle le regarda un moment, avec une sorte d'orgueil, et mettant sa main dans la sienne :

— Merci, messire, lui dit-elle, je ne doute ni de votre courage ni de votre loyauté; et si vous faites cela, je vous promets, à mon tour, de ne jamais oublier le service que vous m'aurez rendu.

— Adieu donc, madame, ajouta Rustique.

— Adieu, messire, répondit Marcelle.

Et les deux jeunes gens se quittèrent sur ces paroles.

Rustique n'essaya pas de rentrer dans les salons que la ule avait déjà abandonnés en partie. — Il descendit rapiement les degrés qui conduisaient au rez-de-chaussée, et uelques minutes après, il se retrouvait dans la rue, encore ut ému des singuliers souvenirs de cette soirée.

Tout cela avait passé si rapidement, qu'il n'était pas bien ertain de ne point avoir été le jouet d'un rêve... Marcelle était montrée si aimante, il y avait dans son maintien tant 'abandon, dans sa voix tant de douceur, tant d'amour, nême dans son regard qu'il ne pouvait se résoudre à croire à a réalité.

En se retrouvant tout à coup sur la rue, environné d'om- res épaisses, entouré de solitude et de silence, il se prit à rissonner.

S'il s'était trompé ! — La joie l'avait rendu fou peut-être, et naintenant, l'ombre qui l'enveloppait de toutes parts, sem- lait avoir pénétré jusqu'à son cœur.

Il se mit à marcher.

Mais, malgré lui, et quoi qu'il fît, ses pas le ramenaient oujours vers les lieux où il avait laissé Marcelle.

Dans un de ces moments, où il errait ainsi à l'aventure, lus inquiet et plus incertain que jamais, il crut entendre prononcer son nom à voix basse et mystérieuse, sous le por- tique de Saint-Germain l'Auxerrois.

Il s'arrêta.

L'ombre avait envahi le porche du faîte à la base, et il ne pouvait rien distinguer.

Il fit quelques pas en avant, la main sur son épée, et sonda tous les coins du regard.

Etait-ce une erreur de ses sens ? l'hallucination continuait-

9

elle? n'y avait-il pas un peu de sorcellerie dans tout ce qui lui arrivait?

Au bout de quelques secondes, et quand son regard se fut un peu familiarisé avec l'obscurité, il vit quelque chose d'informe et qui ressemblait à peine à un être humain, se lever lentement contre l'une des portes, et se traîner jusqu'à lui en rampant.

Son premier mouvement fut de se mettre en garde, et il tira à moitié son épée du fourreau.

Un geste amical et son nom prononcé de nouveau, suffirent pour l'arrêter.

— Est-ce vous, messire Rustique? dit une voix qui ne parut pas inconnue au jeune homme.

— Que voulez-vous? répondit ce dernier.

— Quelques mots seulement.

— Mais qui êtes-vous vous-même?

A cette question, l'homme se leva de toute sa hauteur et, se penchant à l'oreille de Rustique, lui dit son nom à voix plus basse encore.

— Le Lombard! répéta Rustique avec un singulier accent.

— Chut!...

— Pourquoi ces précautions?

— Parlez plus bas.

— Que craignez-vous?

— Venez..... messire, venez de ce côté..... nous y pourrons du moins causer à notre aise, et sans craindre les oreilles indiscrètes.

Le Lombard entraîna alors Rustique vers les bords de la Seine; les rives du fleuve étaient désertes; l'eau coulait lente et sombre; un silence lugubre régnait alentour.

Le Lombard s'assit sur la terre à quelque distance de l'une

les poternes du Louvre, et Rustique ne tarda pas à en faire
autant.

L'esprit de ce dernier avait revêtu tout à coup une résolution nouvelle : les scènes auxquelles il venait d'assister, le
souvenir de l'accueil qu'il avait reçu de Marcelle, son sourire
et ses paroles, ses craintes et ses promesses, tout avait contribué à relever son courage, et à le faire entrer hardiment
dans une voie de détermination et d'audace.

Il était résolu à tout.

Il comprenait vaguement qu'un danger sérieux menaçait
les jours ou l'honneur de Marcelle, il lui avait promis de la
protéger et de la défendre, et dût-il arroser le chemin de son
sang, il était décidé d'avance à ne pas reculer.

La rencontre du Lombard l'avait encore fortifié dans cette
résolution suprême.

On lui avait dit que l'existence de cet homme était mystérieuse et fermée à tous les regards ; il vivait, disait-on, plus
la nuit que le jour ; il cachait dans son cœur des secrets
terribles... Pour que cet homme vînt à lui, pour qu'il se dé-
cidât à soulever un coin du voile qui dérobait sa singulière
personnalité, il fallait qu'il fût poussé à cette démarche par
un motif puissant.

Le vieux Lombard ne portait plus le costume sous lequel
Rustique l'avait aperçu, lors de leur première rencontre.

La houppelande avait disparu, et avec elle, le bonnet fourré
et la barbe. — Il s'était comme métamorphosé.

Il portait maintenant un long manteau qui lui descendait
jusqu'au talon, et sous le manteau, une tunique serrée à la
taille par une ceinture de cuir, des trousses et des guêtres,
le tout complété par un chapeau dont les larges bords ca-
chaient presque entièrement son visage. — A sa ceinture,
pendait un poignard nu ; à sa main, un bâton noueux et court.

Rustique le considéra un moment avec surprise et chercha

à s'expliquer la raison d'une pareille métamorphose ; mais comme l'heure s'écoulait avec rapidité, et qu'il désirait ardemment connaître le but de cet entretien qui lui était demandé, il revint bien vite à la réalité de la situation :

— Voyons, dit-il avec vivacité à son étrange interlocuteur, vous avez désiré me parler, maître Lombard ; nous voici seuls maintenant ; la berge est déserte, aucune oreille indiscrète ne saurait recueillir nos paroles ; parlez donc sans crainte, je vous prête toute mon attention.

Le Lombard s'assura une seconde fois que personne ne les épiait, puis il frappa légèrement sur le genou de Rustique, du bout de son bâton noueux.

— J'ai peut-être eu tort de vous arrêter, dit-il, sans perdre le jeune homme de l'œil, car je puis m'être trompé, et dans ce cas ce que j'ai à vous dire ne vous intéresserait guère.

— Dites toujours ! fit Rustique.

— Vous sortiez du Louvre, quand je vous ai rencontré.

— En effet.

— Et vous y avez vu le roi ?

— Sans doute.

— Et tous les seigneurs, et toutes les jeunes femmes de la cour ; fête splendide, n'est-il pas vrai, et dont aucun récit ne saurait donner une idée exacte ?

— Vous avez raison.

— Vous en êtes sorti charmé ?

— Dites enivré.

— Et rien dans cette fête ne vous a-t-il plus particulièrement frappé ?

— Mais je ne sais.

— Voulez-vous que j'aide votre mémoire ?

— A quoi bon ?

— Qui sait ?... Vous êtes jeune ; souvent l'enthousiasme trouble l'esprit en pareilles occasions, et quand le bruit a cessé, que les lumières sont éteintes, que le cœur s'est calmé, c'est à peine si l'on se souvient.

— Ce que vous dites n'est pas dénué de vérité.

— Vous voyez!... Eh bien, répondez-moi, sans détour, avec la franchise qui convient à votre âge et au nom que vous portez... N'avez-vous point remarqué dans cette fête splendide la véritable reine du Louvre, la charmante et toujours gracieuse Diane de Poitiers?

— Diane! fit Rustique, comme s'il eût cherché à rappeler ses souvenirs.

— N'y était-elle point?

— Je ne l'ai pas vue.

Le Lombard se pencha vers le jeune homme.

— Tout s'explique alors, reprit-il en ricanant, car si vous n'avez point aperçu Diane, une autre femme aura sans doute arrêté votre regard.

— De quelle femme voulez-vous parler?

Le Lombard ne répondit pas de suite ; les yeux fixés sur l'eau du fleuve qui coulait à leurs pieds, avec un murmure lugubre, il frappait machinalement la terre de son bâton.

Enfin, il releva le front, et regarda Rustique en plein visage. — Ses yeux brillaient d'un feu sombre, une pâleur livide éclairait ses joues.

— Connaissez-vous la fille du prévôt? demanda-t-il tout à coup et sans transition au jeune homme.

— Marcelle! s'écria ce dernier.

— Vous l'avez vue?

— Quand cela serait?

— Et elle était belle?

— Où voulez-vous en venir?...

— Ah! elle est jeune, autant que son père est ambitieux, plus que ses frères ne sont insolents...

Rustique saisit le bras du Lombard et le secoua rudement.

— Par le ciel, messire, s'écria-t-il avec emportement, il y a
une insulte sanglante sous vos paroles, et je veux savoir...

Le Lombard dégagea tranquillement son bras de l'étreinte
du jeune homme, et poursuivit d'un ton lent et mesuré :

— Il y a quelques heures, dit-il, je me trouvais chez la fille
de Jacques le Majeur.

— Quel rapport! interrompit Rustique impatienté.

— Viviane est une fille précieuse, messire, elle connaît
l'art de prédire l'avenir et de composer poisons et narcoti-
ques, elle sait les breuvages qui doivent tuer en un jour, ou
en une heure, et elle calcule, sans s'y tromper jamais, ce
qu'il faut à ses philtres, de minutes ou de secondes, pour
produire tout l'effet qu'elle en attend... Or, ce soir, peu
avant la tombée de la nuit, Mouchy est venu trouver Viviane...

— Mouchy! fit Rustique... Encore cet homme.

— Toujours, messire, repartit le Lombard... partout où il y
aura une mauvaise action à commettre, vous serez certain
de le rencontrer...

— Et pourquoi allait-il chez Viviane ?

— Mouchy a donné à la jeune fille une bourse pleine d'or,
et la jeune fille lui a remis en échange une sorte de liqueur
florentine, dont le parfum seul suffit à disposer à l'amour et
finit par endormir.

— Mais qui vous assure que cette liqueur fût destinée à
Marcelle ?

— Rien...

— Vous disiez... cependant...

— Je disais, messire, et je répète, que l'homme qui aime-
rait Marcelle n'aurait, à cette heure, d'autre alternative que
de tuer cette jeune fille, ou d'assassiner le roi...

— Mais la preuve! la preuve !

— Regardez donc!... dit le Lombard.

En ce moment deux hommes à cheval passèrent le long de a berge et allèrent frapper à la porte du Louvre.

La poterne s'ouvrit presque aussitôt, et l'un des deux ommes entra, tandis que l'autre demeurait dehors pour naintenir les chevaux.

— Qu'est-ce que cela signifie? dit Rustique, qui ne voyait ien là que de très-ordinaire.

— Attendez... fit le Lombard toujours impassible.

Quelques minutes s'écoulèrent au milieu du plus profond ilence. Les lumières qui brillaient naguère au premier étage u Louvre s'étaient éteintes une à une; le vieil édifice détahait maintenant sa silhouette grise sur le fond noir du ciel : n n'entendait plus déjà que le murmure de la Seine, et le iaffement des chevaux.

Rustique attendait.

Malgré lui, et bien qu'il cherchât dans son esprit et dans on cœur, toutes les raisons qui pouvaient lui faire croire que e vieux Lombard s'était trompé, il avait peur.

Tout ce qui lui avait paru étrange et inexplicable, dans l'acueil que lui avait fait Marcelle, dans son attitude, dans ses aroles, dans ses gestes, tout ce qui l'avait ému ou troublé, pouvanté ou charmé, trouvait, à cette heure, son explication aturelle dans la révélation du vieux Lombard. C'est vaineient qu'il se débattait contre la vraisemblance de cette exlication, quoi qu'il fît, à quelque supposition qu'il s'arrêtât, n affreux déchirement se faisait en lui, et un nuage de sang assait sur ses yeux.

Tout à coup le Lombard lui frappa sur l'épaule.

La poterne venait de s'ouvrir, et deux hommes en étaient ortis, portant un fardeau dans leurs bras.

Rustique poussa un cri et fit quelques pas, comme s'il eût voulu se précipiter en avant.

Le Lombard le retint.

— Qu'allez-vous faire? dit-il à voix basse et rapide.

Rustique avait reconnu Mouchy et Marcelle; il venait de tirer son épée du fourreau.

— Laissez-moi!... s'écria-t-il en cherchant à se dégager.

— Mais c'est une folie!...

— Je veux le tuer !

— Ils seront plus forts que vous.

— Ah ! laissez-moi, vous dis-je, ou je vous traiterai comme un ennemi et vous ferai payer cher votre obstination...

En parlant ainsi, Rustique repoussa énergiquement le vieillard, et s'élança vers la poterne.

Cependant Mouchy était déjà remonté à cheval; il avait pris Marcelle dans ses bras, et allait s'éloigner, quand Rustique se présenta devant lui.

— Arrêtez! cria ce dernier, en menaçant les trois hommes de son épée.

— Qu'est-ce que cela? fit Mouchy, qui hésita d'abord à le reconnaître, est-ce donc vous, messire Rustique?

— Défendez-vous !...

— Un combat!... ajouta Mouchy d'un ton railleur; oh ! vous prenez mal les choses.

— Misérable !

— Demain, nous aurions pu nous entendre.

Rustique envoya résolûment la pointe de son épée dans la poitrine de Mouchy; mais avant qu'il l'eût atteint, un des hommes qui accompagnaient ce dernier, la faisait voler en éclats d'un coup vigoureux de sa hallebarde.

Rustique poussa un rugissement de douleur et de rage, et tira son poignard.

Mouchy s'était pris à rire.

—'Allons, messire Rustique, dit-il en le saluant ironiquement de la main, vous avez mauvaise tête, à ce que je crois, j'espère que demain, quand votre colère sera calmée, vous me jugerez mieux, et que vous deviendrez plus traitable... Sans rancune donc, mon ami, et à bientôt...

Et sur ces mots, il donna de l'éperon à son cheval.

La colère de Rustique avait atteint son paroxysme... sa main crispée serrait son poignard avec une fureur aveugle, ses tempes battaient, son sang brûlait ses veines ; quand il comprit que Mouchy allait lui échapper, emportant sa victime, et lui jetant, impunies, la raillerie et l'insulte, un cri de vengeance bondit de sa poitrine soulevée, il se rua éperdu sur le cheval qui s'éloignait, et sans savoir à quel sentiment il obéissait, il lui enfonça son poignard jusqu'à la gaîne, dans les flancs.

La noble bête se cabra, en poussant un hennissement terrible, et partit comme un éclair, laissant après elle, sur le pavé, une longue trace de sang.

Pendant cette scène, le vieux Lombard s'était rapproché pas à pas de Rustique.

— Pas mal ! dit-il avec un sourire fauve, dès que Mouchy eut disparu, pas mal, mon jeune ami, vous avez fait là un coup de maître.

Rustique le regarda avec étonnement.

— Que voulez-vous dire ? balbutia-t-il d'une voix tremblante.

Le Lombard montra en ricanant le sang qui teignait le pavé.

— Je veux dire, messire, répondit-il avec un clignement d'yeux significatif, que si vous perdez aujourd'hui Marcelle, voilà qui vous servira merveilleusement à retrouver sa trace.

Rustique ne répondit pas ; mais son front resplendit, comme éclairé tout à coup par un nouvel espoir.

9.

Le vieux Lombard avait raison. — Tout n'était pas perdu, puisqu'il pouvait encore, et cette nuit même, retrouver les traces de la fille du prévôt.

III

Chansons et gémissements mêlés.

Les seigneurs et les grands de la cour n'étaient pas les seuls à célébrer l'entrée du roi Henri II dans sa capitale. Le contre-coup de la joie officielle s'était fait sentir à tous les étages et dans toutes les classes de la société, et la cité, la ville et l'Université s'étaient cotisées pour manifester hautement et dignement, l'enthousiasme que réclamait une pareille circonstance.

On ne saurait croire à quel degré les administrateurs du moyen âge s'entendaient à concilier leur amour de l'art avec l'intérêt des deniers publics.

Les choses avaient été faites consciencieusement et n'avaient pas coûté trop cher. — Nous voulons en donner une idée au lecteur.

Sur la plateforme de la porte Saint-Denis, on avait représenté un *mystère* dont le prévôt et les échevins avaient donné eux-mêmes le dessin au *facteur*. — Pauvre facteur ?— On y voyait un lis triomphant, à sept fleurons, au pied duquel se tenait debout un personnage en habit royal, fleurdelisé d'or, représentant Charles V.

Le premier fleuron, signifiant que *l'homme noble doit être humain*, était gardé par Noblesse, habillée de soie violette, et par Humanité, habillée de soie grise, avec une *grosse perruque* rehaussée de clinquant et de pierres de couleur.

Le second fleuron, *démontrant que l'homme riche doit être libéral*, avait pour attributs Richesse et Libéralité. Celle-ci était accoutrée de soie blanche, avec un bonnet à deux cornes, comme du temps de la reine Isabeau ; et l'autre, en robe de soie jaune, à reflet doré, portait les cheveux épars *comme une épousée.*

Le troisième fleuron exprimait que l'*homme puissant doit être féal* : Puissance, vêtue de soie rouge, l'épée à la main; et coiffée d'un *bourrelet* splendide, regardait Fidélité, vêtue de drap de soie pers, *en façon d'une demoiselle du temps passé.*

Enfin, et comme l'allégorie pouvait bien ne pas être saisie à première vue, un acteur habillé d'écarlate, était chargé de l'expliquer en vers détestables , lesquels devaient sortir, comme le reste, de la fabrique de MM. les échevins.

Aux Filles-Dieu, avait été placé un énorme porc-épic, qui passa à l'époque pour un chef-d'œuvre du genre.— L'animal était si merveilleusement construit que, par un prodige de mécanique, on voyait de temps à autre remuer ses yeux et hérisser ses plumes. Deux Maures, au vêtement de soie, mi-partie bleue et rouge, le conduisaient en laisse au moyen de deux grosses chaînes d'or, tortillées, longues de deux toises environ.

Devant l'église de la Trinité, les gouverneurs et confrères de la Passion avaient représenté le sacrifice d'Abraham et le crucifiement de Jésus-Christ, savoir : Jésus entre les deux larrons, Judas pendu, Anne, Caïphe, Pilate et plusieurs juifs regardant le Christ, dont les plaies versaient sans cesse *une manière de sang.*

A la porte aux Peintres, un échafaud, surchargé de ménétriers qui jouaient de leurs instruments autour de Paix et Bon Temps, contenait encore trois personnages allégoriques, selon le goût de l'époque, Réjouissance, Bon Pasteur et

Peuple Français. Ce dernier chantait ces lignes rimées en l'honneur du roi :

Je suis dehait (*joyeux*) menant réjouissance
A la venue du bon pasteur de France ;
Paix et bon temps il entretient au monde ;
Honneur, louaage, triomphe en lui abonde :
Dieu le préserve de mal et de souffrance !

Ce bon peuple français, que ne lui ferait-on pas chanter!

La chambre des comptes n'avait pas voulu rester en arrière. Par ses soins, un échafaud avait été dressé devant le palais. Deux cerfs-volants y tenaient l'écu de France, au-dessous duquel se trouvaient un porc-épic et deux serpents enlacés chacun dans un lis, jetant un enfant nu et rouge par la gueule.

Toutes ces allégories ne coûtaient pas grands frais d'imagination à leur auteur, et elles produisaient cependant, nous assure-t-on, le meilleur effet sur le populaire.

Donc, le soir de cette journée mémorable, pendant que l'on dansait dans les bâtiments restaurés du vieux Louvre, sur presque tous les points de la capitale, des réunions nombreuses s'étaient formées, et l'on entendait çà et là, bien que le couvre-feu eût sonné depuis longtemps, le bruit des violes et rebecs, qui invitaient le peuple à la joie. On ne rencontrait dans les rues ni guet assis, ni guet debout... Il y avait lieu de penser que, grâce aux largesses municipales, les divers membres de ces deux honorables corps, se trouvaient en ce moment ensevelis sous la table de quelque taverne mal famée.

Rustique venait de quitter le vieux Lombard. Sans attendre davantage, il s'était lancé à la poursuite des ravisseurs de Marcelle. Rustique ne connaissait pas Paris, mais, partout où

Mouchy avait passé, on pouvait facilement distinguer une large traînée de sang.

Le coup de poignard était bon. — Un enfant aurait trouvé.

Il suivit d'abord la rue des Fossés-Saint-Germain, gagna la rue Saint-Honoré par l'étroite ruelle de Bresce ou de l'Arbre-Sec, et arriva en peu d'instants au cimetière des Innocents.

Là cependant, il faillit perdre toute trace.

Le peuple avait stationné de ce côté, pendant une partie de la journée, et il en était résulté, sur le pavé, une sorte de boue, dont quelques gouttes de sang ne pouvaient modifier la couleur sombre.

Rustique fit à plusieurs reprises le tour du cimetière, sondant du regard les rues avoisinantes sans pouvoir parvenir à retrouver son chemin. La plupart des rues qui aboutissaient à ce carrefour, n'étaient pas même pavées ; c'était à désespérer. Heureusement Rustique n'était pas homme à abandonner ainsi la partie et il revint plus de vingt fois sur ses pas, recommençant, à chaque fois, sa recherche obstinée et infatigable.

Tout à coup il tressaillit...

Au coin de la rue aux Fèves, il venait d'apercevoir, gisant sur le pavé, un objet orné d'or et de pierreries.

Il respira.

A quelques pas, au commencement de la rue Aubry le Boucher, il trouva à terre le voile et le chapeau de Marcelle. — Puis, comme si un événement inattendu fût survenu en cet endroit, la traînée de sang s'arrêtait tout à coup, et semblait rebrousser chemin.

Une lutte avait sans doute eu lieu ; Marcelle s'était réveillée entre les bras de ses ravisseurs, elle avait appelé à son secours : Mouchy s'était vu contraint de revenir sur ses pas.

Rustique se remit à sa poursuite.

Cette course à travers la nuit, et dans ces rues désertes, avait singulièrement exalté son imagination. Il y apportait une ardeur qui croissait d'instant en instant, et s'il eût rencontré Mouchy en ce moment, il est certain qu'il l'eût tué, ou qu'il l'eût mis, pour le moins, dans l'impossibilité de perpétrer son crime.

Il descendit rapidement la grande rue Saint-Denis, prit celle des Lombards, passa non loin de l'église Saint-Jacques la Boucherie, et arriva enfin dans la rue de la Vannerie.

Au coin de cette rue, s'élevait, à cette époque, une maison de construction bizarre, dont le premier étage, soutenu par trois piliers énormes, avançait de plusieurs pieds sur le rez-de-chaussée.

Au pied du premier pilier stagnait une large flaque de sang... Au delà, il n'y avait plus rien !

Rustique s'arrêta...

Le premier étage de cette singulière demeure était plongé dans l'obscurité la plus complète. — Au rez-de-chaussée seulement, quelques fils de lumière filtraient à travers les volets mal joints.

La maison avait deux façades : l'une donnant sur la rue de la Vannerie ; l'autre regardant en retour, sur la rue Saint-Martin.

Rustique examina le tout avec une attention minutieuse...

Avant de pénétrer dans cette maison, où rien ne lui disait encore que Marcelle eût été déposée, il eût voulu trouver quelque indice qui le mît sur la voie.

Il se rapprocha des volets qui fermaient les fenêtres, et plongea son regard à l'intérieur.

Il y avait là deux hommes dont il ne put distinguer les traits. — Ces deux hommes buvaient et chantaient.

Ils paraissaient fort gais. — Et le choix de leurs chants s'en ressentait.

Pour le moment, c'était une *prophétie des abus des prêtres,* *ines et rasés,* destinée à être chantée sur l'air de *Lœla-* *ndus* :

Premier buveur.

O gras tondus,
Mal avez été secourus,
Longtemps y a.
Vos grands abus,
On le verra.

Deuxième buveur.

Votre autel est ruiné.
Votre règne est bien miné,
Il tombera.
Papistes, Pharisiens,
Votre antéchrist et les siens
Trébuchera.

Premier buveur.

Tout sorbonique pion
Son beau liripipion
Déposera.
Rien n'y vaudront les ergots,
Rien n'y feront leurs fagots,
Christ régnera.

Deuxième buveur.

Votre orgueil sera puni,
Et la bête de son nid
Déjonchera.
L'Évangile que haïssez,
Quand aurez fait plus qu'assez,
Demeurera.

Premier buveur.

Vous l'avez longtemps banni,
Mais puisqu'il est revenu,
Votre joli pain béni
    Se moisira.
Messieurs les coquibus,
Que dira-t-on des abus,
Dont amassez du quibus,
    On en rira?

Deuxième buveur.

Savez-vous qu'on vous fera?
On vous deschassera;
Et Dieu à la fin vous punira,
En Jésus on croira,
Son règne florira.
Et votre antéchrist confus sera.

Rustique avait à peine écouté cette chanson populaire, car dès les premiers vers du second couplet, il se retira vivement, et s'élança d'un bond au milieu de la rue.

Soit illusion, soit réalité, il avait cru entendre un gémissement tomber du premier étage.....

Il regarda, et prêta l'oreille.

Une sueur froide coulait le long de ses tempes, son regard cherchait à pénétrer les ténèbres de la nuit, des frissons glacés couraient sur sa peau.

Il se mit à faire, à plusieurs reprises, le tour de la maison.

Un moment, il avait songé à appeler à son aide les deux buveurs du rez-de-chaussée; mais ceux-ci pouvaient être de la suite de Mouchy, et en tout cas, il était fort douteux qu'ils accueillissent sa demande avec intérêt.

Il abandonna donc presque aussitôt cette pensée, et chercha un endroit par lequel il pût pénétrer sans être contraint d'engager une lutte à l'aveugle.

A tout hasard, il avait tiré son poignard de sa ceinture, et ainsi armé, il sondait le mur.

Et le mur restait muet. — Tout était clos avec soin, rien ne semblait bouger à l'intérieur.

Rustique commençait à désespérer, et supputait déjà, dans son esprit, les dangers qui pourraient s'opposer à l'escalade du premier étage, quand il vit tout à coup la porte s'entre-bâiller d'elle-même, et une tête de femme avancer discrète-ment au dehors.

Il resta stupéfait.

La femme jeta un coup d'œil rapide à droite et à gauche, et comme elle vit que personne autre que Rustique ne se trouvait à portée de l'entendre, elle lui tendit le bras, et toucha légèrement son épaule du bout du doigt.

— C'est vous, messire ?... demanda-t-elle, en ouvrant da-vantage la porte.

— C'est moi ! répondit Rustique sans hésiter.

— Hâtez-vous donc, car ma maîtresse vous attend.

Rustique n'ajouta pas un mot, dans la crainte de se trahir ; il se contenta d'enfoncer davantage son chapeau sur ses yeux, et de garder à tout hasard son poignard dans sa main.

Puis, ayant fait signe à la vieille, qu'il était prêt à la suivre, il s'engagea aussitôt sur ses pas, dans un corridor étroit et humide, qui allait aboutir à un escalier roide et sans rampe. Il lui arriva plusieurs fois de trébucher durant le trajet.

— Donnez-moi la main ! lui dit alors son guide, l'escalier est glissant et difficile, et plus d'un y sont tombés, qui ne se sont jamais relevés...

En disant ces mots, elle se mit à ricaner.

Rustique lui donna la main sans répondre :

— Hum ! marmotta la vieille, vous voilà devenu muet, Messire ; que s'est-il donc passé à l'hôtel des Tournelles de-puis votre départ ? — Ah ! la petite nous a donné bien du mal, pendant votre absence. — Elle appelait son père... ce n'est pas lui, pourtant, que vous étiez allé quérir...

Une sorte de gloussement accompagna ces mots, et Rustique eut besoin de toute sa raison pour ne point éclater.

Heureusement qu'ils atteignaient le premier étage, comme la vieille finissait de parler; maintenant, il ne s'agissait plus que de pénétrer auprès de Marcelle et de la sauver. — C'est-à-dire, que le plus difficile était encore à faire.

Rustique ne pouvait se dissimuler en effet, que, grâce à l'obscurité, il avait été pris pour un autre. Dans le premier moment, il avait suivi son guide, sans chercher à deviner la cause d'une pareille erreur; cette erreur servait ses projets, et il n'en demandait pas davantage; le désir de voir Marcelle, l'ambition de la sauver, l'espoir de se venger de Mouchy, tels étaient les sentiments auxquels il avait obéi. — Ce ne fut qu'après s'être engagé entre les murs étroits de ce long corridor, et en mettant le pied sur l'escalier roide et tortueux, où, suivant l'expression de la vieille, beaucoup étaient tombés sans jamais se relever, que tous les dangers de l'entreprise qu'il allait tenter, se dressèrent tout à coup devant lui, comme pour lui défendre d'avancer davantage; mais il lui était désormais impossible de reculer, et il continua de marcher, malgré toutes les appréhensions qui troublaient son esprit.

Une fois arrivé sur le palier, la vieille femme l'introduisit dans une vaste et spacieuse salle, qui n'était éclairée que par une seule lampe. — Un feu sans chaleur brûlait dans la cheminée; il régnait, d'un bout à l'autre, un froid humide qui pénétrait et glaçait les os.

La vieille femme invita Rustique à attendre quelques instants, et le laissa seul. — Il traîna alors un fauteuil près de la cheminée, et après quelques secondes d'attente, il se hasarda à promener son regard sur les divers objets qui l'entouraient.

La lampe était placée sur une méchante table vermoulue,
ι milieu de la salle.

A droite et à gauche, se dressaient de grands bahuts scul-
és ; d'énormes vases en terre cuite, des bocaux en cristal
є Bohême, d'élégantes amphores aux formes bizarres, gi-
üent çà et là sur le parquet ; une étagère en bois blanc, ré-
naît autour de la salle à hauteur d'homme, et sur cette éta-
ère, mille oiseaux ou insectes, bien que morts et empaillés,
mblaient néanmoins, grâce aux capricieuses lueurs de la
mpe, exécuter une sarabande fantastique, en l'honneur de
ur nouvel hôte.

Jamais encore un pareil spectacle ne s'était offert à Rusti-
ıe, et mille idées superstitieuses vinrent en foule assiéger
ın cœur déjà fortement ébranlé.

D'ailleurs, il se faisait autour de la salle des bruits étranges
ont il cherchait vainement à démêler la cause.— On eût dit
ıe quelqu'un était caché là, et que l'on épiait chacun de ses
ıouvements ou chacun de ses regards. — Pour la seconde
ıis, il se laissa aller sur la pente de ses terreurs, et un fris-
ın glissa sous ses cheveux.

Enfin la porte s'ouvrit, et une jeune fille entra.

C'était Viviane !

Sa taille, élégante et souple, se dessinait mollement sous
ı robe de velours, et son col, d'une exquise pureté de li-
nes, se balançait majestueusement sur ses épaules aux re-
ets d'or.

Elle était radieusement belle !...

Rustique ne s'attendait pas à une semblable apparition, et
endant que la jeune Bohémienne s'avançait vers lui, calme,
ouriante et sereine, il restait interdit et sans voix, devant
ant de beauté, alliée à tant de charme.

Viviane lui tendit la main par un geste plein de grâce et
l'abandon, mais au moment de lui adresser la parole, elle

s'arrêta tout à coup, et se prit à le considérer avec étonnement.

Elle s'apercevait seulement alors que Rustique n'était pas la personne qu'elle s'attendait à rencontrer. — Aucune épouvante ne se manifesta, cependant, dans son regard, aucune pâleur ne monta à son visage, et elle se contenta de jeter un coup d'œil furtif à droite et à gauche, comme pour s'assurer qu'elle se trouvait bien seule avec son visiteur inconnu.

— Qui donc êtes-vous, messire, dit-elle enfin, d'une voix où tremblait peut-être un peu d'émotion mal contenue, et qui vous envoie ici à pareille heure?...

— J'y suis venu de mon plein gré, répondit résolûment Rustique.

Et comme il n'avait plus aucune raison de cacher ses traits, il porta la main à son chapeau et se découvrit.

— Et comment avez-vous pu pénétrer jusque dans cette salle? poursuivit Viviane.

— On m'a pris pour un autre; j'ai profité de l'erreur.

— Dans quel but.

— Oh! un seul... Celui de sauver la fille du prévôt.

— Marcelle!...

Un reflet de terreur colora un moment le regard de Viviane; et ses belles dents blanches mordirent ses lèvres. Mais cette fugitive impression passa avec la rapidité de l'éclair, et elle retrouva presque aussitôt son calme et sa sérénité.

Elle se reprit à sourire.

— Qui donc vous a donné lieu de penser que Marcelle fût ici? dit-elle, avec une fine ironie.

— Je l'ai suivie, répondit Rustique.

— Alors, vous savez avec qui elle y est venue.

— Je le sais.

— Et vous persistez à vouloir la sauver.

— Pardieu !

Il y eut un court silence, pendant lequel Viviane sembla onger son regard jusqu'au cœur de Rustique.

— Mouchy est puissant, poursuivit-elle bientôt, et il peut re dangereux de lutter contre lui.

— Qu'importe...

— La mort est au bout d'une pareille lutte.

— Que je sauve Marcelle, et je ne regretterai pas la vie.

— Voulez-vous que je vous donne un conseil, messire ?

— Dites.

— Eh bien... il en est temps encore ; nul n'est ici prévenu e votre présence, la retraite est possible... fuyez... n'atten-ez pas que Jacques ou quelque autre vous voie ou vous ntende, car ils vous feraient un mauvais parti, et vous seriez névitablement perdu !...

Rustique haussa les épaules, et serra son poignard dans sa nain...

— Où est Marcelle ? demanda-t-il, d'une voix dont l'accent evenait impérieux.

— Je ne sais... répondit la jeune fille.

— Songez, poursuivit son interlocuteur, que je suis résolu à tout, et qu'aucune considération ne pourra m'arrêter.

— Je le regrette pour vous.

— Vous raillez ?...

— Quelquefois.

Un mouvement de colère aveugle passa sur le cœur de Rustique, qui marcha vers la jeune fille, et lui prit rudement la main.

— Où est Marcelle ? répéta-t-il avec autorité.

Viviane souriait toujours.

— Vous ne voulez pas suivre mes conseils, dit-elle, sans s'émouvoir eh bien, prenez garde, messire, car, malgré toute ma bonne volonté, je ne pourrai peut-être pas vous sauver...

Rustique n'écoutait plus rien ; il abandonna la main de Viviane, et se mit à parcourir la chambre à grands pas.

— Marcelle! Marcelle! disait-il de temps à autre, en interrogeant les cloisons du manche de son poignard.

Viviane le regardait faire ; et son regard s'imprégnait parfois d'une douce et triste mélancolie. — Quand elle vit que Rustique après avoir vainement cherché une issue, revenait vers elle, partagé entre le découragement et l'indignation :

— Vous le voyez, lui dit-elle, d'un accent profondément pénétré, vous êtes ici comme dans une prison ; la fuite même vous est maintenant interdite. Vous vouliez sauver, Marcelle, et vous ne pouvez plus vous sauver vous-même. — Ne pensez-vous pas, messire, que j'avais raison de vous recommander d'être prudent?

Rustique crut voir une ironie sanglante dans ces dernières paroles de la jeune fille, et la colère qui avait un moment fait place au découragement, revint de nouveau, emplir son cœur et troubler son esprit.

— Oui, répondit-il, en serrant son poignard dans sa main crispée, oui, vous aviez raison, en effet, de me recommander le calme et la prudence ; je le reconnais, maintenant que me voici en votre pouvoir, dans une prison étroite et sans issue ; maintenant surtout qu'il me faut renoncer à l'espoir de sauver Marcelle... Vous aviez bien prédit ce qui m'arrive... et vous m'en voyez confondu et atterré... cependant vous avez oublié une chose...

— Laquelle?...

— C'est que s'il est imprudent de lutter contre Mouchy, il n'est peut-être pas sans danger non plus, de jouer avec la colère et le désespoir d'un homme comme Rustique...

— Ah! vous vous appelez Rustique! interrompit la jeune fille, en jouant la gaieté.

lustique pâlit. — Il y avait, de la part de Viviane, une in-
tion bien évidente de le railler, et dans un pareil moment,
aillerie était cruelle. Un cri lui échappa, cri de rage et de
espoir, et en même temps son cœur battit dans sa poitrine,
oreilles bourdonnèrent, sa vue se voila. — Il eut peur de
même.

— J'aurai plus de générosité que vous, dit-il enfin à la
ne fille, dont le regard suivait attentivement les impres-
ns diverses qui venaient se refléter sur son visage ; je n'a-
serai pas de la position dans laquelle nous nous trouvons
s deux, et qui vous met à ma merci, comme moi à la vô-
.. Nous sommes inconnus l'un à l'autre, et que je meure
ou que j'échappe, peu vous importe, n'est-ce pas... Je
i aucune raison de vous aimer, vous n'en avez aucune de
haïr ; eh bien !... ne torturez pas à plaisir un cœur pro-
dément déchiré ; vous êtes femme, vous pouvez me com-
ndre... soyez généreuse aussi, et ne me forcez pas à me
venir, qu'en ce moment, cette salle est sans issue pour
is comme pour moi, et que ce poignard, s'il ne m'aide
à frayer une route sûre à ma fuite, pourrait du moins
servir à tirer une vengeance éclatante de votre déloyauté.

Viviane avait écouté Rustique avec un intérêt singulier ; à
sure qu'il parlait, l'expression de sa physionomie s'était
à peu modifiée ; son front s'était penché, le sourire qui
ssait sa lèvre avait déjà disparu ; et dans son attitude, dans
regard, sur ses lèvres, l'ironie avait fait place à la com-
sion.

Elle lui tendit la main.

— Soit, dit-elle, j'aime mieux ce langage, **quoique** vous
is trompiez encore pourtant...

— Comment ?

— Sans doute... ne disiez-vous pas que cette salle ne pou-
t offrir aucune issue ?

— Eh bien...

— Eh bien... regardez.

Viviane posa, en parlant ainsi, l'extrémité de son doigt sur la table où reposait la lampe, et au même instant deux portes s'ouvrirent dans la cloison, de deux côtés différents.

Rustique poussa un cri, et voulut se précipiter vers l'une de ces issues ; mais comme il allait l'atteindre, un éclat de rire strident et moqueur se fit entendre à ses côtés, les portes se refermèrent, Viviane disparut, et la lampe s'éteignit....

Il se trouvait seul, au milieu d'une obscurité impénétrable...

IV

Du danger de sortir d'une maison par la fenêtre.

Rustique rugit comme un lion du désert qui se trouverait pris au piége. Il était bafoué, raillé, réduit à la plus complète et la plus honteuse impuissance : on s'était joué de lui, on l'avait traité comme un écolier, comme un enfant.

Il se mit à faire le tour de sa cage.

On n'entendait plus aucun bruit, — plus de chansons au rez-de-chaussée, plus de gémissements au premier étage. — Un silence lugubre et morne.

Rustique marchait à tâtons, se heurtant aux amphores, broyant les insectes et les reptiles sous ses pieds, et les mains jetées en avant, s'évertuant à percer du regard l'obscurité qui l'enveloppait.

Sa recherche fut vaine.

La cloison était muette, — rien ne remuait, rien ne répondait.

Il s'attendait à chaque instant à être frappé dans l'ombre, par un ennemi invisible, et il n'avait qu'un poignard pour se défendre. En plein jour, il n'eût pas reculé devant dix assassins, mais la nuit, sans armes, le courage était inutile et la mort inévitable !

Comme il en était là de ses réflexions, une porte s'ouvrit mystérieusement à ses côtés, et une main se posa sur son épaule.

— Qui va là ! cria-t-il, en se mettant sur la défensive.

— Silence ! ou vous êtes perdu ! répondit une voix de femme.

— Qui donc êtes-vous ?

— On m'appelle Viviane.

— Et que me voulez-vous ?

— Je viens vous sauver.

Rustique ne croyait pas un mot de ce qu'on lui disait, mais il n'avait pas le choix, et il fit semblant de croire.

— Soit ! poursuivit-il, que faut-il que je fasse ?

— Avez-vous du courage, messire...

— Pardieu, voilà une question qui ne peut être adressée impunément à un homme, que par une femme.

— Ecoutez-moi donc, continua Viviane, il y a au bas de l'escalier par lequel vous avez été introduit ici, deux hommes qui vous attendent pour vous assassiner.

— Ah ! ah ! fit Rustique, je m'en doutais.

— Les ordres qu'ils ont reçus sont précis, et ils ne vous feraient aucun quartier.

— Diable... et qui leur a donné ces instructions ?

— Moi-même.

— Mais je ne comprends plus.

— Qu'importe... dit Viviane.

10

— Au fait ! repartit Rustique, vous avez raison... et pourvu que j'échappe à leurs poignards...

— Je vous le promets.

— Alors, je n'ai plus rien à dire.

— Et vous allez me suivre ?

— Quand vous voudrez.

Viviane fit quelques pas en avant, et s'empara dans l'ombre de la main de Rustique, mais ce dernier la retint encore.

— Vous hésitez ! dit Viviane en se retournant.

— Nullement.

— Qui vous arrête alors ?

— Un scrupule.

— Hâtez-vous, car nous n'avons pas de temps à perdre... de quoi s'agit-il ?

— Je ne suis venu ici que pour sauver Marcelle, dit Rustique, et cependant, voilà que je vais fuir, sans avoir rien fait pour la défendre.

— Pensez-vous la sauver en restant.

— Je ne sais.

— Aimez-vous mieux mourir ?

— Peut-être...

Il y eut silence, pendant lequel la main de Viviane trembla dans celle du jeune homme.

— Voyons, messire, dit-elle bientôt après d'une voix lente et émue, avez-vous confiance en moi, et me croirez-vous, si je vous assure que je sauverai Marcelle?

— Je vous croirai, répondit Rustique, d'un ton résolu.

— Eh bien! venez donc, car je vous jure qu'avant une heure, Marcelle sera rendue à son père...

Rustique fut vraisemblablement satisfait de cette assurance, car, dès ce moment, il se mit à suivre la jeune fille, sans ajouter une parole de plus.

Ils traversèrent ainsi deux vastes chambres, dans lesquelles régnait l'obscurité la plus complète, et pénétrèrent en dernier lieu dans une salle octogone, dont la fenêtre, grand'ouverte, donnait sur la rue.

Viviane s'arrêta.

— La porte étant gardée par deux hommes résolus à en défendre l'approche, dit-elle alors à voix rapide, j'ai pensé qu'il ne vous restait qu'un seul moyen de fuir.

— La fenêtre, fit Rustique.

— La fenêtre... répéta Viviane.

Rustique jeta un regard dans la rue. — Il y avait à peine vingt pieds de distance.

— C'est moins difficile que je ne l'espérais, dit-il en revenant aussitôt vers la jeune fille.

— Ainsi vous acceptez.

— Pardieu...

Et il allait escalader la fenêtre, quand une idée soudaine le fit revenir sur ses pas.

— Une seule chose m'inquiète... dit-il d'un air soucieux, si j'allais être attaqué !

— Vous en seriez quitte pour vous défendre.

— Sans armes !

— N'en avez-vous donc point?

— Mon épée s'est brisée au moment où j'allais percer Mouchy de part en part.

Viviane alla vivement vers une panoplie, et en arracha une épée qu'elle tendit à Rustique. Celui-ci la reçut avec joie et l'examina un moment avec toute l'attention d'un connaisseur ; — puis, comme si cet examen eût tout à coup éveillé en lui un souvenir oublié, il regarda la jeune fille avec stupeur.

— Parbleu, murmura-t-il, voilà qui est singulier.

— Qu'avez-vous ?...

— Cette épée...

— Eh bien?

— De qui la tenez-vous?

— Qu'importe.

— Oh! répondez Viviane… répondez.

— Qu'a donc cette arme de particulier?

— Rien… sans doute… répondit Rustique dont le regard allait, incertain et troublé, de l'épée à Viviane, mais c'est qu'elle me rappelle…

— Quoi donc?

— Elle me rappelle l'arme avec laquelle j'ai tué mon geôlier.

En ce moment des chants se firent entendre à quelque distance, et Viviane ayant pressé Rustique de ne pas perdre davantage de temps, ce dernier s'élança vers la fenêtre qu'il enjamba lestement, et commença à opérer sa descente, en s'aidant des pieds et des mains, le long des solives qui formaient saillie. — Il ne lui fallut pas moins de cinq minutes; cinq minutes pendant lesquelles il se vit vingt fois sur le point de tomber.

Malheureusement, un danger d'un autre genre et plus sérieux peut-être, l'attendait au moment où il allait poser le pied sur le sol.

Les chanteurs qu'il avait entendus un instant auparavant, étaient de jeunes seigneurs en gaîté, qui n'avaient rien trouvé de plus spirituel, après le bal de la cour, que de se mettre à parcourir les rues, en prodiguant les richesses de leurs vocalises nocturnes.

Or, en arrivant près de la demeure de Viviane, ils avaient aperçu Rustique suspendu, l'épée entre les dents, aux angles des piliers, et bien certains qu'ils allaient assister au dénouement d'un drame d'amour, ils s'étaient à l'envi précipités sous les arcades de la maison.

En se laissant choir à terre, Rustique se trouva donc au milieu d'eux, et fut accueilli par un éclat de rire bruyant.

— Dieu me damne! dit un des jeunes seigneurs, le mari aurait eu fort à faire avec un pareil rival...

— Combien étaient-ils donc contre vous, messire? dit un autre.

— Et comment se nomme la dame qui choisit si bien ses amoureux? ajouta un troisième.

Rustique, d'abord abasourdi par ces brusques interpellations faites à brûle-pourpoint, promenait son regard indécis autour de lui. Il écoutait sans entendre, et ne trouvait pas même une parole à répondre.

— Çà, reprit un des jeunes fous, m'est avis que celui-ci est muet.

— Ou qu'il est sourd.

— Ou qu'il se moque de nous.

— Croix-Dieu, ce serait drôle.

Et le cercle se resserra presque menaçant. Dès ce moment, les railleries devinrent plus vives et plus insultantes, et chaque seigneur crut de son honneur d'y contribuer, selon la mesure de son esprit ou de son courage...

Rustique avait toutes les peines du monde à se contenir; la lame de son épée frémissait dans sa main, une sourde colère grondait dans sa poitrine, et tout son sang refluait vers son cœur.

Tout à coup il laissa échapper un cri de surprise.

Au nombre de ses adversaires, il venait de reconnaître le fils aîné du prévôt, — le frère de Marcelle!...

Cette vue parut lui rendre instantanément sa présence d'esprit tout entière, et d'un mouvement énergique de son épée, il fit reculer de trois pas les seigneurs qui l'entouraient.

Georges seul, le fils du prévôt, n'avait pas bougé. — Rustique marcha vers lui.

Il était beau d'indignation, de colère contenue et d'audace; la lune qui l'éclairait en plein corps, détachait vive-

10.

ment sa silhouette élégante et forte, et mille éclairs jaillissaient de son regard.

Il saisit la main de Georges.

— Messire, dit-il alors, le front haut et la voix ferme, vous me demandiez tout à l'heure ce que je venais de faire dans cette maison d'où vous m'avez vu sortir.

— En effet!... fit Georges.

— Eh bien! voulez-vous que je vous le dise maintenant?...

— Pardieu!

— Songez, messire, poursuivit Rustique, que ce secret va compromettre l'honneur d'une femme, et peut-être celui d'une famille entière.

— Parlez, parlez! cria-t-on de tous côtés.

Cependant Georges commençait à sentir une sourde inquiétude monter de son cœur. Cet homme qui lui parlait avait un tel accent d'autorité, et paraissait si pénétré et si convaincu, qu'il ne savait plus qu'en penser. Les fumées de l'ivresse s'étaient d'ailleurs dissipées, il était calme maintenant, et avait repris toute sa raison. Instinctivement la prudence lui revint, et comme s'il eût eu un vague soupçon de la réalité, il entraîna Rustique à quelques pas, c'est-à-dire assez loin de ses compagnons pour qu'aucune de leurs paroles ne pût être entendue.

— Voyons, messire, dit-il aussitôt à voix rapide et basse, nous voici seuls maintenant; expliquez-vous, et finissons-en promptement avec tous ces mystères.

— Soit! repartit Rustique, d'autant que, plus que vous peut-être, j'ai hâte de m'éloigner d'ici.

— Parlez donc !

— Eh bien! il y a quelques heures, une jeune fille, enlevée par surprise, au sortir du bal de la cour, a été conduite en cette demeure.

— Pour quel motif?

— Cette jeune fille est belle, messire.

— Mais son nom?...

— Le ravisseur se nomme Mouchy.

— Mouchy...

Georges redressa le front : il était pâle comme une statue le marbre.

— Cette jeune fille ! poursuivit Rustique, a trois frères eunes, braves, courageux peut-être, mais trop préoccupés le leur ambition personnelle, pour songer à protéger l'honeur menacé de leur famille...

— Voilà une insulte qui pourrait vous coûter cher, dit Georges d'une voix contenue, ne le savez-vous pas?

Rustique haussa les épaules.

— Qu'à cela ne tienne, répondit-il froidement, le cas échéant, je ne laisserai point à d'autres le soin de me déendre.

— Messire !...

— Voulez-vous que je continue ?

— C'est inutile.

— Vous avez compris bien vite...

— Ah ! trêve d'injures, interrompit Georges, elles n'ajouteraient rien à ma colère ni à ma haine. Mon service m'appelle ce matin de bonne heure auprès du roi, puis-je compter seuement que vous vous tairez jusqu'à demain?

— Mon secret mourra avec moi, repartit Rustique.

— Je ferai en sorte que ce soit le plus tôt possible, ajouta Georges.

Et ayant salué son adversaire, il alla rejoindre ses compagnons, pendant que Rustique, tirant de son côté, se hâtait de regagner son logis.

Quand Rustique se réveilla à la suite de cette nuit si pleine d'incidents de toutes sortes, le soleil pénétrait joyeux à travers la fenêtre, et décrivait des losanges étincelants sur le plancher de sa petite chambre.

Il se jeta vivement à bas de son lit.

Le sommeil lui avait rendu une partie de ses forces; il se trouvait plus souple et plus vaillant qu'il ne l'avait jamais été.

Il se mit à parcourir sa chambre.

Les événements de la veille avaient passé devant lui avec une telle rapidité, qu'il ne les entrevoyait plus maintenant que comme à travers les vapeurs transparentes d'un rêve. Marcelle, Mouchy, Viviane, Georges lui étaient apparus dans la nuit; il hésitait à les reconnaître.

N'avait-il pas été le jouet de quelque hallucination; n'y avait-il point de magie dans son fait?... Tout cela était-il bien réel... Il ne savait que penser.

Et cependant, l'épée que lui avait donné Viviane était là... Comment douter!... D'ailleurs, la voix de Marcelle résonnait encore comme une douce harmonie à son oreille, il ne pouvait l'avoir oubliée...

Tout en marchant il s'habillait.

Il avait passé ses trousses, son pourpoint, ses dentelles, il allait ceindre son épée, quand il s'arrêta.

Sur la poignée de son épée il y avait un billet.

Le billet ne s'y trouvait point le matin quand il était rentré; il était évident que quelqu'un avait pénétré dans sa chambre pendant son sommeil.

Une partie de ses incertitudes lui revinrent, et ce ne fut même qu'avec une certaine appréhension qu'il ouvrit la missive. — Il n'y avait que deux lignes :

« *Ce soir, à neuf heures, rendez-vous près de Saint-Germain l'Auxerrois, et suivez la personne qui prononcera ces mots :* MARCELLE ET RUSTIQUE. »

C'était tout. — Plus bas seulement on avait ajouté, et mme à la hâte, cette simple recommandation :

« *Défiez-vous de Mouchy !* »

Rustique demeura stupéfait après cette lecture.

Marcelle et Rustique!... Qu'avait-on voulu dire par ces ux noms placés l'un près de l'autre... Etàit-ce une ruse... une promesse sincère... Devait-il répondre à cet appel?... ait-il prudent de s'exposer à des dangers presque certains, r la foi d'un simple billet au bas duquel ne figurait aucune gnature ?

Les aventures de la veille n'avaient pas calmé son effer- scence : elles avaient encore moins refroidi son amour. Il istait maintenant entre Marcelle et lui, un lien indissolu- e ; le hasard ou Dieu les avait un jour placés tous les deux, a même heure, sur la même route ; rien ne pouvait désor- ais détacher Rustique de la fille du prévôt.

Il ceignit son épée.

Et puis, pourquoi aurait-il repoussé cette nouvelle chance bonheur qui s'offrait à lui? il y avait si peu de temps qu'il ait né à la vie de ce monde, tout lui avait été jusqu'alors ertume et dégoût. Le lendemain même, ne devait-il pas iser son épée contre celle d'un gentilhomme justement louté pour son adresse et son courage? Ce duel pouvait i être fatal, et il ne voulait pas mourir sans avoir revu la ule femme qu'il eût encore aimée. — Il suffisait que ce pût e Marcelle qui l'appelât, pour qu'il n'hésitât pas une se- nde.

Il se promit de ne pas manquer au rendez-vous.

Quant à la recommandation qui terminait la lettre en forme *post-scriptum*, elle était parfaitement inutile. Rustique nnaissait déjà assez Mouchy, pour n'avoir plus en lui qu'une nfiance très-limitée.

Il en était là de ses réflexions, quand quelques coups frappés à la porte de sa chambre, vinrent changer le cours de ses préoccupations.

C'était sans doute d'Aubigny ou Coquastre qu'il n'avait pas vus depuis la veille, et il se disposa à les aller recevoir.

Mais déjà la porte s'était ouverte, et en apercevant l'homme qui entrait, Rustique recula de deux pas.

C'était Mouchy !...

Ce dernier avait le sourire sur les lèvres ; il salua Rustique d'un geste ironique, et gagna à pas lents et mesurés, un fauteuil sur lequel il s'assit.

— Enfin, je vous trouve, dit-il en jetant son feutre à quelque distance, et j'ose dire que ce n'est pas sans peine... Savez-vous bien, messire, que vous m'avez taillé une fière besogne depuis hier ?

— Moi ! fit Rustique.

— Pardieu ! je vous conseille de faire l'ignorant... Comment, je vous introduis au Louvre, je vous y ménage l'occasion de voir Marcelle, et pour reconnaître de pareils services, que d'autres à votre place eussent payés bien cher, vous m'éventrez mon meilleur cheval, vous tentez de m'enlever la fille du prévôt, et vous allez prendre rendez-vous avec son frère pour demain matin !

— Quoi ! vous savez...

— Je sais bien d'autres choses, messire, mais ce n'est ni le lieu ni le moment de vous les dire... D'autres préoccupations m'amènent, et j'ai hâte d'ailleurs de savoir au juste à quoi m'en tenir sur vos intentions...

Ces derniers mots avaient été prononcés par Mouchy d'un ton plus sérieux que le reste ; ils ne réussirent qu'à amener un pli railleur sur les lèvres de Rustique.

— Malgré tout votre talent de divination, répliqua-t-il, je m'aperçois qu'il est encore bien des secrets que vous igno-

.. mais vous vous êtes trompé étrangement, si vous avez
roire que je vous livrerais les miens.

- Et pourquoi cela?... fit Mouchy.

- Nous n'avons pas le même but.

- Qu'en savez-vous?

- Le vôtre est infâme...

- Allons donc.

- Et je mettrai tous mes soins à empêcher que votre pro-
'accomplisse.

- C'est donc la guerre que vous voulez.

- La guerre, soit! répondit Rustique en relevant le front
ɔ hauteur.

ouchy croisa tranquillement ses jambes l'une sur l'autre.

- Je crois, reprit-il aussitôt, que nous ne nous entendons
et que, sans le vouloir, nous faisons fausse route l'un
autre... à tort ou à raison, vous m'avez inspiré une sym-
ιie vive.

- Je n'en crois rien.

- Bon! je m'attendais à la réponse... vous êtes défiant.

- On le serait à moins.

- Cependant, si ce n'est pas de la sympathie, de quel nom
ellerez-vous ce sentiment qui m'a engagé à vous con-
ʼe hier au Louvre, et qui m'amène encore aujourd'hui
s votre mansarde?

- Je n'ai point cherché à me l'expliquer.

- Dites plutôt, messire, que vous avez été prévenu contre

..

– Par qui donc?

– Quand ce ne serait que ce billet que vous avez trouvé
s la poignée de votre épée.

ustique rougit jusqu'aux oreilles.

– Ce billet, balbutia-t-il, partagé entre l'étonnement et la
ère.

— *Défiez-vous de Mouchy.*

— Vous l'avez lu.

— Vous voyez que j'ai bien fait.

Rustique porta la main à son épée qu'il tira à moitié du fourreau, puis, comme s'il eût eu honte de ce premier mouvement irréfléchi, il haussa les épaules, marcha vers la porte qu'il ouvrit, et indiquant cette issue à Mouchy, d'un geste à la fois digne et impérieux :

— Messire, lui dit-il, je dois me battre demain avec le fils du prévôt, et il ne me convient pas de croiser le fer en ce moment contre vous... Mais comme je tiens à honneur de cesser, à l'instant même, tout commerce avec un homme de votre sorte, je vous prie et je vous ordonne au besoin de sortir immédiatement de cette chambre.

Pour toute réponse, Mouchy poussa un long éclat de rire, alla fermer la porte, et revint s'asseoir dans son fauteuil.

— Voilà, cependant, dit-il d'un ton de reproche, comme, avec les meilleurs sentiments du monde, on arrive bien souvent à ne faire que des ingrats.

— Des ingrats! répéta Rustique en le regardant.

— Voyons, n'est-ce pas à ma protection que vous devez d'avoir pénétré hier dans le Louvre, n'est-ce pas grâce à moi que vous avez pu voir Marcelle, lui parler, passer près d'elle une heure entière, sans que personne vint déranger ce charmant tête-à-tête ?

— Qui vous a dit ?

— J'étais là.

— Vous écoutiez ?

— Cela n'en valait-il pas la peine ?...

La colère souleva encore une fois la poitrine de Rustique, mais il eut assez d'empire sur lui-même pour se contenir.

— Quel homme êtes-vous donc? dit-il alors comme glacé d'une mystérieuse épouvante.

Mouchy sourit d'un air satisfait, et se renversa complai-
mment sur le dossier de son fauteuil.

— Quel homme je suis, répondit-il avec un ricanement,
ı ! par ma foi, vous m'embarrassez fort, car je ne le sais
ıs bien moi-même..... D'ailleurs, cela vous intéresse-t-il,
ne le saurez-vous pas bientôt? Et puis, à quoi bon? ce
est pas de moi qu'il s'agit, mais de vous... Parlons donc
ı choses plus sérieuses, messire, et tâchons au moins de
ıus entendre une bonne fois, si c'est possible.

Rustique ne répondit pas, mais il alla s'accouder à la fe-
ıtre ouverte, et attendit :

Mouchy reprit aussitôt d'une voix brève et incisive :

— Vous aimez la fille du prévôt ?

— Je l'aime! répondit Rustique.

— Bien ! Marcelle, de son côté, ne vous voit pas avec dé-·
aisir.

— Qui vous donne lieu de le croire ?

— Eh ! mon Dieu... tout et rien... ceci et cela... que sais-
? Marcelle est dans un âge où le premier homme qui
ırouvera pour elle un amour profond, et qui saura le lui
re, est bien certain de toucher son cœur... c'est physique,
ıla ; je n'en sais pas plus long, et ne puis en dire davan-
ge ; vous ignorez si cette jeune fille vous aime, et cepen-
ınt, je gage qu'un secret instinct vous l'assure.

— Peut-être.

— Je connais cela...

— Où voulez-vous en venir ?

— Vous aimez Marcelle, et toute votre ambition est d'en
ire votre maîtresse, n'est-ce pas ?

— Vous vous trompez.

— Ah !

— J'ai plus d'ambition que cela.

— Vraiment ?

11

— Marcelle ne saurait être ma maîtresse, mais rien n'empêche qu'elle devienne ma femme.

— Vous croyez?...

— N'êtes-vous pas de mon avis?

— A moins que vous n'ayez l'intention de tuer le prévôt et ses trois fils.

— Pensez-vous donc qu'il n'y ait pas d'autre moyen? demanda Rustique.

— J'en suis certain, repartit Mouchy.

— Alors je serai bien forcé d'employer celui-là.

Mouchy ne put s'empêcher de sourire à l'assurance de son interlocuteur.— Depuis qu'il exerçait son honnête industrie, c'était la première fois qu'il avait affaire à un homme de cette trempe.

— Savez-vous, dit-il tout à coup, que plus je vous vois, messire Rustique, plus je vous trouve étrange.

— C'est trop de bonté...

— Vous êtes un homme singulier.

— On me l'a dit quelquefois.

— Qu'êtes-vous venu faire à Paris?

— Je ne sais.

— Vous aviez un but?

— Nullement.

— Y connaissiez-vous quelqu'un?

— Personne.

— C'est une véritable énigme...

— Et vous voudriez bien en savoir le mot?

— C'est vrai!

Et comme si les dernières paroles de Rustique eussent tout à coup éveillé chez Mouchy un désir depuis longtemps couvé, ce dernier se prit à l'examiner avec une attention toute particulière.

— Au fait, reprit-il bientôt après, j'ai pénétré des mystères

is voilés, et surpris des secrets mieux cachés ; j'ai bien
vie d'essayer...

— En faisant cela, vous m'obligerez, repartit Rustique.

— Pourquoi ?

— Parce que si vous veniez à découvrir qui je suis, vous
en feriez probablement part, et que je ne serais vraiment
s fâché de savoir à quoi m'en tenir sur mon propre
mpte.

— Parlez-vous sérieusement ?

— Sur l'honneur.

— Où étiez-vous donc avant de venir à Paris ?

— Ma foi, messire, je sortais de prison.

Mouchy ne put réprimer un mouvement de surprise, et
n attention se concentra davantage : ces derniers mots
avaient donné l'éveil, et maintenant il voulait en savoir
is long. — Heureusement, ce changement n'avait pas
happé à Rustique, et ce dernier se tenait déjà sur ses gardes.

— De prison !... reprit Mouchy d'un ton nonchalant,
mme s'il n'eût attaché qu'une faible importance à ce dé-
l, et que diable y faisiez-vous ?...

— Je m'y ennuyais, répondit Rustique.

— Avez-vous donc commis quelque crime ?

— Je ne pense pas.

— Encore, y avait-il un motif...

— C'est probable.

— Et quel est-il ?

— On ne me l'a jamais fait connaître.

Mouchy se mordit les lèvres. — Il comprit de suite qu'il
ait deviné et qu'il ne parviendrait pas à rien découvrir,
jour-là du moins. Il se leva, et reprit son feutre dont il
couvrit.

— Ainsi, dit-il d'un ton dégagé, vous voulez épouser Mar-
lle ?

— Je ferai mon possible.

— Et vous ne craignez pas d'éveiller la colère de ceux qui l'entourent?

Rustique fit un geste de dédain :

— Je me bats demain, dit-il simplement, avec le fils aîné du prévôt, ce sera toujours un de moins.

— De mieux en mieux..... mais s'il vous tue?...

— Ah! s'il me tue, la question se trouvera bien simplifiée; toutefois, j'ai une trop bonne opinion de moi-même pour redouter une pareille catastrophe.

— Vous avez donc souvent fait des armes?

Rustique releva le front et un éclair sillonna son regard.

— C'est ce que vous pourrez apprendre, répondit-il avec une certaine hauteur provocante, si le cœur vous en dit quelque jour, messire ; malgré tout l'intérêt que vous me portez, je me ferai un véritable plaisir de vous montrer comment je manie une épée, en vous la passant au travers du corps.

Mouchy poussa un joyeux éclat de rire à cette provocation, et pour toute réponse, il salua profondément Rustique et se hâta de disparaître.

V

Le cabinet de deuil.

Le soir venu, Rustique se rendit à l'église Saint-Germain l'Auxerrois, où, suivant les indications du billet qu'il avait reçu, une personne devait l'attendre.

Dans la journée, il avait vu Coquastre et d'Aubigny, et

tait entendu avec eux pour le duel du lendemain. C'est
ic dégagé de toute préoccupation, qu'il allait à ce rendez-
us, où tout lui donnait lieu de croire qu'il trouverait Mar-
le.

Marcelle !

Plus les obstacles s'accumulaient sur son chemin, plus il
ortait d'ardeur et de ténacité. Les considérations présen-
s par Mouchy, l'avaient fort peu touché, et il se sentait
it aussi disposé à ne s'arrêter que devant l'indifférence de
rcelle.

C'est le propre de l'amour vrai, de ne s'effrayer d'aucune
ficulté, et de trouver même un aliment de plus, dans les
ngers qu'il éveille.

En approchant de l'église, Rustique aperçut une femme ac-
oupie sous le porche. — Elle était seule, il alla à elle.

— *Marcelle et Rustique!* dit la femme à voix basse.

— Je vous suis, répondit Rustique.

Et ils s'éloignèrent, sans prononcer une parole de plus, la
nme devant, Rustique derrière.

Le trajet fut court : ce dernier le connaissait déjà pour
voir fait souvent, quand il suivait Marcelle. — Arrivé à
rue de Bethisy, il fut introduit dans cette maison où il
ait vu bien des fois entrer la fille du prévôt.

Il se laissa conduire.

Ils traversèrent ainsi une grande cour déserte et silen-
euse, passèrent par un vestibule de dimension gigantes-
e, descendirent quelques marches, après lesquelles une
rte basse et vitrée leur donna accès dans un parc immense.

Il faisait une nuit éclatante. — Le ciel était pur, nulle
oile ne brillait au firmament, un vent frais agitait douce-
ent la cime des arbres, et la lune semait sur le sable des
lées, des myriades de losanges lumineux et mouvants.

Une douce confiance pénétra à cette vue le cœur ému de

Rustique. — Cette nuit ne semblait-elle pas faite exprès pour la mélancolie et l'amour ?

Cependant la femme qui lui servait de guide, venait de s'arrêter, et semblait prêter l'oreille.

— Qu'y a-t-il ? demanda le jeune homme, en se penchant vers elle.

— Je croyais avoir entendu quelque bruit, répondit la femme.

— Nous aurait-on suivis ?

— Je le crains.

— Voulez-vous que j'aille m'assurer...

— Non ! interrompit vivement la femme, non, pas vous, ce serait imprudent, vous ne connaissez pas ce parc, et votre recherche serait vaine... laissez-moi faire, je vais moi-même de ce côté, et avant quelques minutes, je serai de retour.

Et sans attendre l'assentiment de Rustique, elle partit, reprenant le chemin par lequel ils étaient venus.

Rustique demeura seul, et attendit avec une vive anxiété, le résultat des investigations de son guide.

Cet incident avait jeté dans son cœur, une inquiétude vague. La conversation qu'il avait eue le matin même avec Mouchy, ne contribuait pas peu à le troubler et à lui faire craindre quelque embûche : il regardait et écoutait.

Quelquefois il croyait voir de longs fantômes blancs, glisser silencieusement entre les arbres ; plus souvent, il s'imaginait entendre à ses côtés, ou derrière lui, quelques paroles échangées mystérieusement dans l'ombre ; alors ses cheveux se dressaient sur son front, et sa main serrait énergiquement la poignée de son épée.

Le moindre frôlement du vent dans les branches, le plus petit cri d'oiseau, le murmure des cours d'eau sur leur lit caillouteux, tout lui était sujet d'appréhension et de défiance.

Une chose singulière, et dont il n'eut l'explication que ...gtemps après, vint encore augmenter le trouble qui s'é-... emparé de son esprit.

A un moment, et comme il suivait avec une attention pro-...de, ces mille rayons lumineux qui tombaient comme une ...ie d'or, des branches agitées par la folle brise de nuit, il redressa tout à coup, pâle et effaré, et jeta un cri de sur-...se et de stupéfaction.

A quelque distance, il venait d'apercevoir Coquastre, ac-...mpagnant le père Blondel, et la jolie Denise, sa fille!...

Au cri qu'il avait poussé, Coquastre, Blondel et Denise se ...ournèrent de son côté; mais soit qu'ils ne l'eussent pas ...connu, soit qu'ils n'eussent pas voulu le reconnaître, ils ...ntinuèrent leur chemin sans prendre garde à lui.

Une sueur froide perla sur le front de Rustique.

Un instant après, ce fut au tour de Marcelle. — Cette nuit ...vait être féconde en événements mystérieux et inexpli-...bles.

Quand Marcelle passa près de lui, son regard s'arrêta un ...oment, froid et méprisant, sur son front, un sourire d'une ...ertume sanglante plissa ses lèvres, et elle s'éloigna ...oite et fière, sans daigner se retourner avant de disparaître.

Rustique était resté muet et terrifié devant cette étrange ...parition, l'idée ne lui était pas même venue de s'élancer ...r ses pas, et de solliciter une explication; son cœur se ...it à battre violemment, et il se demanda avec une épou-...nte glacée, s'il n'était pas le jouet de quelque sortilége.

Heureusement, son guide vint, sur ces entrefaites, le rap-...ler à la réalité de la situation, et ces apparitions ne se pré-...ntèrent plus à son esprit qu'à l'état de fantômes ou de vi-...ons.

— Eh bien! dit-il à la femme, dès qu'il la vit revenir, que ...passe-t-il?

— Rien, répondit la femme.

— Qu'avez-vous vu?

— Des amis.

— Mais encore?

— Messire Coquastre et Blondel, la fille de ce dernier, et madame Marcelle.

En disant ces mots, d'un ton absolument indifférent, la femme reprit sa marche sans attendre d'autres questions.

Rustique avait eu un frisson. — Ainsi, ce qu'il avait cru voir, il l'avait bien vu; il ne s'était pas trompé; Marcelle avait passé près de lui, et, en passant, elle lui avait jeté un regard où brillait un amer et profond mépris.

Au bout de cinq minutes de marche, ils atteignirent un grand corps de logis, situé à l'extrémité même du parc. Ce corps de logis n'avait qu'un rez-de-chaussée, ils y entrèrent.

Ils traversèrent alors plusieurs salles désertes, et arrivèrent en dernier lieu à une pièce de forme particulière, dans laquelle le guide pria Rustique d'attendre quelques instants.

Pour la seconde fois, Rustique resta donc seul, en attendant que la personne qui l'avait mandé près d'elle, vint lui donner le mot de cette énigme qui se jouait autour de lui depuis un quart d'heure.

Nous disions que la pièce dans laquelle il venait de pénétrer, affectait une forme particulière, et en effet... C'était ce que l'on appelait au moyen âge, *un cabinet de deuil*, sorte d'oratoire, plein d'ombre, entouré de solitude et de paix, dans lequel les âmes rudement éprouvées par les douleurs de la vie, venaient regretter et pleurer à leur aise les illusions et les joies perdues.

Bien qu'il eût d'autres sujets plus graves de préoccupation, Rustique ne put s'empêcher cependant d'examiner cette pièce avec un curieux intérêt. Les parois des murs étaient tendues, dans toute leur hauteur, de velours noir, orné de 'épines d'argent : au fond, en face de la porte d'entrée, ait placé un prie-Dieu en bois sculpté, recouvert de velours, écoré de bas-reliefs, et flanqué de pilastres fleurdelisés ; au-essus du prie-Dieu, s'ouvrait un rétable flamand, peint et oré, représentant la MÈRE DE DOULEURS. Sur le premier plan, ı Mère de Douleurs se tenait agenouillée et dans l'attitude de ı prière. Dans le fond, s'élevaient les murailles crénelées 'une ville à l'architecture gothique, et au-dessus, un dais à essins à jour, richement dentelé. A droite et à gauche, deux iéges enrichis de bas-reliefs à figures, et surmontés d'un iche dais travaillé à jour, enfin, et se faisant pendant, deux *yptiques* ou tableaux à volets, représentant en émail de ouleur sur paillons, l'un, le Christ et la Vierge, l'autre, le 'ortement de Croix et le Calvaire.

Il y avait alors beaucoup de cabinets de deuil ou ora-oires, qui présentaient les mêmes dispositions, et témoi-gnaient également d'un regret persistant et d'un deuil long-emps porté, mais aucun n'attestait aussi manifestement, lans sa simplicité sévère, la tristesse sincère et la douleur ırofonde.

Il régnait dans ce retrait, doux et sombre à la fois, un air le calme et de paix qui inspirait le respect et la piété. Rus-ique n'avait jamais rien vu de semblable, et, malgré lui, il ıe sentit ému et troublé.

Toutefois un soupçon lui vint à l'esprit. Il se dit qu'évi-lemment cette habitation n'appartenait point à Marcelle ; que ıe n'était point elle qui l'avait fait venir, et que d'ailleurs et lans tout état de choses, le lieu était singulièrement choisi pour un rendez-vous.

Qui donc lui avait envoyé le billet, sur la foi duquel il était accouru ?...

Il en était là de ses réflexions, quand la porte de l'oratoire ı'ouvrit. — Une femme entra.

11

Elle était grande, et vêtue de velours noir ; son front avait la pâleur mate du marbre, et quelques rides sillonnaient son visage, sur lequel brillaient encore les vestiges d'une beauté éclatante. Elle pouvait avoir quarante ans à peine. Rustique ne connaissait pas cette femme, et pourtant, à sa vue, il se fit en lui un profond tressaillement. Il s'inclina devant elle, comme il eût fait devant une reine.

—C'est vous, messire, qui vous appelez Rustique ? dit alors la femme en prenant un des deux siéges, et en invitant son interlocuteur à s'emparer de l'autre.

— Oui, madame, répondit ce dernier.

— Vous étiez avant-hier au bal du Louvre ?

— En effet.

— Et en sortant, vous vous êtes pris de querelle avec le fils du prévôt, et vous vous êtes donné rendez-vous pour demain ?

— Pour demain, cela est exact.

Il y eut un silence. La femme considérait Rustique avec un intérêt mêlé de tendresse et de terreur ; sa poitrine se soulevait péniblement : on devinait qu'il se livrait en elle un combat étrange, dont les alternatives diverses venaient se refléter sur son visage. — De son côté, Rustique ne savait trop que penser de ce rendez-vous : il se perdait en conjectures sur les raisons qui avaient pu y donner lieu ; un instant même, il crut qu'il se trouvait en présence de la mère de Georges.

Son interlocutrice reprit presque aussitôt d'une voix qu'un sentiment secret et mal contenu faisait trembler :

— On m'appelle la comtesse Eléonore, et c'est moi, messire, qui vous ai envoyé le billet que vous avez reçu ce matin.

Rustique s'inclina.

— Il y a longtemps, poursuivit la comtesse, que je désirais vous voir et vous parler, mais jusqu'à ce jour j'avais hésité.

— Et pourquoi cela ?...

— C'est que vous ignorez bien des secrets de votre propre
tistence, et que je ne voulais pas donner à certains hommes
soupçon de votre présence à Paris.

— Je ne comprends pas.

La comtesse essaya un sourire triste et pâle.

— Il est important que vous ne compreniez pas tout à fait,
essire, répondit-elle, parce que vous êtes jeune, et qu'à
otre âge, on est facilement imprudent. — Il y a un mois
ne vous n'existeriez plus, si je vous avais vu le jour de
otre arrivée à Paris.

Rustique ne put s'empêcher de sourire à son tour.

— En vérité, madame, répondit-il, si je prenais vos paroles
op au sérieux, vous me feriez croire à une importance que
e n'ai certainement pas et que je ne veux point avoir. Qui
onc pourrait m'en vouloir à moi, qui ne suis rien dans ce
londe, qui n'ai ni ambition ni haine, et qui ne demande à
ieu que de vivre ignoré et libre... Non, non, rassurez-vous,
es dangers dont vous me parlez passeront près de moi sans
m'atteindre, et si le duel de demain ne m'est pas fatal, j'es-
ère vivre encore de longs jours sans avoir rien à redouter.

— Je ne sais, messire Rustique, répondit la comtesse, si
ous avez bien réfléchi à ce qui s'est passé depuis **deux**
ours.

— Quoi donc ?

— N'y a-t-il point dans ce duel certaines particularités qui
ous aient étonné ?

— Nullement.

— Cependant, vous vous appelez Rustique, et rien de plus ?

— Rien de plus.

— Croyez-vous qu'il soit dans les habitudes de nos gentils-
iommes de se battre ainsi avec le premier venu, **sans s'en-**
uérir ni de son passé ni de son nom ?

Rustique se tut.

— Eh bien, je vous apprendrai, moi, messire, continua la comtesse, que cette observation a été faite au fils du prévôt, et que le fils du prévôt avait, dans le premier moment, résolu de ne donner aucune suite à ce duel.

— Que dites-vous ?

— La vérité.

— Le fils du prévôt a-t-il donc peur d'un coup d'épée ?

— Il a peur du ridicule.

— Et ce duel... ce duel...

— Georges n'est revenu de sa détermination que sur les instances de Mouchy, à qui vous aviez eu ce matin l'imprudence de dévoiler une partie de votre secret.

Mille idées confuses se croisaient et s'enchevêtraient dans l'esprit de Rustique, et il ne pouvait comprendre quelle relation il y avait entre l'imprudence qu'il avait commise, et la détermination prise par le fils aîné du prévôt. D'ailleurs, une chose l'intriguait encore plus que tout le reste, c'était cet intérêt que lui témoignait une femme qui lui était parfaitement inconnue et qu'il voyait pour la première fois de sa vie. Il avait trop de franchise dans le caractère pour garder longtemps un pareil soupçon dans l'esprit.

— Pardon, madame, dit-il alors, en se levant et tout en conservant la réserve respectueuse que la comtesse Éléonore lui avait inspirée dès le début; depuis un quart d'heure, j'apprends des choses si singulières qu'il doit bien m'être permis de m'étonner, et j'ai peut-être quelque droit de demander la raison de l'intérêt que vous me témoignez, et le but de cet entretien que vous avez sollicité de moi. Jusqu'à présent, malgré ma bonne volonté, tout m'a semblé mystère dans vos paroles, et c'est en vain que j'ai cherché à donner une explication raisonnable à ce rendez-vous. Parlez-moi donc avec franchise, madame, et dites-moi ce que je dois penser ou ce que je dois faire.

La comtesse prit la main de Rustique et la serra avec une tendre affection dans les siennes.

— Vous dire la cause de l'intérêt que je vous porte, répondit-elle d'un accent brisé, cela m'est impossible aujourd'hui ; trop de dangers vous menacent déjà, sans que j'augmente encore les chances terribles qui vous attendent, par une imprudence qui n'ajouterait rien à l'amour que vous m'inspirez ni au bonheur que j'éprouve de vous avoir vu. Par des raisons que Dieu, je l'espère, me permettra de vous dire un jour, ma vie est étroitement liée à la vôtre. Défendez donc vos jours, comme je voudrais les défendre moi-même. — Ce n'est pas ce duel de demain que je crains, c'est surtout cette fierté qui éclate sur votre front, cette franchise qui est dans votre cœur. Pauvre enfant !... vous ne savez donc pas que vous êtes né dans une heure maudite, et que vous devez porter la peine d'une faute que d'autres ont commise..... Dans quelque condition que le hasard des circonstances vous jette, rappelez-vous qu'il y a des hommes acharnés à votre perte, qui ne reculeront devant aucune trahison, aucune infamie, pour arriver à leur but..... Soyez prudent, Rustique, si ce n'est pas pour vous-même, que ce soit du moins pour ceux qui vous aiment, et dont la vie est suspendue à la vôtre. — Et maintenant, mon enfant, adieu... un plus long séjour ici pourrait éveiller certains soupçons... partez... nous nous reverrons sans doute... Pensez quelquefois à la comtesse Éléonore... moi, je ne vous oublierai jamais !...

En parlant ainsi, la comtesse s'était levée ; elle prit le front de Rustique dans ses mains, et y laissa tomber un baiser avec deux larmes.

Puis, comme elle vit que Rustique la regardait, ému, profondément troublé, et qu'elle craignit peut-être de n'avoir pas la force de garder plus longtemps son empire sur elle-même, elle lui fit vivement de la main un geste d'adieu et disparut.

VI

Le duel.

La nuit que Rustique passa à la suite de ces divers incidents, fut fort agitée. — Il dormit peu. Non... que le duel du lendemain l'inquiétât beaucoup, ou qu'il en redoutât l'issue : Depuis longtemps il avait fait le sacrifice de sa vie, ce n'était pas pour son esprit une image étrangère que celle de la mort... dans les jours mauvais du doute et du désespoir, il l'avait plus d'une fois entrevue à travers les hallucinations de la fièvre ! D'ailleurs qu'était-ce que la mort pour lui... un refuge, — le repos... Sa vie avait été bien triste jusqu'alors... sa tombe se fermerait sans bruit, aucune douleur ne viendrait s'agenouiller sur la pierre funèbre... combien de fois déjà n'avait-il pas été sur le point de s'élancer du seuil de cette vie dans l'éternité !...

Depuis qu'il avait vu la comtesse Eléonore, les choses s'étaient cependant singulièrement transformées. Les paroles de cette femme l'avaient touché. Il lui semblait maintenant qu'il n'était plus aussi seul dans ce monde... quelqu'un l'aimait d'un amour qui tenait le milieu entre celui de l'amante et celui de la sœur ; la voix de la comtesse était douce ; il y avait dans ses yeux une expression ineffable. Plus d'une fois Rustique avait senti son cœur se fondre sous la tendresse pénétrante de son maternel regard. — Quelle

ait cette femme? à quel sentiment fallait-il rapporter le
évouement qu'elle lui témoignait?...

L'image de la comtesse ne fut pas la seule qui vint visiter
ustique, pendant cette nuit d'insomnie et d'agitation. De-
uis qu'il était à Paris, il avait été fort occupé; Coquastre
'une part, Marcelle de l'autre, avaient tenu son esprit et
on cœur en éveil...

— Marcelle! Coquastre! murmura-t-il, en se laissant glis-
er dans un fauteuil et en fermant les yeux.

Coquastre! — C'était le premier homme qui lui eût été
ussi franchement sympathique... le premier ami dans les
nains duquel il eut aussi volontiers reposé sa main!... C'é-
ait le vrai type de la droiture et de l'honnêteté comme
'histoire du moyen âge nous en a légué quelques-uns... il
:tait vif, spirituel, bien découplé... sa figure avait un air
)articulier d'audace et de sincérité, il allait hardiment à tra-
7ers la vie, offrant sa poitrine nue à toute épée loyale, son
:œur à tout sentiment généreux... Coquastre aurait sacrifié
7ingt maîtresses à un ami, et quoiqu'il ne connût Rustique
jue depuis quelques semaines, il lui avait voué néanmoins
ane amitié qui avait poussé déjà de vives et de profondes
racines.

Marcelle!... C'était la première jeune fille sur le front de
laquelle il eut oublié son regard... — On pouvait rencontrer bien des femmes d'une beauté plus piquante, on n'en
aurait pas trouvé une seule qui offrit dans l'ensemble de sa
physionomie tant de charme et d'éclat... Marcelle possédait
à la fois et la noble élégance de l'aristocratie et la bienveil-
lance touchante de la bourgeoisie... Rien n'était plus impo-
sant que son regard, ni plus séduisant que son sourire...
Rustique l'aimait autant pour sa noblesse que pour sa bonté,
et il aurait eu pour elle également ou la calme amitié d'un
frère, ou la tendresse inquiète d'un amant.

— Coquastre! Marcelle! murmura-t-il...

Et comme si au moment de partir pour les mondes inconnus, le regret avait tout à coup brisé son cœur, quelques larmes tombèrent de ses yeux, et vinrent sécher sur ses joues brûlantes.

La nuit se passa dans ces alternatives, sa pensée baignée de mélancolie et d'amour, alla tour à tour de la comtesse à Coquastre, et de ce dernier à Marcelle, et ce ne fut qu'à une heure fort avancée, qu'il put goûter le repos dont il avait besoin.

Coquastre devait venir l'éveiller de bonne heure le lendemain matin. — D'Aubigny les avait suppliés en grâce, de lui permettre de se joindre à eux.

Pour que le lecteur comprenne bien la situation respective de nos personnages, et les événements qui vont suivre, il importe, croyons-nous, de dire ici quelques mots des duels en général, et des règlements particuliers introduits depuis quelque temps sur la matière. Le duel est d'ailleurs un des côtés caractéristiques des mœurs du moyen âge, et rentre naturellement dans le cadre que nous nous sommes tracés en commençant le *Vieux Paris*.

« Au combat de feu mon oncle de la Châtaigneraie contre Jarnac, dit Brantôme, parmi la grande et superbe assemblée qui s'y trouva, il y avait grande quantité d'ambassadeurs, et entre autres celui du grand sultan Soliman, lequel s'étonna fort et trouva fort étrange ce combat d'un gentilhomme français contre un gentilhomme français, et surtout d'un favori du roi, contre un autre ; le roi les allant mettre et exposer ainsi en tel outrage et massacre. »

Il faut avouer que l'ambassadeur du grand Soliman n'avait pas tout à fait tort de s'étonner. — Autrefois, on trouvait dans Paris certains terrains, sablés avec soin, entourés d'une double rangée de palissades, accidentés d'échafauds pour le i, les dames, les gens de la cour et le peuple. — Cela appelait des *champs-clos*. « Il y a grande apparence, dit auval, que les lices et champs-clos de Saint-Martin des hamps, et de l'abbaye de Saint-Germain des Prés, étaient ujours prêts, et qu'on les laissait là, sans les renouveler, squ'à ce qu'ils ne fussent plus en état de servir. » — Les eligieux de ce prieuré et de cette abbaye poussaient la bonté squ'à les louer. — De sorte, dit spirituellement Sainte-oix, qu'on leur avait l'obligation de trouver un endroit où e couper la gorge, qui coûtait beaucoup moins, que s'il eût llu le faire préparer.

Cette coutume passablement barbare de se couper la gorge our un *oui* ou pour un *non*, quelquefois pour moins, remon-ait à des temps bien anciens : « *Que si deux voisins sont en lispute*, disaient les Cartulaires de Dagobert, *qu'ils prennent)ieu à témoin de la justice de leurs prétentions, qu'ils com-atlent après, et que la victoire décide du bon droit.* — Quand n homme était accusé d'un crime, c'était encore au duel jue l'on avait recours. On appelait cela le jugement de Dieu. — Dans certaines parties de l'Allemagne, on mettait un cer-cueil au milieu de la lice : l'accusateur et l'accusé se pla-çaient, l'un à la tête, l'autre au pied du cercueil, et ils y res-taient quelques instants en silence : Après quoi, on commen-çait. Plus tard ce ne fut plus pour prouver son innocence que l'on combattit ; une simple discussion, un mot, un regard, le plus futile prétexte suffirent à deux hommes pour se croire obligés de se passer une épée au travers du corps. Le duel devint alors une sorte de délassement, et l'on vit souvent les témoins eux-mêmes prendre une part active et sanglante au combat, bien qu'étrangers à la querelle qui y avait donné lieu.

Le duel de la Châtaigneraie et de Jarnac, auquel il est fait allusion dans Brantôme, eut lieu le 10 juillet 1547, dans la cour du château de Saint-Germain en Laye. Le matin du

jour où le combat devait se livrer, la Châtaigneraie avait
prié à souper plus de cent cinquante gentilshommes de la
cour. Le malheureux n'eût pas le plaisir d'y assister. — On
sait comment il fut tué. — Sa mort produisit au surplus, un
effet salutaire sur l'esprit de son maître, car il fut, dit-on,
si contrarié de la perte de son favori, qu'il jura solennellement dès ce jour, d'abolir ces sortes de combat.

Mais que peut faire un édit contre une coutume passée
dans les mœurs. Toutes les rigueurs dont on usa ne firent
qu'attiser davantage la passion des duels, et le Pré aux Clercs
vit tout autant de sang couler qu'auparavant.

Le lendemain, de bon matin, deux barques quittèrent la
rive droite de la Seine et s'avancèrent à force de rames, vers
le Pré aux Clercs situé sur l'emplacement qui s'étendait de
l'abbaye de Saint-Germain et de la rue des Saints-Pères, jusqu'à l'esplanade des Invalides. — Il faisait un temps gris et
sombre; une brume épaisse flottait sur le fleuve ; on n'eut
pu rien distinguer à une portée d'arquebuse. Les deux barques marchèrent de conserve pendant quelques minutes, et
finirent par se dépasser en approchant de la rive opposée.
Dans la première, étaient le fils aîné du prévôt et ses deux
témoins, dans la seconde, Rustique accompagné de Coquastre
et de d'Aubigny. Georges causait bruyamment avec ses compagnons, qui lançaient de temps à autre un regard insolent
et provocateur sur la barque voisine. Rustique était sérieux
et grave, et mettait tous ses soins à calmer et contenir les
colères grotesques de d'Aubigny.

— Par la mort-diable , grommelait ce dernier, j'admire
votre sang-froid et longanimité, messire Rustique, à votre
place, je me serais déjà jeté dans la Seine pour aller châtier
comme il convient, leurs lâches provocations.

— Il y a un obstacle à ce que j'agisse ainsi, répondit Rustique.

— Lequel?

— Je ne sais pas nager.

—C'est une raison; mais le feu de saint Antoine me arde, je leur fais merci.

— Soyez tranquille, d'Aubigny, personne n'est plus que oi disposé à bien se comporter, et je jure Dieu, que l'une e ces barques remportera tout à l'heure un cadavre.

Comme Rustique achevait ces mots, la barque touchait le ord. Ils payèrent aussitôt le *passeur*, lui recommandèrent e les attendre et se hâtèrent de rejoindre leurs adversaires.

Les deux barques avaient abordé au même endroit; elles rent amarrées au même pieu sur le rivage; les deux *pas-urs* se connaissaient de longue date, et ils avaient, en utre, l'habitude de ces sortes d'affaires, — quand donc Rusti-ue eut disparu avec ses témoins, ils s'allongèrent pares-eusement sur le sol, comme de nos jours, deux lazzarones, ur les quais de Naples, et attendirent, tout en devisant de hoses et d'autres, le dénouement du drame qui se jouait à uelques pas.

— M'est avis, dit le premier en clignant de l'œil, que nous 'attendrons pas longtemps ce matin...

— Pourquoi cela ?...

— C'est le fils du prévôt que j'ai passé.

—Ah! ah! J'en ai ramené quelques-uns qu'il avait mal-roités.

Les deux hommes se mirent à rire :

— Pourvu que le guet n'ait pas été prévenu, reprit le pre-nier bientôt après.

— Bah ! est-ce qu'il oserait !...

— On ne sait pas...

— Par Saint-Jacques, si cela était, celui que j'ai passé, de-vrait un fameux cierge à son patron.

— Qui est-ce donc?

— Je l'ignore.

— Quelque gentilhomme de province?

— Peut-être bien.

— Il n'est pas heureux pour son début.

Un des deux *passeurs* se rapprocha à ce moment de son compagnon, et se pencha mystérieusement à son oreille. — Son visage avait tout à coup revêtu un air soucieux et sombre.

— C'est égal, dit-il à voix basse, il s'est passé ce matin, quelque chose qui m'a donné à penser.

— Quoi donc? répondit l'autre.

— Juste au moment où les trompettes du Châtelet annonçaient le lever du soleil, j'ai vu une barque se détacher du bord, et courir vers le large, en se dirigeant du côté du Pré aux Clercs.

— Et qu'y avait-il dans cette barque?

— Un homme et une femme.

— Tu les as vus?

— Sans doute. — La femme, c'était Viviane...

— Et l'homme?

— Mouchy.

Les deux *passeurs* se turent, et leurs regards se portèrent soupçonneusement à droite et à gauche.

— Hum!... fit le plus âgé; je n'aime pas cela... Est-ce qu'il en voudrait à l'un ou à l'autre?...

— Pourquoi pas à tous les deux? objecta le plus jeune.

— Eh!... eh!... c'est bien possible... Il fait noir au dedans de cet homme, comme chez le diable... Brr..... j'aime mieux parler d'autres choses.

— D'autant que nos gentilshommes m'ont l'air d'en prendre à leur aise.

— Le fils du prévôt aura trouvé à qui parler.

— Pardieu, je ne serais pas fâché de voir cela.

— Si nous y allions?

— Je veux bien...

Et ils allaient se lever, quand deux cris retentirent tout à coup à quelque distance. Deux cris de douleur, de désespoir t de rage !

Les deux hommes pâlirent.

— As-tu entendu ? dit le plus jeune.

— Oui !... répondit son compagnon.

— Ils ont fait coup double.

— Le prévôt va être furieux.

— Cela sent mauvais.

Pour la seconde fois, ils échangèrent un coup d'œil signi-icatif.

— Si nous détalions? reprit le premier.

— J'allais le proposer, repartit le second.

— De l'autre côté de l'eau, nous serions à l'abri de toute oursuite.

— Pardieu !

— Et puis le temps est propice..... Par ce brouillard, M. le hevalier du guet ne verrait pas au bout de son nez !...

— C'est son habitude.

— Partons donc !

— Partons...

Les deux *passeurs* étaient mus, comme on le voit, par les meilleurs sentiments : ils ne demandaient qu'à dégager com-plétement leur responsabilité qui leur semblait bien compro-mise dans cette affaire, et ils eussent volontiers abandonné les victimes du duel qui venait d'avoir lieu. Malheureusement ils avaient compté sans Coquastre qui accourut sur la rive, au moment où ils se préparaient déjà à détacher les amarres.

Coquastre était pâle, et paraissait fort agité; il avait perdu son feutre dans le trajet; son pourpoint était couvert de sang. —Derrière lui marchaient deux gentilshommes portant le fils du prévôt dans leurs bras, et d'Aubigny et le Lombard soutenant Rustique dans les leurs. — Ces deux groupes avaient un aspect sinistre ; le silence qui y régnait, semblait lugubre et poignant. Ils avançaient à pas lents, nul n'osait parler ni respirer.

Rustique et Georges étaient tombés en même temps, percés l'un et l'autre d'un coup d'épée en pleine poitrine. — La blessure était mortelle ; il y avait peu d'espoir de les sauver. — Les deux corps furent donc déposés, sans plus attendre, dans chacune des deux barques, et le funèbre convoi reprit lentement sa route vers la rive opposée.

Pendant que ce sombre drame s'accomplissait, un fait qui mérite d'être rapporté, se passait à une autre extrémité de la capitale, vers cet hôtel Saint-Paul, qu'habitait le prévôt de Paris.

Mouchy était allé le matin même rendre compte des événements de la nuit au père de Marcelle, et il se hâtait de quitter l'hôtel pour courir vers le Pré aux Clercs, où il espérait arriver avant l'issue du duel.

Son cheval l'attendait au bas du perron dont il descendait rapidement les degrés, quand il vit déboucher à l'extrémité de la rue Saint-Antoine, un cavalier qui accourait vers l'hôtel, au galop effréné de sa monture.

Mouchy avait la vue excellente ; il n'eut pas plutôt aperçu ce cavalier qu'il le reconnut. — C'était un homme d'une taille élevée, aux épaules robustes, au teint cuivré, à l'œil noir.

— Lui ! murmura Mouchy en se troublant.

Cependant le cavalier avait déjà franchi la distance qui le séparait de l'hôtel ; il sauta lestement à bas de son cheval, et

élança vers Mouchy. Il était couvert de boue et de pous-
ère, ses vêtements pendaient déchirés, ses cheveux flot-
ient en désordre.

— Maître, s'écria-t-il, il faut que je vous parle.

— Qu'est-il donc arrivé ? demanda Mouchy.

— J'hésite à le dire.

— Est-ce de ton prisonnier qu'il s'agit ?

— Il s'est évadé.

— Malédiction !

— Depuis deux mois.

Mouchy lança au cavalier un regard fulgurant.

— Depuis deux mois, répéta-t-il en rougissant de colère,
t c'est aujourd'hui seulement...

— Maître, interrompit le cavalier, en ouvrant son pour-
oint pour laisser voir sur sa poitrine une plaie saignante
ncore, depuis quatre jours je puis me lever, et dans ces qua-
e jours, j'ai crevé trois chevaux pour arriver jusqu'ici.

Mouchy mordait ses lèvres jusqu'au sang ; sa main tordait
e fureur le manche de son poignard ; il pâlissait et rougis-
ait vingt fois dans une minute.

— Je l'avais prévu, murmurait-il entre les dents, on a dé-
aigné mes conseils, on aurait dû le tuer, ou le jeter à la
eine, et maintenant où le prendre, où le chercher ?... Par le
ang du Christ, il faudra bien que nous le trouvions, ce-
endant...

— Je m'y emploirai de mon mieux, monseigneur, objecta
imidement le cavalier,

— Sais-tu au moins quel chemin il a pris ?

— On m'a assuré qu'il s'était dirigé vers la capitale.

— C'est cela ; il est venu à Paris, avec le soupçon de son
mportance, avec le désir de se venger... Quel nom porte-
-il ?..

— Je l'appelais Pedro.

— Faible indice.

— Mais il a un autre nom.

— Lequel?

— Nom d'occasion, qu'il s'est donné, m'a-t-on dit, en sortant de prison.

— Et quel est-il?

— Rustique. .

Mouchy poussa un cri et saisit vivement la main de son interlocuteur.

— Es-tu bien sûr de ce que tu avances? lui dit-il d'un ton impérieux et bref.

— Parfaitement sûr, monseigneur.

— Ainsi Pedro et Rustique?

— C'est tout un...

La figure de Mouchy resplendit d'une joie insensée; le sourire revint sur ses lèvres, comme la confiance dans son cœur.

— Allons, allons, maître Carlos, reprit-il aussitôt, tout n'est pas désespéré encore; je jure Dieu qu'avant qu'il se passe huit jours, nous aurons mons Rustique à notre merci, et sur mon âme, j'entends que cette fois...

— Oh! cette fois, monseigneur, interrompit Carlos, c'est moi qui me chargerai de vous en débarrasser pour toujours.

Mouchy fit un geste d'assentiment; puis il ordonna à Carlos de le suivre, et ils entrèrent ensemble à l'hôtel Saint-Paul.

FIN DE LA PREMIÈRE PARTIE.

DEUXIÈME PARTIE

——————

I

Un bourgeois de Paris au xvi⁰ siècle.

La maison qu'occupait le père Blondel, était située vers le
milieu de la rue du Heaume. — Elle se composait d'un rez-
de-chaussée, d'un premier étage et d'un grenier. Le rez-de-
chaussée se divisait en une boutique, un magasin considérable et une pièce ouvrant par une seule fenêtre sur la rue.
Le premier avait quatre chambres ; l'une était occupée par
le père Blondel, la seconde, par la jolie Denise, sa fille, et la
troisième par une vieille chambrière du nom de Marthe, qui
avait remplacé madame Blondel dans les soins ordinaires du
ménage ; la quatrième enfin servait de salle d'honneur et recevait, aux grands jours, les amis politiques de l'honnête armurier. Quant au grenier, on l'abandonnait aux rats, qui paraissaient y vivre en assez mauvaise intelligence avec un vieux

12.

chat dont l'entretien était exclusivement confié à dame Marthe.

Les Blondel habitaient cette maison de père en fils. L'enseigne n'avait pas été renouvelée depuis plusieurs générations, et à part quelques modifications insignifiantes introduites dans les dispositions de la boutique, la maison n'avait pas changé.

On descendait de la rue dans la boutique à l'aide d'une marche de pierre, que le temps et un usage fréquent avaient considérablement détériorée. A gauche de la porte était le comptoir mobile derrière lequel se tenait Denise, à droite, quelques panoplies de peu d'importance. Des deux côtés, appendus aux vitres un peu ternes, reluisaient divers objets d'un débit plus usuel, et qui servaient, en quelque sorte, d'appât pour les acheteurs ou les curieux : c'étaient des pommeaux incrustés d'argent, des masses d'armes en fer doré, des fers de hallebarde, couverts d'ornements gravés, des poignards italiens à manche d'ivoire, des mors de bride avec ornements d'applique et découpés à jour, ou encore, des poires à poudre, en cornes de cerf sculptées, des olifants en ivoire, des trousses de veneur, des muserolles allemandes, décorées de lézards, des chanfreins, des éperons en acier ciselé, des hausse-cols en cuivre repoussé, enfin, tout ce qui était de nature à attirer l'attention des connaisseurs. Tout cela était propre, reluisant, frotté de la veille ou du matin.

Le père Blondel avait toujours passé pour un excellent ouvrier, et c'était avec un véritable amour qu'il procédait chaque jour à l'étalage des produits divers de son industrie.

La salle qui venait immédiatement après la boutique, servait de magasin et renfermait des objets d'une perfection dont la fabrication contemporaine ne pourrait peut-être pas offrir d'équivalent.

La salle présentait un vaste parallélogramme recevant le

ur par deux grandes fenêtres à vitrages en plomb : un im-
ense dressoir en bois sculpté occupait la gauche ; la droite
ait tendue, dans toute sa longueur, d'une tapisserie de haute
ɛe d'un remarquable travail. Le long de la tapisserie, et à
stances égales, se tenaient debout et presque menaçantes,
ɛs armures complètes auxquelles l'homme seul manquait :
ɪant au dressoir, il offrait un mélange bizarre, mais artis-
ment distribué, des différentes armes offensives ou défen-
ves dont on faisait usage à cette époque.

Il y avait là de tout un peu.

Des grandes épées allemandes, dites de *cérémonie*, des
ɔées suisses à deux mains, d'une longueur de deux mètres
, comme pouvaient seuls en manier les héros de la bataille
ɛ Morgarten, des dagues en fer à lames flamboyantes ; des
ɪarteaux d'armes décorés de chevrons en cuivre rouge et
ɪune ; des brigandines cloutées de cuivre, dont la mode était
éjà passée, une rondache avec ombilic armé d'une pointe,
ɛs cottes de mailles, des casques à soufflet, des morions de
iéton en fer poli, etc.

Blondel avait bien d'autres richesses, mais, pour le mo-
ɪent, elles ne se trouvaient point dans la rue du Heaume.
haque rue était, on le sait, pleine de boutiques du même
ɪétier, mais les ouvrages que l'on y fabriquait devaient
tre, sous peine d'amende, portés aux grandes halles, seul
ndroit où l'échevinage permit de vendre ou d'acheter ordi-
airement les marchandises.

Après sa fille, ce que Blondel aimait le plus au monde, c'é-
ɪit cette salle où il renfermait les produits d'un travail intel-
gent et opiniâtre. Il avait plus d'une fois regretté de n'avoir
as fait un armurier de Coquastre, l'idée lui en était venue
ien souvent ; il eût voulu trouver un successeur dans le
ɛndre qu'il destinait à sa fille ; mais le père l'avait facile-
nent emporté sur l'ouvrier. Blondel comprit que Denise

n'était pas faite pour devenir la femme d'un simple commerçant ; un tabellion, un homme de robe ou un homme d'épée
devait bien mieux lui plaire : et il n'avait pas hésité. C'était
la perle des hommes et le modèle des pères : il n'agissait,
ne parlait, ne vivait que pour son enfant.

Blondel était un bon bourgeois dans toute l'acception du
terme : alors comme aujourd'hui, car le bourgeois n'a pas
changé !...—Les siècles ont passé, les révolutions ont ébranlé
à diverses reprises l'édifice social du faîte à la base, toute
chose, obéissant à la loi naturelle, s'est modifiée ou trans-
formée, le bourgeois seul est resté immuable et obstiné dans
sa personnification hybride du sensualisme égoïste de Sancho,
et de l'idéalisme humanitaire de Don Quichotte. — Quel
poëme héroï-comique que l'histoire du bourgeois, depuis
l'heure où il est né à la vie politique et sociale, jusqu'à celle
où nous traçons ces lignes ! Rien ne lui a manqué ; il a eu des
courages sublimes, et des enthousiasmes grotesques ; tour à
tour aveugle ou clairvoyant, il lapidait le lendemain, les
idoles qu'il avait élevées la veille, et les générations modernes l'ont vu indifféremment donner le signal de la liberté et
courir de lui-même au-devant du joug !

L'unique ambition d'un bourgeois du xvie siècle consistait
à mériter une place au grand banc de sa paroisse, ou une
dignité quelconque, dans sa corporation ou dans sa confrérie,
afin d'entrer plus tard dans l'assemblée des notables, et de
devenir successivement prud'homme, échevin, voir même
prévôt des marchands.

Pour lui-même, Blondel ne désirait rien, mais pour Denise,
il n'y avait pas de prétentions qui lui parussent déraisonna-
bles. Ce n'était pas assez qu'elle fût la fille d'un riche armurier, il fallait encore qu'à la grand'messe, elle pût s'asseoir à
une place réservée comme une dame noble, et que dans la
rue elle fût reconnue et saluée. Le cœur d'une jeune fille

est jamais insensible à la satisfaction de toutes ces petites
nités : si j'étais échevin, pensait le bon père, ma fille aurait
l'influence, les voisines le remarqueraient, elles envieraient
n sort, et le dépit de ses compagnes doublerait le bonheur
ma Denise : une fois sur la pente de ses rêves, Blondel se
mandait naïvement pourquoi il ne deviendrait pas échevin
ssi bien que Marteau, le drapier, ou que Grain-d'Orge, le
apelier ; l'un était aussi bête que l'autre, et tous deux fai-
ient, comme l'on dit, la paire. Blondel avait du bon sens et
l'honnêteté, il n'en fallait pas tant pour obtenir cette dis-
ction qu'il ambitionnait.

Ce jour-là, Blondel s'était levé d'assez bon matin, et comme
ut bourgeois le devait faire, avant d'ouvrir sa boutique, il
ait allé à sa paroisse pour assister à une messe basse. Quand
revint, Paris s'était déjà réveillé, et de toutes parts, la vie
ait repris son mouvement accoutumé.

Sur son passage, les boutiques s'ouvraient avec un bruit
sourdissant de ferrailles ; les voisins et les voisines se sa-
aient de la voix et du geste, on se demandait des nouvelles
: la nuit ; on racontait ses projets pour le jour : les crieurs
mmençaient à circuler à travers les rues des différents
artiers, « les uns, portant un broc d'une main et une tasse
: l'autre, s'en vont vantant les qualités des vins de France ;
s autres recommandent aux amateurs le miel, la sauce à
ail, les pois pilés, les fèves chaudes, les poissons des étangs
: Bondy, les *roinsoles* ou couennes de porc grillées, les
mmes de Blanduriau ; des tailleurs ambulants offrent de ra-
mmoder *surcot, mante, chape, cotte et polisson*, enfin, les
arçons baigneurs avertissent les passants, que les bains sont
iauds. » — Nous ne sommes point encore si éloignés du
oyen âge qu'on pourrait le croire, et le Paris moderne a
onservé beaucoup de ces allures du passé.

La gent cléricale n'avait garde de rester en arrière, dans

12.

un semblable va-et-vient! A cette heure on trouve des bedeaux partout... Ils portent sur leur costume noir et lugubre une dalmatique blanche couverte d'ossements, de têtes de mort et de larmes, et passent le long des maisons agitant leur crécelle criarde, et disant d'une voix funèbre : *Priez Dieu pour les Trépassés !*

C'est encore le matin, que se soldaient certaines contributions levées sur le menu populaire. A ce moment, le *Voyer* parcourait la voie publique, et prenait successivement aux *chaussiers* une paire de chausses ; aux merciers deux aiguilles par semaine ; aux chapeliers, un chapel de rose en la saison, enfin, et selon leurs ressources ou leur état, à tous ceux qui avaient demandé et obtenu le privilége d'établir *aire au vent, de seoir en la veoirie, de mener coin de rue, ou de jeter ordures sur le chemin du roi !*...

Cependant le père Blondel regagnait à pas lents sa demeure ; il avait dit un *Pater* pour sa femme et un *Ave* pour sa fille, et il revenait la conscience tranquille, en bon chrétien qu'il était, quand au détour de la rue du Heaume, il se sentit frapper sur l'épaule ; il se retourna et laissa tomber une exclamation de surprise.

— Monseigneur, balbutia-t-il en s'inclinant jusqu'à terre, devant l'homme qui venait de l'arrêter.

— Bonjour, messire, bonjour, dit Mouchy avec une gaité charmante et de bon aloi, ah ! par ma foi, vous me voyez fort aise de vous avoir rencontré.

Blondel s'inclina de nouveau :

— Ce m'est un grand honneur, monseigneur, balbutia-t-il, et si je pensais...

— Bien ! bien, mon ami, je vous suis obligé... pour le moment une affaire pressée m'appelle auprès du prévôt, mais j'aurai bientôt le plaisir de vous aller voir chez vous.

Blondel pâlit.

— Vous avez, m'a-t-on dit, continua Mouchy en l'observant, sans en rien laisser paraître, vous avez une fille charmante, la sœur de lait de madame Marcelle; précisément
hier soir, M. le prévôt me parlait de vous.

De pâle qu'il était, Blondel devint rouge comme une écre-
visse.

— De... de moi, bredouilla-t-il, monseigneur le prévôt a eu
la bonté de vous parler.....

Mouchy fit un sourire équivoque.

— Certes, messire Blondel, M. le prévôt fait un grand cas
de votre sagesse, de votre bon sens, de votre honnêteté; il
estime que l'on a eu très-grand tort de priver jusqu'à ce jour
de vos lumières, le conseil de l'échevinage, que tout d'ailleurs peut se réparer, et qu'enfin, messire le prévôt des marchands baisse beaucoup depuis quelque temps.

Blondel faillit suffoquer. Le prévôt de Paris avait daigné
parler de lui, il avait loué son bon sens et son honnêteté, il
lui donnait à entendre que le prévôt des marchands était
déjà bien vieux, et qu'il ne se passerait pas longtemps avant
qu'on ne songeât à le remplacer. — Il prit les mains de Mouchy dans les siennes, et les serra avec une tendre et recon-
naissante affection.

— Certes, dit-il d'une voix que l'émotion faisait chevroter,
le ciel m'est témoin que je n'ai jamais nourri la moindre ambition; mon unique joie ici-bas, mon seul bonheur, c'est d'a-
voir une fille, la sœur de lait de madame Marcelle... j'ai passé
ma vie humble entre les murs de mon étroite boutique, mon
seul désir, monseigneur, était d'y vieillir et d'y finir mes
jours... mais si, dans l'intérêt de mes concitoyens, il me fallait
renoncer à cette vie paisible et calme, si M. le prévôt le jugeait nécessaire, je n'hésiterais pas, croyez-le bien, à accepter le rang que l'on m'offrirait quels que fussent d'ailleurs
les dangers qui s'y trouveraient attachés.

Mouchy fit un signe d'assentiment. — Il avait toutes les peines du monde à ne pas éclater de rire.

— Voilà des sentiments qui vous honorent, répondit-il en reprenant son sérieux, je ne manquerai pas de les faire connaître à M. le prévôt, qui les appréciera, j'en suis sûr, comme il convient... Continuez donc, messire, dans cette voie de sagesse et de prudence que vous vous êtes tracée, et nul doute que vous ne receviez bientôt la récompense de vos vertus.

Et en prononçant ces paroles avec un sourire ironique, Mouchy partit prompt comme l'éclair, laissant Blondel abasourdi, ravi, inondé de joie, planté droit comme une statue au milieu de la voie publique.

Toutefois, Mouchy avait à peine détourné la rue, qu'il revint en toute hâte sur ses pas.

— Un mot encore, messire, dit-il en se rapprochant de l'armurier.

— Qu'y a-t-il? demanda brusquement celui-ci, comme réveillé en sursaut.

— Vous êtes dévoué au prévôt, n'est-il pas vrai?

— Corps et âme.

— Et vous ne voudriez rien faire qui pût lui donner lieu de croire qu'il en est autrement?

— A Dieu ne plaise.

— Eh bien, messire, prenez-y bien garde : votre fils adoptif, Coquastre, est lié d'amitié avec un homme qui hait le prévôt, et qui n'est venu à Paris, je le sais, qu'avec l'intention de l'assassiner.

— Que dites-vous?

— La vérité !

— Mais cet homme...

— Il s'appelle Rustique.

Quand le père Blondel rentra dans sa boutique, il portait

front penché, et ses bras pendaient le long de son corps.

boutique était ouverte depuis longtemps, mais l'armurier
y prit pas garde, et il alla droit au comptoir derrière lequel
s'assit.

Mille idées confuses lui trottaient par la tête et communi-
aient à son sang une sorte de fièvre chaude : il n'avait
erçu ni Denise, ni dame Marthe qui allaient et venaient
ngeant toute chose avec un soin minutieux et coquet. —
songeait à Rustique, à Mouchy et aussi un peu au prévôt
s marchands.

Tout à coup il releva la tête.

— Denise, dit-il d'un ton bref et presque impérieux, en
adressant à sa fille, comment se trouve notre malade ce
atin ?...

— Beaucoup mieux, mon père, répondit Denise, sans se
éranger de son occupation.

— Il s'est levé ?...

— Oui, mon père.

— Et il peut marcher ?

— Comme vous et moi.

— C'est bon à savoir, continua l'armurier à voix basse, et
omme se parlant à lui-même, voilà un garçon dont il est
rudent que je me débarrasse au plus tôt, si je ne veux pas
erdre les bonnes grâces de monseigneur le prévôt de
aris.

Denise regarda son père... elle l'avait entendu marmotter
uelques paroles inintelligibles ; elle s'étonna de lui trouver
œil brillant d'un feu inaccoutumé, le front haut, le geste
resque impérieux ; et elle fit quelques pas vers lui :

— Denise, lui dit alors son père d'un ton de voix singulier,
t en regardant si la vieille Marthe ne les écoutait pas, y a-t-il
ongtemps que tu n'as vu madame Marcelle ?...

— Il y a deux jours, répondit Denise.

— Et monseigneur le prévôt ?...

— Il était là...

— Tu l'as vu ?

— Comme je vous vois...

Blondel respira, et prit les mains de sa fille dans les siennes.

— Dis-moi, mon enfant, reprit-il aussitôt d'un ton doucereux et paterne, tu vois souvent monseigneur le prévôt, n'est-ce pas ?

— Oui, mon père...

— Et quand il te rencontre avec madame Marcelle, ne lui arrive-t-il pas quelquefois de te parler de moi ?

— Si bien.

— Et que dit-il alors ?...

— Il me demande des nouvelles de votre santé.

— Vraiment !

— De notre commerce.

— Et encore ?

— C'est tout.

— Quoi ! plus rien...

— Plus rien...

Blondel fit une grimace ; mais l'espoir que Mouchy avait éveillé dans son cœur, y restait néanmoins inébranlable : d'ailleurs, monseigneur le prévôt était prudent ; c'était un devoir de sa position ; il avait agi sagement en ne laissant rien paraître de ses projets à une jeune fille, qui ne les aurait probablement pas compris, et qui aurait pu les divulguer ; Blondel vit dans cette réserve du prévôt, une raison de plus, de croire aux paroles de Mouchy.

Il poursuivit après quelques secondes de silence :

— Ainsi, dit-il, mais cette fois d'une voix plus élevée, notre hôte est mieux ce matin.

— Beaucoup mieux, mon père, répondit Denise qui se
mit à présider aux soins de l'étalage.

— Il est hors de danger.

— Tout à fait.

— C'est bien... et j'en suis fort aise autant pour lui que
ur nous.

Denise eut un regard de reconnaissance pour son père,
e se rapprocha de lui , et laissa glisser ses deux petites
ins blanches dans les siennes.

— Voilà une bonne parole, dit-elle avec un soupir, et cela
e réconcilie un peu avec vous.

— Que veux-tu dire!...

— Sans doute , j'avais pensé jusqu'ici que la présence de
istique dans cette demeure ne vous était point agréable.

— Et qui te fait supposer que j'aie changé d'avis ?

— Les paroles que vous venez de prononcer, et qui té-
ignent d'un bienveillant intérêt pour notre hôte.

Blondel essaya un sourire d'échevin.

— Notre hôte, répondit-il avec une certaine fermeté d'in-
ation qui ne lui était pas habituelle, notre hôte est un
mme dangereux...

— Lui !

— Il s'est battu en duel avec le fils du prévôt.

— Eh bien !...

— Eh bien... les ordonnances sur le duel sont rigoureuses,
tre bien-aimé roi n'entend pas raillerie sur ce point ; et s'il
nait à être constaté que nous avons donné asile à messire
istique, et que nous avons tenté de le soustraire au juste
âtiment qu'il a mérité, il pourrait nous arriver malheur.

— Y pensez-vous...

— J'y pense beaucoup.

Il y eut un silence pendant lequel Blondel se prit à réflé-
ir, comme eût pu le faire le prévôt des marchands lui-même.

— D'ailleurs, ajouta-t-il, en remuant la tête avec importance, j'ai appris bien des choses sur le compte de messire Rustique.

— Comment?

— Il est poursuivi.

— Pauvre jeune homme...

— Mouchy, le bras droit de monseigneur le prévôt de Paris, ne m'a pas laissé ignorer que ce jeune homme est venu à Paris avec des intentions coupables, criminelles, et il a même ajouté qu'il en voulait aux jours de son maître.

— Rustique! fit Denise avec un cri d'ironie.

—Rustique! répéta Blondel, en baissant le ton, comme s'il eût craint qu'on ne l'entendît.

Denise haussa les épaules, et jeta à son père un regard de compassion.

— J'ai toujours pensé, dit-elle de sa voix fraîche et claire, que vous étiez le meilleur des pères, mais en cette circonstance, j'estime que vous vous êtes montré le plus crédule des hommes.

Blondel releva le front avec vivacité ; les idées d'ambition que lui avait soufflées Mouchy, le disposaient peu à accepter de pareilles remontrances ; il voulut parler, mais Denise poursuivit sans lui en donner le temps :

— Messire Mouchy, est la mauvaise foi, et la déloyauté en personne, et il portera tôt ou tard la peine de ses méchantes actions...

— Plus bas! plus bas ! balbutia le pauvre Blondel qui devint blême.

— Rustique, au contraire, est la franchise et l'honneur même; on ne devrait pas avoir oublié si vite que, sans lui, Hugues serait mort misérablement dans la taverne du père Quinepue, et s'il m'en souvient bien, messire Mouchy lui-même n'a pas toujours été du même avis à son égard.

— C'est vrai... hasarda Blondel.

— Eh bien !... continua Denise, avec une fermeté qu'on 'aurait pas soupçonnée au milieu de tant de grâce et de tant e gentillesse féminines, que messire Mouchy y prenne garde qu'il se borne à son rôle d'espion, sans y ajouter encore elui de calomniateur... Je n'ignore pas que Rustique est oursuivi, mais je sais aussi que jusqu'à ce jour on a ignoré : lieu de sa retraite.

— Mais on peut le découvrir d'un instant à l'autre, fit londel.

— Sans doute.

— Et dans ce cas nous serions perdus.

— Cela n'est pas certain.

— Mais c'est probable.

— Qui le dit ?

— Mouchy.

— Il y a son intérêt.

— Son intérêt se confond, dans cette circonstance, avec elui de monseigneur le prévôt, et le prévôt est furieux.

— Quand cela serait !... repartit Denise avec un air de défi.

Blondel frissonna; c'était la première fois de sa vie qu'il se rouvait dans une pareille complication; ses oreilles bour- onnaient; il avait sérieusement peur.

— Voyons, voyons! Denise... mon enfant, reprit-il presque ussitôt d'un ton qu'il essayait vainement de rendre calme l n'est pas prudent de jouer avec des dangers aussi réels; tu avais que Rustique était poursuivi, tu as eu tort de ne pas n'en prévenir... Il ne faut pas nous exposer à perdre les onnes grâces de monseigneur le prévôt, pour un jeune omme que j'estime, assurément, comme il le mérite, mais ui ne nous est rien, après tout; d'ailleurs, Rustique est nieux, tu me l'as dit; il s'est levé, il marche dans sa cham- bre; eh bien, il pourra aussi bien marcher dans la rue... à

13

son âge, on a besoin de prendre l'air... l'exercice lui fera du bien ; il faut qu'il parte...

Blondel parlait avec beaucoup de vivacité ; son geste était saccadé, impérieux, une rougeur subite avait coloré ses joues ; son regard contraint n'osait se lever sur Denise... le pauvre homme était partagé entre mille sentiments opposés qui lui enlevaient toute sa présence d'esprit ; il avait honte de lui-même, mais il avait plus peur encore de Mouchy.

Cependant aux dernières paroles qu'il venait de prononcer, Denise avait laissé échapper un cri d'étonnement, tandis que la vieille Marthe s'était arrêtée au milieu de la boutique, en joignant les mains et en levant les yeux vers le ciel.

— Mon doux Jésus !... s'écria-t-elle, d'un accent lamentable, est-il Dieu possible que l'on veuille mettre ce pauvre jeune homme sur la rue...

Le père Blondel avait bien entendu le cri d'étonnement de sa fille, mais l'exclamation de la vieille Marthe parut le frapper seule, et il tourna vers elle un regard courroucé :

— Çà, dit-il, d'une voix éclatante, suis-je maître ici, ou faudra-t-il que j'aie à supporter, tous les jours, les remontrances de gens ridicules et sots... Me prend-on d'aventure, pour Jehan l'étuviste, ou pour Thibaut l'éperonnier ?... Eh bien ! il faudra changer d'avis et baisser le ton, dame Marthe, je vous en préviens, car j'entends qu'à l'avenir, toute observation cesse quand j'aurai parlé... or, je l'ai dit, et je le répète, et ce, quoi que vous en ayez, messire Rustique sortira de céans, avant demain matin... il sortira parce que je le veux, et les personnes auxquelles cela ne conviendra pas, pourront le suivre sur la rue, si tel est leur bon plaisir...

Tout en parlant ainsi, Blondel parcourait la boutique avec agitation, passant et repassant vingt fois auprès de Denise, sans oser jamais lever les yeux sur elle. Le silence de sa fille l'inquiétait ; il savait bien qu'il ne suffisait pas d'avoir raison

contre dame Marthe, et pressentait vaguement qu'il allait
avoir à compter avec Denise. En attendant, il s'étourdissait
de ses propres paroles, et reculait le plus qu'il pouvait le
moment critique. Mais Marthe était allée se réfugier dans
l'office, il était maintenant seul avec sa fille, et il se hasarda
enfin à lui jeter un regard furtif.

Il s'arrêta stupéfait au milieu de la boutique, et sa voix se
glaça dans son gosier.....

Denise était là, pâle, les bras pendants, le regard interdit
et troublé. — Une larme tremblait au bord de ses paupières,
et son sein gonflé se soulevait avec effort. Blondel était préparé contre la colère de Denise, il se trouva sans forces contre sa douleur.

— Denise! s'écria-t-il, en se précipitant éperdu vers sa
fille, Denise, ma pauvre enfant, pourquoi pleures-tu?...

Denise fit une mine boudeuse, et tourna la tête :

— Je ne pleure pas, répondit-elle, en essuyant ses larmes.

— Mais tu es pâle...

— C'est possible.

— Tu souffres?

— Non...

— C'est cette maudite Marthe qui est cause de tout... elle
m'a contrarié, je lui ai parlé rudement, et cela t'a fait peur.

— Ce n'est pas Marthe, mon père.

— Alors, c'est Rustique... eh bien, il partira, et avant demain, et tout de suite... et...

— Et les personnes auxquelles cela ne conviendra pas,
pourront le suivre sur la rue...

— Certainement.

— C'est votre volonté.....

— N'est-ce pas aussi la tienne?

— Pourquoi pas?... répondit Denise du ton d'une enfant
gâtée...

Blondel réprima un mouvement d'impatience, et essaya un sourire contraint.

— Alors, reprit-il, tu veux donc qu'il reste ?

— Je n'en sais rien.

— Mais cela te ferait plaisir ?

— Puisque vous ne le voulez pas...

— Eh ! il s'agit bien de moi, méchante enfant, n'est-ce pas de toi seule que l'on s'inquiète ici... n'est-ce pas la jolie Denise qui commande chez nous ?... Allons... il restera, nous le garderons près de nous, jusqu'à ce que sa guérison soit complète, rien ne sera changé dans nos habitudes, et vous continuerez, Marthe et toi, de faire du vieux Blondel, tout ce que vous voudrez, est-ce cela ?...

Denise se jeta avec une joie manifeste au cou de son père, qu'elle baisa tendrement au front.

— Ah ! je l'avais bien dit, s'écria-t-elle, vous êtes le meilleur des pères !

II

Du bon stratagème qu'inventa d'Aubigny pour égarer les recherches de Mouchy.

Le soir, Rustique se trouvait seul dans la chambre qu'il devait à la générosité de Blondel : quinze jours s'étaient écoulés depuis le moment où il avait été rapporté, presque mourant, par Coquastre et d'Aubigny, chez l'honnête armurier, et grâce aux soins dont il avait été l'objet, il était à cette heure en pleine convalescence.

Il n'y avait que deux jours qu'il se levait, il avait beau-

up souffert, il était bien pâle encore, mais les soins de
enise et de Marthe avaient commencé la guérison, et le
uvenir de Marcelle l'avait activée.

Le couvre-feu était sonné, tout le monde dormait dans la
emeure de Blondel, Rustique, accoudé à la fenêtre de sa
hambre, songeait à tout ce qui s'était passé depuis quel-
ues jours.

Il faisait une belle nuit étoilée ; la lune découpait dans la
ue de bizarres silhouettes ; de toutes parts régnait un si-
ence profond, interrompu, de temps à autre, par le cri plain-
f et monotone des girouettes.

La rue du Heaume s'allongeait étroite et longue, il était
are que passé neuf heures on y entendît aucun bruit ; toutes
es fenêtres étaient solidement barricadées, et les portes
errouillées et cadenassées, comme pour un siége.

Rustique plongeait son regard dans les sombres détours
le la rue ; il suivait, sans attention, les losanges capricieux
ue la lune décrivait sur le pavé inégal ; il était triste, préoc-
upé, inquiet.

Le matin, il avait entendu la discussion qui s'était élevée
ntre le père Blondel et sa fille, et une suprême amertume
mplissait son cœur.

Il venait à peine d'échapper à la mort, et voilà qu'il se
rouvait déjà aux prises avec les réalités poignantes de la
vie. Rustique avait trop de générosité dans le cœur, pour
accepter jamais le dévouement de Denise ; s'il y avait quel-
ues dangers à redouter, il ne voulait pas que d'autres en
ourussent les chances ; il était seul au monde, lui, aucun
ien ne l'attachait à la vie, il ne craignait aucune catastrophe,
l pouvait hardiment présenter sa poitrine à toute éventua-
ité...

D'ailleurs, il y avait en lui une ardeur, une audace, une
mpatience natives qui lui faisaient désirer de sortir à tout

prix, de l'impasse où les derniers événements l'avaient enfermé ; il pressentait qu'une lutte l'attendait au dehors, et si jamais homme avait été formé en prévision d'une lutte quelconque, c'était bien lui. — On lui avait parlé de Mouchy, et c'était précisément Mouchy qu'il voulait pour adversaire ; il savait déjà qu'à Paris, on ne gagne sa fortune qu'à la pointe de son épée, et il avait sa fortune à faire, et l'épée qui pendait à son côté, en valait certes bien une autre...

Et puis... le souvenir de Marcelle ne l'avait pas quitté... aux jours les plus mauvais, pendant ses nuits les plus agitées, c'était elle, elle toujours, qu'il avait entrevue à travers la vapeur fiévreuse de ses rêves ; elle lui souriait alors, elle l'appelait à la vie, l'enveloppait de ses plus doux regards, et le berçait de ses plus touchantes paroles.

Rustique s'était relevé à cet appel !... et depuis, il avait vécu sous la préoccupation d'une double pensée, qui avait poussé des racines profondes dans son cœur. — Mouchy, sa haine ; Marcelle, son amour !...

Tout se réunissait donc pour l'attirer au dehors ; il comprenait qu'il ne pouvait accepter plus longtemps une hospitalité qui menaçait de devenir dangereuse pour ceux qui la lui accordaient. Denise avait bien, il est vrai, décidé son père à supporter sa présence, mais Rustique sentait que sa position devenait fausse, et il ne voulait à aucun prix la prolonger davantage.

A mesure qu'il s'abandonnait à ces idées, elles prenaient peu à peu plus d'empire sur son esprit ; il faisait nuit, tout le monde dormait chez l'armurier, trois pieds au plus le séparaient de la rue ; il se sentait assez fort pour rentrer dans la vie réelle ; il irait trouver Coquastre ou d'Aubigny ; il pourrait voir Marcelle, il pourrait tuer Mouchy ! — Cette dernière considération parut le décider.

Il rentra dans la chambre et s'habilla à la hâte.

Il passa son justaucorps, ceignit son épée, se coiffa de son
ıtre — les mêmes vêtements qu'il portait le jour de sa ren-
·ntre avec le fils aîné du prévôt. — Puis, ayant emjambé la
ıêtre, il se trouva dans la rue.

Quand il sentit son pied poser sur le pavé, il éprouva un
ɔn-être indicible; on eût dit qu'il recouvrait pour la se-
nde fois la liberté, et qu'il échappait à une étroite prison,
ur aller à la conquête du monde !

Avait-il souffert, il ne s'en souvenait plus ! Mille dangers
menaçaient, il est vrai; il pouvait, d'un instant à l'autre,
ınner dans quelque embûche; il allait être obligé d'user de
se pour n'être point découvert; mais qu'importe, il était
buste, vaillant, aventureux, et il avait survécu à un coup
ⴻpée qui en aurait tué vingt autres, le moyen d'hésiter
rès cela ?

Il s'éloigna...

Il y avait bien encore un peu de faiblesse dans sa dé-
arche, mais à peine eut-il fait cinquante pas, que ses jam-
ıs retrouvèrent, comme par enchantement, leur élasticité
·rveuse et que son pied s'appuya sonore et ferme sur le
ıvé.

De temps en temps il s'arrêtait; moins cependant dans le
ıt de se reposer, que pour respirer à pleine poitrine, et
ımirer le magnifique spectacle de la nuit.

Il y avait fête au ciel — fête splendide — des milliers d'étoiles
allumaient sur tous les points; la lune montait lentement
ımme un phare lumineux à l'horizon; les folles brises chas-
ıient au loin les derniers nuages.

Depuis longtemps Rustique était privé d'un pareil coup
œil. Il venait d'arriver à la place de Grève; et là, appuyé
ır les parapets qui le séparaient de la Seine, il regardait
videment autour de lui.

Une heure passa de la sorte, une heure pendant laquelle

il ne songea même pas qu'il se trouvait seul, dans un endroit où l'on rencontrait d'habitude plus de *coupeurs de cuir*, que de soldats du guet.

Toutefois le spectacle de la nuit ne l'absorbait pas tellement qu'il ne pût de temps à autre donner un regard à ce qui se passait à ses côtés, et deux fois entre autres ce qu'il vit eut lieu de l'étonner au delà de toute expression.

Une demi-heure environ s'était écoulée depuis qu'il était sur la place de Grève, quand, en se retournant, il aperçut à quelque distance, la silhouette d'un homme accoutré de la façon la plus singulière.

Cet homme portait un justaucorps de la même étoffe que celui de Rustique, un feutre de la même forme, une plume de la même couleur. De loin, et la nuit surtout, c'était à s'y méprendre — derrière la silhouette marchait, à cinquante pas, un grand diable efflanqué, le visage caché par un chapeau à larges bords, les épaules couvertes d'un long manteau, tombant jusque sur ses talons.

Le premier de ces deux hommes paraissait s'inquiéter fort peu de celui qui le suivait. En passant près de Rustique, il lui fit un geste amical de la main, et prit la direction des petites rues qui entouraient l'hôtel de ville.

L'homme au manteau continua de marcher sur ses pas, sans ralentir ni presser sa marche, et il disparut peu après, par la même rue, en conservant la même allure raide et flegmatique.

Au XIXe siècle, on eût pu croire à deux ombres chinoises échappées de chez Séraphin. — Au XVIe siècle, Rustique pensa qu'il y avait quelque sorcellerie dans cette exhibition, et il ne put, tout d'abord, se défendre d'une certaine terreur superstitieuse. Mais la crainte avait peu de prise sur son esprit, et dix minutes après, il n'y pensait déjà plus.

Seulement, ce qui l'avait frappé, ce qui l'étonnait surtout,

'était ce costume absolument semblable au sien que portait
a première des deux ombres chinoises. Était-ce une gageure,
ne plaisanterie, était-ce seulement un hasard ?... il ne savait
quelle explication s'arrêter — la manière de porter l'épée
tait la même, et tout, jusqu'à la démarche, avait été parfai-
ement imité. Que fallait-il penser du déguisement de cet
omme? dans quel but l'avait-on pris ?.. pourquoi ce geste
mical jeté en passant ?.. où allait-il ainsi ? Rustique s'adres-
ait mille questions auxquelles il ne pouvait trouver une ré-
onse satisfaisante. — Il aima mieux n'y plus penser.

Mais il n'était pas au bout de ses étonnements.

En effet, comme il allait s'éloigner et se diriger, faute de
nieux, vers la demeure de Coquastre ou celle de d'Aubigny,
l vit venir à lui, un homme exactement semblable au pre-
nier, vêtu de la même façon, suivi comme l'autre d'un grand
gaillard, enveloppé dans les larges plis d'un manteau brun.

Rustique tressaillit.

C'était le même justaucorps, le même feutre, la même
plume, la même épée, la même allure — un Sosie au grand
complet.

Cette fois, il n'y avait pas à hésiter ; le doute n'était plus
permis : cette promenade à une pareille heure de nuit, dans
un endroit écarté, sous un costume si exactement semblable
au sien, cachait évidemment un mystère qu'il importait à
Rustique d'éclaircir sans tarder.

La première rencontre était déjà fort singulière, la seconde
prenait des proportions inquiétantes. Rustique voulut en avoir
le cœur net, dût-il, pour atteindre son but, donner dans quelque embûche.

Il s'assura donc préalablement que son épée pouvait se tirer
facilement du fourreau, et marcha résolûment vers l'homme
au feutre et à la plume.

Dans le premier moment, ce dernier parut éprouver un

inexplicable embarras ; il hésita, jeta un regard autour de
lui, comme pour voir, s'il ne lui était point possible de se
retirer, mais quand il eut constaté qu'il était suivi, et que la
retraite lui était conséquemment coupée, il fit un geste insouciant, et alla de lui-même à la rencontre de Rustique.

Ce dernier poussa un cri de surprise et de joie en l'abordant :

— Coquastre ! s'écria-t-il en lui prenant les mains.

— Rustique ! repartit Coquastre avec non moins d'étonnement, et comment se fait-il que je vous trouve ici, quand je
vous croyais chez le père Blondel ?

— Oh, moi !... répondit Rustique, cela s'explique... je m'é-
tais aperçu que depuis quelques jours ma présence pesait à
l'honnête armurier, et j'ai pris le parti le plus sage.

— Lequel...

— Celui de m'en aller, sans attendre que l'on m'en prie !
Coquastre sourit.

— Ainsi, vous avez pris la fuite ?

— Précisément.

— Et vous alliez...

— Chez vous, chez d'Aubigny, chez moi... je ne sais au
juste.

— Eh bien ! nous ferons route ensemble.

— Comme vous voudrez.

Ils allaient se mettre en marche, mais Rustique s'arrêta
tout à coup et prit le bras de Coquastre :

— Un mot cependant avant de nous éloigner, dit-il à
voix rapide et basse.

— Parlez !... dit Coquastre.

— Maintenant que je vous ai fait connaître comment je
me trouvais en ce lieu, et à cette heure, expliquez-moi, à
votre tour, pourquoi je vous rencontre sous ce costume, dans
un endroit aussi écarté, suivi d'une sorte d'ombre silencieuse,

ʝui est restée plantée là, à cinquante pas, depuis que nous ʑausons.

Coquastre se retourna vivement du côté que lui désignait Rustique.

— Au fait, dit-il, vous avez raison, le plaisir de vous revoir m'avait fait oublier mon ombre.

— Qui est donc cet homme ? fit Rustique.

— Je n'en sais rien.

— Mais pourquoi vous suit-il ?

— Je l'ignore.

— C'est donc une gageure ?

— Nous pourrions le lui demander.

— Quelle est cette plaisanterie ?

— Y croyez-vous?

— J'avoue que je m'y perds,... dit Rustique, d'autant que ce n'est pas la première énigme de ce genre, qui passe devant moi, ce soir.

Coquastre haussa les épaules.

— L'énigme est facile à expliquer, dit-il alors en se rapprochant de son interlocuteur, et ce que vous avez vu ce soir, est le résultat d'un bon tour que d'Aubigny a cru devoir jouer à maître Mouchy.

— Mouchy ! interrompit Rustique.

— Parlez plus bas, poursuivit Coquastre, en posant un doigt sur ses lèvres, cet homme que vous voyez, et qui nous écoute et qui nous entend, car il a l'ouïe fine, comme tous les limiers de la police, cet homme est un affidé de l'âme damnée du prévôt.

— Eh bien !

— Eh bien ! mon cher ami, vous n'avez pas su sans doute que le jour qui suivit votre duel avec le fils aîné du prévôt, tout a été tenté pour s'emparer de votre personne.

— Est-ce possible !

— On a apporté même à cette recherche, un acharnement qui m'a causé, dans les premiers moments, des inquiétudes sérieuses, et nous n'aurions jamais pu détourner ni égarer les soupçons, si d'Aubigny n'avait imaginé un stratagème qui nous a réussi jusqu'à ce jour.

— Et quel est ce stratagème? dit Rustique.

— Il est aussi simple que spirituel, repartit Coquastre ; il consiste, comme vous voyez, à affubler quelques écoliers du collége de Montaigu d'un costume exactement semblable au vôtre, et de les envoyer se promener simultanément dans les quartiers les plus opposés de la capitale. — Ainsi, cette nuit, pendant que d'Aubigny et moi, nous parcourons les rues qui avoisinent l'hôtel de ville, deux de nos condisciples fréquentent le Pré aux Clercs ou la rue des Sept-Voies ou celle du Fouarre. De cette façon, Mouchy reçoit chaque matin les renseignements les plus contradictoires sur votre compte, et ne sait, en réalité, sur quel point diriger ses recherches.

Le stratagème était en effet assez ingénieux, mais il est évident qu'il ne pouvait tromper longtemps un esprit aussi subtil que celui de Mouchy. Rustique le comprit de suite, et il en fit l'observation à Coquastre.

— Votre observation est juste, répondit ce dernier, aussi, je suis fort aise que vous ayez quitté la demeure de Blondel, où, sans doute, Mouchy ne tardera pas à faire opérer une perquisition. Votre fuite, effectuée en temps opportun, arrange donc toute chose, puisqu'elle délivre Blondel de votre présence, au moment où elle allait réellement devenir dangereuse, et qu'elle nous permet de nous entendre sur les meilleurs moyens à prendre pour vous soustraire aux recherches de votre ennemi.

— Quelle reconnaissance ne vous devrai-je pas ! dit Rustique d'une voix attendrie, et en serrant les mains de Coquastre.

— Bah ! fit celui-ci avec insouciance, ne parlez jamais de

econnaissance à des écoliers, vous seriez très-rarement
ompris ; parlez-leur plutôt de dévouement, d'amitié, d'a-
nour, de tout ce qui est jeune et enthousiaste comme leur
sprit, de tout ce qui est beau et naïf comme leur cœur ;
enez, l'heure où je vous ai connu marquera dans ma vie ;
étais triste, soucieux, inquiet ; je n'avais pas un souvenir
ans le passé, pas un espoir dans l'avenir... j'étais seul et
solé dans le présent... Que faire ?... Vous êtes venu... et
ès la première heure, je vous ai voué un de ces dévouements
ue rien ne pourra ébranler. . J'avais rêvé l'amour... Ça été
'illusion sainte de mes jeunes années... le sourire de Denise
vait un moment éclairé les sombres profondeurs de mon
:œur... hélas, le soleil s'est vite retiré de mes jours... j'avais
êvé l'amour, l'amitié vaut mieux... ah ! j'ai souffert, Rusti-
jue, mais je dissimulais si bien ma douleur, que personne
i'a soupçonné la blessure ; tenez, je vous conterai cette dou-
oureuse histoire quelque jour. Je ne veux plus en parler...
l'ailleurs, — et en parlant ainsi Coquastre secoua vivement
e front, — ce n'est pas de moi qu'il s'agit à cette heure...
Songeons à vous... la nuit est déjà fort avancée... Partons.

— Et cet homme ?... fit Rustique en désignant l'affidé de
Mouchy, qui, aussi immobile qu'une statue, n'avait pas bougé
de son poste d'observation.

— Pardieu ! vous avez raison, répliqua Coquastre, je ne
vois pas ce que nous pourrions gagner à l'emmener ; et
puisque notre promenade est terminée, il est juste que chacun tire maintenant de son côté.

Coquastre marcha aussitôt vers l'homme au manteau :
Rustique le suivait à quelques pas.

— Holà ! l'ami, dit-il à son mystérieux compagnon, êtes-
vous dans l'intention de passer la nuit sur la place de Grève ?

— Comme il vous plaira, répondit l'homme.

— C'est que je vais rentrer chez moi, je vous en préviens.

— Eh bien, je vous y suivrai.

— Chez moi ?

— Chez vous !

Coquastre partit d'un franc éclat de rire.

— Ah ! il paraît que l'on vous a donné l'ordre de me suivre ?

— Précisément.

— Et vous exécutez fidèlement les instructions que vous avez reçues ?

— Vous voyez.

— Diable !... mais savez-vous que c'est une mission dangereuse que celle dont on vous a chargé là ?

— Je ne l'ai pas demandé.

— Eh bien, je vous l'apprends.

— Soit !

— Et j'ajouterai que je vous défends de me suivre, et que si, malgré cette défense, il vous prend fantaisie de continuer de marcher sur mes talons, vous ne serez pas le premier homme auquel j'aurai passé mon épée au travers du corps.

En parlant ainsi, Coquastre tira à moitié son épée du fourreau, et adressa un geste menaçant à son interlocuteur.

Cependant, dès les premières paroles, prononcées par l'homme au manteau, Rustique avait tressailli, et cherché à soulever du regard, le large chapeau qui cachait son front. Cette voix arrivait à son oreille, comme un écho du passé, il se rappelait l'avoir déjà entendue, quelque part, mais elle n'éveillait encore dans son cœur que des souvenirs vagues et confus. Aussi, quand il vit que cet homme s'apprêtait à répondre, il prêta l'oreille avec une anxiété profonde.

L'homme s'était contenté de hausser les épaules.

— J'ignore, répondit-il, quelles sont les habitudes de ce pays, car j'y suis depuis quelques jours seulement ; mais ce que je sais fort bien, messire, c'est que dans mon pays, ais une épée ne m'a fait peur, et que j'en ai souvent nié de plus lourdes que les vôtres.

— Sur l'honneur, je crois qu'il me raille!... fit Coquastre, s'adressant à Rustique.

— Je vous préviens seulement, répliqua l'homme.

— N'êtes-vous donc point un affidé de Mouchy?

— Nullement.

— Mais vous le servez, au moins?

— Parce que dans cette circonstance, le but qu'il veut at-ndre, c'est aussi celui que je poursuis.

— Et ce but?

— Ne le devinez-vous pas?

— Vous emparer de Rustique.

— Mieux que cela...

— Quoi donc?

— Le tuer!...

Rustique ne put retenir un cri de surprise : cet homme, il nait de le reconnaître ; c'était son ancien geôlier, Carlos, lui qu'il croyait avoir tué avant de s'échapper de sa prison!

La présence de cet homme à Paris, lui parut d'un mauvais augure; il enfonça davantage encore son chapeau sur s yeux, ramena les plis de son manteau sur son pourpoint, se penchant à l'oreille de Coquastre :

— Partons, lui dit-il à voix basse et rapide.

Coquastre, de son côté, avait déjà deviné une partie de la rité; et il avait compris, en même temps, combien il im-rtait que Rustique ne fût pas reconnu, surtout par cet mme.

— Eh bien, dit-il à Carlos, en feignant une gaîté de bon oi, va pour le Rustique, l'ami, et Dieu fasse que vous ayez pas à vous repentir si vous vous approchez quelque ur trop près de son épée. Mais, comme cela ne nous re-arde pas autant qu'on pourrait le croire, vous me permettrez bien d'aller prendre quelque repos dans mon logis de la rue des Sept-Voies ?

— Nous ferons route ensemble, répondit Carlos.

— Vous y tenez donc ?

— J'y tiens...

— Partons alors, dit Coquastre en entraînant Rustique, car si je demeurais encore quelques instants ici, je céderais, jo crois, à mon penchant et me donnerais le plaisir de trouer le pourpoint de notre compagnon.

Et comme ce dernier ricanait en entendant ces paroles :

— Parbleu, ajouta Coquastre, c'est une occasion que nous pourrons faire naître au premier jour.

— J'attendrai que le courage vous vienne, fit Carlos avec ironie.

Coquastre se retourna et bondit comme une bête fauve à cette insulte sanglante ; c'était la première fois qu'on osait lui adresser une pareille provocation ; il ne se la fit pas répéter, et tira aussitôt son épée, en homme décidé à un combat à outrance et sans merci.

D'ailleurs, cet incident allait lui permettre d'atteindre deux buts d'un même coup : venger l'insulte faite, et offrir à Rustique l'occasion d'échapper aux investigations d'un ennemi dangereux. La certitude de n'obtenir qu'un seul de ces deux résultats eût suffi, en toute circonstance, à lui faire accepter le combat.

— Partez ! dit-il rapidement à Rustique, ne perdez pas de temps, ou ce serait fait de vous.

— Mais, vous-même... dit Rustique qui hésitait.

— Moi, je vais essayer de vous débarrasser d'un homme qui paraît vous haïr sérieusement.

— La haine qu'il me porte me fait trembler pour vos jours.

— Bah ! cela me regarde.

— Cet homme est habile entre tous à manier l'épée.

— Tant mieux, cela durera plus longtemps...

— Ah ! prenez garde.

— Laissez-moi faire.

— Et s'il allait vous tuer cependant ?

— Eh bien, mon ami, dit Coquastre, s'il me tue, vous me

ngerez.

— Est-ce votre dernier mot ?

— Pardieu.

— Vous persistez dans votre intention ?

— En douter serait une injure.

— Adieu donc, alors, et que le ciel veille sur vos jours...

— Allez, mon ami, et croyez que demain, nous nous re-
ouverons rue des Sépt-Voies, en compagnie de messire
'Aubigny.

Les deux amis se serrèrent la main avec effusion, et
ustique s'éloigna, quoique à regret, de l'endroit où Couastre allait peut-être succomber.

Il n'avait pas encore tourné la première rue qu'il entendit
: cliquetis de deux épées qui se croisaient avec acharnement.

- C'était Carlos et Coquastre qui commençaient.

III

Le sachet.

Rustique avait eu bonne envie de revenir sur ses pas,
our aider Coquastre ou le venger dans le cas où un malheur
erait arrivé : après tout, c'était pour lui que le fils adoptif
le Blondel s'exposait aux coups d'un redoutable adversaire,
Rustique savait avec quelle habileté Carlos maniait une épée,

il l'avait vu à l'œuvre, et il pouvait craindre pour Coquastre, les suites du duel qu'il venait d'engager... il hésita quelques minutes, et se demanda, s'il était bienséant qu'il quittât le lieu du combat, sans chercher à se substituer à son ami, et à détourner sur lui-même le danger qu'il allait courir; son cœur, son amitié, son courage, tout l'y engageait, la prudence seule l'arrêtait. Rustique ignorait, en effet, quelle relation unissait Carlos à Mouchy. Ces deux hommes avaient confondu leur haine, ils s'étaient alliés mystérieusement; mais dans quel but, pour quels projets redoutables, pour quelle œuvre ténébreuse? Il n'eût pu le dire. — Ce qui ressortait bien évidemment des paroles de Carlos, c'est qu'il haïssait Rustique et qu'il voulait le tuer! Il en était de même de Mouchy... Rustique avait affaire à deux haines actives, ardentes, implacables, que sa mort seule devait satisfaire... que tenter dans une semblable situation? il ne pouvait qu'user de ruse... dissimuler... fuir... se cacher pour attendre et saisir l'occasion favorable.

Sans doute, un pareil rôle était pénible, pour un homme habitué à affronter le danger de front; mais que faire? le courage était inutile; le seul moyen de sortir de cette impasse, consistait à faire usage des mêmes armes que ses ennemis.

Rustique s'y résolut, et il s'éloigna.

Toutefois, et tout en marchant, mille idées assaillirent à la fois son esprit, et il chercha à deviner quel était cet homme singulier qu'on appelait Carlos, et pourquoi il était venu à Paris. Sans doute, Carlos devait nourrir contre Rustique, un ardent désir de vengeance, mais d'où venait qu'il s'était associé à Mouchy, et depuis quand le connaissait-il?

L'ardeur que Mouchy mettait depuis quelque temps à le poursuivre, était encore un mystère qu'il n'abordait pas sans inquiétude. Mouchy avait commencé par lui témoigner un vif intérêt, puis tout à coup, et sans motif bien explicable,

intérêt s'était changé en haine. Son amour pour Marcelle,
on duel avec le fils aîné du prévôt, ne pouvaient être les
ls motifs de ce changement, il y avait une autre raison
; puissante, il y avait ce passé ténébreux dans lequel
tique ne plongeait jamais le regard, et ne reportait jamais
ensée, sans frémir.

animosité qu'il venait d'éveiller lui avait tout à coup donné
onscience de son importance. On ne hait point avec tant
deur, un homme étranger à ce monde dans lequel il s'é-
introduit par hasard. Une fois sur cette pente, Rustique
ontait de souvenirs en souvenirs jusque vers les jours
ɩis de son passé, et il se demandait pourquoi on l'avait
anché, pendant près de vingt années, du nombre des vi-
ls; Mouchy, Carlos, ces deux hommes qu'il retrouvait
à coup sur son chemin, ardents à le poursuivre, et pré-
ınt sa perte, ces deux hommes avaient donc le secret de
existence.

u'était-il donc lui-même? — Que ne pouvait-il pas être?
ne émotion profonde sillonna son cœur.

'était la première fois qu'il arrêtait sa pensée sur des ré-
ions de cette nature. Il avait jusqu'alors accepté la vie
ꞁ qu'elle lui était faite, amère, triste, décolorée, solitaire;
était habitué peu à peu à cet isolement, et il ne pensait
ne pas qu'il y eût d'autre existence que la sienne. Aucun
ne l'attachait au passé, aucun à l'avenir, il était disposé
ıitter ce monde sans y laisser un regret, comme il croyait
ɪre entré, sans éveiller une joie.

ꞁepuis quelques secondes, tout était changé.

'acharnement de ses ennemis, au lieu de l'abattre, l'avait
ɪ ainsi dire relevé à ses propres yeux. Il se sentait moins
ɪ dans la vie, — qui sait? — Peut-être avait-il, comme
s, une mère, une sœur, un père qui l'aimait, et veillait sur
?... un voile impénétrable couvrait son passé, toute suppo-

sition était permise. — Qui sait encore? — Peut-être était-il digne par sa naissance, par son nom, de devenir un jour l'époux de Marcelle?...

A l'aide de ces réflexions, Rustique avait fait du chemin, depuis qu'il avait laissé Coquastre ferraillant sur la place de Grève avec Carlos. Il marchait un peu à l'aventure, sans trop savoir quelle route il suivait, et maintenant, il se trouvait dans un endroit fort écarté, très-désert, situé en face de l'ile aux Vaches, et par lequel on n'avait jamais vu, de mémoire d'homme, passer le moindre peloton de soldats du guet.

C'était à deux pas de la Seine, dont les flots sombres venaient battre la berge avec un bruit sinistre.

Il n'y avait là, qu'une mauvaise masure qui paraissait même inhabitée, tant elle avait souffert de la pluie et du vent. — Un volet démantelé et vermoulu défendait la fenêtre, la porte était faite de morceaux de bois mal joints, et le toit depuis longtemps affaissé, menaçait de descendre au rez-de-chaussée. Tout cela avait un aspect triste, lugubre, sauvage : ce ne pouvait pas être l'habitation d'un être humain.

Dans tout autre moment, Rustique n'aurait pas pris garde à cette misérable masure, mais il sortait des rêves qui l'avaient si profondément agité, et comme il vint à s'apercevoir qu'il avait fait fausse route, il promena, pendant quelques secondes, son regard étonné sur les objets qui l'entouraient, et l'arrêta sur l'habitation dont nous parlons.

Un frisson glacé parcourut alors ses membres, et il porta instinctivement la main sur la poignée de son épée.

C'est qu'une lumière venait de briller à l'intérieur de la masure, et qu'un cri terrible s'y était fait entendre.

Cri d'épouvante, de rage et de désespoir.

Rustique tira son épée et ne fit qu'un bond jusqu'à la porte. Là, un spectacle poignant s'offrit à son regard.

A l'intérieur, il y avait deux hommes qu'il reconnut du pre-

r coup d'œil, — l'un était le Lombard ; l'autre, Jacques
Majeur ! le [Lombard était armé d'un poignard, Jacques,
ne épée ; tous les deux semblaient s'apprêter à attaquer
troisième personnage qu'ils avaient déjà acculé contre la
raille, et que l'ombre ne permettait pas à Rustique de
linguer.

— Au meurtre !... à l'aide. . criait la victime d'une voix
espérée. — Une voix jeune, étranglée par l'épouvante.

Iais les deux assassins n'avaient garde de se laisser at-
drir, et Jacques le Majeur continuait ses terribles attaques
itre lesquelles la victime avait beaucoup de peine à se dé-
dre.

Rustique ne put rester longtemps spectateur indifférent
ne pareille scène ; tous ses instincts généreux se révoltè-
it à la fois, et sans consulter le danger il se rua de toutes
forces contre la porte qui vola en éclats.

Il y eut alors un temps d'arrêt.

Le Lombard et Jacques se regardèrent un moment indécis ;
taient deux adversaires au lieu d'un ; la partie s'égalisait,
sue en devenait douteuse.

Cette suspension dura à peine une seconde, mais elle suffit
Rustique pour se rapprocher de celui qu'il venait sauver,
pour le reconnaître.

C'était Amaury, le troisième fils du prévôt.

— A nous deux ! dit Rustique, en prenant place à côté du
re de Marcelle.

Amaury ne trouva pas une parole à répondre, mais il lui
idit la main, qu'il serra avec effusion.

Cependant, le Lombard et Jacques avaient paru se con-
lter ; Jacques venait de baisser la pointe de son épée, et
Lombard fit un pas vers les deux jeunes gens. Son œil bril-
t d'un éclat fauve ; il tenait toujours dans sa main le man-
e de son poignard.

— Messire, dit-il, en s'adressant à Rustique, êtes-vous donc si las de vivre, que vous venez follement vous jeter au travers de notre colère, et de nos épées?

— Je ne redoute ni vos épées ni votre colère, répondit Rustique, en fouettant l'air de son arme.

— Cela n'est pas prudent, jeune homme...

— Finissons.

— Voici la seconde fois d'ailleurs qu'il vous arrive d'enlever à ma vengeance, la victime que j'allais frapper.

Rustique releva le front.

— Pardieu, je l'ignorais, maître Lombard, dit-il, avec un certain enjouement ironique, mais si cela est, je m'en félicite.

— Et cependant, jeune homme, poursuivit le vieux Lombard, dont la colère grandissait à mesure qu'il parlait, voilà vingt années que je prépare ma vengeance, vingt années que j'attends l'heure; ah!..... vous ne savez pas cela, vous; tenez... ils ont été cruels, impitoyables, lâches; ils m'ont enlevé, ils ont assassiné, tout ce qui faisait ma joie, mon bonheur, ma vie à moi... ma femme... mon enfant... les misérables. — Et je ne suis pas mort cependant... et j'ai vécu... et j'ai voulu vivre, parce que je voulais me venger... Ecoutez, messire Rustique... je ne vous connais pas, je vous ai rencontré une fois par hasard... vous êtes jeune, vous entrez à peine dans la vie... vous n'avez pas même le soupçon des mystères sanglants qui s'y trament... Eh bien!... je vous le dis... passez sans regarder... ne vous mêlez pas à ces drames terribles... ne vous arrêtez pas à les approfondir... cela porte malheur... croyez-moi... défiez-vous de ces entraînements du cœur, auxquels la jeunesse obéit sans réflexion... et laissez s'accomplir la justice de Dieu...

Un silence de quelques instants succéda à ces paroles; mais quelque étranges qu'elles fussent, elles ne pouvaient rien changer à la résolution de Rustique. Et quand le vieux

ombard eut cessé de parler, il indiqua la porte à Amaury
'un geste vif et prompt.

— Messire, lui dit-il, le discours de maître Lombard n'a
en qui puisse nous arrêter, une issue nous est offerte, hâ-
ıns-nous d'en profiter, partons !

Et ils allaient s'élancer vers la porte, quand ils s'aperçurent
ue le vieux sculpteur les y avait devancés, tandis que Jac-
ues le Majeur faisait lui-même quelques pas vers la fenêtre.

— Arrêtez ! s'écria le Lombard pâlissant.

— Encore ! fit Rustique avec impatience.

— Ainsi, vous ne tenez aucun compte de l'avertissement
ue je vous ai donné.

— Arrière !...

— C'est en vain que je vous ai prié...

— Laissez-nous passer.

— Messire Rustique, ce n'est cependant pas à vous que
en voulais ; en vous unissant au fils du prévôt, vous me for-
ez à vous confondre avec lui dans ma vengeance... prenez-y
arde.

Rustique fit un pas vers lui :

— Soit ! dit-il aussitôt, comme s'il eût obéi à une résolu-
on soudaine, je ne croiserai pas l'épée contre vous, et ne
enterai pas de franchir l'issue que vous défendez : il ne serait
as juste d'ailleurs que deux jeunes hommes s'unissent con-
·e un vieillard... à vous donc cette porte, messire Amaury,
t faites pour le mieux ; quant à moi, je me charge de ce
·uand qu'on nomme Jacques le Majeur, et qui va rendre
ompte dans un instant de tous les crimes dont il s'est rendu
oupable. En avant donc, et que le ciel vous garde.

Ce disant, Rustique se dirigea, l'épée haute, vers Jacques
·e Majeur qui l'attendait.

Des deux côtés, la lutte commença aussitôt.

Dès qu'il s'était vu en face du seul fils du prévôt, le vieux

Lombard avait poussé un cri de joie sauvage. Sa taille s'était redressée de toute sa hauteur, il avait replacé son poignard dans sa gaîne et tiré son épée du fourreau, et ainsi armé, il attendait de pied ferme.

On n'eût plus dit le même homme !... son visage anguleux avait revêtu tout à coup un air d'audace souveraine ; sa main crispée serrait fiévreusement la poignée de son épée, son regard éclatait de colère, de haine et de rage.

Il était terrible à voir !

Le dos collé contre la porte, l'œil fixé sur Amaury, son épée serrée contre sa poitrine, il semblait étranger à tout ce qui se passait à ses côtés. Que lui importait le résultat de la lutte engagée entre Rustique et Jacques ; que Rustique succombât ou que ce fût Jacques, où était le mal? Lui, au contraire, il était venu pour tuer Amaury, et il ne fallait pas que le fils du prévôt pût s'enfuir ; il ne fallait pas qu'il reparût vivant devant son père.

Car, c'était bien plutôt le père qu'il voulait frapper que le fils, son épée ne cherchait Amaury, que parce qu'il savait bien que derrière lui il rencontrerait le prévôt. Il avait trouvé maintes occasions de tuer ce dernier ; la nuit, le jour, à toute heure, il s'était présenté cent fois à deux lignes de son poignard ; un geste suffisait. Le vieux Lombard n'avait pas voulu.

Il y avait entre ces deux hommes, une de ces haines vivaces et fortes, qui font vivre longtemps, quand elles ne tuent pas du premier coup. La cause de cette haine était cachée dans les mystères de quelque drame ténébreux ; nul ne la connaissait peut-être, le souvenir en était resté enfoui dans le passé... Il n'avait survécu que dans le cœur du vieux Lombard !...

Un drame redoutable... Nous le raconterons plus tard.

Pendant vingt années, il avait caché son secret, comme un

are cache son trésor; il s'était dissimulé à tous les regards,
avait fui, on l'avait cru mort... On comptait bien peut-être
'il reviendrait, mais les années s'étaient écoulées, et l'on
ait cessé de l'attendre...

Un jour cependant, il avait reparu, et ce fut vraiment dou-
ureux de voir comment ces vingt années passées dans l'i-
lement et la solitude, avaient brisé sa forte et robuste na-
re.

On lui eût donné soixante ans; il en avait à peine cin-
ante.

Cette apparence de vieillesse anticipée, était peut-être elle-
ême une ruse; en voyant passer ce vieillard débile, courbé,
naigri, l'œil terne, les cheveux rares et blancs, on pouvait
nser que le corps et l'âme s'étaient parallèlement affaiblis,
le l'énergie s'était éteinte, qu'il n'y avait plus en lui rien
vivant, pas même le souvenir. Tout le monde s'y était
ompé... Tout le monde, excepté Mouchy !

Mouchy veillait; cette nature extraordinairement active,
dente, vivace avait tout deviné du premier coup d'œil. Il
vait bien, lui, qu'on ne meurt pas, quand on porte une
reille haine dans le cœur; il connaissait le Lombard ; par
qu'il aurait fait lui-même, il jugeait de ce qu'il devait
ire !

Mais le Lombard était doué d'une patience qui défiait tout
stacle; il n'avait pas attendu jusqu'alors, pour perdre en
jour, en une heure, le fruit de vingt années de souffrances
ouïes. Le jour où il avait reparu, le plus jeune des fils du
évôt avait failli périr sous le poignard d'un assassin.

Aussi, quand il se vit en face d'Amaury, et qu'il sentit
n épée trembler contre la sienne, il retrouva tout à coup,
comme par miracle, la vigueur de ses jeunes années, son
œur se prit à battre avec une violence inusitée, et il chercha
nergiquement à se frayer un chemin jusqu'à la poitrine de

14

son adversaire. C'était une lutte désespérée, où de part et d'autre on ne s'épargnait pas. Déjà le fils du prévôt avait reçu plusieurs blessures profondes, son sang coulait en abondance sur son pourpoint, et lui enlevait peu à peu une partie de ses forces. Le vieux Lombard ne perdait rien de ses avantages ; la vue du sang semblait, en l'enivrant, redoubler encore son ardeur ; au milieu de sa colère, il calculait ses coups avec une lucidité prestigieuse, son épée tournoyait à l'éblouir, autour de son adversaire ; il ne lui accordait ni repos ni trêve, poursuivant sa victoire avec un acharnement qui tenait de la cruauté, il profitait de tous les hasards que lui offrait le combat, et plus d'une fois sa pointe faillit disparaître dans la poitrine d'Amaury.

Pour un spectateur désintéressé, ce combat présentait un poignant intérêt. — Il y avait quelque chose d'insolite, de bizarre, de monstrueux même dans cet acharnement d'un vieillard contre un jeune homme ; toutes les chances étaient évidemment pour ce dernier ; Amaury comptait vingt-cinq années au plus ; ce n'était pas la première fois qu'il se servait de son épée, on ne l'avait jamais provoqué en vain ; il était robuste, agile, courageux... et cependant, voilà qu'un petit vieillard, maigre et chétif, l'obligeait à rompre et à demander merci ! Amaury pressentait vaguement que c'était fait de lui et qu'il allait mourir ; une singulière préoccupation dominait son esprit ; les regards de son adversaire le troublaient malgré lui, et il se demandait avec une mystérieuse épouvante, à quelle cause attribuer la haine sanglante que lui avait vouée cet homme.

Tout à coup cependant le vieux Lombard s'arrêta.

Il venait d'acculer Amaury contre la muraille, et au moment de lui passer son épée au travers du corps, ce qu'il eût pu faire sans danger, il releva son arme, et un frisson glacé parcourut ses membres.

Il se retourna...

A quelques pas, Rustique et Jacques le Majeur avaient, en ·raillant, brisé leurs épées, et maintenant ils continuaient lutte à bras-le-corps.

Dans tout autre moment peut-être, Rustique n'aurait pas aint de jouter avec un adversaire de la force de Jacques, ais ses blessures étaient à peine fermées, la veille encore il rdait le lit ; la fièvre ne l'avait pas quitté, il était faible.., il uffrait...

C'était une victime vouée d'avance à la mort..., et l'issue ı·combat ne fut pas longtemps douteuse...

Quelques minutes à peine s'étaient écoulées, qu'il tombait ıx pieds de Jacques, les vêtements déchirés et sanglants, ı proférant une imprécation pleine de désespoir.

Ce dénoûment prévu d'avance, n'était pas de nature à arrê-r le vieux Lombard, et bien qu'il eût tressailli au cri poussé ır Rustique, il l'eût volontiers cependant abandonné à la ılère de Jacques, pour poursuivre lui-même plus sûrement ı victoire, si un incident singulier n'était venu lui inspi-ır d'autres sentiments.

Jacques le Majeur y allait de la belle façon ; Rustique une ıis abattu, il lui avait posé le genou sur la poitrine pour lui ler toute liberté de mouvement, et l'œil froid, le geste as-uré, il le menaçait de son poignard. — On voyait bien qu'il vait l'habitude de ces sortes d'affaires.

Toutefois, au moment où sa main déchirait déjà les vête-ıents de sa victime, pour mieux reconnaître l'endroit où il evait frapper, le Lombard bondit tout à coup vers lui, pâle t effaré, et retint violemment son bras.

— Arrêtez! cria-t-il d'un ton d'autorité qui n'admettait pas e réplique.

Jacques le Majeur le regarda avec stupeur, tandis que Rus-ique se remettait à tout hasard sur la défensive.

— Etes-vous donc devenu fou ? objecta Jacques en faisant une redoutable grimace, et croyez-vous que ce soit un jeu d'enfant que celui-ci?...

Mais le Lombard ne prenait garde ni aux paroles de Jacques, ni à son air menaçant; son regard ardent et fixe s'était attaché sur Rustique, et il ne le quittait plus ; sa poitrine se soulevait avec précipitation, de temps à autre, sa main convulsive et crispée passait sur son front et dans ses cheveux, une fois même une larme glissa de sa paupière et alla sécher sur sa joue brûlante.

Un étrange combat se livrait en lui ; les impressions les plus diverses, les sentiments les plus opposés, venaient, tour à tour, se refléter sur son visage, et l'esprit en proie à mille irrésolutions, il se demandait à quel sentiment il lui fallait céder.

Enfin, il parut faire un violent effort sur lui-même, sa main passa une dernière fois sur son front chauve, et ayant jeté loin de lui son poignard et son épée, il fit quelques pas vers Rustique qui restait confondu, partagé entre l'étonnement et la crainte.

— Messire, dit alors le Lombard, en indiquant la porte à Rustique, je ne veux pas continuer plus longtemps une lutte où vos jours pourraient être menacés; cette issue est libre désormais, et vous pouvez vous éloigner sans redouter de nouvelles attaques.

— Et le fils du prévôt sortira d'ici sain et sauf avec moi, dit Rustique.

— Il le peut...

— Mais d'où vient ce changement ?

— Qu'importe.

— Encore, serais-je désireux de savoir....

— Eh bien ! si vous tenez à connaître les motifs qui me

terminent à agir ainsi, trouvez-vous demain soir auprès l'hôtel Saint-Paul.

— Vous y serez ?

— Je vous le promets.

— Et vous me direz...

— Je vous dirai, messire, pourquoi je suis heureux d'avoir otégé et défendu vos jours.

— A demain donc, maître Lombard ?

— A demain, messire Rustique.

Et Rustique et Amaury s'éloignèrent en toute hâte.

Le vieux Lombard les suivit un moment du regard, puis and ils eurent disparu dans la direction de l'hôtel de ville, que l'on n'entendit plus même le bruit de leurs pas, il se écipita vivement sur un petit sachet de soie brodé d'or, qui sait à terre après s'être échappé, pendant la lutte, du pour-int de Rustique.

Le Lombard l'examina avec une attention inquiète et trou-ée, balbutia quelques paroles inintelligibles, le tourna et le tourna en tous sens, et finit par le faire disparaître dans sa urse.

Jacques le regardait faire sans rien comprendre à sa pan-mime. — Le Lombard s'approcha de lui et lui frappa fami-rement sur l'épaule :

— Maître, dit-il, d'une voix que l'émotion faisait tressail-', voilà une heureuse nuit, n'est-il pas vrai ?

— Comment ! fit Jacques.

— Eh quoi !... ne venons-nous pas de sauver deux jeunes entilshommes de la meilleure venue ; deux enfants, coura-eux comme leur épée, ils ont vingt ans à peine ; c'eût été mmage vraiment...

— Le feu de saint Antoine vous arde, messire, interrompit usquement Jacques le Majeur, deux gentilshommes en ef-t, deux enfants, comme vous dites, qui n'auraient pas

14.

mieux demandé que de nous passer leur épée au travers de la poitrine...

— Amaury, peut-être... objecta le vieux Lombard, mais Rustique...

— Il ne vaut guère mieux.

— Quel courage !

— Je ne dis pas...

— Quelle ardeur ! quelle générosité !... Et comme il porte fièrement sa belle tête sur ses épaules, comme il présente loyalement sa poitrine à toute attaque : avez-vous jamais vu beaucoup de gentilshommes de cette trempe, maître Jacques?

— Possible, messire Lombard..... Mais il n'en est pas moins vrai que vous avez agi imprudemment en donnant la volée à ces deux écervelés.

— Nous nous en sommes fait deux amis au contraire.

— Est-ce donc là ce que vous cherchiez?

Le Lombard remua la tête et jeta un regard profond à son interlocuteur.

— Ecoute, Jacques, reprit-il après quelques secondes de silence, écoute... jusqu'à ce jour, il est vrai que toutes nos tentatives ont échoué, et chose étrange, elles ont échoué par l'intervention inattendue, providentielle de Rustique... Hugues chez Quinepue, Amaury dans cette habitation, nous avons vainement tendu nos piéges, puisque le premier vit, et que nous venons de laisser partir le second... Mais patience, patience ; demain nous porterons le coup le plus terrible au prévôt, et à la profondeur de la blessure, il faudra bien qu'il reconnaisse enfin la main qui aura frappé.

Jacques fit un signe d'incrédulité.

— Hum ! je commence à douter, murmura-t-il, en remettant son épée au fourreau.

— A demain.

— En quel endroit ?

— L'hôtel Saint-Paul…

— A quelle heure ?

— Dix heures.

— Soit ! fit Jacques, en se disposant à partir, à demain, essire, mais je renonce au métier, si nous ne menons pas affaire jusqu'au bout.

Un hideux sourire effleura à ce moment les lèvres du vieux ombard.

— Que je meure !… répondit-il avec une singulière énerie, si demain soir, la belle Marcelle n'est pas à notre merci !..

Jacques répéta le sourire du Lombard, et tous les deux s'éignèrent avec précipitation, en prenant la direction de aint-Jacques la Boucherie.

IV

Un bourgeois de Paris au seizième siècle.

(Suite.)

Blondel avait bien peu dormi, le pauvre homme ; partagé ntre la crainte et l'ambition, il avait veillé une partie de la uit, en proie à mille inquiétudes, également indécis sur la louble question de savoir, s'il mettrait Rustique à la porte, our complaire à monseigneur le prévôt de Paris, ou s'il coninuerait d'exercer envers lui, les devoirs de l'hospitalité au isque de s'exposer aux dangers dont Mouchy avait paru le nenacer.

Terrible et poignante alternative !

Une chose étonnait surtout naïvement Blondel, dans la position critique qui lui était faite. Il se demandait pourquoi Rustique avait plutôt choisi sa demeure que celle de tout autre citoyen, pour se soustraire aux poursuites dont il était l'objet. Il n'ignorait pas, en effet, que sa présence pouvait devenir un danger pour celui qui le recueillerait, et Blondel pensait, judicieusement, que dans cette situation, il n'est jamais bienséant de demander asile à ceux auxquels on porte quelque intérêt.

S'il avait pu savoir qu'à cette heure, Rustique avait quitté sa demeure, et qu'il errait à travers les rues désertes de la capitale, cette certitude eût soulagé son cœur d'un poids énorme, et épargné à son esprit bien des inquiétudes.

Blondel n'était pas brave, c'était là son moindre défaut ; son esprit borné ne s'était jamais élevé au-dessus de la sphère étroite des intérêts matériels ; il n'avait eu qu'un amour dans sa vie, celui de sa fille ; tout autre dévouement lui eût semblé incompréhensible, peut-être ridicule ; il était bon cependant, mais d'une bonté égoïste, personnelle, qui ne s'exerçait pas au delà des limites de la famille, sa femme elle-même n'avait jamais été pour lui qu'une associée... Son monde à cet homme, c'était sa boutique ; au dehors, il n'y avait que des étrangers, lesquels ne trouvaient grâce à ses yeux, qu'à la condition de devenir des acheteurs.

Faut-il plaindre, faut-il envier le sort de ces plantes humaines qui naissent, vivent et s'engraissent sur la couche où Dieu les a placées : l'homme qui est mort sur la croix des douleurs terrestres, répandant goutte à goutte son sang et ses larmes pour l'humanité qui le regarde indifférente, est-il donc plus aux yeux de Dieu, que celui dont la vie s'est écoulée pâle et incolore, et qui a passé sans même laisser derrière lui, sur la terre qu'il a foulée, la trace de ses pas incertains? Mystère insondable, devant lequel les siècles se sont plus d'une fois arrêtés ; énigme redoutable qui a fait blanchir et

mbler plus de vingt générations de philosophes et de pen-
rs...

Dès l'aube, Blondel sauta à bas de son lit; les rayons du
leil levant, glissant à travers ses rideaux de serge, décri-
ient quelques gais losanges sur le parquet de sa chambre;
passa prestement ses chausses, fureta un moment à droite
à gauche, comme si cette ambulation avait dû inspirer ses
solutions, et finit par descendre dans la boutique, aussi
lécis que la veille.

Denise dormait, Marthe n'était point levée encore; il était
  fort bonne heure, Blondel prit le parti de se rendre à l'é-
se Saint-Jacques, pour demander à Dieu un bon conseil.
Dieu seul pouvait l'éclairer dans cette perplexité.

Il jeta donc un dernier regard sur la boutique, pour s'as-
rer, avant de sortir, que tout s'y trouvait en bon ordre, et
'aucun voleur ne s'y était introduit pendant la nuit, et,
and cette inspection sommaire fut terminée, il se dirigea
rs la porte qu'il ouvrit.

Mais au moment de poser le pied sur le seuil il fit un sou-
esaut, et laissa échapper une exclamation de surprise
llée d'inquiétude.

Il venait d'apercevoir Mouchy à quelques pas de sa de-
eure.

Ce dernier remarqua le mouvement de frayeur effectué
r Blondel, mais il se contenta de le saluer d'un sourire iro-
que.

— Le diable soit en vos chausses, messire Blondel, lui dit-
en l'abordant familièrement, est-ce donc que je vous fais
ur, ce matin, ou me prenez-vous pour un voleur, que vous
lissez et reculez à ma vue?

— Moi! fit Blondel qui essaya une grimace aimable, Dieu
'en préserve... c'est que...

— Quoi donc?

— Les rues sont si mal fréquentées même à cette heure de jour, que la plus simple prudence exige...

— Que l'on prenne ses précautions.

— Précisément.

— Et vous avez raison, messire Blondel, certes, ce n'est pas moi qui le trouverai mauvais... d'autant qu'avec tous les ribleurs de nuit dont la capitale est infestée, je n'ai pas une heure de repos et de tranquillité d'esprit depuis un mois...

Tout en parlant ainsi, Mouchy jetait de temps à autre, par-dessus l'épaule de Blondel, un regard furtif dans la boutique; mais comme les volets en étaient soigneusement fermés, il y régnait, pour le moment, une obscurité profonde qui ne permettait pas d'y rien distinguer.

Mouchy prit bien vite son parti.

— Çà, dit-il à Blondel d'un ton dégagé et impérieux en même temps, laissons, je vous prie, pour un instant, les ribleurs de côté, et venons, sans détour, au motif qui m'a-mène. J'ai à vous parler...

— Vous, monseigneur, balbutia Blondel.

— Moi-même, messire; il s'agit de choses graves, et c'est monseigneur le prévôt de Paris qui m'envoie vers vous, pour avoir vos avis et vos conseils.

Blondel eut un éblouissement; c'était la seconde fois en deux jours que monseigneur le prévôt s'occupait de lui; il y avait là de quoi faire perdre la tête à de plus solides esprits. Toutefois, cette impression dura peu, et passa aussi rapidement qu'elle était venue. Blondel avait un fond de bon sens qu'on ne touchait pas impunément, et, malgré toute l'adresse déployée par Mouchy, il eut un moment, comme un vague soupçon de la réalité.

— Monseigneur le prévôt est mille fois trop bon, répondit-il avec une émotion profonde, mais qui ne lui enlevait rien de sa présence d'esprit, et je serais certainement heureux de lui

re utile ou seulement agréable ; mais, monseigneur ne l'i-
nore pas, les lumières d'un pauvre et modeste armurier
nt bornées, et je ne vois pas...

— Je vous expliquerai cela, interrompit Mouchy, en cher-
nant à pénétrer dans la boutique dont Blondel semblait vou-
ir lui défendre l'entrée, d'ailleurs j'ai peu de temps à perdre
i, et il convient que nous terminions sans retard.

— Eh bien, repartit vivement Blondel, cela tombe à mer-
eille, monseigneur, j'allais sortir quand je vous ai vu, je puis
ous accompagner... peu m'importe à moi où vous m'em-
ènerez... J'irai où vous irez, et de cette façon, vous ne per-
ez point votre temps que je considère comme si précieux à
tranquillité de la capitale.

Mouchy réprima un geste d'impatience et regarda Blondel
ans les yeux. Les paroles que ce dernier venait de pronon-
er étaient-elles une ironie ; l'armurier voulait-il lutter de
nesse avec lui ; essayait-il de lui donner le change pour dé-
ourner ses soupçons ?... Il fit un mouvement hautain de la
te, fronça le sourcil et haussa les épaules.

— Çà, messire, dit-il aussitôt d'un ton bref, vous moquez-
ous, je vous prie, ou faudra-t-il que j'appelle mes hommes
'armes pour forcer la porte de votre demeure ?

— Que voulez-vous dire, monseigneur ?

— Je veux dire que nous perdons notre temps en paroles
nutiles, entrons !

— Mais la boutique n'est point ouverte.

— Qu'importe...

— Le jour n'y a point pénétré encore.

— Entrons toujours.

— Si monseigneur le permet, je vais appeler Marthe, De-
ise, tout le monde... et dans quelques minutes...

Mouchy posa rudement la main sur le bras de Blondel et
ui serra le poignet à le faire crier.

—Écoutez, messire, lui dit-il brusquement, je vous ai dit que je voulais vous parler, je vous répète que je tiens à pénétrer dans votre demeure : eh bien, que la tour de Saint-Jacques m'écrase, si je ne vous livre pas à mes hommes dans le cas où vous persisteriez plus longtemps à me défendre le seuil de cette porte.

Cette injonction avait été faite d'un ton net et incisif qui n'admettait pas de réplique ; Blondel vit bien qu'il n'y avait plus à résister ; la peur l'avait repris ; et il se résigna à descendre les degrés qui conduisaient à sa boutique.

D'ailleurs, il était à bout de courage et de fermeté ; Mouchy une fois introduit dans la boutique, tout allait lui devenir indice ; la pâleur de Denise, la frayeur de Marthe, les terreurs de Blondel lui même, tout devait lui révéler la présence de Rustique ! Il en fallait bien moins pour un œil aussi exercé que celui de Mouchy.

Cependant, le malheureux eut encore une lueur d'espoir, et comme un retour de courage, car au moment où il s'apprêtait à écouter ce que Mouchy avait à lui dire, la porte du fond s'ouvrit, et la jolie Denise s'avança dans la boutique.

Denise était enveloppée d'une sorte de long peignoir blanc qui dissimulait les grâces adolescentes de sa taille, son visage éclatait de fraîcheur matinale et son regard brillait d'une vivacité mutine et charmante.

Dès qu'elle aperçut Mouchy, elle s'arrêta ; peut-être s'attendait-elle à le trouver là, mais elle n'en laissa rien paraître et s'inclina comme surprise et confuse.

Mouchy ne connaissait pas la fille de Blondel, c'était la première fois qu'il la voyait, aussi ne put-il tout d'abord dissimuler son étonnement, et il oublia un moment le but de sa visite, et le motif de l'entretien qu'il avait demandé à Blondel, pour admirer la délicieuse créature qui s'avançait vers lui.

Il se leva, et rendit à Denise son salut.

— Pardieu, dit-il alors, en se retournant vers Blondel,
us ne m'aviez pas dit, messire, que vous eussiez une aussi
armante enfant, près de vous. N'est-ce point Denise qu'on
ppelle?...

— Oui, monseigneur, répondit Denise.

— Et vous êtes sœur de lait de madame Marcelle ?

— Comme vous dites.

— Je me félicite alors du hasard qui m'a amené aujourd'hui
ns cette demeure, puisque j'ai le plaisir de vous y rencon-
2r.

Denise fit une petite moue ironique :

— Moi, messire, répondit-elle, ce n'est pas la première fois
ie je vous vois.

— Vraiment ?

— Madame Marcelle m'a souvent parlé de messire Mou-
y, et je dois dire qu'elle m'a plus d'une fois prévenu contre
us.

— Voyez-vous cela !

— Elle vous connaît ?

— Cela doit être.

— Elle sait quel rôle vous remplissez auprès de monsei-
ieur le prévôt, et...

— Et... quoi ?

— Je ne sais si je dois dire.

— Dites toujours...

— Eh bien, madame Marcelle trouvait... que ce rôle n'é-
it pas toujours précisément honorable.

En prononçant ces derniers mots, la voix de Denise était
ut à coup devenue plus ferme; une certaine ardeur ani-
ait son regard, et ses joues s'étaient colorées d'une subite
ugeur. Mouchy ne perdit rien de ce changement; de
admiration, il avait passé à la défiance, et maintenant

15

il était revenu tout entier à la réalité de la situation.

Blondel se tenait dans un coin de la boutique; il était plus mort que vif.

Mouchy se prit à sourire.

— Allons ! dit-il en affectant une gaieté qui était loin de son esprit, j'aime les situations franches et dégagées de toute ambiguïté ; à ce que je vois, on m'aime peu autour du prévôt ?

— J'en suis certaine, répondit Denise sans baisser les yeux.

— C'est-à-dire que l'on me hait ?

— On ne s'en cache pas.

— Que l'on veut me perdre ?

— Peut-être...

— Enfin que l'on conspire contre moi

— Oh !... cela n'en vaut pas la peine... repartit Denise, en faisant, pour la seconde fois, ce mouvement des lèvres qui imprimait à sa physionomie un si sanglant cachet d'ironie.

Blondel poussa un soupir, tandis que Mouchy avait toutes les peines du monde à se contenir. Jamais encore, on n'avait tant osé contre lui !... Mais il avait à cœur de ne point montrer son dépit, et il eut la force de rester calme; il savait bien d'ailleurs que d'un mot, il pouvait changer les choses, et jeter l'épouvante, là où s'étalait une confiance ironique, mais ce mot, il ne voulait pas le dire encore !...

— Fort bien, reprit-il bientôt après, on me hait, on veut me perdre, et, quoi que vous en disiez, Denise, on conspire contre moi !... je m'en doutais... Ah !... malheur à qui allume la haine dans le cœur d'une femme... Celui-là est perdu... Eh bien ! c'est une lutte qu'ils veulent. — Nous la soutiendrons, mais qu'ils y prennent garde cependant, car il est deux victimes que rien désormais ne saurait enlever à ma vengeance...

— Croyez-vous ! fit Denise du même accent calme et froid.

— Vous verrez.

— On pourrait se tromper ?

— Bah ! poursuivit Mouchy, jusqu'à présent du moins, j'ai ncore la confiance de monseigneur le prévôt, et sur mon me, quand une idée s'est emparée de moi, je ne suis pas omme à la laisser échapper sans me faire un peu prier.

— C'est le succès qui vous donne cette outrecuidance, ob-ecta la jeune fille.

— Peut-être bien... et tenez... à dire vrai je ne suis pas âché de savoir à quoi m'en tenir sur les sentiments des per-onnes qui entourent le prévôt.... j'aurais pu me laisser sur-rendre ; tandis que maintenant je serai sur mes gardes ; et uis... la lutte, c'est mon élément, à moi, et Dieu merci, j'ai les armes terribles qui la rendront dangereuse pour mes en-emis...

— Le nombre en est grand...

— Je ne les ai jamais comptés...

— Ils seront unis.

— Tant mieux alors, car le triomphe sera complet.

Denise jeta sur Mouchy un regard où brillait un étonnement lein de mépris.

— Je ne vous croyais pas tant de courage, dit-elle d'un on incisif.

— Que voulez-vous, repartit Mouchy avec insouciance, et comme si les sarcasmes de la jeune fille eussent glissé sur son cœur sans l'atteindre, c'est la vie cela... l'étude des hom-mes est longue et difficile... et je vous réserve bien d'autres étonnements.

En parlant ainsi, Mouchy se tourna un moment vers Blon-del qui se tenait près de défaillir dans son coin, et se dirigea ensuite vers la porte de la rue.

Malgré elle, et quoiqu'elle ne devinât pas ce qui allait se passer, Denise tressaillit à ce mouvement, et se sentit investir d'une vague inquiétude : elle fit un pas vers Mouchy.

— Vous partez ! messire, dit-elle d'une voix émue.

— Moi, nullement, répondit Mouchy, avec une galanterie affectée, d'ailleurs je serais vraiment affligé de vous quitter dans un pareil moment.

— Que prétendez-vous donc faire ?...

— Vous allez voir...

Mouchy se pencha aussitôt au dehors, et ayant porté à ses lèvres un petit sifflet d'argent qui pendait à sa ceinture, il en tira un son aigu et rapide qui trouva un douloureux écho dans le cœur de l'armurier.

Quatre hommes, armés jusqu'aux dents, parurent à ce signal attendu.

Denise respira :

— Il paraît, objecta-t-elle en souriant, que vous comptez donner beaucoup de besogne aux archers de M. le prévôt...

Mouchy regarda la jeune fille sans répondre.

— Est-ce donc, poursuivit Denise, qu'il s'agit d'arrêter et conduire au Châtelet Marthe, ma chambrière, ou Petit-Jean, notre apprenti... Certes ce déploiement de forces va faire rumeur dans la rue du Heaume, et nul doute, messire, que l'on ne vous prenne tout à l'heure pour le *capitaine général* des trois compagnies, ou pour le *chevalier du Guet* lui-même...

— Raillez... Denise... raillez... interrompit Mouchy, mais sachez-le bien, vos insultes ne m'empêcheront pas de poursuivre.

— Je le sais, messire.

— Elles ne feront que me rendre encore plus implacable.

— Je ne l'ignore pas.

— Et nulle puissance humaine ne pourra tout à l'heure soustraire Rustique à notre recherche.

— C'est ce que nous verrons.

— Nous avons monseigneur le Prévôt pour nous.

— Il a Dieu pour lui !...

Mouchy haussa les épaules à cette répartie, et se précipita
ans la boutique, suivi de ses hommes d'armes ; le calme et
 sang-froid de Denise lui avaient communiqué une impa-
ence fébrile, et, pour rien au monde il n'eût reculé.

Quant à Blondel, depuis quelques minutes déjà, il avait jugé
propos de s'évanouir.

Cependant les hommes d'armes venaient de pousser de-
ant eux la porte qui donnait accès de la boutique dans le
aagasin, et sur les ordres de Mouchy, ils se répandirent
ussitôt dans la maison de l'armurier. Ils parcoururent ainsi,
t successivement, les chambres de Blondel, de Denise, de
larthe, la salle de réception, les offices... et pénétrèrent
nalement dans le cabinet que Rustique occupait la veille en-
ore. -- Comme on le pense bien, ils n'y trouvèrent personne.

Mouchy était pâle de dépit ; quand il rentra dans la bouti-
ue, il lança un regard furieux à l'impassible Denise.

— Rustique était hier ici... dit-il d'une voix qui tremblait
e colère.

—Oui, messire, répondit Denise en souriant.

— Et vous saviez qu'il avait fui ?

— Sans doute.

— Vous vous jouiez de moi...

— Ne le saviez-vous pas ?

Mouchy se mordit les lèvres jusqu'au sang.

— Ainsi, il m'échappe, murmura-t-il en frappant du pied.

— Vous le voyez.

— Et maintenant, Dieu sait où nous le retrouverons !

— J'espère que vous l'ignorerez longtemps.

Le regard oblique de Mouchy s'arrêta un moment sur
Blondel, et il devint tout à coup pensif.

Quand il releva le front sa sérénité était revenue.

— Sur mon âme, s'écria-t-il vivement avec un enjouement qui n'avait plus rien de forcé, je suis bien simple de m'abandonner ainsi à l'emportement et à la colère, quand j'ai sous la main un moyen infaillible de retrouver Rustique.

— Et ce moyen? fit Denise.

— C'est vous qui me le fournirez.

— Moi !

— Que voulez-vous, Denise, il faut bien que je reprenne Rustique.

— Mais comment ferez-vous ?

— J'ai mon projet.

— La violence peut-être ?

— On fait ce qu'on peut...

— Ah! prenez-y garde, messire, madame Marcelle et la comtesse Eléonore sont encore puissantes.

— Aussi n'est-ce point d'elles qu'il s'agit.

— De moi alors ?

— De vous non plus.

— Mais de qui donc ?

— Suivez bien...

Mouchy se retourna lentement vers ses hommes qui attendaient debout près de la porte, et leur désignant Blondel qui commençait à sortir de son évanouissement :

— Emparez-vous de cet homme, leur ordonna-t-il, d'une voix vibrante d'autorité, et qu'on le conduise sur-le-champ au Petit-Châtelet !...

— Mon père ! s'écria Denise éperdue, en cherchant à se précipiter dans les bras de l'honnête armurier.

Mouchy fit signe à ses hommes de s'éloigner, et il se mit aussitôt en devoir de les suivre. Toutefois, au moment de passer le seuil de la porte, il se retourna vers Denise qui était restée comme foudroyée à sa place.

— Quand un homme entre au Petit-Châtelet, lui dit-il d'un
ı simple et dégagé, il est rare, mon enfant, qu'il en sorte ;
votre faveur, cependant, je veux bien me départir de ma
vérité habituelle, et je prends l'engagement de vous rendre
tre père sain et sauf quand vous m'aurez rendu Rusti-
e mort ou vif...

Mouchy salua sur ces mots, et se hâta de partir laissant
ınise défaillante et sans voix entre les bras de Marthe qui
nait d'accourir.

V

Marcelle.

Le soir était venu. On était à cet instant de la journée où
crépuscule tombe lentement du faîte des maisons, et
ımmence à ramper dans les rues étroites. Ce n'était pas
ıcore la nuit, ce n'était déjà plus le jour...

A l'une des fenêtres du rez-de-chaussée de l'hôtel Saint-
ɑul, donnant sur le parc, Marcelle, accoudée rêveuse et
ınsive, laissait son regard plonger frémissant sous les al-
es ombreuses : il y avait une heure à peine que Denise
ıvait quittée ; elle était seule, et elle repassait dans sa mé-
ıoire tout ce que lui avait dit sa jolie sœur de lait.

Toutefois, ce n'est pas précisément à Denise que Marcelle
ıngeait en ce moment, ce n'était pas non plus à Blondel, n
ses frères, ni à monseigneur le prévôt, son père ; une autre
nage flottait au loin devant son regard ému, et c'était cette
nage qu'elle suivait en même temps du regard et du
œur.

Marcelle ne comprenait rien à ce qui se passait en elle, depuis quelques jours...

Naguère encore, elle allait indifférente et calme à travers la vie, accueillant toute chose du même sourire satisfait, sans se demander si quelque larme amère ne tomberait pas un jour de ses yeux dans cette belle coupe d'or où elle trempait ses lèvres rieuses ; elle passait insouciante et presque fière ; elle aimait le bruit, le mouvement, l'éclat ; et la vie se présentait à elle comme une fête où la Joie et le Bonheur sont seuls conviés.

Un instant avait suffi pour changer tout cela.

Marcelle était devenue tout à coup soucieuse et grave, elle avait pâli, et sur ses joues, creusées par l'insomnie, on pouvait distinguer la trace de larmes récentes.

Parfois son front s'assombrissait, une pâleur mortelle se répandait sur ses lèvres, et elle croisait ses deux bras sur son sein, comme pour en comprimer les battements.

Aucune parole ne lui échappait, aucune amertume ne se lisait sur son visage, ses belles paupières se fermaient sur ses yeux, sa douleur était muette, mais à l'altération de ses traits, au tremblement de ses mains, on devinait quelle souffrance était la sienne.

Parfois encore, elle se prenait tout à coup à rougir ; son regard s'éveillait ardent et fiévreux, un frisson nerveux parcourait ses membres, et elle se sentait sillonnée tout entière par une émotion inconnue.

Marcelle était si jeune ; elle n'avait pas ce que l'on appellerait aujourd'hui l'expérience du cœur ; elle se demandait naïvement, avec une sorte d'épouvante même, quel malheur lui présageaient les singuliers symptômes qui la troublaient si profondément. Elle ne comprenait pas, et mille inquiétudes naissaient de son ignorance.

Un mot, prononcé à voix basse à quelques pas d'elle, l'a-

ait éclairée le matin même. Ce mot avait jeté la lumière
ans la nuit de son cœur, et déchiré en même temps le voile
ui lui cachait l'horizon.

C'était le matin...

Marcelle n'avait pas dormi de toute la nuit ; des images si-
istres avaient continuellement passé devant son chevet, et
risée par les fatigues d'une longue insomnie, elle s'était le-
ée dès la première heure.

Le soleil n'avait point encore franchi les degrés de l'hori-
on, c'était le moment où les dernières vapeurs de la nuit se
êlent aux premières clartés du jour, où les objets affectent
ncore cette forme vague et insaisissable que le rêve leur
onne.

A quelque distance, les arbres touffus penchaient leurs
ranches chargées de rosée, et plus loin, une sorte de petit
c artificiel éclairé obliquement, semblait rouler des milliers
'étoiles dans son onde pure.

Marcelle sentit son cœur se fondre ; le front appuyé sur sa
ain, elle oublia dans cette contemplation extatique de l'in-
ni, tout ce qui l'avait émue, tout ce qui l'avait agitée, et
es rêves d'enfant, et ses aspirations de jeune fille.

Elle vit tout un monde nouveau, et découvrit des beautés
u'elle avait ignorées jusqu'alors...

Elle revit les images aimées de son passé... celle de sa
ère surtout... son regard souriait au sien, et ses lèvres
leines d'amour appelaient son front, chaste comme aux beaux
urs de son enfance heureuse.

Ce souvenir, doux et triste à la fois, ouvrit dans son cœur
ne source vive de larmes ; elle laissa tomber sa tête dans
es mains et se prit à pleurer.

Combien de temps se passa-t-il ainsi ?..... C'est ce qu'il
erait difficile de dire...

Quand elle releva la tête, le jour était venu, et elle put dis-

15.

tinguer, à peu de distance, et presque sous sa fenêtre, deux hommes qui marchaient en parlant, et semblaient l'un et l'autre en proie à une vive agitation.

De ces deux hommes, l'un était Mouchy, l'autre Carlos.

Sans savoir pourquoi, Marcelle se sentit investir d'une terreur glacée à cette vue, et elle rentra vivement dans la chambre.

Toutefois, à tort ou à raison, sa curiosité avait été éveillée, et elle resta près de la fenêtre, droite, immobile, retenant sa respiration et prêtant l'oreille.

Mouchy et Carlos approchaient ; par un hasard providentiel, ils s'arrêtèrent quelques minutes au-dessous de Marcelle qui pouvait ainsi tout entendre, sans être vue.

— Cette nuit ! cette nuit !... disait Mouchy d'un accent saccadé, et en fermant les poings avec énergie, archers, arbalétriers, arquebusiers, tout sera sur pied... Il s'est joué de moi..... mort ou vif, il faut que je m'en empare...

Carlos fit un ricanement.

— M'est avis, messire, répondit-il aussitôt, qu'il y a un autre moyen de s'emparer de Rustique, sans troubler ainsi la tranquillité de la capitale.

— Et quel est ce moyen ?

— Rustique n'a-t-il point une maîtresse ?

— Je ne lui en connais pas.

— Du moins aime-t-il une femme ?

— Certes.

— Eh bien, c'est par elle que l'on peut le perdre.

— Comment ?...

— Monseigneur le prévôt est assez riche pour payer une trahison.

Mouchy fit entendre un rire sec et moqueur :

— Oh ! oh ! maître Carlos, répliqua-t-il, j'en suis fâché pour vous, mais le moyen est mauvais.

— Pourquoi cela ?

— Pour une raison fort simple. C'est que messire Rustique a placé son amour assez haut, pour que ni vous ni moi n'y puissions atteindre.

— Qui aime-t-il donc ? demanda Carlos étonné.

— Madame Marcelle... répondit Mouchy.

Et ils s'éloignèrent.

Marcelle resta muette et interdite à ce mot qui lui arrivait comme une révélation, au milieu de ses incertitudes.

Rustique !...

Jusqu'alors, le souvenir de cet homme qu'elle avait rencontré au bal de la cour et dans des circonstances étranges, avait flotté vague et indécis devant son esprit ; elle se rappelait que le hasard des événements les avait rapprochés un moment pour les séparer presque aussitôt, et elle n'avait plus entendu parler de lui, que comme de l'adversaire de son frère aîné !

Rustique !...

Plus d'une fois, ce nom avait été prononcé autour d'elle, sans qu'elle y attachât une importance quelconque, ni qu'il éveillât un sentiment dans son cœur : on le lui avait désigné comme l'ennemi de sa famille, un aventurier, une sorte de personnage mystérieux dont on ne connaissait point l'origine, et qui cachait à tous son véritable nom, et le but de son séjour à Paris...

Marcelle n'en avait pas demandé davantage.

L'impression que Rustique avait produite sur son esprit, n'était que passagère, du moins elle avait pu le croire. Une fois seulement, entraînés l'un vers l'autre par un concours inouï de circonstances, ils s'étaient trouvés unis dans un même sentiment : mais ce sentiment n'avait pas survécu à l'heure qui l'avait fait naître ; Rustique s'était éloigné, elle ne devait plus le revoir ; tout était fini entre eux, puisque le lendemain même, cet homme avait croisé son épée contre celle de Georges.

Toutefois, quand son nom revint tout à coup frapper son oreille, prononcé avec un accent de haine, et un atroce désir de vengeance, par Mouchy et par Carlos; quand elle apprit qu'une trame ténébreuse s'ourdissait contre lui et que sa vie était menacée ; quand enfin elle acquit la certitude qu'elle était aimée de cet homme, un singulier changement s'opéra en elle, un frisson parcourut ses membres, et le voile qui lui dérobait l'état de son cœur, se déchira...

Elle comprit tout !

Marcelle avait vécu jusqu'alors, sans éveiller autour d'elle, dans ce monde bruyant et corrompu qu'elle fréquentait, ni une sympathie vraie, ni une amitié réelle... Jamais cependant, elle n'avait éprouvé le besoin d'une autre existence que celle qu'elle menait ; cette vie était facile et douce ; elle se voyait belle et enviée, et cela suffisait à son bonheur; pourquoi aurait-elle désiré changer?

L'amour ne se révèle jamais qu'inopinément et par surprise : la veille encore, le cœur sommeillait, doucement bercé par les chastes illusions de l'enfance, et voilà que tout à coup il s'éveille à la vie, au bonheur, à l'amour!...

Il en fut de même pour Marcelle.

Le nom de Rustique la surprit dans la douce quiétude de son ignorance, et son cœur se troubla, et la lumière se fit !

Et elle se rappela, — chose étrange, — elle avait à peine vu Rustique, pendant cette heure qu'ils avaient passée l'un près de l'autre, et cependant, son image revint vivante se placer sous ses yeux ; elle revit son beau front éclatant de pâleur, sous sa noire chevelure, et sa taille souple et forte, et son regard également empreint de fierté sauvage et de douceur soumise...

La pauvre enfant ne s'était jamais sentie aussi émue !...

Elle était sans défiance d'ailleurs ; elle ne songeait pas à :fendre son cœur contre les entraînements de sa propre :nsée; elle se laissa glisser doucement sur la pente de l'a- our, sans chercher à se retenir aux branches du chemin; sentiment qui l'emportait, était plus fort que sa volonté, le eût été impuissante à lui résister.

Cependant, et quoiqu'elle ne pût s'expliquer encore ce qui : passait en elle, le trouble qu'elle éprouvait, l'inquiéta ; le comprenait vaguement qu'un danger la menaçait, une nère tristesse emplit son cœur, et elle eut peur; et se)yant seule, n'ayant personne dans le sein de qui elle put ler cacher ses appréhensions et ses craintes, elle prit son ont dans ses mains brûlantes, et pour la seconde fois, elle ndit en larmes.

Premières larmes d'amour, larmes saintes... d'où vient que)n se rappelle toujours l'heure bénie où vous fûtes versées? urquoi en conserve-t-on toute la vie, comme une âpre et :nétrante saveur? par quel divin privilége, les années pas- :nt-elles sur cette impression, sans en altérer jamais le pro- nd souvenir ?

Ne vous semble-t-il pas que c'était hier encore ? — Et)mme nous étions jeunes, et comme nous nous aimions !... , quels doux projets nous formions pour l'avenir, et quels ierveilleux romans qui ne devaient point s'achever !..

Nous l'avons tous bercé ce beau rêve d'éternelle jeunesse , d'éternel amour ; nous nous sommes tous arrêtés un jour, ne heure dans cette fraîche oasis qui se cache au début de ι vie, sous les opulentes promesses du printemps... Vous ous le rappelez..... le ciel était pur, les pampres étendaient ur nos fronts leurs verts rameaux, il y avait fête en nous et utour de nous... ah ! notre premier amour, où est-il main- :nant ?... enfui, perdu, envolé avec nos folles années.......

mais qu'importe, puisque nous avons conservé sur nos lèvres et dans nos cœurs le sacré souvenir de ses chastes baisers et de ses pures caresses...

Toute la journée se passa pour Marcelle dans une alternative continuelle de sourires et de larmes. — Elle n'essayait
pas de lutter, elle s'abandonnait sans effort au doux enivrement que ce nouveau sentiment éveillait en elle, ou aux tristes
appréhensions qu'il lui inspirait.

Denise l'avait un moment distraite ; sa douleur avait détourné le cours de ses pensées ; elles avaient pleuré ensemble, et le nom de Rustique était revenu plus d'une fois dans
leur entretien.

Puis elle était restée seule...

L'ombre avait gagné le parc ; les oiseaux chanteurs s'é-
taient tus, on n'entendait plus, à cette heure, que cette tendre
harmonie qui, pendant les nuits d'été, s'élève de toute chose
et berce doucement le cœur.

Cette journée d'émotions avait brisé Marcelle, elle avait
besoin de repos, le couvre-feu était sonné d'ailleurs depuis
longtemps déjà, sans qu'elle s'en fût aperçue, elle abandonna
la fenêtre qu'elle ferma et rentra dans sa chambre.

Elle était triste ; une sourde inquiétude montait de son
cœur et troublait sa pensée ; le silence, la solitude l'ef-
frayaient ; elle avait peur du bruit de ses pas sur le parquet.

Elle appela une de ses femmes. — Tout en se déshabillant,
elle cherchait à calmer ses appréhensions, mais elle avait
beau faire, elle ne pouvait y parvenir.

Elle demeura seule une seconde fois.

Elle pensa alors à tout ce qu'elle avait aimé sur cette terre;
elle se rappela avec amertume, son enfance heureuse passée
sous les tendres regards et sous les baisers caressants de
sa mère, et comme ce souvenir amena quelques dou-

s larmes dans ses yeux, elle s'agenouilla et se mit à
ier.

Jamais plus fervente prière ne s'était échappée de ses lè-
es.....

« Aime un être humain avec chaleur et pureté, dit Jean
Paul, et tu aimeras tout. Le cœur dans cette sphère céleste
de l'amour, est comme le soleil. Depuis la goutte de rosée,
jusqu'à l'Océan, tout est pour lui miroir qu'il remplit et
échauffe. »

Marcelle aimait... pour la première fois, elle éprouvait ces
effables symptômes d'un cœur que l'amour a touché ; et ne
oyant personne autour d'elle à qui elle put confier le doux
ecret de son trouble et de son émotion, c'est à Dieu qu'elle
adressait.

Elle resta une heure dans cette attitude pensive et recueillie,
t quand elle se releva de son prie-Dieu, elle était consolée.
e sommeil d'ailleurs commençait à la gagner, elle se jeta
onchalamment sur son lit de repos, croisa les deux bras sur
on sein, et ne tarda pas à s'endormir.

Au moment où son esprit s'envolait vers le pays des son-
es, un léger craquement se fit entendre le long de la cloison,
ne porte s'ouvrit dans la boiserie, et deux hommes entrèrent
ans la chambre.

Le premier portait une lanterne sourde à la main, le se-
ond tenait un poignard. — C'était le Lombard et Jacques le
Majeur.

— Nous y voici !... dit le Lombard en avançant avec pré-
aution... maintenant faisons en sorte de ne point réveiller
madame Marcelle... car ses cris pourraient nous perdre.

Jacques commença un rire silencieux.

— Je connais un moyen de l'empêcher de se réveiller, ré-
ondit-il à voix basse.

— Lequel ?

Jacques montra son poignard.

Le Lombard se contenta de hausser les épaules, et tira de sa bourse de cuir, un petit flacon de cristal ciselé.

— J'en ai un meilleur, dit-il en continuant d'avancer.

— J'en doute, repartit son compagnon.

— Tu vas juger.

Le Lombard était arrivé auprès de Marcelle, il dirigea sur elle les rayons voilés de sa lanterne sourde et resta un moment frappé, presque ému, en présence de tant de grâce et de tant de beauté.

— Eh bien ! fit brusquement Jacques le Majeur.

— Chut !...

— Vous hésitez...

Le Lombard secoua énergiquement la tête, et ayant débouché le flacon qu'il tenait à la main, il en versa quelques gouttes sur les lèvres roses de Marcelle.

L'effet fut terrible et instantané.

La jeune fille se tordit immédiatement dans des convulsions horribles ; ses joues devinrent pâles, ses lèvres bleuirent, son cœur cessa de battre.

— Morte ! s'écria Jacques qui ne put réprimer un frémissement.

— Peu s'en faut ! répondit le Lombard.

— Qu'est-ce donc que ce breuvage, que vous venez de verser sur ses lèvres ?

— Du poison !

Jacques partit d'un éclat de rire. — La gaîté lui était revenue.

— Sur mon âme, si j'en ai une, dit-il avec enjouement, voilà un flacon que certaines dames de la cour paieraient bien cher.

— Tu crois...

— Malepeste !..... savez-vous, messire, que cela est mer-
illeux ?

— Pourquoi donc ?

— Comment, une liqueur dont quelques gouttes suffisent
donner la mort... c'est une fortune !...

Le Lombard remua la tête, et posa sa lanterne sourde sur
parquet.

— Çà, dit-il, ce n'est point de ce breuvage qu'il s'agit,
ais bien de la fille de monseigneur le prévôt ; à l'œuvre
nc, maître Jacques, car notre tâche n'est pas finie.

— Qu'y a-t-il encore à faire ? objecta Jacques.

— Il y a à emporter madame Marcelle.

— N'est-elle donc point morte ?

— Si bien !

— Alors je ne comprends pas...

Une expression de haine sauvage se peignit, à ce moment,
r les traits du vieux Lombard.

— Ah ! tu ne comprends pas, ricana-t-il, tu ne comprends
s que je ne veux pas même laisser au père le cadavre de
n enfant !..... A l'œuvre donc, te dis-je... et que ma ven-
ance s'accomplisse tout entière...

Cette injonction était faite d'un tel ton d'autorité, que Jac-
es ne songea même pas à faire la moindre objection ; il
avança aussitôt vers le lit sur lequel reposait Marcelle, et
enleva dans ses bras.

Quelques minutes après, les deux hommes descendaient
n escalier secret que masquait la porte par laquelle ils étaient
enus, et s'engageaient dans ce long et étroit corridor où
ous avons déjà vu pénétrer le vieux Lombard, aux premiers
hapitres de ce récit.

VI

La vengeance du vieux Lombard.

Le lecteur se rappelle peut-être cette maison abandonnée, dont nous avons parlé plus haut, et dans laquelle nous avons vu pénétrer le vieux Lombard.

C'est vers une des salles de cette demeure qu'il conduisit Marcelle, après avoir traversé les corridors étroits et sombres où nous venons de le voir s'engager avec Jacques.

Marcelle n'avait pas fait un mouvement durant le trajet; Jacques la déposa sur un lit de repos sans qu'elle eût changé d'attitude; tout cela s'était effectué sans effort et sans violence. — Le Lombard était content.

— Enfin! dit-il, quand il put déposer sa lanterne sourde sur la table.

Et il revint aussitôt vers la porte par laquelle ils étaient entrés, et dans la serrure de laquelle, il brisa, par précaution, la pointe de son poignard.

Ces mesures prises, il se retourna vers Jacques.

— Cette fois, dit-il, elle ne m'échappera pas.

— Ce serait difficile.

— Demain, le prévôt pleurera toutes les larmes de ses yeux, quand il apprendra que madame Marcelle, sa fille chérie, lui a été enlevée.

— Et qu'elle est morte, ajouta Jacques.

— Et qu'elle est morte!... répéta le Lombard, dont le regard s'éclaira d'une joie de chat-tigre.

Puis, sa main frappa légèrement sur l'épaule de son compagnon.

– Jacques, dit-il, je te verrai demain.

– Y a-t-il donc encore quelque expédition du genre de e-ci?

– Peut-être.

– Vous êtes implacable envers eux.

– Comme ils l'ont été envers moi.

– Du moins, le tour du prévôt viendra aussi, j'espère.

.e Lombard jeta un cri sauvage, et enfonça ses ongles dans justaucorps de crin que portait Jacques.

– Le prévôt!... dit-il, avec un ricanement étouffé, oh! il faut pas qu'il meure, celui-là; des blessures profondes et urables; des tortures comme l'inquisition seule pourrait inventer; un avant-goût de l'enfer où il doit aller; à la ne heure!... Mais la mort, dis-tu!... Eh! si cet homme urait aujourd'hui, qui donc me vengerait demain! Non! aut qu'il vive, entends-tu, qu'il vive, pâle, les joues creu- , le front courbé, le cœur déchiré; qu'il vive sans repos rêve, seul, au milieu des ruines de son bonheur et de sa lune!... Ah! je donnerais de mes jours, pour ajouter aux ns... Je défendrais sa vie, si je la croyais menacée... Tu s bien, Jacques, qu'il ne peut pas mourir...

Tout en parlant ainsi, le Lombard avait reconduit Jacques qu'à cette porte dérobée qui ouvrait sur la rue Saint-An- ne. Quand il l'eût quitté, il revint à pas rapides vers la ambre où il avait laissé Marcelle.

Il avait hâte d'être seul... il alla prendre un poignard à e panoplie, et s'approcha du lit sur lequel avait été dépo- la fille du prévôt.

— Morte?... s'écria-t-il en haussant les épaules, il la croit rte... Ah! que non pas, maître Jacques. — On voit bien, 'il n'a jamais haï, cet homme... qu'il n'a pas épié pendant ngt années la joie de la vengeance... qu'il n'a pas compté s heures, les minutes, les secondes... attendant **toujours,** sans espérer jamais... — Sur le salut de mon âme, maître Jacques, la voilà venue cette heure... Cette jeune fille est madame Marcelle, la fille bien-aimée du prévôt; elle est en mon pouvoir, et elle m'appartient... et elle n'est pas morte, savez-vous!... tout à l'heure, le sang reviendra à ces joues pâles, le sourire éclairera ces lèvres de marbre, et ces yeux s'ouvriront de nouveau à la lumière et à la vie... Par le ciel! la belle et excellente chose que la vengeance, et je serai implacable comme lui, et je tuerai sa fille, comme ils ont tué mon fils...

Le Lombard s'arrêta... il s'enivrait peu à peu de sa propre colère, et son poignard tremblait dans sa main. — Il se rapprocha encore de Marcelle, et se pencha vers elle :

— Tu es la joie de ton père, s'écria-t-il avec amertume, comme mon fils était ma joie... tu nais à peine à la vie et au monde, et il était encore plus jeune et plus faible que te voilà... Comme toi, il était innocent et doux, et il ne savait encore prononcer que mon nom et celui de sa mère... et cependant ils l'ont impitoyablement arraché de mes bras, et pendant vingt années, ils l'ont séparé du nombre des vivants, les misérables !.....

Un nuage passa sur les yeux du vieux Lombard, et son poignard effleura la peau fine de Marcelle, qu'il raya d'un léger filet de sang :

— Ah ! malheur sur lui et sur sa race, poursuivit-il d'une voix qui devenait d'instant en instant plus vibrante, malheur, car ils ont jeté le désespoir sur ma vie, et allumé la haine dans mon cœur... De bon que j'étais, ils m'ont fait méchant, et mon cœur s'est séché dans la douleur et la rage impuissantes... les lâches... ils m'ont pris tout ce que j'aimais, tout ce qui pouvait rendre ma vie heureuse et douce... Eh bien! que Dieu les juge, et qu'ils soient maudits!...

Le vieux Lombard en était arrivé au dernier degré de la

bre aveugle ; encore quelques secondes, et c'en était fait
Marcelle... Mais au moment où il allait frapper, il s'arrêta
à coup, et se jeta brusquement en arrière.

Marcelle venait de faire un mouvement, pendant que, d'un
e côté, la porte d'entrée s'était ouverte.

a lanterne sourde ne jetait plus à ce moment que quel-
s faibles rayons dans la chambre, mais l'œil du Lombard
t habitué à voir dans l'obscurité, et il se rassura dès
l reconnut celui qui entrait.

— Est-ce donc vous, messire Rustique, dit-il, d'un accent
n'avait plus rien de fébrile ni de heurté, et quelle fantaisie
s a pris de quitter la chambre que je vous ai octroyée...

— C'est moi ! répondit Rustique ; ma foi, je m'ennuyais
re seul, j'ai entendu quelque bruit, et je suis venu.

— C'est imprudent.

— Ne m'avez-vous pas dit que cette maison était sûre.

— Sans doute, mais dans la position où vous vous trouvez,
rsuivi par messire Mouchy, vous ne sauriez agir avec trop
précaution.

— Bah ! fit Rustique, j'ignore quel intérêt nos ennemis
vent avoir à s'emparer de ma personne, mais ce que je
fort bien, c'est qu'ils ne me prendront pas aussi facile-
t qu'ils l'espèrent.

— On ne sait pas.

— Qu'ils y viennent !...

ependant Rustique avait avancé jusqu'au milieu de la
mbre, et malgré le soin que prenait le vieux Lombard de
cacher Marcelle, il distingua comme une forme humaine
le lit de repos, et un vague soupçon de la vérité traversa
esprit :

— Une femme ! s'écria-t-il en cherchant à écarter le Lom-
d.

— Silence ! fit ce dernier.

— Dans cette demeure...

— Plus bas! plus bas!

— Mais qui est-elle donc?...

— Voyez...

Et son interlocuteur le prit par le bras et le mena près du lit. — Rustique s'arrêta stupéfait :

— Marcelle ! murmura-t-il, frappé d'étonnement, de joie et d'épouvante...

Un sourire infernal plissa les lèvres du Lombard.

— Oui ! répondit-il, avec un ricanement, madame Marcelle, la fille de monseigneur le prévôt... Ah ! ah ! vous ne vous attendiez pas à la rencontrer céans... n'est-il pas vrai... madame Marcelle en notre pouvoir, à notre merci. — Par le sang du Christ, messire Rustique, cela est cependant — et dans une heure, notre vengeance sera complète.

— Notre vengeance! fit Rustique, en tournant un regard surpris vers son hôte.

— Oui, notre vengeance... la vôtre comme la mienne...

— Mais je n'ai aucun motif de haine contre cette jeune fille.

— Et le prévôt!

— Je ne le connais pas...

Le Lombard fit un mouvement de compassion équivoque :

— Eh bien! je vous le ferai connaître, moi... messire, répondit-il, d'une accent sauvage, je vous apprendrai comment cet homme a pesé sur votre passé... comment il s'est trouvé mêlé à toutes les tortures qui ont agité votre vie... et quand je vous aurai dit par quel crime vous avez été arraché des bras de votre mère, pour être enseveli vivant dans un cachot où l'on comptait bien vous voir mourir, j'espère que vous n'hésiterez plus à unir votre vengeance à la mienne...

Rustique écoutait le Lombard avec un frisson de terreur; bien qu'il n'eût aucun motif de révoquer en doute la véracité

ses assertions, cependant il ne pouvait se résoudre à croire
'il lui faudrait faire remonter au père de Marcelle, toute
haine qu'il avait vouée depuis longtemps aux lâches qui
aient fait sa jeunesse si misérable... — Un instant cepen-
nt, l'exaltation de son interlocuteur sembla le gagner, et il
ntit une colère sourde gronder dans sa poitrine; mais la
ıe de Marcelle le rappela bientôt à des sentiments plus hu-
ains, et la fièvre de son sang se calma comme par enchan
ment.

Il prit la main du Lombard :

— Sans doute, répliqua-t-il, je comprends la haine impla-
ble et jalouse pour ses ennemis, et serai moi-même tout
sposé à donner à la vengeance mon cœur tout entier, le jour
ı l'on me montrera les hommes auxquels je dois les souf-
ınces de mon passé... Mais pourquoi faire retomber sur les
ıfants la responsabilité d'un crime commis par le père, et
c'est le prévôt qui est coupable, pourquoi frapper Mar-
·lle ?

— Pourquoi !... s'écria le vieux Lombard, en se redressant
'ec un cri.

— Sans doute.

— Tu demandes pourquoi, et tu prétends haïr...

— Expliquez-vous.

— Ecoute, jeune homme, j'étais comme te voilà à cette
ıure; c'est-à-dire, la joie au front, le feu dans les regards,
ciel dans le cœur... J'avais vingt ans et j'aimais... J'aimais,
ımme on n'aime qu'une fois, sais-tu cela... et j'étais aimé
ır une belle et douce enfant, dont le cœur s'était éveillé
ant la raison. — Un jour, un homme a passé dans mon
ıemin, et tout a été fini... il n'a eu pitié ni de notre jeu-
ısse, ni de notre amour; ni de nos prières, ni de nos larmes;
a voulu tuer le père, et il a jeté l'enfant Dieu sait où. —
oilà vingt années de cela, messire, et j'entends encore le

cri que poussa la mère, quand on la sépara de son fils...

— Mais Marcelle! Marcelle!... fit Rustique.

— Je voudrais que le prévôt entendît le cri qu'elle jettera, tout à l'heure quand je la frapperai.

— Vous voulez donc la tuer?...

— Tu en doutes...

— Et vous avez pu croire que, moi vivant, je laisserais commettre un pareil crime!

— Comment?

— Mais c'est un assassinat.

— Qu'importe...

— Et puis, elle a seize ans à peine... elle naît à la vie, elle est belle, souriante, heureuse, regardez-la donc, messire.. .. Avez-vous jamais vu plus gracieuse créature; ses épaules ont la pâleur du marbre; ses bras ont été taillés par l'amoureux ciseau d'un invisible sculpteur; et cette taille flexible et souple, et ces formes délicates que le voile nous dérobe à peine... Ah! ce serait un sacrilège, savez-vous, et je ne permettrai pas qu'il s'accomplisse...

Pendant que Rustique parlait ainsi, le regard du vieux Lombard s'était attaché au sol, avec une étrange fixité; une rougeur subite avait coloré ses joues, il semblait en proie à une agitation inaccoutumée, et plusieurs fois même, ses lèvres se contractèrent d'un hideux sourire.

Quand Rustique eut fini de parler, il releva le front, et le regarda un moment dans les yeux.

— Rustique! lui dit-il d'un ton affirmatif, vous aimez cette jeune fille.

— Quand cela serait? repartit le jeune homme.

— Et plus d'une fois, n'est-ce pas, à la vue de tant de charmes réunis, un frisson de désir a surpris votre cœur et troublé votre raison?

— Moi!

— Eh bien, l'abîme qui vous séparait de Marcelle, est maintenant comblé... La fille du prévôt est à cette heure à otre merci, et je puis faire pour vous en ce moment, plus que e prévôt ne pourrait lui-même.

— Que voulez-vous dire?.. demanda Rustique.

Le vieux Lombard ne répondit pas de suite; il alla prendre ur la table, la lanterne sourde qu'il y avait posée, et revint 'ers Rustique qui suivait tous ses mouvements, avec une nxiété croissante.

— Rustique, lui dit-il alors, vous me demandiez, il y a quelques heures, une preuve de cette amitié que je vous orte, l'instant est venu de vous la donner...

Puis, en montrant Marcelle qui conservait toujours son mmobilité :

— Vous aimez cette jeune fille, messire, ajouta-t-il, eh ien, le vieux Lombard vous l'abandonne.

— Marcelle! fit Rustique étourdi.

Le Lombard salua le jeune homme avec un clignement 'yeux, et se retira à pas lents, vers la porte.

— Au fait, se dit-il en la fermant à double tour derrière lui, cette vengeance-là vaut bien l'autre, et elle a l'avantage de ne tuer personne.

VII

L'histoire de Rustique.

Quand le vieux Lombard eut disparu, et que Rustique entendit la clef grincer dans la serrure, et fermer la porte à double tour; quand il comprit qu'il se trouvait seul avec Mar-

16

celle, et que la fille du prévôt était bien en son pouvoir, son cœur se prit à battre avec une violence désordonnée, le sang monta à son cerveau, et une joie effrénée s'empara de tout son être...

Une nuit épaisse régnait dans la chambre, le ciel était sombre au dehors, le vent s'était levé depuis une heure, on l'entendait siffler aux angles de la maison avec un bruit sinistre; toute la chair de Rustique frissonna d'une âpre ardeur de volupté, et il se rapprocha frémissant du lit sur lequel reposait Marcelle..

Il ne la voyait pas, mais il savait qu'elle était près de lui, et cette pensée suffisait à attiser tous les désirs de son cœur.

Il roula un fauteuil auprès du lit, et s'y jeta éperdu.

Mille idées confuses traversaient en même temps son cerveau en feu; il écoutait ses oreilles bourdonner et sa poitrine battre avec effort; tous les démons des passions mauvaises dansaient à ses côtés, et semblaient vouloir l'entraîner dans leur cercle infernal. — La réalité le fuyait; il se trouvait jeté brusquement et sans transition dans un monde inconnu, où toute chose revêtait des proportions inouïes, et vingt fois, croyant sentir passer un invisible baiser sur ses lèvres émues, il tendit les bras en avant pour saisir et fixer ces blancs et lascifs fantômes que sa fièvre seule évoquait.

Pourtant, jamais homme n'avait aimé d'un amour plus chaste, jamais amant n'avait entouré de plus de respect ni d'adoration pure, l'idole sacrée de son cœur. C'était le premier, le seul amour de Rustique. — Marcelle morte, il eût fermé son cœur comme une tombe, et y eût enseveli toutes ses joies!...

Mais à cette heure, il avait tout oublié; tout avait disparu; il n'aurait point su dire si c'était Marcelle qu'il aimait, et il se serait étonné lui-même, s'il avait pu les analyser, des étranges

ensations qui l'emportaient parfois au delà même de ses désirs réels...

Un rayon de lumière et un mouvement de Marcelle le rap-
pelèrent heureusement à lui-même.

La lune s'était dégagée, pour un moment, des sombres
nuages qui la dérobaient, et quelques pâles rayons glissant à
travers les hautes fenêtres, vinrent mourir doucement sur le
pâle visage de la fille du prévôt...

Rustique fit un soubresaut, comme si un témoin inattendu
se fût subrepticement introduit près de lui, et son regard surpris se mit à parcourir la chambre.

La sarabande infernale avait cessé, ses tempes ne battaient
plus ; son sang s'était refroidi, il regarda Marcelle et le calme
lui revint presque instantanément.

Cependant Marcelle elle-même semblait peu à peu revenir
du long et lourd sommeil qui avait jusqu'alors engourdi ses
membres : ses bras se détendirent ; son sein se gonfla péniblement ; elle passa, à plusieurs reprises, ses mains sur son
front et dans ses cheveux épars, et finit par ouvrir les yeux.

D'abord elle ne distingua aucun des objets qui l'entouraient ; la lumière était douce et voilée ; la lune ne traçait çà
et là sur le parquet et sur les boiseries, que quelques losanges
mouvants et d'un éclat effacé, et elle eut beaucoup de peine
à s'habituer à cette demi obscurité, qui enveloppait toute
chose de formes vagues et indécises ; mais lorsque son regard incertain se fut promené pendant quelques moments à
travers la chambre, quand, familiarisée avec cette lumière
blafarde, elle put distinguer la plupart des objets qui s'of-
fraient à elle, et leur donner une forme mieux définie et
moins incertaine, une indicible épouvante s'empara tout à
coup de son esprit, elle croisa ses deux bras nus sur sa poitrine, et se redressa droite et glacée sur son séant...

— Où suis-je ? s'écria-t-elle, effarée... Que s'est-il passé pendant mon sommeil?... que veut-on de moi?... Grand Dieu !

Et comme aucune voix ne répondait à la sienne, qu'elle se vit seule, dans une chambre inconnue à son regard, elle se prit à trembler comme une enfant perdue, et se rejeta éplorée sur le lit de repos.

Cependant Rustique n'avait osé ni bouger, ni parler..... il comprenait les terreurs de Marcelle, se désespérait de ne les pouvoir calmer, et craignait, en se montrant, de les augmenter encore... Mais quand il la vit fondre en larmes, et appeler, dans son désespoir, son père et ses frères absents, il ne put se contenir plus longtemps, et, oubliant les désirs effrénés, qui tout à l'heure encore troublaient ses sens, il se précipita en avant, et saisit avidement les deux mains de Marcelle qu'il serra dans les siennes :

— Marcelle lui cria-t-il, Marcelle, ne craignez rien, c'est moi, Rustique, moi, qui me ferais tuer plutôt que de souffrir que l'on attentât à vos jours, moi, qui donnerais tout mon sang pour racheter une seule de vos larmes...

Rustique allait poursuivre, mais un éclair qui sillonna à ce moment le regard de Marcelle, arrêta tout à coup les paroles sur ses lèvres. — Toute crainte avait disparu du cœur de la jeune fille, et c'est maintenant l'indignation et la colère qui brillaient sur son front, et rapprochaient les deux arcs de ses sourcils.

Elle se releva, et dégagea violemment ses mains de l'étreinte qui les retenait :

— Rustique!... dit-elle d'un accent fébrile, c'est donc à vous que je dois cette honte? Ah! l'on m'avait bien dit que vous étiez l'ennemi de mon père et le mien, que votre venue à Paris cachait des projets de vengeance terrible et que vous feriez, avant peu, un étrange abus de votre force et de votre

ıudace.— J'avais peine à y croire, et cela devait être, cepen·
lant... Eh bien ! vous vous êtes trompé, messire, car je sau·
·ai déjouer vos trames ténébreuses, et vous ne recueillcrez
le votre violence, que le mépris qu'elle mérite...   .

Rustique cherchait vainement dans son cœur par quelle
ɔarole il lui fallait repousser les accusations dont on l'acca-
ɔlait ; il éprouvait un douloureux serrement de cœur en son-
ɡeant que Marcelle avait pu, un instant, le croire capable de
ant d'infamie ; un seul mot cependant devait suffire à le jus-
ifier, mais Marcelle devait·elle le croire ?

—Écoutez-moi, dit-il enfin, avec un élan désespéré, écou-
ez-moi, car je n'ai pas mérité votre colère, encore moins
votre mépris, et l'assurance que je vous donnai naguère, je
ɔourrais vous la répéter aujourd'hui.

Marcelle eut un sourire d'incrédulité.

— Ne suis-je donc pas ici entre les mains des ennemis de
non père? répliqua-t-elle avec amertume.

— Peut-être !

— D'où vient alors que vous vous y trouvez ?

— Sans moi, vous étiez perdue.

— Ces hommes ne sont-ils pas vos amis ?

— Qu'importe l

— Ne faites-vous pas cause commune avec eux ?...

— Jamais.

— Ne servez·vous pas leur haine, ou ne ne servent-ils pas
a vôtre ?

Rustique réprima un mouvement d'impatience.

—Et que m'importent la haine de ces hommes et le mystère
ɟont ils s'entourent l répondit-il avec impétuosité ; ce que je
ɔais seulement, c'est que tout à l'heure j'ai retenu le poi-
ɡnard d'un homme qui allait vous frapper... Tenez, ajouta-t-il
ɔn s'approchant de Marcelle, vous me croyez coupable, vous
m'accablez de reproches, et vos paroles ont un accent d'a-

16.

mertume qui brise mon cœur; vous me confondez dans
votre pensée avec ces hommes qui emploient la violence
et ne reculeraient pas devant l'assassinat : eh bien, malgré cette amertume, en dépit de votre dédain, malgré
votre mépris, je n'ai pas d'autre ambition que celle de vous
sauver, et je jure Dieu que je vous rendrai avant peu à tous
ceux que vous aimez et qui vous pleurent peut-être en ce
moment !

Le ton d'assurance dont ces paroles étaient prononcées
parut produire un certain effet sur l'esprit de Marcelle; elle
regarda Rustique à la pâle clarté de la lune, et chercha à
combattre les mille soupçons qui fermentaient dans sa tête et
dans son cœur.

— Ce que vous dites, messire, répondit-elle, est vrai sans
doute, et malgré les apparences qui vous accusent et légitiment mon indignation, il se peut que vous n'ayez point prêté
les mains à l'odieux guet-apens dont je suis victime; mais si
vous n'êtes pas coupable, si vous nourrissez réellement le
désir de me sauver, et de me rendre à mon père, expliquez-
moi comment il se fait que je vous trouve dans ces lieux, à
cette heure, au milieu de mes enne mis les plus cruels.

Rustique remua la tête, et avança à Marcelle un fauteuil
sur lequel elle s'assit :

— Pourquoi je suis ici, à cette heure? répliqua-t-il ; à vrai
dire, je n'en sais trop rien moi-même ; c'est Dieu qui a conduit tout ceci ; et, sur mon âme, ce n'est pas le premier hasard heureux qui me soit advenu depuis mon arrivée dans la
capitale ; il y a dans les événements auxquels j'assiste depuis quelque temps, une sorte de prédestination fatale, contre laquelle je lutterais en vain : je marche sans me préoccuper
du but où mes pas me conduisent ; et jusqu'à ce jour, je n'ai
pas eu à me repentir de m'être abandonné à mon instinct...

Rustique se tut un moment, et considéra Marcelle dont le

gard s'était attaché au parquet, et qui semblait l'écouter
vec plus d'attention. Sa colère s'était apaisée, et la confiance ·
venait déjà dans son cœur :

— Tenez, poursuivit Rustique qui s'enhardit à voir l'atti-
ide de la jeune fille, je veux vous le dire; il y a eu dans
ia destinée, un singulier entraînement qui m'a rapproché
e vous malgré la distance, et qui nous a, pour ainsi dire,
nis, malgré nos positions différentes. — Du jour où je vous
i retrouvée, je vous ai reconnue. — Où vous avais-je vue
éjà? je l'ignore : mais le rêve qui m'avait fait connaître et
imer votre pur visage, m'était cher et sacré... Quand je
ous ai rencontré, il m'a semblé que mon cœur vous aimait
éjà depuis longtemps, et que ma mère m'avait parlé de vous!...
ieu n'a pas fait cela en vain, croyez-le, et ne m'en veuillez
as, Marcelle, si je m'autorise de ces souvenirs, pour vous
arler un langage qui vous offensera peut-être.

A mesure que Rustique parlait, Marcelle avait relevé les
eux; cette parole résonnait à son oreille comme une douce
iusique, une tendre poésie, et versait dans son cœur la con-
olation et l'oubli. Quand Rustique cessa de parler, leurs
egards se rencontrèrent, et une impression vive, douce, in-
onnue à tous les deux, les fit frissonner jusqu'au plus pro-
ind de leur cœur.

Rustique reprit — le silence de Marcelle, au lieu de l'em-
arrasser, lui donnait une assurance nouvelle : il comprenait
ue cette occasion ne se représenterait plus jamais, qu'il fal-
iit se hâter d'en profiter, et qu'il s'agissait d'ailleurs du
onheur de sa vie tout entière.

— J'ignore ce que j'éprouve, dit-il d'une voix que l'émo-
ion rendait tremblante, mais j'aime la douceur de votre re-
ard, la pureté de votre front, le son tendre de votre voix.....
hacune de vos paroles m'émeut profondément... depuis que
e suis à vos côtés, le reste de la terre a disparu, cette

chambre est le monde où je vis, où je respire, où je suis heureux... Je n'ai jamais aimé, moi, Marcelle ; j'ai vécu triste et solitaire, sans songer que l'amour avait des mystères qui m'étaient étrangers, sans croire que ce sentiment pût m'offrir des joies dignes de mon cœur, et j'ai passé calme au milieu des plaisirs de ce monde, à un âge où le plaisir est toute la vie...

Rustique fit encore une pause ; il avait pris une des mains de Marcelle dans les siennes, sans que la fille du prévôt songeât cette fois à la retirer, et son regard allait alternativement de son front à ses yeux, s'inquiétant d'y voir s'y refléter la moindre ombre ou la moindre tristesse.

— Vous , Marcelle, poursuivit-il bientôt, vous avez été pour moi, et la mère que j'ai perdue, et la sœur que j'ai rêvée; je vous aime, comme je n'ai jamais aimé encore dans ce monde ; c'est autant que ma mère, c'est plus que Dieu, c'est plus que de l'amour, c'est un culte ; je vous aime chastement, saintement ; il me semble que nos deux existences ont été liées de Dieu même, et qu'aucun événement humain ne pourra jamais les séparer !... Si je vous perdais, je sens que la vie deviendrait pour moi, ce qu'elle a été jusqu'à ce jour, c'est-à-dire, une longue douleur. — La mort me serait moins cruelle qu'une séparation, car la mort réunit... Marcelle ! Marcelle ! pardonnez-moi de vous parler ainsi, ne vous offensez pas de mes paroles, et ne repoussez pas trop cruellement cet aveu qui déborde aujourd'hui de mon cœur trop plein...

Marcelle ne répondit pas... Elle était sans force et sans défense contre l'aveu de cet amour; elle ne songeait pas à retirer ses blanches mains que Rustique retenait dans les siennes, et son beau regard s'oubliait sur le front de ce dernier...

L'amour ! n'est-ce pas la raison souveraine de ce monde ?..

est-ce pas lui qui vient à nous quand nous souffrons,
qui essuie nos larmes, qui verse le baume sur nos blessures, qui chante à nos douleurs l'hymne tendre et saint
de la consolation? L'amour ! n'est-ce pas lui qui, du milieu
des débris du passé, que le présent est impuissant à réédifier,
nous ouvre, d'un doigt prophétique, les portes dorées du ciel
et l'avenir ?...

— Vous m'aimez... messire, dit enfin Marcelle, d'une voix
pleine de douceur et d'abandon, vous m'aimez, et ne craignez
pas de m'en faire l'aveu, sans savoir s'il m'offense, sans
vous enquérir même si mon cœur est libre, et si je puis vous
écouter sans crime ?...

Et comme Rustique fit un geste de douloureux étonnement :
— Rassurez-vous pourtant, ajouta-t-elle, avec une grâce
charmante, rassurez-vous, car Mouchy savait bien, lui, que
je n'aimais personne, la nuit où je vous rencontrai pour la
première fois; mais qu'importe après tout ! quel avenir cet
amour pourrait-il vous ouvrir? et quand je vous aimerais
même, quel bonheur puiseriez-vous dans cette certitude ? —
mon père vous connait-il seulement, et ne vaut-il pas mieux
renoncer à un amour impossible, que de bercer un espoir qui
ne doit jamais se réaliser ?...

— Tenez, poursuivit Marcelle après un repos donné à l'é-
motion, je ne veux rien vous céler, je prétends être franche
avec vous, parce que à tort ou à raison, je crois que vous
méritez cette franchise ; vous n'êtes point un homme ordinaire, et si je vous ai parlé tout à l'heure avec quelque dureté,
c'est que je ne pouvais penser sans amertume, que je m'étais
trompée en vous croyant loyal, généreux, dévoué... mais si
je suis revenue sur cette impression, il en reste une autre
qu'il vous sera sans doute plus difficile de détruire...

—Quelle autre ? fit Rustique qui dissimulait mal le contentement que jetaient en lui ces paroles.

— Un profond mystère vous entoure, messire, répondit la jeune fille, pourquoi vous cachez-vous ainsi? quel est votre nom? qui êtes-vous? D'où venez-vous..... enfin quel projet vous a poussé vers Paris, et pourquoi Mouchy paraît-il si animé contre votre personne?... Toutes ces questions, je me les suis déjà adressées souvent, elles n'ont rien qui doive vous blesser; j'aurais voulu y répondre moi-même, mais malgré toute ma bonne volonté à cet égard, je dois avouer que je n'y ai pas encore réussi. — Serez-vous plus heureux?

Rustique fit ce sourire qui imprimait à ses lèvres une courbe si railleuse et si fine, et il s'assit nonchalamment sur le bord du lit.

En ce moment, les premières lueurs du jour commençaient à filtrer à travers les grands rideaux appendus aux fenêtres; un tressaillement singulier se faisait entendre sous les arbres du parc, et quelques petits cris d'oiseaux s'élevaient déjà dans l'air.

— Merci, mille fois merci, madame, répondit Rustique avec effusion, vos paroles témoignent d'un sentiment qui me pénètre, et pour lequel je ne puis offrir en échange qu'une profonde et inaltérable reconnaissance; je veux mettre dans ma réponse autant de franchise que vous en avez mis dans votre question, et quand je vous aurai dit le peu que je sais moi-même de mon passé, j'attendrai avec patience, avec résignation, le jugement que vous porterez.

Et d'abord, ne nous occupons pas de Mouchy, s'il vous plaît; j'ignore pourquoi cet homme me hait, et je ne sache pas lui avoir jamais rien fait qui puisse justifier l'aversion qu'il me témoigne; c'est une affaire à régler entre lui et moi, et j'espère bien quelque jour, le tenir, à cet effet, ne fût-ce qu'une minute, au bout de mon épée... Si c'est un homme de cœur, nous nous battrons, si c'est un lâche, je le tuerai... — Cela n'ira pas plus loin...

Et maintenant, comment vous expliquer les vagues souvenirs qui sont restés gravés dans ma mémoire, et qui seuls peuvent encore me guider, quand je cherche parfois à rentrer dans
la nuit du passé. — Tout ce que je me rappelle, c'est une prison... plongeant à vingt pieds dans les entrailles de la terre,
où le jour ne pénétrait qu'à travers une longue et étroite
meurtrière, où je n'ai jamais vu d'autre visage humain que celui de mon geôlier... J'ignore combien d'années je suis resté
enseveli dans cette tombe..... mais je sais que j'y ai grandi,
que je m'y suis développé, et que j'y suis devenu un homme,
en dépit sans doute des bourreaux qui m'y avaient jeté... —
Quant au reste, tout est confus et sombre dans mon esprit ,
et un rayon du ciel pourrait seul y porter la lumière...

Cependant, quand je plonge dans ces ténèbres épaisses
et impénétrables de mon passé, et que je remonte péniblement la pente de mes souvenirs, il est un endroit où je
m'arrête toujours, obstinément, et vers lequel je ne reporte
jamais ma pensée sans éprouver au cœur un profond et douloureux tressaillement..... Je me rappelle alors, et je vois.....
C'est tout un monde de sensations nouvelles, dont je sors
toujours l'esprit troublé et les yeux pleins de larmes... Je
me trouve alors transporté dans une sorte de palais aux
mille flèches, où les portes reluisent d'or et de pierreries...
où de grands panneaux sculptés cachent les murailles, où
des hommes d'armes passent, bardés de fer, au milieu des
fanfares, où d'immenses portraits sont appendus le long des
boiseries. — Il en est un surtout, un portrait de femme, dont
le pâle sourire et le doux regard semblent m'appeler de loin...
Que dirai-je... Cette image m'a tenu bien des fois éveillé durant mes nuits agitées, et chaque fois je sentais mon cœur
battre plus fort, mon sang circuler plus actif dans mes veines, mille pensées se presser en même temps dans mon cerveau... et quand j'allais peut-être deviner, la nuit se faisait

de nouveau autour de moi et en moi, et je retombais, de toute la hauteur de mes espérances, dans la solitude et le découragement.

Bien des années se sont passées ainsi, sans que j'aie pu déchirer le voile fatal qui me dérobe l'énigme de ma vie... et aujourd'hui encore, bien que ce souvenir soit toujours aussi vivant, la même incertitude m'entoure...

Mais qu'importe, depuis que je vous ai vue, il semble qu'une vie nouvelle a commencé pour moi... Ai-je souffert, ai-je pleuré? je ne m'en souviens plus... Je vous ai dû, Marcelle, ma première joie et mon premier bonheur, et ce souvenir-là éternellement restera dans mon cœur...

Rustique s'enivrait, en parlant, de son propre enthousiasme, il serrait avec effusion les mains de Marcelle dans les siennes, et la jeune fille, en proie à un sentiment nouveau pour elle se laissait doucement aller sur la pente de l'amour...

Tout à coup, cependant, Rustique s'arrêta; il venait d'entendre un bruit singulier à l'une des fenêtres, et il écoutait.

Marcelle, de son côté, s'était rejetée en arrière, et son regard suivait celui de Rustique.

La fenêtre cédait peu à peu sous une pression extérieure; on l'entendit un instant trembler et frémir; puis une des vitres vola en éclats, le rideau s'ouvrit dans toute sa hauteur, et un homme tomba dans la chambre.

Cet homme, c'était Mouchy!...

VIII

Un incident.

— Par saint Babolein!... s'écria Mouchy avec une surprise qui n'était pas feinte, ce n'est pas vous, messire Rustique, que je comptais rencontrer céans... Mais comme il y a quelque temps que nous n'avons eu le plaisir de nous voir, je suis heureux que le hasard m'offre cette occasion de renouer connaissance...

Rustique était resté interdit à la vue de Mouchy ; Marcelle avait disparu et s'était cachée derrière les rideaux épais du lit de repos ; il se trouvait seul avec cet homme qu'un secret instinct lui avait désigné depuis longtemps comme son plus mortel ennemi, et pour rien au monde, il n'eût voulu laisser échapper une semblable occasion.

—Sur mon âme! répondit-il en tirant son épée du fourreau, le hasard nous sert bien favorablement l'un et l'autre, car si vous êtes heureux de me rencontrer, je ne suis pas fâché, moi, de vous dire quelques mots.

— Comme cela se trouve...

— Vous avez fait récemment, m'a-t-on dit, des recherches nombreuses pour découvrir le lieu de ma retraite, et je regrette vraiment de ne l'avoir appris que trop tard ; car je vous aurais évité une partie de la peine que vous vous êtes donnée.

— Comment cela ? fit Mouchy.

— En allant moi-même au-devant de vous.

— Dites-vous vrai ?

17

— Ah ! voilà une question impertinente, messire, car, moi, du moins, je ne vous ai point encore donné le droit de douter de ma parole.

— Soit, messire Rustique, je vous crois ; d'ailleurs je vous connais déjà assez aventureux pour ne pas reculer devant une pareille détermination ; mais puisque nous sommes seuls ici, et que nous pouvons parler à cœur ouvert, je vous avouerai qu'à votre place j'agirais avec plus de prudence, et que j'essaierais au moins de préserver mes jours des dangers dont ils sont menacés.

— A quoi bon ?

— Vous avez des ennemis acharnés.

— Vous, messire ?

— Moi et d'autres...

— Eh bien ! qu'ils viennent donc tous, comme vous voilà, c'est-à-dire, une épée à la main, et seul à seul, et je jure Dieu, qu'avant qu'il soit longtemps, ils auront réglé le compte de leurs lâchetés et de leurs infamies...

Mouchy haussa les épaules, et se jeta nonchalamment dans un fauteuil placé près de la fenêtre.

— Vrai Dieu ! messire, répondit-il en souriant ; j'admire votre candeur et votre simplicité ; et vous vous escrimez là contre des fantômes qui n'auront garde de s'exposer à vos coups. Une épée, dites-vous ? mais c'est un jeu de gentilhomme, cela... on peut se faire tuer à cet exercice, et les hommes que j'emploie n'en ont ni le temps ni la volonté...

— Mais vous, du moins, repartit impétueusement Rustique.

— Oh ! moi, c'est différent, je me suis battu quelquefois, mais seulement lorsque j'y étais contraint.

— Et vous l'avouez !

— Pardieu...

— Et cet aveu ne fait pas monter le rouge de la honte à votre front.

— Pas le moins du monde.

— Ah ! vous êtes lâche, messire.

Mouchy répondit par un éclat de rire.

— Allons donc, dit-il avec gaîté, vous comprenez mal les choses, mon ami, et s'il m'avait fallu croiser le fer contre tous ceux dont je me suis fait des ennemis, il y a vingt ans que j'aurais cessé d'exister.

— Et vous aimez la vie ?...

— Comment l'entendez-vous !

— Et vous tenez à la conserver, même au prix de votre honneur ?

— Triste honneur que celui qui consisterait à se faire tuer dix fois par jour, par de jeunes fous comme vous.

Rustique fit un pas vers son interlocuteur impassible.

— Eh bien !... répliqua-t-il d'une voix éclatante, que ma colère atteste ma candeur et ma simplicité, j'y consens... mais le hasard vous a jeté dans cette chambre où nous sommes seuls, où nul ne peut venir au secours de votre lâcheté, et sur mon âme, j'entends profiter cette fois de l'occasion qui m'est offerte... Debout donc, messire... et que je sois fou ou que j'aie bien toute ma raison, je vous dis que vous ne sortirez pas vivant de ces lieux...

Mouchy croisa les jambes et se rejeta sur le dossier du fauteuil.

— Ainsi, dit-il nonchalamment et sans laisser paraître la moindre émotion, vous voulez me tuer...

— Défendez-vous.

— Vous avez une épée, et vous voulez vous en servir contre un homme qui ne cherche pas même à couvrir sa poitrine.

— Misérable !

— Vous voilà devenu assassin, et cela, sans y avoir été poussé par une de ces extrémités qui légitiment de pareils crimes... Savez-vous messire Rustique, que vous avez marché vite dans cette voie...

Rustique réprima un cri de colère effrénée, et saisit énergiquement le bras de Mouchy.

— Ah! vous faites un appel à la loyauté et à l'honneur, vous qui n'avez ni honneur ni loyauté, répondit-il, vous parlez de violence et d'assassinat, vous qui, depuis quinze jours, envoyez vos affidés à ma recherche, à travers toutes les rues de la capitale; le ciel nous jugera, messire, mais je vous répète que l'un de nous deux ne sortira pas vivant de cette chambre... debout donc et défendez-vous.

Mouchy se leva tranquillement de son fauteuil, et dégagea son bras de l'étreinte de Rustique; seulement au moment où ce dernier s'apprêtait déjà à l'attaquer, Mouchy allongea son épée dans la direction du lit de repos, et en rapporta un ruban de velours, qu'il montra triomphalement à Rustique.

— Eh! que ne le disiez-vous plus tôt, s'écria-t-il, en examinant le ruban de plus près, un rendez-vous... c'est de votre âge... cela... et c'est moi qui suis indiscret... la pauvre enfant doit être plus morte que vive... que diable, on prévient dans ces cas-là. Et vous vouliez vous battre!... Mais songez-y donc, messire, je pouvais vous tuer, et dans cette hypothèse, que devenait votre maîtresse?

Rustique eut un frisson. Ce que disait Mouchy était vrai, il n'y avait pas pensé... Marcelle était là cependant, elle n'avait d'autre défenseur que lui, et il ne se rappelait pas sans frémir que la veille encore, il avait failli périr sous les coups de Jacques-le-Majeur.

Il releva son épée.

Sa colère s'était calmée, il comprenait que la vie et l'honneur de Marcelle se trouvaient en danger, et il voulait à tout prix la sauver. Le soin de sa vengeance ne venait qu'après. — D'ailleurs, cette occasion qu'il allait laisser échapper,

il la retrouverait bien quelque jour, et alors aucune considération ne l'arrêterait plus.

Il indiqua la fenêtre à Mouchy, d'un geste impérieux.
— Vous avez raison, messire, dit-il d'un ton bref, et vous me
rappelez à propos qu'il est une personne dont je dois protéger
les jours, avant de songer à attaquer les vôtres. — Partez
donc et reprenez sans tarder le chemin que vous avez pris
pour vous introduire ici ; je veux bien pour cette fois, faire
trêve à ma colère et à ma haine, mais priez Dieu qu'il ne
vous remette pas une seconde fois dans ma route.

Mouchy marcha lentement vers la fenêtre sur l'appui de
laquelle il monta ; mais avant de descendre dans le jardin que
cette fenêtre dominait, il se retourna vers Rustique.

— Pardieu, dit-il tout à coup, de ce même ton d'enjouement qu'il conservait jusque dans les situations les plus
graves, une chose m'étonne surtout dans cette aventure.

— Laquelle ! fit Rustique.

— Il y a quinze jours à peine c'était la fille du prévôt que
vous aimiez.

— Qui vous l'a dit ?

— Vous-même.

— Eh bien ?

— Eh bien ! vous avez joué vingt fois votre existence,
quelquefois pour la sauver de dangers réels, plus souvent
pour la voir seulement.

— Quand cela serait !

— Ce dévouement s'expliquait alors par un amour ardent,
oublieux, aveugle, comme il ne peut guère en pousser que
dans un cœur de vingt ans.

— Où voulez-vous en venir ?

— A une simple observation.

— Dites vite...

— A savoir que quinze jours ont suffi pour éteindre ce beau feu et qu'aujourd'hui...

— Achevez.

Mouchy montra le ruban qui flottait encore à la pointe de son épée.

— Aujourd'hui, répondit-il en souriant ; ce sont d'autres rubans et d'autres amours...

En parlant ainsi, Mouchy salua son adversaire, et sauta dans le jardin.

— Au revoir, messire Rustique, ajouta-t-il en s'enfuyant vers la porte de la rue.

— Oui, au revoir... murmura Rustique, en rentrant dans la chambre, et fasse le ciel que ce soit bientôt !...

Le jour était venu, les premiers rayons du soleil levant pénétraient à travers la fenêtre ouverte, et avec eux les folles brises du matin.

Marcelle avait quitté sa retraite, et pâle, émue, le regard voilé de larmes, elle attendait Rustique les mains tendues.

Rustique courut à elle.

— Merci, messire, dit alors la jeune fille, d'un accent pénétré et profond, ah ! je comprends, maintenant, qu'il faut quelquefois plus de courage pour remettre son épée au fourreau, que pour l'en tirer.

— Vous étiez là, et je pouvais mourir, répondit Rustique.

— C'est vrai !

— Et vous étiez perdue...

— C'est vrai !

— Et moi, Marcelle, je ne voulais pas mourir avant de vous avoir rendue à votre père...

— Ah !... vous êtes bon et dévoué, murmura Marcelle, en serrant ses mains dans les siennes.

Cependant une ombre de tristesse avait passé sur le front de Rustique, et un sourire amer plissa tout à coup ses lèvres.

— Qu'avez-vous? demanda vivement Marcelle, qui s'a-
perçut de ce changement.

— Moi ! fit Rustique.

— Vous pâlissez.

— Ce n'est rien.

— Votre main tremble dans la mienne.

— Qu'importe !

— Ah! parlez, messire, parlez... J'ai quelque droit peut-
être de vous interroger, et je vous supplie...

Le regard de Rustique s'imprégna d'une douce mélancolie, et il remua tristement la tête d'un air de doute et de découragement :

— Vous avez raison, répondit-il, et je veux tout vous dire,
et je veux ne vous rien cacher de ce qui se passe en moi; eh
bien, je pensais que ma vie a été jusqu'à ce jour livrée aux
hasards des aventures, qu'une fatalité aveugle n'a cessé de me
poursuivre, et qu'à cette heure même, à cette heure, où mon
cœur devrait être tout entier à la joie de sauver vos jours
et de protéger votre honneur, un amer regret se mêle à mon
bonheur, et que le doute le plus cruel ébranle mes meilleures résolutions.

— Pourquoi cela... demanda la jeune fille étonnée.

— Pourquoi, repartit Rustique, oh! songez-y donc, Marcelle... mon bonheur, à moi, ma joie, ma vie, n'est-ce pas
vous! ce qui m'a aidé à supporter cette existence solitaire
qui m'est faite, ce qui m'encourage à aller vers l'avenir, le
cœur fortifié et le front souriant, n'est-ce pas cet espoir
longtemps caressé d'un amour peut-être impossible... O Marcelle, si vous saviez les rêves insensés que j'avais formés...
et quel culte je vous avais voué, et comme je vous aimais et
comme je vous aime! eh bien, croyez-vous que je puisse,
sans déchirement, renoncer à tant de bonheur promis, et
quand je viens à penser que demain, que ce soir peut-être,

vous allez rentrer dans ce monde où je ne puis pénétrer, ne m'est-il pas permis de regretter cette heure qui passe et qui, en s'écoulant, rapproche encore le moment de notre séparation.

Marcelle avait écouté Rustique parler, sans l'interrompre ; quand il eut achevé, un air d'audace mêlée de timidité brilla dans son regard, et elle releva le front vers le ciel, comme pour le prendre à témoin de la sincérité de ses paroles :

— Rustique, répondit-elle, vous m'aimez, dites-vous, et je vous crois... à l'accent de votre voix, au tremblement de votre main, au dévouement que vous m'avez témoigné, je ne doute plus, et je vous dis même que j'accepte cet amour, et que, quoi qu'il advienne, j'en garderai le souvenir impérissable jusque dans ce monde où vous allez me ramener... Mais que vous dirai-je encore, mon père est sévère, mes frères sont orgueilleux ; on ne me pardonnerait jamais d'avoir pu oublier une heure seulement que je suis la fille du prévôt de Paris, et que j'appartiens à ma famille avant de m'appartenir à moi-même... Il y a de terribles histoires dans le passé, de sombres drames où l'honneur des miens a joué un rôle sanglant, et qui disent assez combien il serait dangereux de l'oublier..... ne m'en veuillez donc pas, messire, de cette réserve que je m'impose, et croyez que si vous pouviez lire en ce moment dans mon cœur, ce n'est peut-être pas seulement de l'amitié que vous y trouveriez pour vous.

Ces paroles émues, prononcées d'une voix confuse, témoignaient d'un sentiment que Marcelle cherchait vainement à dissimuler ; Rustique le comprit aussitôt, il poussa en les entendant un cri de joie folle, et se jeta à genoux devant la jeune fille :

— Marcelle ! Marcelle ! s'écria-t-il, avec de pareilles paroles, je soulèverais le monde... je n'ai plus de doute, je n'ai plus de désespoir, la vie circule à pleine sève dans mes veines. Oh! vous êtes bonne, et vous m'aimez... ne craignez rien, cependant, mon amour est pur comme votre âme... et la certitude d'être aimé de vous, suffira au bonheur de toute ma vie! Qu'importe! je ne tenterai pas de franchir violemment la distance qui nous sépare, je vous aimerai en secret, de loin, sans que nul ne s'en doute, je vous aimerai comme l'on aime Dieu, sans le voir jamais... vous seule le saurez, vous seule; si par hasard votre regard rencontrait le mien, vous comprendriez ce qu'il y a d'ardent dévouement et de pure adoration dans mon cœur! — Ah! je puis mourir maintenant, Marcelle, car j'emporterai du bonheur pour l'éternité!...

Rustique allait poursuivre, mais quelques coups frappés à la porte détournèrent son attention, il écouta:

— Messire Rustique, dit une voix qu'il reconnut pour celle du vieux Lombard.

— Qu'y a-t-il? répondit Rustique.

La porte roula lentement sur ses gonds, et la tête du Lombard passa dans la chambre.

— Venez!... dit-il à Rustique d'un ton confidentiel, et en l'entraînant au dehors.

— Que voulez-vous?... fit Rustique.

— Je sors.

— Vous me laissez seul?

— Une heure seulement.

— Une heure!...

— Je vous confie Marcelle.

— Soyez sans crainte.

— Que je la retrouve à mon retour!

— Comptez sur moi.

— Songez, messire, que Marcelle entre nos mains, c'est un otage qui nous assure l'impunité...

— Sans doute.

17.

— Que si nous la laissions partir, nous serions perdus.

— Certes.

— Vous comprenez?...

— A merveille.

— A bientôt donc.

— A bientôt...

Le vieux Lombard allait s'éloigner, mais il revint vivement sur ses pas.

— Une observation encore, dit-il rapidement.

— Parlez! fit Rustique.

— Mouchy est à notre recherche, et il n'y aurait rien de surprenant à ce qu'il poussât jusqu'ici ses investigations.

— Je l'en crois capable.

— Dans ce cas, il importerait de faire disparaître la fille du prévôt.

— Comment?

— Oh! rien de plus facile : dans la boiserie de la chambre où se trouve Marcelle, au-dessus de la cheminée, un peu sur la gauche, poussez un bouton de cuivre presque imperceptible.

— Après.

— Une porte s'ouvrira à cette pression, et dans le corridor auquel elle donne accès, vous pourrez sans crainte vous soustraire à toutes les recherches... ce corridor conduit à l'hôtel Saint-Paul.

— C'est bon à savoir.

— N'est-ce pas !...

— Est-ce tout?

— C'est tout.

— A bientôt donc.

— A bientôt.

Et cette fois, le Lombard s'éloigna sans revenir sur ses pas, tandis que Rustique se hâtait d'aller rejoindre Marcelle.

Une heure après, l'hôtel Saint-Paul présentait le spectacle d'un drame d'un autre genre.

Dans une des principales salles du rez-de-chaussée, non loin de la porte qui ouvrait sur la rue Saint-Antoine, un homme d'une soixantaine d'années environ était assis devant une grande table de chêne, le front dans ses mains, le visage pâle, l'air morne et abattu.

Cet homme — nous en avons souvent parlé dans le cours de ce récit — c'était monseigneur le prévôt de Paris.

La salle dans laquelle il se trouvait mérite ici une mention particulière, car elle doit jouer un rôle important dans cette histoire.

L'état de vétusté dans lequel elle était tombée disait assez qu'on ne l'habitait pas d'ordinaire, mais les tapisseries, les vases, les tableaux, tout ce qui constituait enfin l'ameublement à cette époque, témoignait encore de l'éclat dont elle avait dû jouir dans le passé.

Cette salle était éclairée par trois grandes croisées, hautes de treize pieds, larges de cinq, et fermées en fils d'archal, avec un treillis de fer percé : les lambris et les plafonds étaient façonnés de bois d'Irlande sur le même modèle que ceux du Louvre.

A droite de la porte d'entrée, se trouvait un grand vase d'argent massif, en forme de table carrée, posé et assis sur quatre satyres, aussi d'argent, et servant à mettre dragées et confitures.

A gauche était placé un bel écrin, couvert de cordouan vermeil, ferré de clous, bordé de fin laiton doré et fermant à clef.

En face, se dressait une *chaire de chambre* de quatre membrures peintes fin vermeil, dont le siége et les bras étaient ouvrés et *cherchés à soleils, oiseaux et autres devises.*

Deux tapis de haute lisse tombaient le long des murs, représentant l'un les sept vices et les sept vertus, l'autre, l'histoire de Charlemagne, un autre encore, celle de saint Louis; enfin, deux tableaux garnis de perles, et figurant, le premier, la comtesse Eléonore, le second, le prévôt lui-même, étaient placés de manière à se faire pendant, et complétaient ainsi l'ameublement.

Rien ne saurait rendre l'impression sévère, dont on se sentait pénétré, en franchissant le seuil de cette salle... le jour n'y entrait qu'à travers d'immenses rideaux, d'épais tapis y assourdissaient le bruit des pas, le silence le plus profond semblait y régner à toute heure, on eût dit une tombe ou un temple.

Le malheureux prévôt était abîmé dans sa douleur muette, ses serviteurs s'étaient dispersés dans toutes les directions; il se trouvait seul, et des larmes amères coulaient lentement le long de ses joues pâles.

Il y avait quelques heures déjà que l'on s'était aperçu de la disparition de Marcelle, et du faîte à la base, le vieil hôtel Saint-Paul, avait été ébranlé par la nouvelle de cette terrible catastrophe.

Aucun espoir n'était venu calmer le désespoir du père, on avait mis sur pied toutes les légions de la police officielle, mais jusqu'alors rien ne donnait lieu de penser qu'on fût sur les traces de Marcelle.

On avait bien remarqué un certain désordre dans la chambre de la jeune fille; le lit foulé, des pas d'hommes marqués sur le parquet, quelques objets de toilette jetés à terre, mais c'était tout; il eût été impossible de dire quel chemin avaient pris les ravisseurs; on n'avait retrouvé dans le jardin aucune trace de leur passage, le mystère était complet, chacun s'évertuait vainement à l'expliquer.

Toutefois, au milieu de sa douleur, une chance restait encore au prévôt; Mouchy était parti depuis deux heures, après avoir solennellement promis de ramener Marcelle à son père, et ce dernier attendait. Mouchy avait toujours réussi dans ses entreprises ; il était habile, il avait une police active, rusée, audacieuse, sa surveillance s'exerçait en ce moment sur tous les points de la capitale ; il allait, venait, regardait, écoutait, le jour, la nuit, à toute heure — le moyen qu'un pareil homme ne retrouvât pas Marcelle !...

Malheureusement, il en était de la police du xviᵉ siècle, comme de toutes les polices humaines, et le lieu le moins surveillé de la capitale, était précisément celui qui paraissait devoir l'être le plus...

L'infortuné prévôt se lamentait donc, et dans ses terreurs naïves de père, il se demandait quels hommes avaient pu commettre un pareil crime : Marcelle était sa seule joie, à lui, la gaîté de sa demeure, la consolation de sa vieillesse inquiète et sourdement agitée de souvenirs terribles... Marcelle n'avait pas d'ennemis, sa grâce touchante, sa beauté, sa jeunesse, tout en elle, appelait la sympathie, le respect, l'amour... Si c'est au prévôt que l'on en voulait, pourquoi ne pas le frapper lui-même ; d'où vient que l'on s'attaquait à l'enfant, quand c'est le père que l'on voulait atteindre. — Il ne comprenait pas !...

Dans l'abattement qui l'avait surpris, il ne songeait qu'à Marcelle... il avait oublié le Lombard.

Tout à coup la scène changea...

Le prévôt fit un soubresaut sur son fauteuil, un frisson glacé parcourut ses membres, sa bouche s'ouvrit béante et sans voix, et sa main se crispa en retombant sur la table.

La porte du fond venait de s'ouvrir et Mouchy était entré.

Le prévôt ne s'était pas retourné, mais il l'avait reconnu ; il l'avait deviné aux battements de son cœur, à la fièvre de son sang, au frémissement qui s'était emparé de tout son être.

— Enfin! dit-il, en se précipitant vers Mouchy... où est Marcelle, où est ma fille?

— Je ne sais rien encore, monseigneur..... répondit Mouchy, sans oser regarder en face cette douleur navrante.

— Rien! balbutia le prévôt, mais elle n'est pas morte au moins, ils ne l'ont point tuée... les assassins, on les connaît, on a trouvé leurs traces, ils sont entre nos mains... parle... réponds... qu'a-t-on fait... qu'a-t-on appris...

Et comme Mouchy se taisait, interdit, pâle, presque ému.

— Rien! répéta le prévôt d'une voix sanglotante et irritée en même temps, quoi!... j'aurai assuré la sécurité de la capitale, et l'on pourra impunément menacer la mienne... Mouchy, cela ne sera pas... on me rendra ma fille... il faut qu'on la retrouve... vivante ou morte, je veux la revoir... les misérables... ils ne savaient donc pas qu'elle avait un père!... pauvre Marcelle... où est-elle maintenant... où l'ont-ils emmenée... qu'en ont-ils fait?...

Un éclair sillonna le regard du prévôt, et une expression de sauvage colère altéra ses traits.

— Écoute, Mouchy, ajouta-t-il en saisissant le bras de ce dernier, écoute... jusqu'à ce jour tu as été plus maître que moi-même, je t'ai laissé faire à ta guise, tu as commandé, ordonné selon ton bon plaisir, et l'on t'obéit à l'hôtel Saint-Paul, presqu'à l'égal du prévôt lui-même... Voilà vingt ans que cette tolérance dure, et pendant ces vingt années, tu as amassé autour de mon nom et de ma personne, une multitude de haines qui n'attendent qu'une heure favorable pour me frapper..... Eh bien, malheur à toi; car si ma fille me manque aujourd'hui..... peut-être n'es-tu pas étranger à ce crime... Qui sait!... pourquoi ne servirais-tu pas mes ennemis... pourquoi ne leur aurais-tu pas vendu ma fille!... Il y a vingt jours à peine, tu voulais bien la livrer au roi Henri II... Ah! tu sais cependant que la colère du prévôt est terrible, et que plus d'un sont morts à Montfaucon pour l'avoir voulu braver.

— Monseigneur...

— Tais-toi !

— Vous oubliez...

— Tais-toi, te dis-je... tais-toi ! tu as été mon mauvais génie et je te hais... je te hais, entends-tu... tu as empoisonné tous mes bonheurs, détruit tous mes espoirs ; tu as fait mes nuits agitées, mes jours sans joies, ma vie solitaire ; je pouvais être heureux, cependant... Sois maudit !... car tu n'as eu ni repos, ni trêve que tu ne m'aies rendu plus désespéré que le plus misérable de mes ennemis... Oh ! n'espère pas que de pareils crimes puissent rester impunis. C'en est trop... ma patience est à bout... il faut que tu meures... et ce sera bientôt !

Quand le prévôt eut fini de parler, Mouchy releva la tête ; aucune altération ne se lisait sur sa physionomie ; il était aussi calme, aussi insouciant que s'il se fût trouvé dans une position ordinaire et prévue :

— Il y a longtemps , monseigneur, que je m'attendais à cette colère, à ces reproches, à ces menaces ; une chose m'étonne seulement, c'est que depuis vingt années, vous ne m'ayez pas fait pendre déjà vingt fois...

— Tu railles, fit le prévôt.

— Je suis sincère, monseigneur.

— Eh bien, ce que j'ai négligé de faire jusqu'ici, rien ne m'empêche de le faire maintenant.

— Sans doute.

— Il y a de la place à Montfaucon.

— Dieu merci.

— Et il suffirait d'un mot de moi...

— Je le sais.

Le prévôt réprima un mouvement d'impatience.

— Ah! tu veux me braver! s'écria-t-il en frappant du poing sur la table de chêne, tu veux pousser l'audace jusqu'à sa dernière limite, tu espères que j'hésiterai, que je n'oserai pas, que...

— Je n'espère rien, monseigneur, interrompit Mouchy, et la preuve, c'est que je ne vous demande qu'une grâce.

— A toi!...

— Une seule... avant de mourir.

— Laquelle?

— Celle de sauver madame Marcelle, ou de la venger.

— Tu sais donc où elle est?...

— Peut-être.

— Tu connais ses ravisseurs?

— Du moins, suis-je sur leurs traces.

— Et tu me le cachais!

— Monseigneur ne m'a pas laissé le temps de parler.

Le prévôt serra les mains de Mouchy:

— Mouchy! lui dit-il, d'une voix tremblante n'est-ce pas un nouveau leurre que cet espoir... et ne cherches-tu pas à tromper ma douleur, ou à détourner ma colère..... parle..... est-il vrai que tu saches où est Marcelle... faut-il que je meure ou faut-il que je vive... réponds, où est-elle, pourquoi es-tu ici toi-même... et d'où vient que tu restes calme quand tu vois que mon cœur est déchiré...

— Monseigneur, interrompit Mouchy en tirant de dessous son pourpoint un ruban, qu'il présenta au prévôt, madame Marcelle ne portait-elle point hier des velours de cette couleur.

— En effet, fit le prévôt.

— Je m'en doutais.

— Que signifie?

— Cela signifie que madame Marcelle est à deux pas de l'hôtel Saint-Paul.

-— Comment !

— Qu'elle est au pouvoir de messire Réault, *dit le Lombard.*

— Est-ce possible...

— Et que je vais de ce pas l'arracher de ses bras et la rendre à votre amour.

En disant ces mots, Mouchy s'élança vers la porte... mais au moment d'en franchir le seuil, il s'arrêta stupéfait et se retourna vers le prévôt.

— Le Lombard ! s'écria-t-il interdit.

— Le Lombard ! répéta le prévôt avec un cri.

Cependant celui que l'on annonçait de la sorte s'avançait lentement à travers le corridor où son pas s'appuyait sonore et ferme sur les dalles ; il se redressait de toute sa taille ; marchait la tête haute, et un sourire d'une sanglante cruauté plissait sa lèvre amincie.

— Ne prenez pas la peine de courir ainsi après madame Marcelle, dit-il, en passant près de Mouchy, car lors même que vous connaîtriez sa retraite, je vous préviens que vous y arriveriez trop tard.

Mouchy tira à moitié son poignard de sa gaîne, tandis que le prévôt se laissait retomber accablé sur son fauteuil.

— Chacun son tour, messire, poursuivit le Lombard, aujourd'hui c'est celui du maître, demain, ce sera peut-être le tour du valet...

Et il marcha vers le prévôt...

Sa figure resplendissait d'une joie infernale, il comprenait le désespoir de ses ennemis ; il tenait enfin la vengeance ; elle ne pouvait plus lui échapper... et sa victime était là, haletante, éperdue, prête à demander grâce...

Le Lombard aurait payé, la veille, du reste de ses jours, le spectacle de cette scène atroce.

Il était arrivé près du prévôt, et comme ce dernier, abîmé

dans sa terreur, n'osait plus jeter les yeux autour de lui, il posa rudement la main sur son épaule.

— Jacques de Louvain, lui dit-il d'une voix éclatante, n'espérais-tu donc pas me revoir quelque jour.

— Marcelle! Marcelle! balbutia le prévôt.

— Oh! Dieu a exaucé mes vœux, poursuivit le Lombard, et me voilà revenu dans ce palais d'où l'on m'a arraché, le cœur déchiré... et c'est moi qui suis debout, et c'est toi qui pleure et supplie... Jacques me reconnais-tu maintenant...

— Mon Dieu!

— C'est moi.... entends-tu..., moi, Réault, le sculpteur, moi l'époux de la comtesse Eléonore, moi, le père de Rustique; tu as voulu assassiner le fils, et tu as fait tuer le père.... et ayant fait cela, tu croyais n'avoir plus rien à craindre ni de Dieu ni des hommes... Eh bien!... l'enfant vit cependant, et le père, le père qui avait juré de se venger, il est là, devant toi — le reconnais-tu maintenant...

— Mon Dieu, murmura le prévôt, ayez pitié de mon enfant.

— Pitié... dis-tu, poursuivit le Lombard, tu demandes pitié, toi qui n'en as eu pour personne... Écoute... j'aurais pu te tuer... vingt fois l'occasion s'en est offerte; j'aurais ainsi vengé d'un seul coup et mes douleurs et tes infamies... je ne l'ai pas voulu... Écoute encore... j'aurais pu assassiner Marcelle, cette nuit... elle était en mon pouvoir, sans défense, et j'étais armé... tout me poussait à ce crime... et le souvenir du passé, et l'implacable désir de la vengeance... je ne l'ai pas voulu...

— Elle vit donc! interrompit le prévôt, que ce nouvel espoir venait de rappeler à lui-même.

— Elle vit! répéta le Lombard.

— Et je pourrais revoir mon enfant?...

— Peut-être.

— Tu me la rendrais?

— Pourquoi pas ?...

— Tu consentirais à oublier le passé ?

Le Lombard fit entendre un ricanement singulier. — Le prévôt se leva.

Un changement complet s'était opéré dans toute sa personne ; ses joues s'étaient colorées subitement ; son œil brillait d'un éclat inaccoutumé, il fit quelques pas vers le Lombard.

— Réault, lui dit-il d'une voix ferme, tu ne m'as pas trompé, n'est-ce pas, Marcelle existe ?

— Sans doute, Monseigneur.

— Bien !... Marcelle est en ton pouvoir, et il dépend de toi qu'elle vive ou qu'elle meure ?

— Comme vous dites.

— Je te crois... tu ne serais point ici d'ailleurs, si tout espoir était perdu pour moi... Eh bien ! écoute ; je suis riche, tu le sais : je puis te donner plus que tu n'as jamais désiré dans ta vie ; titres, honneurs, richesses, tu auras tout cela, et plus encore, si tu veux me rendre Marcelle.

— Jamais ! répondit le Lombard.

— Soit... poursuivit le prévôt, tu refuses pour toi des dons qui te sont inutiles... je comprends cela ; tu es vieux ; à ton âge, l'ambition est morte, on se retire du monde, on vit à part... on ne désire plus rien... mais tu as un fils, Réault, un fils jeune, ardent, avide ; la vie s'ouvre à peine devant lui... que fera-t-il ?... il mènera une existence misérable, il sera exposé à mille dangers, menacé par tous ceux qui me sont dévoués, ou par tous ceux qui m'obéissent — dis un mot cependant, un seul, et tout change... Rustique entre alors dans le monde par la porte ouverte à tout gentilhomme... mes fils deviennent ses frères, ma demeure la sienne... quelque ambitieux que soient les rêves qu'il a formés, ils pâliront auprès des réalités dont on l'entourera... que faut-il encore, parle...

pour retrouver Marcelle, aucun sacrifice ne me coûtera, et je jure Dieu, que tu n'auras pas lieu de te repentir d'avoir eu confiance en moi.

— C'est impossible ! répondit le Lombard.

— Ainsi, tu repousses toutes mes offres.

— Je garde ma vengeance.

— Ton fils mourra, cependant.

— Il a une épée, Dieu veillera sur lui.

Le prévôt frappa du pied avec colère.

— Mouchy ! dit il aussitôt, en désignant le vieux Lombard d'un geste impératif, tu vas t'emparer de cet homme !

— Avec plaisir, répondit Mouchy en s'approchant de son maître.

— Tu le feras garder à vue.

— Je m'en charge.

— Et avant une heure, je veux qu'on lui applique la question extraordinaire.

— Cela ne peut pas faire de mal...

Mouchy avait déjà fait signe à quelques hommes d'armes qui s'étaient avancés ; mais le vieux Lombard souriait et haussait les épaules à toutes ces précautions.

Cependant, un certain mouvement s'était opéré depuis quelques secondes dans la cour de l'hôtel ; les valets allaient et venaient d'une façon inaccoutumée ; le prévôt et le Lombard prêtèrent l'oreille, et Mouchy s'élança vers la porte.

A peine en eut-il touché le seuil, qu'il poussa un cri de joie.

— Qu'y a-t-il ? dit le prévôt, en faisant quelques pas vers lui.

Soit instinct, soit divination, le vieux sculpteur pâlit, et une sueur froide inonda son front.

— Rendez grâces au ciel, monseigneur, continua Mouchy; car vous allez pouvoir tirer une vengeance éclatante de vos ennemis.

— Qu'arrive-t-il donc ?

— Madame Marcelle !

— Ma fille !... s'écria le prévôt.

Et tous les deux s'étant précipités vers la fenêtre, purent voir Marcelle qui s'avançait vers l'hôtel, accompagnée de Rustique...

IX

Révélation.

Le vieux Lombard avait poussé un rugissement terrible ; et, la main appuyée sur son poignard, il semblait se préparer à tout événement en attendant les suites de cet incident redoutable, qui le laissait sans défense au milieu de ses ennemis.

Le prévôt, de son côté, venait de retrouver toute sa verdeur et toute son activité, et les bras tendus, la poitrine soulevée, le visage inondé de larmes de joie, il s'était précipité vers Marcelle, tandis que Mouchy, retiré dans un coin de la salle, observait tout, sans rien dire.

— Marcelle ! Marcelle ! s'écria le prévôt, en serrant sa fille dans ses bras, le ciel ne veut pas que je meure, puisqu'il te rend à mon amour... enfant chérie, c'est bien toi que je retrouve ; toi, que je croyais perdue..... toi, que je n'espérais déjà plus revoir. Mais regarde moi donc, comme te voilà pâle

et changée !... Tu as pleuré, tu as souffert... les misérables...
Ah ! qu'ils tremblent ceux-là qui t'ont fait cet outrage et cette
douleur... pauvre enfant... Parle-moi, réponds, d'où viens-
tu ? Quels sont-ils ?

— Mon bon père !... balbutia Marcelle...

Le prévôt ne se lassait pas de contempler sa fille, il la pressait convulsivement contre sa poitrine, et baisait ses cheveux, son front, ses yeux, avec un transport de joie éperdue
et folle.

— Pauvre Marcelle ! reprit-il bientôt, c'est ma faute, aussi... J'aurais dû veiller sur toi avec plus de sollicitude... Je
veille sur les autres, et je néglige les miens... Mon premier
devoir cependant, c'est de te garder... avant d'être magistrat,
on est père... Quand je songe que je t'avais perdue... que tu
aurais pu ne pas revenir... Miséricorde du ciel... je ne veux
plus être prévôt... Sais-tu... nous partirons, nous quitterons
Paris... cette capitale est infestée de bandits, qui ne respec-
tent ni la douleur des pères ni l'innocence des filles... ils
t'auraient tuée sans pitié... Moi, je désespérais déjà... Ah ! tu
me raconteras tout, je veux tout savoir... Viens... là... tu as
eu peur... tu croyais à ton dernier jour, aussi... rien que d'y
songer seulement, cela fait venir le frisson...

Le prévôt conduisit Marcelle au fauteuil qu'il occupait un
instant auparavant, et l'y fit asseoir... puis il se plaça à ses
genoux, et lui prit les mains.

Mouchy, le Lombard, Rustique, tout avait disparu à ses
yeux... Sa fille venait de lui être rendue, que lui importait le
reste... Il n'y avait plus que sa fille au monde.

— Si tu savais, reprit-il après quelques secondes, si tu savais combien j'ai souffert ! j'aurais voulu mourir... tu étais la
joie de ce palais... toi partie, ce fut le silence et le froid de la
tombe... et puis, on ne s'attend pas à ces épouvantables ca-
tastrophes... Quel est le père qui jamais a prévu que sa fille

pourrait lui être ravie ?... Ce coup m'avait brisé, tes frères étaient là, cependant, que pouvaient-ils faire ?... Moi je ne savais que pleurer, ou appeler le ciel à mon aide... Ah! grâces à Dieu, te voilà près de nous encore, et je te parle, et je te vois, et je t'écoute, comme hier, comme tous les jours de notre passé heureux et calme.....

Marcelle, tout entière à la joie, mêlait ses larmes à celles de son père ; elle n'osait l'interrompre, elle l'écoutait parler en souriant, et s'enivrait elle-même du bonheur de se retrouver dans ce palais qu'elle avait pu craindre un moment de ne plus revoir.

Toutefois, au milieu de ces épanchements, et comme elle s'oubliait à contempler les objets connus qui ornaient cette salle, son regard vint tout à coup à s'arrêter sur Rustique, resté debout et immobile auprès de la porte.

Elle tressaillit, et une douloureuse émotion sillonna son cœur. — Les craintes que Rustique avait exprimées, une heure auparavant, commençaient à se réaliser... A peine venait-elle de mettre le pied dans ce monde où il ne pouvait la suivre, que déjà elle l'oubliait..... L'attitude du jeune homme disait assez ce qui se passait en lui ; ce n'était ni de la douleur, ni même de l'amertume, mais bien une tristesse douce et résignée, dont Marcelle fut profondément touchée...

Elle se leva.

— Mon père, dit-elle alors, Dieu a eu pitié de vos larmes et de mes prières, et voilà que votre douleur se change en joie ; je l'ai déjà béni du fond du cœur, et je garderai dans ma pensée l'inaltérable souvenir de ses bontés ; mais notre reconnaissance envers Dieu ne doit pas nous rendre ingrats envers ceux dont il s'est servi pour nous délivrer.

— Que veux-tu dire ? fit le prévôt.

— Il est un homme, mon père, sans le secours duquel, je

serais encore, à l'heure qu'il est, entre les mains de nos ennemis.

— Et cet homme?

— C'est lui qui vous a ramené votre enfant.

— Mais quel est-il?

— Je l'ignore.

— Son nom, du moins ?

— Il se nomme Rustique !

Le prévôt fit un soubresaut, et se retourna vivement vers Rustique, qui écoutait nonchalamment accoudé contre la porte.

— Rustique ! répéta le prévôt en fronçant les sourcils.

— Vous le connaissez ?

— Qu'importe !

— Il est là...

— Lui... lui...

— Mon père...

— Cela ne se peut pas.

Marcelle regarda son père avec stupeur, cherchant à deviner ce qui se passait en lui. Rustique s'était approché sur les derniers mots, et une pâleur mortelle s'épandait sur ses joues ; Mouchy et le vieux Lombard suivaient cette scène avec un intérêt profond.

Le prévôt reprit presque aussitôt.

— C'est impossible, te dis-je, poursuivit-il d'un accent saccadé, et en jetant de temps à autre, autour de lui, un regard soupçonneux et chargé de haine... c'est impossible ; cet homme t'a odieusement trompée... il s'est cru découvert, il a agi de ruse, il a impudemment menti, car il est l'ennemi des miens, et c'est pour se venger qu'il est venu à Paris... Mais, je le connais, Marcelle, j'ai découvert ses ténébreux projets, et puisqu'il s'est livré lui-même, il ne sortira de ce palais, que pour être enseveli de nouveau dans une prison éternelle.

— Que dites-vous? s'écria Marcelle, en joignant les mains.

Mais le prévôt n'écoutait plus rien, il marcha résolûment à Mouchy, sur les traits de qui éclatait une joie sinistre et cruelle, et lui désignant Rustique et le Lombard :

— Tu m'as entendu, ajouta-t-il, d'une voix énergique et ferme, que l'on s'empare donc de ces deux hommes, et qu'on les conduise sur-le-champ au Châtelet...

Cependant le Lombard avait tiré son poignard, et s'était élancé d'un bond vers Rustique. Une audace inouïe brillait dans son regard, il comprenait la gravité de la position, et l'acceptait en désespéré :

— Messire, dit-il rapidement à Rustique, tout n'est pas perdu encore, si vous le voulez...

Rustique le regarda étonné.

— Que craignez-vous donc ? répondit-il avec calme.

— Je crains de mourir avant de m'être vengé...

Rustique haussa les épaules, tira son épée du fourreau, la brisa silencieusement sur son genou, et en jeta les débris aux pieds du prévôt :

— Monseigneur, dit-il alors, j'ignore les motifs qui éveillent la colère dans votre cœur, et ne veux point me donner la peine de les rechercher... J'arrivais heureux de rendre une enfant à son père... mais eussé-je pensé qu'il dût y avoir un danger quelconque à agir ainsi, que des considérations de cette nature ne m'auraient pas arrêté... Voici mon épée, je ne chercherai point à défendre mes jours menacés... je les ai quelquefois exposés pour protéger les vôtres... Dieu qui nous voit, monseigneur, nous jugera tous deux...

Pendant qu'il parlait ainsi, quelques hommes d'armes étaient accourus se placer au fond de la salle; Rustique marcha à leur rencontre, et se plaça avec résignation au milieu d'eux.

18

Marcelle était plus morte que vive... Son cœur battait avec force ; ses lèvres avaient pâli... des larmes abondantes coulaient le long de ses joues...

— Mon père ! mon père, s'écria-t-elle enfin, en se précipitant aux genoux du prévôt, mais c'est lui, c'est Rustique qui m'a sauvée !

Le prévôt sourit amèrement.

— Sans cet homme, continua Marcelle, j'étais perdue...

— Imposture !

— J'allais périr !...

— Mensonge...

— Il m'a arrachée à la mort, au péril de ses jours.

Le prévôt repoussa doucement Marcelle, et fit un signe impérieux à Mouchy :

— Qu'on les emmène... dit-il d'un ton bref et qui n'admettait pas de réplique.

Mouchy s'inclina, et se disposa à s'éloigner, mais au moment où un mouvement s'opérait déjà dans les rangs des hommes d'armes, un incident vint tout à coup changer la face des choses.

C'était les trois fils du prévôt qui entraient dans la salle, suivis à peu de distance par la comtesse Eléonore.

— Rustique ! s'écria Georges, en promenant un regard étonné autour de la salle.

— Rustique ! répétèrent en même temps Hugues et Amaury.

Et comme ils virent que les hommes d'armes l'entraînaient, et qu'on allait l'emmener, leur générosité native s'émut, et ils l'entourèrent d'un même élan spontané.

— Qui donc a donné l'ordre de l'arrêter ?... demandèrent-ils tous à la fois.

— Monseigneur le prévôt de Paris, messires, répondit Mouchy, sans perdre contenance.

— Est-ce possible ! fit Georges.

— Il y a mieux, cela est...

Les trois gentilshommes se tournèrent d'un commun mouvement vers le prévôt et semblèrent l'interroger d'un regard inquiet :

— Mon père ignore sans doute, reprit Georges après un moment de silence, que messire Rustique a été un jour mon adversaire, qu'il m'a tenu vaincu sous son épée, et que je lui dois la vie ?...

— Mon père n'a point encore appris, ajouta Amaury, que cette nuit, sans l'aide de cet homme, j'étais impitoyablement assassiné par Jacques le Majeur ?

— Mon père a oublié certainement, dit à son tour Hugues, qu'il y a un mois à peine, j'aurais misérablement péri dans la taverne du père Quinepue, si le ciel n'avait envoyé messire Rustique sur mon chemin ?

Et tous les trois tendirent la main vers leur sauveur, et se préparèrent à lui faire un rempart de leur corps.

Cependant Rustique venait de percer le cercle qui l'entourait, et sans prêter plus d'attention à ce qui se passait à ses côtés, il avait gagné précipitamment le milieu de la salle.

Là, il s'était arrêté, et les yeux tournés vers l'un des portraits appendus à la muraille, le sein haletant, le visage pâle, il regardait...

Quelques secondes s'écoulèrent ainsi.

Rustique avait croisé ses deux bras sur sa poitrine, des gouttes de sueur perlaient sur son front, on eût dit qu'il faisait de vains efforts pour retenir une pensée qui le fuyait sans cesse.

Un mystérieux combat se livrait en lui ; ce portrait, il en avait vu l'original ; cette femme, il l'avait connue, il l'avait aimée ; mais en quel lieu, à quelle époque, dans quelles circonstances? une obscurité complète succédait, dans son cerveau, à ces éclairs de lumière.

Rustique se sentait tourmenté à la fois par la surprise, la joie, la crainte, l'enivrement, le doute, tout ce qui peut ravir ou écraser un homme !... Seul, au milieu de l'appartement, le regard fixé à terre, la main collée à son front glacé, il laissait sa pensée remuer tout un monde dans son cœur, et sans prendre garde à ceux qui pouvaient le voir ou l'entendre, il remontait péniblement la pente des années écoulées et cherchait dans son souvenir à réédifier le passé vers lequel il venait d'être ramené si brusquement.

C'était, il faut le dire, une scène qui ne manquait ni de grandeur, ni d'originalité que celle qui se passait en ce moment dans cette salle.

L'attention des spectateurs avait été tout à coup détournée. — Le prévôt et Mouchy, retirés dans un coin, suivaient avec anxiété les moindres mouvements du jeune homme : la comtesse Eléonore s'était rapprochée de Marcelle, et pâle, le sein gonflé, elle s'abandonnait éperdue, à une agitation que semblaient partager le vieux Lombard, Marcelle, Georges, Amaury, Hugues, tous enfin, agités d'ailleurs par des sentiments contraires, s'unissaient, pour une minute, pour une seconde, dans un même sentiment d'impatience et de curiosité, et le regard avide, l'oreille ouverte, ils attendaient la fin de cet incident singulier.

Rustique n'avait pas encore changé d'attitude.

Comme un plongeur obstiné, il s'enfonçait avec ardeur sous cette mer profonde, qui renfermait son passé dans ses plis troublés, et cherchait infatigablement quelque souvenir qui pût lui rappeler les jours enfuis... Cette recherche l'énervait le plus souvent, et toutes les alternatives de doute et d'espoir auxquelles elle donnait lieu, se reflétaient sur son visage.

Parfois, un cri s'échappait tout à coup de sa poitrine, un sourire de satisfaction effleurait ses lèvres...

Il se rappelait!

Parfois aussi, il laissait tomber sa tête sur son sein agité, ses sourcils se rapprochaient avec une sombre tristesse, sa main se crispait et passait rapide sur son front, comme si la lumière eût dû jaillir à cette pression magnétique. — Mais le passé était plein d'ombre encore.

Il ne se rappelait pas!

Son regard erra longtemps ainsi autour de la salle, s'arrêtant à contempler, tantôt la *chaire de chambre*, ou le bel écrin couvert de cordouan vermeil, tantôt le vase d'argent colossal, placé près de la porte, tantôt enfin, les grands tapis de haute lisse, qui racontaient naïvement l'histoire de Charlemagne ou celle de saint Louis. — Chacun de ces objets, il se les rappelait, pour les avoir déjà vus, souvent, à une époque fort reculée, qui se perdait dans la nuit de ses souvenirs...

Cette salle, il l'avait habitée... l'hôtel des Tournelles, c'était bien ce palais aux mille flèches, reluisant d'or et de pierreries, où passaient des hommes bardés de fer, et des seigneurs vêtus de velours... La lumière jaillissait de toutes parts... C'était ici que son enfance avait dû s'écouler, sous les baisers de sa mère...

Sa mère ! — Rustique se prit à rêver, et une émotion vive sillonna son cœur...

Qu'avait donc été sa mère? à quel rang avait-elle appartenue? quelle étrange révélation allait-il entendre?

Là, encore, il y avait un mystère qu'il n'osait approfondir.

Dans un de ces moments, où bien des choses de son passé, oubliées ou perdues, semblaient fuir devant sa recherche impatiente, il se retourna vivement vers ceux qui l'entouraient, et leur tendant ses mains désespérées :

— Oh ! ne me trompez pas, leur dit-il d'un accent qui ré-

18.

vélait toute la tristesse de son âme, ne me trompez pas... Mes souvenirs sont confus encore dans ma mémoire, mais à chaque instant, une révélation nouvelle, inattendue, vient à mon aide... ne me laissez pas plus longtemps dans cette incertitude qui va me tuer, et apprenez-moi si ce que j'ose à peine entrevoir est la vérité...

Et comme tous faisaient silence autour de lui :

— Marcelle, poursuivit-il en s'adressant à la jeune fille, vous êtes femme, vous devez me comprendre, écoutez-moi. Une nuit épaisse m'environne ; je ne sais où arrêter mes regards incertains, et à chaque pas que je fais dans ce dédale du passé, je rencontre un doute ou une affirmation qui m'épouvante : répondez-moi donc, Marcelle, aidez-moi à porter la lumière dans ces ténèbres, et dites-moi quel est ce portrait dont le regard m'attire et me fascine ?

Marcelle rougit de voir tous les yeux se tourner de son côté, à cette interpellation de Rustique ; mais elle avait au moins autant de curiosité que les autres, et elle put maîtriser son émotion.

— Ce portrait? demanda-t-elle.

— Parlez !...

— C'est celui de la comtesse Eléonore...

Rustique poussa un cri... derrière la jeune fille il venait d'apercevoir la comtesse elle-même... l'instant était critique, tous écoutaient avec une religieuse attention ; cette scène, dont quelques-uns ne comprenaient pas toute la portée, avait cependant sa grandeur et son importance, et d'ailleurs, Rustique y apportait une expression solennelle qui eût suffi à la relever encore...

Il fit quelques pas vers la comtesse : il était violemment agité, et une suprême pâleur s'était répandue sur son visage.

— Pardonnez-moi, madame, dit-il d'une voix étouffée par l'émotion, pardonnez-moi si mes paroles sont indiscrètes, et

si elles vous offensent... C'est Dieu sans doute qui m'a conduit ici, à cette heure, dans cette salle, car depuis un instant
mon passé renaît tout entier... Est-ce une illusion encore,
est-ce enfin la réalité ?... je l'ignore, mais vous, madame,
vous que mon regard et mon cœur semblent avoir reconnue, ayez pitié de mes doutes, et ne me cachez pas, si vous
le savez, le mot de cette énigme qui m'a fui si longtemps...

La comtesse Éléonore ne cherchait pas à dissimuler le
trouble auquel elle était en proie ; elle avait tendu la main à
Rustique, et son regard s'oubliait, plein de douceur et d'amour sur son front.

— Tenez, poursuivit Rustique, pour qui tout le monde
avait disparu, dans la triste existence que j'ai menée jusqu'à ce jour, il m'est souvent arrivé de douter de la bonté des
hommes, et de la clémence de Dieu ; j'ai appelé la vengeance
du ciel sur mes bourreaux ; et plus d'une fois j'ai voulu rendre
à Dieu, cette vie qu'il m'avait faite si misérable... Or, à ces
heures funestes, quand tout semblait m'abandonner et me
fuir, une seule image restait héroïquement à mes côtés, et
m'encourageait du geste, de la voix, du sourire... Cette image
je l'ai revue bien des fois, elle m'a soutenu quand je défaillais, elle m'a relevé quand j'allais succomber... Faut-il vous
dire, madame, tout ce qui se passe en moi... eh bien ! j'aimais cette image, comme on aime à vingt ans le souvenir
d'une mère, et si Dieu me devait faire la joie de retrouver un
jour celle que j'ai perdue, c'est avec ce regard, avec ce sourire, avec cette bonté, que je voudrais la revoir...

En parlant ainsi, Rustique se jeta aux genoux de la comtesse Éléonore, et baisa ses mains avec un fol oubli.

La comtesse l'avait d'abord écouté avec une certaine réserve que lui inspirait la présence du prévôt et de ses trois
fils ; mais elle luttait vainement contre les mille sentiments
qui se disputaient son cœur, et quand elle entendit Rustique

parler en termes si émus de sa mère, quand elle sentit ses lèvres s'appuyer frémissantes sur ses mains, le vertige de l'amour maternel s'empara d'elle, elle oublia et sa prudence et sa réserve, et jeta ses deux bras éperdus autour du col du jeune homme.

— Rustique ! lui dit-elle, en baignant son front de ses larmes, c'est la voix de Dieu qui a parlé... Moi aussi, j'ai longtemps pleuré ton absence ; bénie soit donc l'heure qui te rend à mon amour... Rustique... viens dans les bras de ta mère !...

———

Une heure environ après cette scène, le prévôt et Mouchy se trouvaient seuls, dans un cabinet retiré de l'hôtel des Tournelles... Le prévôt était sombre, le front penché, les bras pendants, il paraissait atterré. Mouchy, debout derrière le haut dossier de son fauteuil, le regardait avec ce diabolique sourire que la légende prête à Méphistophélès.

Tout à coup, le prévôt releva la tête, et considéra d'un œil hagard, son impassible confident :

— Mouchy ! dit-il, d'un accent saccadé.

— Monseigneur ? répondit Mouchy.

— Tu les as vus, n'est-ce pas ?...

— Oui, monseigneur.

— Ce n'est point un rêve ?...

— Je ne pense pas.

— Rustique est bien le fils du Lombard ?

— Comme le Lombard est bien le sculpteur Réault.

— Et ils vivent ?

— Tous les deux.

— Et mes vingt années d'inquiétudes, de troubles, de remords ont été inutiles ?

— Absolument.

Les doigts du prévôt se crispèrent sur la poignée de son épée.

— Mouchy, reprit-il presque aussitôt, crois-tu que le Lombard puisse vivre sans se venger ?

— Peut-être... monseigneur, dit Mouchy.

— Leur présence à Paris est une perpétuelle menace pour mes jours.

— Je le crains.

— Pour les tiens aussi !...

— Oh ! moi, c'est différent.

— Ils te haïssent...

— Je le sais.

— Ils ne négligeront aucune occasion de te poursuivre.

— Je l'espère bien...

— Comment cela ?...

Mouchy sourit :

— Leur haine, monseigneur, c'est l'explication de la mienne... une fois la lutte engagée, qui peut dire les résultats qu'elle amènera ?...

— Explique-toi !

— Ils peuvent mourir.

— Y songes-tu ?

— Pourquoi pas ?

— Mais si l'on venait à apprendre...

— Quand ils seront tués, monseigneur, qui saura que c'est moi qui aurai commandé le meurtre ?...

Il y eut un moment de silence. — Le prévôt se retourna vers Mouchy, et baissa la voix :

— Tu as donc un moyen ? lui dit-il mystérieusement.

— J'en ai plusieurs... répondit Mouchy sur le même ton.

— Et ils sont infaillibles ?

— Essayez.

— Et tu m'assures...

— Je vous assure, monseigneur, qu'avant huit jours, Rustique et le Lombard auront cessé d'exister.

Dieu seul sait ce qui suivit cet entretien, mais quand ils quittèrent le cabinet où ils s'étaient renfermés, le prévôt était plus soucieux et plus sombre encore, tandis que le visage de Mouchy éclatait d'une satisfaction non équivoque.

X

Le passé.

C'était une singulière histoire que celle du sculpteur et de la comtesse Eléonore.

Réault avait trente ans à cette époque ; la comtesse en comptait à peine vingt... Elle était veuve depuis quelques mois seulement, et l'on disait mystérieusement dans le peuple, que le comte, son époux, avait succombé bien subitement à une mort violente, dont il n'avait pas été possible de déterminer les causes précises.

De semblables soupçons ne pouvaient atteindre la comtesse ; elle était alors dans tout l'éclat de sa beauté ; on l'avait mariée fort jeune à un vieillard qu'elle ne pouvait aimer ; cette mort l'étonna la première, et elle en conçut une tristesse amère qui avait sa source dans son esprit bien plus que dans son cœur.

La jeune femme était douée d'une nature singulièrement ardente, et malgré la réserve que sa position lui avait imposée jusqu'alors, on devinait aisément dans ses yeux ou sous sa peau, dans ses regards, ou dans ses gestes, ces désirs

longtemps couvés qui n'attendaient qu'une occasion pour
éclater et l'embraser tout entière. La mort de son époux, en
la rendant à la liberté, vint encore augmenter le trouble de
son esprit et le désordre de son cœur... Le coup dont elle
se sentit frappée la réveilla comme en sursaut ; c'était la première fois qu'elle entrevoyait de si près l'image de la mort, et
elle frissonna et elle eut peur !

D'ailleurs, on ne lui laissa pas ignorer les bruits sinistres
qui couraient sur le comte ; on lui parla de violences, d'assassinat, de poison, et, dans la manière dont ces bruits lui
étaient rapportés, elle crut démêler une accusation dirigée
contre elle-même. Elle en conçut, avons-nous dit, une tristesse des plus profondes, et résolut de se retirer du monde
jusqu'à ce que la vérité se fît jour.

C'est vers cette époque qu'elle avait connu Réault.

Le sculpteur était alors dans toute la force de l'âge ; son
front avait déjà cette belle pâleur du travail de la pensée, et
son œil étincelait de tout le feu du génie... Absorbé dans la
contemplation infinie de son art, Réault n'avait jamais aimé
encore ; il avait vécu jusqu'alors loin de la réalité, dans ce
monde insaisissable que ses rêves ouvraient parfois à son
imagination enthousiaste...

Est-il besoin de dire en quel lieu, à quelle heure il vit
Eléonore pour la première fois?... Qu'importe !... Ils étaient
attirés l'un vers l'autre par une fatalité plus forte que leur volonté... Ils apportaient dans cette union l'entraînement naturel à leur âge, et crurent longtemps, dans leur innocence
naïve, que rien ne viendrait jamais altérer la pureté de leur
amour ....

Eléonore n'avait point succombé encore ; elle était chaste,
elle avait combattu toutes les ardeurs de son amant, les
siennes aussi peut-être... Ils pouvaient se regarder sans
honte, et quand leurs mains s'oubliaient dans un serrement

sympathique et plein de promesses, aucun remords ne faisait monter la rougeur sur leurs fronts.

Mais le jeune sculpteur était impatient... Ce bonheur ne lui suffisait plus... il était jaloux de tant de vertu ; il attribuait à une froideur calculée, égoïste, cette résistance qu'on lui opposait ; il pleurait, il suppliait, il avait des paroles insensées qui troublaient profondément la jeune femme, la désarmaient, la laissaient sans défense...

Eléonore était belle ; elle cherchait faiblement à résister, elle pâlissait ou rougissait ; et c'est vainement qu'elle tentait de rappeler la raison dans l'esprit de son amant.

Mais qu'importait à ce dernier... la vanité l'aveuglait... Il avait plus d'orgueil et de désirs que d'amour réel ; il voulait être heureux ; son cœur, son esprit, toutes ses facultés s'entendaient pour l'égarer...

Il fallait bien qu'elle succombât !

Toutefois, malgré l'enivrement qui les avait rapprochés, le sculpteur sut conserver encore assez d'empire sur lui-même, pour cacher à tous les regards et son amour et les relations qui suivirent. La comtesse appartenait à un monde dans lequel il ne pouvait jamais espérer de pénétrer ; il importait à leur bonheur même que personne n'en découvrît le mystère.

Pendant deux années, ils vécurent heureux, loin de tous regards ; un prêtre les avait unis secrètement, et un enfant était né de cet hymen !... L'un et l'autre ne demandaient au ciel que la continuation d'une semblable existence. — Mais le malheur veillait, et ses deux victimes ne pouvaient lui échapper.

Une nuit, Réault sortait enivré de la retraite où il avait renfermé toutes ses amours comme dans un nid charmant. Jamais encore, la vie ne lui avait paru plus douce, il avait comme un reflet du ciel dans le cœur.

L'aube blanchissait à l'horizon ; il pouvait être cinq heures ; Réault rentrait chez lui.

Au détour d'une rue, il s'aperçut qu'il était suivi et pressa le pas.

Ce pouvait être un indifférent, mais ce pouvait être aussi un espion ; il ramena les plis de son manteau, renfonça son chapeau sur ses yeux, et prit une direction autre que celle qu'il suivait d'habitude.

Au bout d'une demi-heure, la situation n'avait pas changé ; quand il se retourna le même homme était derrière lui.

Cette persistance témoignait suffisamment d'une intention bien arrêtée de ne pas le perdre de vue, et Réault crut qu'il devenait plus prudent d'affronter le péril, que de chercher davantage à le fuir.

Il revint donc sur ses pas, et marcha droit à l'homme qu'il reconnut presque aussitôt.

C'était Mouchy !

Il tressaillit. — Mouchy était déjà à cette époque l'âme damnée du prévôt, et ce n'était pas la première fois qu'il s'était aperçu que cet homme l'épiait.

Que lui voulait-il ? — Avait-il tout découvert ? — Quel était son but ?... Quel projet avait-il conçu ?

— Pardon ! s'écria Mouchy, dès qu'ils furent à portée de s'entendre, je savais bien que je ne m'étais pas trompé..... C'est vous, messire Réault ?

— C'est moi, répondit Réault, que me voulez-vous ?

— Ah ! il y a longtemps que je vous épiais.

— C'est dangereux.

— Le danger ne me fait pas peur.

— C'est ce que nous verrons.

— Bah !... depuis que je sers le prévôt, j'ai eu plus d'une fois l'occasion de tirer l'épée, et vous voyez... je n'en suis point mort.

19

Et comme Réault haussait les épaules :

— Mais ce n'est pas pour croiser le fer, ajouta-t-il, que je vous ai suivi, et j'ai hâte d'en venir au véritable but de cette promenade nocturne. — J'ai une proposition à vous faire...

— A moi ? fit Réault.

— A vous...

— Parlez donc !

— Voici ce dont il s'agit... et je tâcherai d'être bref, car ni vous ni moi n'avons, je crois, de temps à perdre.

— Comme vous dites !

— C'est à merveille... donc, vous aimez la comtesse Eléonore ?

— Que dites-vous ? s'écria Réault.

— Vous l'aimez... insista froidement Mouchy.

— Mais...

— Répondez ?

— D'où savez-vous ?

— Qu'importe... puisque je le sais.

— Eh bien, quand cela serait ?...

Mouchy lança à Réault un regard qui s'éclaira de toutes les lueurs de la colère.

— Vous aimez la comtesse Eléonore, poursuivit-il d'un ton vibrant et contenu, et chaque nuit, elle vous reçoit dans une retraite que vous avez su choisir loin de tous les regards.

— Mais qui vous a dit ?

— Ah ! j'ai douté longtemps, savez-vous, je ne pouvais pas croire à tant d'amour, et j'espérais que quelque événement inattendu viendrait m'apprendre que je m'étais trompé, et que la comtesse n'avait pas oublié à ce point, ce qu'elle devait à l'honneur du nom qu'elle porte, et ce qu'elle se devait à elle-même..... Aujourd'hui cependant, je sais tout...

j'ai tout appris, tout découvert, et c'est ce qui m'a engagé à vous suivre cette nuit, et à vous parler.

— Vous avez une proposition à me faire? dit Réault, d'un ton plus calme.

— Oui, messire.

— Voyons donc cette proposition ?

— Maintenant que j'ai votre secret, reprit Mouchy, vous comprenez que votre vie est dans mes mains, et qu'il ne dépend que de moi de vous découvrir au prévôt, et d'appeler sur vous tous ses ressentiments.

— Je le comprends.

— Eh bien, je consens à ne rien faire de tout cela.

— Vraiment !

— Mais à une condition...

— Et quelle est-elle ?

— C'est que vous quitterez la capitale dès demain, et que vous n'y reviendrez pas tant que je vivrai.

— Et vivrez-vous longtemps?...

— Qu'est-ce à dire?...

— Vous m'interrogez bien, messire Mouchy ; pourquoi ne me serait-il pas permis de me passer la même fantaisie ?

— Mais où voulez-vous en venir avec ces railleries ?

Il y eut un moment de silence, pendant lequel Réault se prit à réfléchir.

— Tenez... reprit-il bientôt après, parlons franchement, messire, et répondez-moi sans détour, comme je vous ai répondu moi-même... Vous n'êtes si irrité contre moi et vous n'épousez si chaudement les intérêts du prévôt, que parce que vous aimez la comtesse Eléonore !

— J'aime la comtesse !

— Répondez.

— Qui vous a dit?

— Ah! je ne me suis pas fait espion, moi, ce rôle m'a

toujours semblé indigne d'un honnête homme ; je n'ai point mis sur pied toutes les légions de la police, et cependant, vous le voyez, j'ai deviné juste...

— Quand cela serait?...

— L'amour n'est défendu à personne, messire, pas même aux hommes comme vous... Vous voilà jeune, vous avez de l'ambition, vous êtes peu scrupuleux sur les moyens d'arriver, vous avez tout ce qu'il faut pour aller loin... Mais un mot encore... êtes-vous seul à connaître mes relations avec la comtesse ?...

— Sans doute.

— Vous n'en avez rien laissé soupçonner à monseigneur le prévôt ?

— Puisque c'est de ce soir seulement...

— Vous avez raison... Eh bien, c'est fâcheux cela, messire, car les hommes qui portent de tels secrets sont trop dangereux, pour qu'on se résigne à les laisser vivre longtemps.

— Que dites-vous ?...

— Et ne m'avez-vous pas fait remarquer vous-même que ma vie est désormais entre vos mains, et qu'il ne me reste d'autre alternative que de quitter la capitale, si je ne veux pas, une de ces nuits, me trouver assassiné au détour d'une rue déserte comme celle-ci?

— Eh bien?

— Eh bien... j'en appelle à vous, messire ; à vous qui aimez la comtesse, et qui l'aimez avec d'autant plus de passion, que vous n'avez pas l'espoir de la posséder jamais; dites-moi si l'on peut songer à quitter la capitale quand on doit y laisser un pareil amour ?...

— Que prétendez-vous donc faire ?... dit Mouchy.

— Mon Dieu, une chose fort simple, et qui m'est indiquée par la situation même...

— Mais encore ?

— Je prétends, messire, que l'un de nous deux ne s'en aille pas vivant de ce carrefour.

En parlant ainsi, Réault tira son épée du fourreau, et se mit en mesure d'attaquer vivement son adversaire, mais ce dernier venait de faire un bond en arrière, et avait porté à ses lèvres un petit sifflet d'argent, dont il tira aussitôt un son aigu et bref.

A ce signal, six hommes armés entourèrent le sculpteur atterré.

Il était perdu.

Il essaya bien de vendre chèrement sa vie; mais dès les premiers moments de la lutte, son épée se brisa entre ses mains, et il se vit garrotté et conduit aussitôt au Grand-Châtelet, dont Mouchy lui fit sans peine ouvrir les portes.

Nous n'avons pas l'intention de raconter en détail toutes les souffrances, toutes les tortures dont le malheureux sculpteur se vit accablé. Mouchy avait su faire partager sa haine au prévôt, et ces deux hommes ne furent satisfaits, que lorsqu'on eut arraché l'enfant des bras de sa mère, et jeté le père dans un étroit et sombre cachot.

Cette histoire suffirait seule à faire un livre bien saisissant et bien dramatique. Nos lecteurs le comprendront mieux que nous ne pourrions le leur dire. Nous avons hâte d'ailleurs de reprendre notre récit.

Après la scène que nous avons racontée au chapitre précédent, le prévôt avait paru manifester des sentiments meilleurs, et avait permis à Rustique de voir souvent la comtesse Eléonore, sa mère, en mettant toutefois pour condition à cette faveur, qu'on ne ferait point connaître au jeune homme le nom de son père qu'il ignorait encore.

Le vieux Lombard avait d'ailleurs disparu depuis ce jour ; c'était en vain que la comtesse et Rustique s'étaient enquis de lui, chacun de son côté, on ne l'avait plus revu, et nul n'eût pu dire ce qu'il était devenu...

Rustique allait donc souvent rue de Bethisy, et il y passait des heures entières en compagnie de la comtesse Eléonore, qui lui apprenait le passé, dans ce langage et avec ces caresses que connaît seul le cœur d'une mère. C'était un nouvel horizon pour Rustique, une nouvelle vie où toute chose se colorait de reflets inconnus ; il n'avait jamais été si heureux, et les aveux naïfs qui lui échappaient, enchantaient et enivraient la comtesse.

Cependant, malgré la satisfaction immense qui emplissait son cœur et éclatait dans ses yeux, Rustique conservait encore une ombre de tristesse sur son front ; malgré la plénitude de son bonheur, il lui manquait quelque chose.

Dans les longs entretiens qu'il avait eus jusqu'alors avec la comtesse, jamais encore le nom de son père n'avait été prononcé... Rustique s'en était étonné d'abord ; puis il avait ressenti une amère tristesse !...

Cette réserve cachait un mystère, le dernier, et il lui tardait de l'éclaircir ; vingt fois cette question avait été près de lui échapper, mais il s'était retenu... peut-être craignait-il de faire rougir sa mère...

Il se tut.

Toutefois, le désir était éveillé dans son esprit, et il résolut, soit par Coquastre, soit par le vieux Lombard, soit par Mouchy lui-même de chercher à connaître ce qui lui restait à apprendre.

Un autre fait avait encore contribué à entretenir Rustique dans ces sentiments de mélancolie vague qui le prenaient chaque fois qu'au sortir de l'hôtel de la comtesse, il se retrouvait seul dans la chambre qu'il habitait près de la rue des *Sept-Voies*.

Depuis huit jours, il avait revu tous ses amis d'occasion, Coquastre, d'Aubigny, le père Blondel, Denise, sa fille; tous s'étaient montrés heureux de sa nouvelle fortune, et les témoignages qu'il avait reçus à cette occasion, lui avaient été bien sensibles. — Marcelle seule lui avait fait défaut !

Marcelle ! toute sa vie, toute sa joie, tout son bonheur... pourquoi n'était-elle pas revenue ?... D'où vient qu'elle restait à l'hôtel des Tournelles, quand elle savait que Rustique l'attendait chaque jour rue de Béthisy ?...

Rustique pensait alors que Marcelle ne l'aimait plus, qu'elle ne l'avait jamais aimé..... Tout ce qui s'était passé entre elle et lui n'était qu'un rêve... Le jour où il avait mis le pied dans la réalité, le gracieux fantôme avait fui pour ne plus revenir.

Quand ces idées montaient à l'esprit de Rustique, il était près de devenir fou !... perdre Marcelle, après avoir rêvé son amour et sa possession, lui paraissait impossible : il eût mieux aimé renoncer à cette nouvelle existence qui lui était promise, il eût mieux aimé mourir...

Hélas ! Marcelle n'était guère heureuse cependant, et c'était bien à tort que Rustique l'accusait d'indifférence ou d'oubli.

Depuis huit jours, sous prétexte de protéger ses jours menacés, Mouchy avait multiplié les précautions autour d'elle, et la pauvre enfant était restée comme prisonnière : elle eût bien voulu demander au prévôt de la faire accompagner près de la comtesse Eléonore, mais elle craignait qu'au tremblement de sa voix, à l'émotion de son regard, on ne devinât que c'était Rustique qu'elle voulait voir. Dans sa naïveté, elle s'imaginait que tout le monde devait lire sur son front ce qui se passait dans son cœur... Elle n'avait pas osé ; son courage avait faibli, et elle s'était contentée de prier le ciel de veiller sur les jours de Rustique.

Rustique, c'était son premier, son unique amour ; elle n'en avait jamais eu, elle n'en voulait point avoir d'autre... Elle l'aimait avec la confiance aveugle d'une âme jeune et pure, et malgré les obstacles de toute sorte qu'elle entrevoyait dans l'avenir, c'était pour elle une douce et pénétrante consolation de penser qu'un jour viendrait peut-être, où il lui serait permis d'unir sa destinée à la sienne.

Rustique était loin d'avoir le soupçon d'un pareil amour. Il se débattait vainement contre les mille inquiétudes qui l'assaillaient de toutes parts ; son père d'un côté, Marcelle de l'autre tenaient son esprit et son cœur incessamment en éveil ; il fallait en finir avec toutes ces irritations, et comme il avait pour habitude d'aller hardiment à toute énigme, il sortit un matin bien décidé à ne rentrer qu'après avoir obtenu des éclaircissements sur tout ce qui lui paraissait obscur ou ténébreux.

Le hasard devait le servir merveilleusement, car le premier homme qu'il rencontra fut précisément celui qu'il cherchait...

Mouchy !... l'âme damnée du prévôt.

XI

Une dernière ruse.

On eût dit que rien ne s'était passé d'extraordinaire depuis un mois, à voir la gaîté avec laquelle Mouchy aborda Rustique.

C'était la même bonne humeur, le même entrain, le même

sans-façon que le jour où il l'avait rencontré pour la première fois, et il marcha vers Rustique le visage ouvert, la lèvre souriante et le regard animé d'un reflet sympathique.

— Pardieu, messire, s'écria-t-il, du plus loin qu'il l'aperçut, voici un jour qu'il me faudra noter parmi les jours heureux... je vous cherchais.

—Moi, je vous cherchais aussi, répondit Rustique.

— Comme cela se trouve.

— Voulez-vous que nous causions ?

— Oui, certes.

— Tirons de ce côté.

— A votre aise.

Ils firent quelques pas, et s'arrêtèrent non loin de l'église Saint-Jacques-la Boucherie.

— Çà, reprit presque aussitôt Mouchy, voilà huit jours que nous ne nous sommes vus, et sur mon âme, je commençais à trouver le temps long.

— Vous êtes trop bon.

— D'honneur, vous m'intéressez.

— J'apprécie cet intérêt comme il convient...

— Et je serais désolé qu'il vous arrivât malheur.

— Je vous en remercie... répondit ironiquement Rustique.

— Ne me croyez-vous pas? repartit Mouchy.

— Et pourquoi vous croirais-je ?

— Ah! on vous a prévenu contre moi?...

— Il n'en était pas besoin.

Il y eut un silence.

— Avec les dispositions où je me trouve, poursuivit Mouchy, je me demande, Messire, dans quel but vous me cherchiez.

— Je vais vous le dire.

Mouchy fit un geste d'assentiment, et Rustique continua :

— Il y a quelques jours, dit-il, bien des doutes de mon

19.

passé se sont éclaircis tout à coup ; la vérité s'est fait jour à travers les ténèbres que l'on avait amoncelées à dessein autour de moi, et j'ai pu connaître enfin les hommes auxquels je dois les souffrances de ma jeunesse...

— Ah ! ah ! interrompit Mouchy, il paraît que vous avez mis le temps à profit... la comtesse vous a instruit.

— Ne parlons pas de la comtesse, messire, repartit Rustique avec hauteur, elle est et doit rester étrangère à cette conversation... Ce qui s'est passé récemment chez le prévôt m'a appris tout ce que je pouvais apprendre ; je sais par suite de quelles péripéties terribles, j'ai été arraché vivant des bras d'une mère éplorée, pour être jeté dans un cachot, où je devais périr... je sais qui a conseillé et exécuté ce crime, et quand j'aurai à me venger, ma colère et mon épée ne se tromperont pas...

— Diable ! objecta Mouchy d'un air de défi, voilà qui est peu rassurant.

— Je n'en sais rien, poursuivit Rustique, quand cette heure sonnera, croyez que je n'hésiterai pas, mais pour le moment, il ne s'agit point de cela, et j'ai seulement à cœur de dissiper les derniers doutes qui restent encore dans mon esprit.

— Nous y voici.

— C'est à vous, messire, que j'ai résolu de m'adresser, et je vous devrai beaucoup, si vous voulez bien me donner les renseignements que je cherche.

— Quels renseignements ?

— C'est vous qui m'avez enlevé, enfant, des bras de la comtesse Éléonore, ma mère.

— C'est moi, répondit Mouchy, sans hésiter.

— Vous vous rappelez bien ce drame, n'est-ce pas, messire ?

— Comme s'il s'était passé hier.

— Et les acteurs, vous pourriez les nommer tous ?

— Sans en oublier un seul.

— Eh bien... il en est un que je ne connais pas, moi, et que j'ai pourtant le plus ardent désir de connaître.

— Un acteur ?

— Une victime.

— J'entends...

— Je vous ai parlé de la mère, je vous ai parlé de l'enfant, mais il y a une autre personne, sur laquelle plane un mystère impénétrable, et dont on m'a caché jusqu'ici et le sort, et le nom...

— De qui voulez-vous donc parler ?...

— De mon père.

Mouchy jeta un regard étonné à Rustique, et se prit à rire :

— Pardieu, s'écria-t-il, j'étais loin de m'attendre à un pareil aveu.

— Qu'a-t-il donc de surprenant ?

— On vous aurait laissé ignorer ?...

— Sans doute.

— Mais dans quel but ?

— Je l'ignore.

— Et vous voulez savoir ?...

— Tout ! messire, je veux tout apprendre.

Mouchy passa sa main rapide sur son front, et parut un moment se consulter.

— Au fait, reprit-il presque aussitôt, du même accent insouciant et léger, si la comtesse vous a caché le nom de votre père, c'est qu'elle a des raisons pour agir ainsi.

— Mais ces raisons, il m'est impossible de les respecter.

— C'est juste... et cependant !

— Cependant.

— Je ne voudrais pas...

Mouchy était visiblement indécis ; il eût voulu parler, et un dernier scrupule le retenait encore ; enfin, il fit un effort sur lui-même, et mit la main sur l'épaule de Rustique :

— Voyons, dit-il alors d'une voix presque grave, je vous ai vu tout à l'heure douter de ma bonne volonté et de l'intérêt que je vous porte... eh bien ! je tiens à vous donner une preuve de cette bonne volonté et de cet intérêt... Vous désirez connaître votre père ?

— Il vit, n'est-ce pas ? interrompit Rustique.

— Il vit... répondit Mouchy.

— Et je pourrai le voir ?...

— Venez ce soir, chez Viviane, peut-être vous l'amènerai-je.

Rustique poussa un cri... tout entier à la joie, il ne pouvait pas croire que Mouchy eût l'intention de le tromper, il lui serra vivement les mains, et le remercia avec effusion.

Mouchy se laissait faire de la meilleure grâce du monde.

— Ainsi, reprit Rustique, je le verrai ?

— Je vous le promets.

— Chez Viviane ?...

— Après le couvre-feu... Toutefois, j'ai une recommandation à vous faire.

— Laquelle ?

— Il faut que tout le monde ignore ce rendez-vous.

— Soyez sans crainte.

— La comtesse surtout !...

— Elle n'en saura rien.

— Vous me l'assurez ?

— Je le jure.

— A ce soir donc.

— A ce soir.

Mouchy allait s'éloigner, Rustique le retint.

— Pardon, messire, dit ce dernier.

— Qu'y a-t-il encore ?

— Quand nous nous sommes rencontrés tout à l'heure, vous me cherchiez.

— En effet.

— Que vouliez-vous donc de moi?...

Mouchy se mordit les lèvres, mais il n'était pas homme à se laisser décontenancer pour si peu.

— Ce que je voulais de vous, répondit-il instantanément? Eh!... pardieu!... nous nous verrons ce soir, messire, qui sait... c'est peut-être de madame Marcelle que j'ai à vous parler...

— Marcelle! s'écria Rustique.

— En seriez-vous fâché?

— Est-ce possible.

— Viendrez-vous chez Viviane?

— Si j'irai!... mais avec le nom de Marcelle, vous me feriez courir au bout du monde!

— Bon!... la rue de la Vannerie n'est pas si éloignée...

— Oh! à ce soir.

— A ce soir...

Et cette fois, Mouchy put s'éloigner, sans que Rustique songeât davantage à le retenir.

Si le lecteur le veut bien, nous laisserons Rustique évoquer à son aise la gracieuse image de Marcelle, pour suivre Mouchy qui prit aussitôt la direction de l'hôtel des Tournelles.

Le prévôt était seul et l'attendait.

Depuis quelque temps, il habitait une aile retirée de l'hôtel, et avait fait venir Marcelle près de lui; malgré la sorte de trêve conclue avec le vieux Lombard, il pouvait penser que ce dernier n'avait pas renoncé à ses projets, et c'est en frissonnant qu'il se rappelait que Marcelle avait récemment failli lui être ravie pour toujours.

Le prévôt haïssait le Lombard, mais il le craignait encore plus; il savait de quelle persévérance il était capable, il n'i-

gnorait plus maintenant quelle main avait frappé successivement chacun de ses fils, et c'est pour assurer son avenir,
qu'il avait autorisé Mouchy à poursuivre l'œuvre un moment
interrompue de sa vengeance.

Mouchy s'était donc hâté de reprendre les hostilités ; mais
depuis huit jours, le Lombard avait disparu, et quant à Rustique, il fallait agir avec une extrême prudence pour ne point
éveiller les soupçons de Marcelle ou la vigilance de la comtesse Éléonore.

Mouchy était l'homme qu'il fallait pour mener à bien une
semblable entreprise.

Dès que le prévôt l'aperçut, il le salua du geste, et lui fit signe d'approcher.

— Eh bien, lui dit-il aussitôt, qu'y a-t-il ?... que viens-tu
m'apprendre ?

— Bonnes nouvelles, répondit Mouchy.

— Tu as trouvé le Lombard ?

— A peu près.

— Tu connais sa retraite ?

— Comme lui-même.

— Et il demeure ?...

— Chez Viviane... dans la rue de la Vannerie.

Une satisfaction souveraine se peignit sur les traits du prévôt.

— Ainsi, reprit-il, quand nous voudrons, nous nous em-
parerons de lui.

— Oh ! j'ai mieux que cela... fit Mouchy avec un haut le
corps.

— Quoi donc ?

— Personne ne peut nous entendre ?

— Personne.

— Monseigneur en est bien certain ?

— Pourquoi ces craintes ?...

— C'est que l'appartement de madame Marcelle touchant à celui-ci, il se pourrait faire...

— Tu as raison... tu penses à tout, toi ; eh bien! pousse cette porte et regarde.

Mouchy marcha vers la porte que lui désignait le prévôt, la poussa doucement, et passa la tête dans la chambre où elle donnait accès.

— Eh bien? fit le prévôt après quelques secondes d'attente.

— Rien! répondit Mouchy.

— J'en étais sûr.

— Alors, je puis parler.

— Parle donc.

Mouchy se rapprocha du prévôt, s'appuya sur le dossier de son fauteuil et se pencha à son oreille.

— Monseigneur, dit-il en mesurant chacune de ses paroles, j'ai fait un coup de maître, ce matin.

— Vraiment! fit le prévôt.

— Je viens de voir Rustique.

— Lui aussi m'inquiète.

— C'est ce que j'ai pensé.

— Tôt ou tard, il apprendra quel est son père.

— C'est probable.

— Ils se rencontreront.

— A n'en pas douter.

— Et le vieux Lombard ne manquera pas d'allumer la haine dans le cœur de son fils.

— Si ce n'est déjà fait.

— Le crois-tu?...

— Je le crains.

Le prévôt et Mouchy échangèrent un regard significatif.

— M'est avis, monseigneur, reprit bientôt après Mouchy, m'est avis que le fils est encore plus dangereux que le père;

il est jeune, vif, ardent, robuste, courageux, et le jour où la haine doublera ces qualités redoutables, il deviendra un ennemi terrible.

— Tu as raison... murmura le prévôt qui rêvait.

— Moi, j'avais pensé qu'il mourrait dans son cachot.

— Sans doute.

— La maladresse de Carlos a tout perdu.

— C'est vrai.

— Et qui sait maintenant ce que sa vengeance nous réserve ?

— La mort, peut-être.

Mouchy couvait le prévôt du regard, comme le vautour qui fascine sa proie... Le prévôt n'osait ni lever les yeux, ni faire un mouvement...

— Eh bien, poursuivit Mouchy, d'une voix incisive, j'ai pensé, moi, monseigneur, qu'il fallait prendre en cette occurrence, un parti décisif, et je crois avoir trouvé le moyen de sortir de cette impasse.

— Quel moyen ? dit le prévôt.

— Il est sûr...

— Mais encore...

— Ce soir, Rustique se rendra seul, rue de la Vannerie, chez Viviane.

— Eh bien...

— Viviane est une fille précieuse, Monseigneur ; elle connaît l'art de préparer les breuvages, et j'ai eu plus d'une fois à me louer de son zèle et de son intelligence.

— Tu me fais frémir.

— Comprenez-vous ?

— Continue.

— D'ailleurs, j'aurai en cette circonstance, un aide dont le concours ne peut que m'être fort utile.

— Qui cela ?

— Le père de Viviane.

— Carlos?

— Lui-même... oh! parlez-moi d'un Espagnol pour bien haïr, monseigneur... celui-ci a sur le cœur le coup d'épée de Rustique, et il n'aura de repos que lorsqu'il se sera vengé. Si Viviane devait faiblir, Carlos serait là...

Le prévôt ne répondit pas... mille sentiments contraires troublaient son esprit, il eût voulu n'avoir jamais mis le pied dans cette voie de sang, et cependant, quand le souvenir du Lombard se présentait à sa pensée, son cœur se prenait à battre violemment, et la pitié faisait place à la colère...

En remarquant l'hésitation de son maître, Mouchy ne put retenir un mouvement d'impatience.

— Vous ne répondez pas, monseigneur, dit-il avec une certaine vivacité.

— Je réfléchis, répondit le prévôt.

— Et pendant que vous réfléchissez, croyez-vous que le Lombard perde son temps, et ne trame pas dans l'ombre quelques nouveaux complots?

— Qui te l'a dit?

— Personne.

— Mais cette supposition...

— Elle est naturelle, quand on parle d'un homme qui a attendu pendant vingt années le moment de se venger.

— Tu crois donc qu'il y pense encore?

— En doutez-vous?

— Je ne sais.

— Préférez-vous attendre qu'il vous enlève une seconde fois madame Marcelle?

— C'est vrai.

— Qu'il assassine l'un après l'autre vos trois fils?

— Tu as raison.

— Votre hésitation, monseigneur, c'est plus que de la faiblesse, savez-vous, c'est de l'imprudence...

— Que faire?...

— Agir contre ceux qui vous menacent.

— Mais, Rustique?...

— Ce soir, Rustique verra le Lombard, Monseigneur...

— Eh bien, va donc, s'écria le prévôt, va, mais je jure Dieu que ce sang sera le dernier que tu me feras répandre.

Mouchy ne se fit pas répéter cette autorisation, et il s'éloigna à pas rapides de l'hôtel des Tournelles, où il espérait ne rentrer que pour annoncer au prévôt la mort de Rustique et celle du Lombard.

IX

Les amours de Viviane.

Vous souvient-il de Viviane, la belle fille à l'œil noir, que nous avons vue un matin, baisser son front pâli sous les premiers feux du jour, et que nous avons retrouvée plus tard, jouant avec la colère de Rustique.

L'histoire de Viviane serait tout un poëme, un drame aussi; mais nous n'avons plus le loisir de la raconter. Voici que le dénoûment de notre histoire approche, et nous pouvons à peine en dire les dernières scènes.

Comment Viviane était-elle venue à Paris? comment y vivait-elle? d'où vient qu'elle habitait avec Jacques le Majeur, et quel secret portait-elle dans son cœur?

Ce sont autant de mystères!

Viviane avait été enlevée bien jeune à son père, par l'ordre de cet infernal Mouchy, que nous retrouvons chaque fois qu'il s'agit d'un crime ou d'une violence quelconque.

Quand Rustique avait été confié à Carlos, Mouchy avait négligé de s'armer contre ce dernier, pour le cas où l'idée lui viendrait de le trahir. — On ne peut pas songer à tout.

Cette confiance de Mouchy avait duré cinq années, chose rare ! puis, ce temps écoulé, il s'était pris à réfléchir.

Rustique ne mourait pas, il grandissait à vue d'œil, il se développait, il était devenu robuste, agile, entreprenant ; il commençait à questionner son geôlier...

Mouchy eut peur.

Il craignit que Carlos ne se laissât attendrir par la jeunesse de son prisonnier ; qu'il ne devint traître ou seulement indiscret et qu'il n'apprît à Rustique le secret de sa naissance et ne lui ouvrit les portes de sa prison.

Il y avait là un danger contre lequel il fallait se prémunir, et voici ce qu'il imagina.

Carlos avait alors auprès de lui une jolie petite fille de l'âge de Rustique à peine, et qui faisait la joie et l'orgueil de son père. Elle était douce, aimante, soumise, et toute son âme semblait parler et sourire par ses deux yeux noirs... C'était la gaîté de cette morne et sombre bastille, où son père s'était condamné à vivre... Elle allait tout le jour, çà et là, jetant sa voix aux échos, heureuse de la joie qu'elle répandait, comme un reflet, autour d'elle.

Mouchy n'en demanda pas davantage, et quelques mois plus tard, la jolie Viviane arrivait à Paris où elle devait lui servir d'otage.

Il y avait alors près de quinze années que la pauvre enfant était dans la capitale.

Ainsi que nous l'avons dit plus haut, elle avait mené jusqu'alors une existence bizarre ; elle vivait parmi la gent bohême de l'époque, sans se mêler pourtant à ses membres :

elle était bien connue de tous, mais, chose singulière, l'isolement dans lequel elle s'enfermait avait inspiré à chacun une
sorte de respect qui la défendait mieux que les meilleurs ver-
roux.

Ce soir-là Viviane était triste, et, accoudée à la fenêtre, elle
ne songeait pas à rentrer dans sa chambre.

Le couvre-feu de huit heures venait de sonner ; déjà les
premières ombres de la nuit commençaient à tomber du faîte
des maisons, et son regard ne suivait plus qu'avec peine ce
qui se passait dans la rue.

Elle pressa son front de ses deux mains brûlantes, puis,
comme si elle eût voulu chasser tout à coup une pensée importune, elle se leva brusquement et se mit à chanter, — une
chanson d'argot sur un air monotone et lent bien fait pour
endormir la douleur :

Elle était pâle et sa voix tremblait. — Elle disait :

> Entervez, marques et mions [1]
>
> Au matin, quand nous nous levons
> Dans les entennes trimardons [2].
>
> Ou au creux de ces ratichons [3]
> Nos luques [4] nous leur présentons.
>
> Puis dans les boules et fremions [5]
> Cassons des hanes [6] si nous pouvons.
>
> Puis quand avons force michons [7]
> Dans les piolles [8] les dépensons.
>
> Aussi, au soir quand arrivons,
> Dans le castus où nous piaussons [9].

[1] Entendez filles et garçons. — [2] Allons dans les églises. — [3] Ou au
logis de ces abbés — [4] Certificats. — [5] Foires et marchés. — [6] Coupons
des bourses. — [7] Force argent. — [8] Tavernes. — [9] Dans l'hôpital où nous
dormons.

Les barbaudiers sont francillons [1]
Fout riffoder nos ornichons [2]

Avec nos marques et mions,
Tous ensemble les morfions [3].

Quand elle eut fini de chanter, Viviane se laissa tomber sans force et sans voix, sur un fauteuil, et elle prit de nouveau sa tête dans ses mains ; quelques larmes coulèrent silencieusement le long de ses joues pâles.

Une amère tristesse se lisait sur ses traits fatigués ; elle souffrait, son cœur était brisé, elle eût voulu être morte !...

Cependant l'heure marchait avec rapidité, et le moment allait venir où elle ne pourrait plus attendre, elle quitta donc la place qu'elle occupait, tira de sa poche un petit sifflet d'argent, et le porta vivement à ses lèvres.

Une vieille servante parut à ce signal sur le seuil de la porte.

— Orfa, dit aussitôt Viviane d'un ton impérieux, tu vas sortir.

— Quand il vous plaira, répondit la vieille.

— Tu iras à la taverne des Quatre mendiants couronnés.

— Je la connais.

— Dans la rue de Glatigny.

— C'est cela même.

— Là, tu rencontreras beaucoup d'écoliers, parmi lesquels tu chercheras à reconnaître messire d'Aubigny.

— Fort bien.

— Quand on te l'aura désigné, tu le prendras à part ; — écoute-moi bien, Orfa, et retiens chacune de mes paroles, — quand tu te trouveras seule avec messire d'Aubigny, tu me

[1] Les gardiens sont Français. — [2] Font cuire nos poulets. — [3] Les mangeons.

nommeras ; tu diras que Viviane se repent d'avoir si longtemps repoussé son amour, et qu'elle s'est laissé attendrir
par tant de constance ; qu'enfin, s'il entretient toujours les
mêmes désirs, il me pourra trouver ce soir même, dans ma
demeure de la rue de la Vannerie ; as-tu compris ?

— Parfaitement.

— Pars alors, et sans perdre de temps.

Et comme la suivante hésitait à obéir :

— Qu'attends-tu ? poursuivit Viviane avec impétuosité, et
pourquoi remets-tu ainsi ton départ ?

— C'est que... balbutia la vieille.

— Quoi donc?

— Je ne puis voir sans regret une jolie fille comme vous,
Viviane, s'éprendre ainsi d'amour pour un écolier comme
messire d'Aubigny.

— Et qui te dit que je l'aime ?

— Ce rendez-vous.

— Est-ce donc un rendez-vous d'amour ?

— Mais...

— Vas, Orfa, et prie Dieu, chemin faisant, que messire
d'Aubigny ne laisse point ici son corps avec son âme.

Orfa n'en entendit pas davantage, et elle s'éloigna rapidement en faisant le signe de la croix.

Il était temps du reste qu'elle partit, car au moment où elle
descendait dans la rue, un homme s'arrêtait devant la maison habitée par Viviane, et s'engageait résolument, après
quelques minutes d'hésitation, dans l'escalier tortueux qui
conduisait au premier étage.

Cet homme, c'était Rustique.

En entrant dans la chambre où l'attendait la fille de Carlos,
Rustique promena un moment son regard indécis autour de
lui, puis quand il vit que Viviane était seule, et qu'elle se le-

vait à son approche, il marcha vers elle, et la salua d'un geste rapide.

— Pardon, Viviane, lui dit-il alors, mais en venant dans cette demeure, j'avais espéré rencontrer une autre personne.

— Votre père ? n'est-ce pas, répondit Viviane.

— Quoi, vous savez...

— On me l'a appris...

— Et qui donc ?

— Mouchy.

— Vous l'avez vu ?

— Ce matin...

— Et ne vous a-t-il pas annoncé en même temps ?..

Viviane sourit d'un amer et triste sourire.

—La dernière fois que je vous vis, messire, dit-elle aussitôt, vous m'avez paru bien animé contre Mouchy ?

— En effet.

— Votre colère s'est donc calmée depuis ?

— Qu'importe.

— Cependant, croyez-vous, messire, qu'il ait oublié si vite, lui, une vengeance dont il avait fait le but unique de toute sa vie.

— Que voulez-vous dire ?

— Etes-vous disposé à ajouter foi à ma parole.

— Sans doute.

— Et à suivre le conseil que je vous donnerai.

— Parlez...

— Ecoutez donc, messire, et quand j'aurai cessé de parler, hâtez-vous surtout de prendre une résolution, car de cette heure dépend peut-être la sécurité et le bonheur de votre vie tout entière.

Viviane prit alors la main de Rustique et la serra dans les siennes ; le jeune homme se laissa faire, et bien qu'il ne comprit pas ce mouvement de Viviane, il ne put se défendre cependant d'une certaine émotion.

— Ce matin, messire, reprit Viviane d'une voix qui tremblait, ce matin Mouchy, m'a prévenu qu'un homme viendrait après le couvre-feu dans cette demeure ; il ajouta que cet homme était l'ennemi du prévôt, qu'il voulait à tout prix s'en débarrasser, et que dans ce but, il avait recours à ma science.

— Votre science ! interrompit Rustique qui suivait sans perdre une syllabe.

— Depuis longtemps j'excelle dans l'art de préparer les poisons.

— Vous ?...

— Et Mouchy eut plus d'une fois occasion de s'adresser à moi...

— Mais c'est horrible...

Viviane réprima un mouvement de désespoir et leva sur Rustique un regard timide et résigné.

— Faut-il continuer, dit-elle en soupirant ?

— Va ! va ! poursuis... fit Rustique.

— Mouchy m'expliqua donc que l'homme que je devais attendre aimait la fille du prévôt.

— Marcelle !

— Marcelle... Cet amour, disait-il, c'est l'enfer qui l'a allumé, car il va me permettre de frapper les deux victimes que j'ai poursuivies si longtemps en vain.

— Quelles victimes ?

— Vous, messire, et votre père.

— Mais le rendez-vous qu'il m'a donné...

— C'était un piége.

— Ainsi des assassins sont déjà postés dans cette demeure.

— Peut-être.

— Et il ne me reste plus aucun moyen d'échapper à la mort dont je suis menacé.

— Du moins, messire, n'en reste-t-il plus qu'un seul.

— Lequel ?

Viviane alla prendre aussitôt deux flacons dans un dressoir de chêne sculpté, et les présentant l'un après l'autre à Rustique :

— Le premier de ces flacons, dit-elle, renferme un poison violent dont quelques gouttes suffisent à occasionner une mort instantanée, le second n'est qu'un narcotique, dont les effets sont les mêmes, à la mort près.

— Où veux-tu en venir ?...

— Le seul moyen qui vous reste d'échapper aux assassins apostés par Mouchy, c'est de leur faire croire que j'ai rempli ma mission et que leur office est inutile.

— Eh bien !

— Eh bien, confiez-vous à moi, messire, prenez quelques gouttes de ce narcotique, et quand les assassins de Mouchy viendront, ils ne trouveront ici qu'un cadavre.

Rustique regarda Viviane avec étonnement et finit par hausser les épaules.

— Viviane, lui dit-il alors à voix lente, est-ce donc sérieusement que tu m'adresses une pareille proposition ?

— Sans doute ! fit Viviane.

— Et tu as cru que j'accepterais ?

— Qui pourrait vous en empêcher ?

Rustique sourit.

— Tu me crois donc bien simple ?

— Comment ?

— Et tu me prends vraisemblablement pour quelque béjaune du collège des Quatre Nations... Mais tu t'es trompée, mon enfant, et le crime que tu avais préparé ne s'accomplira pas.

20

— Un crime !

— Voyons, raisonnons, si tu veux... Voici deux flacons n'est-ce pas ! mais qui m'assure que celui-ci n'est pas précisément celui qui contient le poison ?... qui m'autorise à croire que tu ne suis pas les ordres de Mouchy, et que tu ne veux pas épargner aux assassins qu'il a postés ici, la besogne, toujours désagréable, de tuer un homme qui a vingt ans et porte une épée dont il sait se servir.

— Eh quoi ! repartit Viviane, vous croiriez...

— Je crois, ma chère enfant, continua Rustique, que tu excelles dans l'art de préparer les poisons, et que tu n'es pas fâchée de gagner l'argent que t'a promis messire Mouchy.

Viviane jeta à Rustique un regard plein de larmes, mais elle ne trouva pas une parole à répondre...

—Et puis, poursuivit Rustique, que me font à moi tous ces subterfuges ? ne vaut-il pas mieux que je meure en défendant courageusement mes jours, que frappé lâchement et par derrière de la main d'une femme? Non, Viviane, je le répète, ce crime ne s'accomplira pas, ou s'il s'accomplit, c'est que mon épée aura trahi mon courage.

— Mais ils seront nombreux.

— Qu'importe ?

— Ils vous tueront.

— Qui sait ?...

— Oh ! messire, je voulais cependant vous sauver, moi... et voilà que vous me repoussez impitoyablement.

En parlant ainsi Viviane ne se contint plus ; elle prit follement sa tête dans ses deux mains et fondit en larmes.

Rustique s'arrêta stupéfait :

— Vous pleurez, dit-il, en se sentant touché de cette douleur, sur la sincérité de laquelle il ne pouvait plus se méprendre.

— Je pleure, messire, répondit Viviane en sanglotant, parce que votre obstination vous conduit fatalement à la mort.

— N'est-ce pas l'ordre de Mouchy?

— Sans doute.

— Et ne voulez-vous pas l'exécuter.

— Jamais?

— Cependant vous n'ignorez pas à quel danger s'exposerait celui qui trahirait un homme comme Mouchy.

— Je le sais.

— Et vous osez l'affronter ?

— Oui, messire.

— Pour moi, qui vous suis inconnu, que vous n'avez vu qu'une fois, que vous ne devez plus revoir !...

— Je n'ai point songé à cela.

— A la bonne heure; car si vous y aviez songé, je gage que vous auriez agi autrement.

— Non, messire.

Rustique ne savait que penser des réponses singulières de Viviane; il y avait là un mystère qu'il craignait d'éclaircir, il avait comme un vague soupçon de la réalité, mais il n'osait encore y croire, tant elle lui semblait étrange.

— Votre dévouement, reprit-il bientôt, est singulier, Viviane, et je vous avoue que j'ai peine à lui assigner une cause raisonnable.

— Il en a une cependant, messire.

— Est-ce possible?

— Voulez-vous que je vous la dise ?

— Parlez.

— D'ailleurs, poursuivit Viviane, comme vous l'avez dit, cette heure est sans doute la dernière que nous devons passer ensemble ; nous ne suivons pas les mêmes chemins dans la vie, et puisque nous devons nous séparer tout à l'heure, je puis bien sans rougir vous dire le secret que j'ai jusqu'ici caché à tous dans mon cœur...

Viviane se tut un moment, et quoi qu'elle fît, le rouge de la pudeur monta tout à coup à son front et descendit sur ses joues :

— Rustique, dit-elle en comprimant de ses deux bras croisés les battements précipités de son cœur, depuis le jour où je vous ai vu pour la première fois, je vous aime; j'ai fait, pour étouffer ce sentiment naissant, tout ce qui m'était humainement possible, et je n'ai pas réussi : cet aveu a été bien souvent près de s'échapper de mes lèvres, mais je n'osais parler... J'avais honte de mon amour, je craignais de ne recueillir que le mépris, ou ce qui eut été pis encore, l'indifférence... Là est tout le mystère de ma conduite, messire... et bien des larmes amères sont tombées sur mon cœur qu'elles brûlaient au lieu de le calmer... Que vous dirai-je encore?... j'ai cherché à oublier, je n'ai pas pu... j'avais mille raisons de vous haïr, je ne réussissais qu'à vous aimer davantage... et tenez, à cette heure même Rustique, à cette heure où vous me méprisez, où je sais bien que vous ne m'aimerez jamais, quand votre présence ici est une nouvelle preuve de l'amour que vous portez à une autre femme, si je cherche encore, et malgré vous, à vous soustraire aux poignards des assassins de Mouchy, c'est que, je le sens bien, ma vie est liée à la vôtre, et que si vous mourez, je ne vous survivrai pas...

Rustique écoutait parler Viviane... Cet aveu inattendu qu'il venait d'entendre l'avait jeté dans un étonnement indicible; malgré lui il s'oubliait parfois à contempler cette fille à l'œil expressif, dont la voix tendre et caressante remuait si profondément les fibres de son cœur, et bien que l'amour qu'il portait à Marcelle fût souverain et sans partage, toutefois cette contemplation ne laissait pas que de le troubler fort.

Cependant Viviane était allée prendre le flacon qu'elle avait déjà présenté à Rustique, elle revint aussitôt vers lui, les joues animées et le visage baigné de larmes.

— Et maintenant, messire, lui dit-elle d'un ton rapide et bref, refuserez-vous encore de suivre le conseil que je vous donne.

Le moment était solennel, la moindre hésitation de la part de Rustique dégénérait en cruelle injure pour la pauvre Viviane, et cependant cet amour et ces larmes pouvaient bien n'être qu'une comédie inventée par Mouchy et exécutée par son habile complice. Tout autre à sa place eût peut-être hésité... Rustique prit le flacon et le porta en souriant à ses lèvres.

Mais à peine en eut-il enlevé le bouchon de cristal, que la porte s'ouvrit et que Marcelle se précipita dans la chambre.

XIII

Les deux flacons.

Marcelle était pâle et effarée, ses cheveux flottaient en désordre sur ses épaules, un long voile noir tombait de son front, et son regard avait un sombre reflet qui donnait à sa physionomie un caractère impérieux et dur.

Rustique poussa un cri en la voyant paraître, et Viviane se voila le visage de ses deux mains.

Cependant Marcelle hésitait; on eût dit qu'arrivée au terme

20.

de sa course, elle comprenait enfin toute la gravité d'une pareille démarche... Elle promena un moment son regard incertain sur les objets qui l'entouraient, et croisa ses deux bras demi-nus sur sa poitrine, comme pour en comprimer les battements.

L'émotion lui avait enlevé sa présence d'esprit; tout lui semblait confus et vague; elle se rappelait à peine la cause de ses épouvantes et le but de ses résolutions; enfin, elle se demandait pourquoi elle était venue, et à quel sentiment elle avait obéi, en abandonnant ainsi nuitamment la maison du prévôt, son père!

Toutefois, cette hésitation dura peu: une minute s'était à peine écoulée, que la pâleur disparut tout à coup de ses joues, un frisson fiévreux parcourut ses membres, et son regard s'illumina d'un éclair d'intelligence.

Elle était revenue au sentiment complet de la réalité, en apercevant, dans un coin de la salle, le flacon que Viviane y avait laissé...

A son tour, elle poussa un cri terrible qui dut retentir dans toute la maison, et se précipita vers Rustique.

— Rustique!... s'écria-t-elle, en l'entourant énergiquement de ses bras, comme si elle eût voulu le défendre contre un danger imprévu; Rustique, quelle est cette femme que je trouve près de vous, et qui nous écoute?...

— Cette femme? fit Rustique interdit.

— Quelle est-elle!

— Mais... je l'ignore.

— Elle s'appelle Viviane, n'est-ce pas?

— Sans doute.

— Viviane!...

— Vous la connaissez...

— Mouchy en parlait ce matin à mon père, messire, et savez-vous ce qu'il disait de cette femme?

— Parlez.

Marcelle jeta à Viviane un regard chargé de mépris :

— Ah! béni soit Dieu qui m'a donné le courage de venir jusqu'à cette demeure, mon ami, car sans moi vous étiez perdu... Écoutez : ce matin, Mouchy, l'infernal Mouchy annonçait à mon père, que vous viendriez chez Viviane, que cette femme excellait dans son métier d'empoisonneuse, qu'enfin, elle saurait se charger des soins de la vengeance du prévôt et de celle de Mouchy... Comprenez-vous ?

Rustique réprima un mouvement involontaire d'horreur et d'indignation, et serra les deux mains de Marcelle dans les siennes. Tout ce que lui avait dit Viviane s'effaçait devant les paroles de Marcelle, il ne croyait plus à l'amour de la fille de Carlos, il se repentait même d'y avoir cru un instant, et frémissait en songeant qu'il avait été sur le point d'ajouter foi à ses affirmations. Maintenant, il ne voyait plus en elle, que la complice de son plus mortel ennemi !

Cependant, Viviane avait pâli et courbé le front, sous les accusations de la fille du prévôt. Elle savait que Marcelle était aimée de Rustique, elle n'espérait plus ramener la confiance dans le cœur de ce dernier; elle dévora ses larmes, comprima sa poitrine qui battait, et passa une main convulsive dans ses cheveux dénoués :

— Rustique! dit-elle alors en enveloppant le jeune homme d'un suprême regard où pleuraient ses regrets amers et son amour brisé, Rustique, Dieu m'est témoin que je voulais vous sauver, et votre obstination va vous perdre... Sans doute les apparences sont contre moi, elles m'accusent, elles légitiment votre défiance, votre aveuglement... Mais, je le jure pourtant, il n'y a dans mon cœur, ni haine, ni désir de vengeance... j'avais pour vous, au contraire, un sincère dévouement et un profond amour... mais puisque vous avez repoussé l'un et l'autre... je n'ai plus qu'à vous dire un éternel adieu...

Viviane se tut un moment, et tout son corps frissonna d'une indicible émotion. Puis elle reprit bientôt, en cherchant à donner à sa voix, une assurance qui était loin de son cœur :

— Toutefois, dit-elle, avant de m'éloigner pour toujours, avant de mettre entre vous et moi, qui sait, la mort peut-être... laissez-moi vous donner un dernier conseil, conseil suprême, que vous écouterez peut-être, et que vous suivrez sans doute, quand je vous aurai dit qu'il doit vous sauver tous deux, vous et Marcelle, des assassins que Mouchy a postés ici près.

— Des assassins ! fit Marcelle en se rapprochant instinctivement de Viviane.

— Ah ! Mouchy qui me connaît, madame, poursuivit la jeune fille d'un accent amer, Mouchy doutait de moi, lui, et il avait pris ses précautions en conséquence; il se disait que la main de Viviane pourrait trembler au moment d'accomplir le crime, que sa complice pourrait le trahir enfin, et dans cette prévision, il avait pensé à remplacer le poison par le poignard.

— Est-ce possible ! balbutia Marcelle terrifiée.

— Oh ! ne tremblez pas, ainsi, madame, continua Viviane, dont la voix vibrait ironique et aiguë, la fille de monseigneur le prévôt n'a rien à craindre pour ses jours, et elle sortira de cette demeure comme elle y est entrée.

— Mais lui ! lui ! interrompit Marcelle en désignant Rustique.

— Lui, il doit mourir.

— Dieu ne le permettra pas.

— Est-ce donc vous qui le sauverez?

— Que faire? que tenter?...

Et Marcelle se laissa tomber accablée sur un fauteuil, tandis que Rustique se précipitait vers elle.

Ils étaient seuls, Viviane avait disparu, sans que l'on eût pu dire par quelle issue ; seulement, elle avait, en s'enfuyant, emporté l'un des deux flacons.

Rustique marcha résolûment vers la porte, et posa la main sur la serrure.

— Qu'allez-vous faire ? s'écria Marcelle, inquiète et agitée ?

— Viviane l'a dit, répondit Rustique, la fille du prévôt de Paris ne court aucun danger ; moi seul suis menacé.

— C'est vrai.

— Eh bien, laissez-moi tenter de me frayer, avec mon épée, un sanglant passage à travers les assassins apostés par Mouchy... Qui sait ?... Dieu me protégera peut-être ; ne suis-je pas d'ailleurs soutenu par votre amour ?... Marcelle, avec un pareil soutien, je vaincrais des armées.

Marcelle tendit en souriant ses deux mains à Rustique.

— Non, dit-elle d'une voix que l'émotion brisait, non, vous ne quitterez pas ainsi cette chambre... Désormais, ma vie est étroitement liée à la vôtre ; vous m'aimez et je vous aime... Dieu a béni notre amour... aucune puissance humaine ne pourrait nous séparer maintenant... Partez donc, mais avec moi ; je veux vous accompagner, Rustique ; je veux affronter, comme vous, le poignard des assassins de Mouchy, et, si la mort vous frappe, j'entends être frappée à vos côtés, et mourir dans vos bras... Ah! Mouchy sera satisfait, cette fois, car au lieu d'une victime, ses assassins lui en rapporteront deux.

En parlant ainsi, Marcelle s'était précipitée vers la porte, qu'elle poussa énergiquement devant elle : un certain égarement éclairait son regard d'un reflet sinistre : sa main fébrile s'appuya sur la serrure, et, pendant quelques secondes, elle tenta vainement de la faire céder sous sa pression violente.

Mais la porte n'avait garde de bouger... — Elle venait d'être fermée en dehors, — les assassins étaient là.

Marcelle se retourna pâle et effarée.

— Avez-vous entendu?... dit-elle, d'un accent terrifié.

— Oui, répondit Rustique.

— Ils sont là.

— Sans doute.

— Vous êtes perdu!

— Peut-être.

— Peut-être, dites-vous Rustique, mais ils sont nombreux, rien ne les arrêtera, ils n'auront pitié ni de mes larmes, ni de mes prières, ils ne craindront ni votre épée, ni votre colère... Rustique, nous sommes perdus, vous dis-je!

— Marcelle!

— Oh! malheur! malheur!

— Calmez-vous.

Marcelle passa une main convulsive dans ses cheveux, qui tombèrent en flots épais sur ses épaules.

— Me calmer, s'écria-t-elle éperdue, me calmer!... Mais j'aime la vie, moi, Rustique, comme j'aimais votre amour et l'avenir qu'il me promettait... pourquoi rougirais-je de l'avouer?... J'aurais tant supplié mon père, qu'il m'aurait enfin permis de mettre ma main dans la vôtre... et nous aurions ainsi marché dans la vie, heureux, fiers l'un de l'autre... comme à travers un rêve de bonheur éternel.

— Mais vous vivrez, Marcelle... hasarda Rustique.

— Moi, interrompit la jeune fille avec impétuosité, moi, vivre, quand ils vous auront tué, lâchement, là, devant mes yeux... ah!... si mon père a pu l'espérer, il s'est trompé. Rustique, je vous le dis... moi, vivre... non... tout est fini désormais... cet amour que j'avais rêvé, il est perdu... Pensez-vous donc que la vie me soit possible, quand vous ne serez plus là?... mon Dieu j'aurais été si heureuse pourtant!..

nous serions allés nous enfermer bien loin de la capitale, dans quelque vallée harmonieuse et solitaire, où nous aurions vécu, moi pour vous, vous pour moi... Rustique... avez-vous jamais songé à une pareille existence?... ah! vous ne savez pas encore combien je vous aimais, et quels rêves insensés je berçais dans mon pauvre cœur!

— Marcelle, tu ne veux donc pas me laisser la force de mourir comme un homme?

— Non... écoutez... Rustique, je veux tout vous avouer; un jour, vous m'avez raconté votre amour, je vais vous dire aussi le mien... Quand je vous ai vu pour la première fois, il y eut en moi comme un ineffable tressaillement... je vous avais déjà rencontré quelque part, je ne sais où... votre visage ne m'était pas inconnu, et je vous accueillis comme un frère... je n'avais jamais aimé encore; à partir de ce jour, il me sembla qu'une transformation s'opérait dans tout mon être, que je n'étais plus la même femme... que sais-je?... Quand je venais à songer à vous, je m'oubliais dans des rêveries interminables, et je ne pouvais détacher mon regard de votre image qui me suivait jusque dans ma solitude... Rustique, je puis vous le dire à cette heure où quelques minutes à peine, nous séparent de la mort, je vous ai aimé avec toute la pureté, tout l'enthousiasme, tout l'abandon d'un premier amour, et mon plus cher, comme mon plus saint désir aurait été de vous consacrer ma vie tout entière... Hélas! notre bonheur aura été de courte durée, mais je veux que vous emportiez du moins de ce monde cette assurance que mon cœur était bien à vous, et que j'aurais été heureuse de vous appartenir.

Pendant que Marcelle parlait ainsi, Rustique s'enivrait à l'écouter; il avait pris ses deux mains, et le regard suspendu à ses lèvres, il oubliait que la mort l'attendait à deux pas; — un bruit qui se fit à ce moment les tira tous les deux de leur oubli, et vint les rappeler brusquement à la réalité me-naçante et terrible.

Marcelle se leva.

— Écoutez, dit-elle, en indiquant la porte d'un geste vif et prompt.

— Qu'est-ce donc ? repartit Rustique qui cherchait à la tromper.

— Ce sont eux.

— Qu'importe !

— Ils viennent pour vous assassiner !

— Eh bien, ils me trouveront prêt à combattre.

— Non, Rustique, non... pourquoi tenter une lutte inutile et vaine ? Il ne faut pas même leur laisser la joie de l'assassinat...

Marcelle alla prendre le flacon que Viviane avait laissé à dessein sur la table.

— Rustique, dit-elle alors, d'une voix égarée, vous m'aimez, n'est-il pas vrai ?

— Oh ! plus que la vie...

— Et si je venais à mourir, vous ne voudriez pas me survivre ?...

— Pourquoi cette question ?

— Répondez...

— Mieux vaudrait la mort, qu'une séparation éternelle...

— C'est aussi ma pensée, et vous allez voir si je sais vous comprendre.

— Mais que prétendez-vous donc ?

Marcelle porta vivement le flacon à ses lèvres, le vida à moitié, et le tendit aussitôt à Rustique :

— Qu'avez-vous fait ? dit ce dernier, en recevant le flacon d'une main tremblante.

Le regard de Marcelle brilla d'une sainte exaltation.

— A vous, l'autre moitié, lui répondit-elle en souriant...

— Mais c'est la mort...

— Qu'importe, si elle réunit...

— Ah!... Marcelle ! vous voulez donc que cette heure où je vais mourir, soit la plus douce et la plus fortunée de toute ma vie !...

En disant ces mots, Rustique vida le flacon, et le rejeta aussitôt loin de lui. — Puis, quelques secondes après, ils s'affaissaient l'un près de l'autre, en proie aux premières atteintes de la mort.

Comme ils s'éteignaient dans les dernières et suprêmes convulsions de l'agonie, la porte de la chambre s'ouvrit avec fracas, pour livrer passage au prévôt et au vieux Lombard. — Tous les deux arrivaient effarés, les vêtements et les cheveux en désordre; ils parcoururent un moment la chambre que la lampe éclairait faiblement, et quand ils aperçurent les deux cadavres étendus sans vie sur le parquet, un même cri d'épouvante et d'horreur s'échappa en même temps de leurs lèvres, et ils coururent s'agenouiller, le prévôt près de Marcelle, le Lombard près de Rustique.

— Morte!... balbutia le premier.

— Mort! fit le second.

Et ils restèrent là, l'un et l'autre, pâles, accablés, sans voix, étouffant leurs sanglots, comprimant leur colère, oubliant tous deux, le soin de leur vengeance, pour ne songer qu'au malheur inattendu qui les frappait.

C'était un spectacle navrant, et dont rien ne saurait rendre la réalité poignante... Ils ne pleuraient pas, leurs yeux étaient secs, leurs regards, fixes... Dieu venait de les frapper dans ce qu'ils avaient de plus cher au monde !...

Étrange ironie et suprême justice du sort !... Ils étaient vengés l'un et l'autre, mais que n'eussent-ils pas donné pour ne pas l'être de la sorte !

21

Cependant leur abattement n'était qu'une trêve : cette douleur muette qui emplissait leur poitrine, ne pouvait pas être impunément contenue; quand ils se furent convaincus que Marcelle et Rustique ne pouvaient être rappelés à la vie, qu'ils étaient bien morts tous deux, qu'ils n'avaient plus rien qui les attachât à ce monde, alors un changement complet s'opéra simultanément en eux, et comme s'ils eussent été mûs par un ressort invisible, ils se levèrent d'un commun mouvement, et se redressèrent pâles de colère, altérés de sang, aveugles et sourds, comme deux statues de la Vengeance!

— A nous deux maintenant! dirent-ils d'un même cri.

Et sans attendre davantage, ils tirèrent leur épée, et se mirent à s'attaquer avec acharnement.

L'heure suprême avait sonné!... Qu'importait au vieux Lombard de mourir pourvu qu'il tuât le prévôt!... Qu'importait au prévôt de quitter cette vie pourvu qu'il emportât celle du Lombard!

Ge fut une lutte atroce, où tous les deux déployèrent les sanglantes ardeurs que vingt années de haine avaient amassées dans leur cœur... pas un mot, pas un cri... on n'entendait que le souffle haletant de leurs poitrines, et le bruit sinistre et froid de l'acier. C'est à peine s'ils cherchaient à se couvrir... mais avec quel infatigable acharnement ils s'attaquaient!... Vingt fois le prévôt avait manqué être percé de part en part... vingt fois le Lombard avait failli périr... ces incidents les préoccupaient peu, et ils continuaient, avec le même regard, la même activité, la même cruauté.

Heureusement le combat fut court !

Déjà, le Lombard avait reçu quelques blessures; son sang coulait en abondance, et avec son sang, il perdait peu à peu ses forces; de grosses gouttes de sueur coulaient le long de ses tempes, et des larmes de rage sillonnaient ses joues creuses, que la fatigue et la douleur pâlissaient.

C'était fait de lui !

Il allait mourir...

Mourir vaincu, sans s'être vengé!.. Mourir, sans avoir frappé l'assassin de son fils...

Un rugissement suprême s'échappa de sa poitrine ; il se roidissait contre cette fatalité terrible qui l'enveloppait, il redoublait d'ardeur, multipliait ses imprudences, et laissait plus souvent l'épée de son adversaire parvenir jusqu'à sa poitrine.

Tout à coup les deux adversaires s'arrêtèrent frappés d'épouvante, et promenèrent vivement leurs regards terrifiés autour d'eux...

Marcelle et Rustique venaient de faire un mouvement !

Ils baissèrent la pointe de leur épée, et écoutèrent.

— Marcelle! dit Rustique d'une voix faible, et en essayant de se soulever.

— Rustique ! dit Marcelle en pressant son front de sa main tremblante.

Le Lombard et le prévôt jetèrent leur épée loin d'eux, et s'agenouillèrent auprès de leurs enfants.

Bien que le prévôt eût entendu la voix de Marcelle, il ne pouvait croire encore qu'elle lui fût rendue ; il la regardait avec une sorte de crainte superstitieuse, et attendait, avec une anxieuse impatience, que de nouvelles preuves vinssent rassurer ses dernières incertitudes. Quant au Lombard, il était anéanti ; les blessures qu'il avait reçues étaient mortelles, et c'est à peine s'il lui restait la force de se soutenir. Sa main s'était emparée de celle de Rustique, et l'œil fixé sur le sien, le visage penché, la poitrine oppressée, il attendait qu'il revînt à la vie.

Rustique se souleva.

Ce qui s'était passé était pour lui comme un rêve; il ne se rappelait que confusément ce qui lui était arrivé, et il chercha d'abord et vainement pourquoi il se trouvait dans cette salle, et comment il y était venu. Puis là lumière se fit; en revoyant Marcelle, il se souvint, et son regard s'arrêta avec un étonnement mêlé d'inquiétude sur le prévôt et sur le Lombard.

— Vous! dit-il à ce dernier, vous ici... dans ces lieux, à cette heure...

Puis, comme si une pensée soudaine eût éclairé son esprit :

— Quel sentiment vous a donc poussé, ajouta-t-il d'une voix tremblante; saviez-vous donc que je dusse venir? Est-ce pour moi, pour lui, pour elle, que vous voilà ?... Dites, messire, dites... car mille souvenirs pénibles m'agitent, et j'ai hâte d'être rassuré, et je veux calmer ces mille craintes qui troublent mon esprit...

Le Lombard serra les mains de Rustique dans les siennes, son émotion croissait d'instant en instant, il eût voulu parler, et il n'osait. Chaque seconde qui passait lui enlevait cependant un peu de ses forces et de son courage... Mais que faire? et comment Rustique devait-il recevoir la révélation qu'il lui apportait?

Heureusement Rustique vint à son aide.

— Tenez, messire, lui dit-il, il y a quelques heures à peine, un homme est venu à moi, et m'a dit ces paroles : « Tu ignores comment tu es entré dans la vie, quel est ton père, et si tu dois jamais le revoir... Eh bien ! rends-toi, cette nuit, chez une jeune fille du nom de Viviane, et là tu trouveras enfin ce que tu cherches... » Je suis venu, messire, mais je devais m'y trouver seul !

— C'est que je suis arrivé trop tard ! objecta le Lombard.

— Que dites-vous ?

— Je dis, Rustique, que si je dois mourir, j'aurai du moins la consolation d'avoir auparavant serré les mains de mon enfant...

— Mon père!... fit Rustique avec un cri, et en soutenant le Lombard que ses forces abandonnaient.

— Mon fils!... dit le vieillard en jetant ses bras autour du cou de Rustique.

En ce moment, une voix s'éleva du dehors, et chanta sur l'air *Si je l'ay dict,* une chanson composée sur le duel de Jarnac et de la Châteigneraye, vers l'année 1547 :

Escoutez la chanson
Composée dans Paris,
C'est de deux gentiz hommes
Qui estoient ennemis.
    Si je l'ay dict,
Si je le dict jamais,
Si jamais j'en parlés.

Pour l'amour d'une dame
Sur quoy on a mal dict
Ont demandé combat
Au noble roy Henri.
    Si je l'ai dict, etc.

Si le roy leur accorde,
Pas ne les escoudit,
S'il y a homme en France
Qui dict que je l'ay dict.
    Si je l'ai dict, etc.

Je veux perdre la vie
Si ne le fais mourir.
Pour en faire l'espreuve,
Je m'en vais droict à luy.
    Si je l'ay dict, etc.

21.

De premier coup que frappe
Chastaineroie blesse ;
A la seconde fois
Les jarretz lui coupit.
    Si je l'ay dite, etc.

Gernach si s'en retourne
Devers le roy Henri :
Sire, que dois-je faire
 De mon grand ennemy ?
    Si je l'ay dict, etc.

 Le roy si luy respond :
Fay en à ton plaisir.
Gernach si s'en retourne
A son grand ennemy.
    Si je l'ay dict, etc.

Rend toy, Chastaineroie,
Car il te faut mourir.
Luy rendit son espée,
Son pistollet aussi.
    Si je l'ay dict, etc.

Gernach si les présente
Au noble roy Henri.
    Si je l'ay dict, etc.

Le roy si n'en fait compte,
Vendosme les a pris.
    Si je l'ay dict, etc.

En luy disant : Gernach,
Retourne en ton pays.
    Si je l'ay dict, etc.

Et mais que je te mande
Tu me viendras servir.
　　Si je l'ay dict, etc.

Gernach si prend la porte
S'en va à son païs.
　　Si je l'ay dict, etc.
Si je le dict jamais,
Si jamais j'en parlés.

La voix qui chantait, Rustique la reconnut de suite : c'était celle de d'Aubigny ; le refrain était repris en chœur par tous les écoliers réunis.

Pourquoi ce chant? pourquoi cette réunion? d'où leur venait cette gaîté, et où allaient-ils ainsi?

Ils s'arrêtèrent à l'angle de la rue de la Vannerie, et poussèrent plusieurs hourras ou Noël, au milieu desquels Rustique crut démêler son nom accolé à celui de Mouchy.

Mouchy !

Ce nom tomba sur son cœur, et y réveilla presque instantanément la haine qui y sommeillait.

Mouchy !

C'était peut-être le seul homme dont il eût voulu tirer une vengeance éclatante !

Toutefois, au moment où la colère s'allumait déjà dans sa poitrine, son regard vint tout à coup à rencontrer le beau visage de Marcelle et la pâle silhouette de son père, et il haussa les épaules, et il fit encore une fois ce fin sourire qui allait si merveilleusement à sa physionomie.

A quoi bon la vengeance à cette heure... N'avait-il pas devant lui Marcelle et son père ? le matin encore n'avait-il pas embrassé la comtesse Eléonore ?

Pourquoi empoisonner son bonheur par une pensée de haine et un implacable désir de vengeance ?

Il se leva, et courut à la fenêtre.

Il avait pardonné à Mouchy, il voulait que ses amis l'imitassent!

Un singulier spectacle l'attendait.

La rue était encombrée d'écoliers de tous les colléges de la rive gauche. C'était un pêle-mêle dont le pinceau seul pourrait représenter l'aspect bizarre. D'Aubigny se faisait distinguer au milieu de cette foule tumultueuse; il allait et venait, l'épée à la main, et semblait commander sur toute la ligne...

A quelque distance de là, Rustique distingua un groupe parmi lequel il reconnut de suite la silhouette élancée de Coquastre, — il avait près de lui la jolie Denise et l'honnête armurier son père.

Enfin, au pied même de la maison de Viviane gisait un cadavre sanglant, la poitrine ouverte, autour duquel brûlaient quatre torches résineuses qui traçaient dans l'ombre de lumineux sillons...

C'était Mouchy!...

Rustique ne put réprimer un cri d'horreur, et il voulut se retirer... mais il avait été aperçu, et d'Aubigny accourut se placer de manière à être entendu!

— Salut à messire Rustique! s'écria-t-il en agitant son épée.

— Noël! Noël! s'écrièrent tous les écoliers d'une même voix.

— Nous venons de priver monseigneur le prévôt de son plus fidèle ami, continua d'Aubigny, et sans attendre sa permission, nous allons le pendre à Montfaucon! Vous plairait-il nous accompagner?...

— Dieu ait son âme!... répondit Rustique, je vous laisse faire.

— Partons donc, compagnons, et que, demain matin, les

premiers rayons du soleil éclairent un cadavre de plus au gibet de Montfaucon.

— Montfaucon! Montfaucon! répétèrent les écoliers qui s'éloignèrent en poussant des cris à faire fuir les guets les mieux aguerris.

Nous aurions pu prolonger encore cette histoire, nous n'avons pas voulu fatiguer l'attention de nos lecteurs, et nous aimons mieux l'abréger en la terminant.

Bien des faits, cependant, demandent à être éclaircis, et plusieurs personnages, auxquels le lecteur s'est peut-être intéressé, ont été un peu négligés dans le courant de ce récit. Nous essaierons de revenir succinctement sur ces détails, qui peuvent être considérés comme insignifiants, mais qui ont cependant leur importance relative.

Denise est une jolie enfant gâtée, vive, accorte, spirituelle, qui s'était un moment laissé emporter par un sentiment puissant, contre lequel il n'est pas toujours prudent de lutter... Sa nature, exceptionnellement mobile, doit rassurer le lecteur... Elle a oublié avec la même facilité qu'elle avait aimé, et elle est devenue la femme de Coquastre, qu'elle a rendu parfaitement heureux. — Inutile d'ajouter qu'elle a su conserver, sous le toit conjugal, l'autorité souveraine qu'elle exerçait dans la maison paternelle.

Viviane est morte, la pauvre enfant... Sa vie n'a été qu'une longue élégie, elle est morte d'amour et de dévouement... Elle avait vécu solitaire, cachant dans son cœur les ardeurs dont elle était brûlée, elle est morte en pleurant sur ses rêves perdus, sur son amour brisé... Elle était de la famille des Mignon, elle s'est éteinte comme elle, sans amertume, pâle, souffrante, souriant encore à celui vers lequel s'envolait son âme tout entière...

On nous assure que d'Aubigny a continué longtemps le même genre de vie... puis, un jour, il a été nommé greffier au Châtelet, s'est marié, et nous avons lu quelque part qu'il était devenu un modèle d'ordre, d'économie et de sobriété.

Le vrai peut quelquefois n'être pas vraisemblable...

Quant aux autres personnages de notre histoire, il existe moins d'incertitude à leur égard.

Par une belle matinée du mois de juin de la même année, il se fit un grand mouvement dans l'hôtel habité par monseigneur le prévôt de Paris.

Un grand nombre de hallebardiers stationnaient dans la cour d'honneur, des cavaliers, des écuyers, des pages allaient et venaient d'un air empressé, et tout annonçait les préparatifs d'un départ.

Il pouvait être dix heures, le ciel promettait une journée splendide.

Le soleil embrasait les hautes fenêtres du palais; des bouffées de vent frais apportaient du jardin des senteurs embaumées, c'était les premières émanations du printemps, partout la vie semblait revenir avec une séve plus jeune et plus forte !

Tout à coup les fanfares retentirent de tous côtés, comme s'il se fût agi de la venue du roi, chacun s'empressa de monter à cheval, et l'on vit bientôt descendre des marches du perron le prévôt lui-même, donnant la main à sa fille, ses trois fils, Georges, Amaury et Hugues, puis enfin Rustique et la comtesse Éléonore...

Marcelle était belle ainsi qu'une reine, son front resplendissait comme sous l'éclat d'un divin diadème, son œil avait cette chaste limpidité de l'amour satisfait et elle souriait naïvement à tout ce qu'elle voyait... aux hommes d'armes, aux pages, aux écuyers, aux caresses du vent, aux splendeurs du ciel...

Elle était heureuse.

Rustique venait le dernier: il marchait le front penché, le visage pâle, la poitrine émue... Il se sentait pris d'une douce et tendre mélancolie; la plénitude de son bonheur lui inspirait une de ces tristesses vagues dont il serait bien difficile de définir les véritables causes.

La fanfare sonnée, on se mit en marche; la petite troupe traversa Paris au milieu d'un grand concours de *populaire*, puis elle atteignit les portes de la ville, puis enfin, elle se trouva en pleine campagne.

Marcelle et Rustique allaient chercher, loin de la capitale, un doux nid pour leurs amours...

Le rêve de Marcelle!...

Une vallée harmonieuse et solitaire, où ils pourraient vivre heureux l'un par l'autre, loin de tout danger, loin surtout des objets qui leur rappelaient un passé plein d'horreur.

A un endroit de la route, Rustique s'arrêta.

C'était une petite éminence d'où le regard pouvait embrasser encore la capitale... Rustique s'était approché de Marcelle, il étendit le bras vers ce *vieux Paris*, où tant d'événements divers l'avaient agité, et il resta un moment absorbé dans cette muette contemplation.

Quelques mois de séjour dans cette ville étrange avaient suffi pour lui inspirer la répulsion la plus profonde : cette capitale qu'il avait tant ambitionné de voir, il la quittait maintenant sans regret... C'est à peine s'il y laissait un ami! Il y avait perdu, une à une, toutes ses illusions... mais il emportait avec lui un sentiment qui peut tout remplacer... l'amour !

Son regard, après avoir parcouru le vaste panorama qu'il avait devant lui, s'arrêta alors sur Marcelle, dont le visage resplendissait de la plus radieuse sérénité.

— Nous avons bien souffert, Marcelle, lui dit-il, mais nous avons triomphé... entre ma mère et vous, quel malheur pourrait désormais m'atteindre !...

Marcelle serra ses mains dans les siennes avec effusion, et la petite troupe se remit aussitôt en marche.

Un mois plus tard, ils arrivaient dans ce château où Rustique avait passé une partie de son enfance, sous la surveillance d'un geôlier, et un prêtre l'unissait pour toujours à Marcelle.

FIN.

www.ingramcontent.com/pod-product-compliance
Lightning Source LLC
Chambersburg PA
CBHW050323030726
47505CB00003B/837